W0047044

Walfriede Schmitt

Gott ist zu langsam
oder
Also denn um sechse bei Werner!

Roman

Thurneysser

Walfriede Schmitt: Gott ist zu langsam
zweite, bearbeitete Auflage
Leonhard-Thurneysser-Verlag Berlin & Basel 2010
ISBN 13: 978-939176-96-1

Lektorat, Layout: Friedrich Kleinhempel
Titelfoto: Autorin
Druckvorbereitung: Désirée Triemer, Mario Altmann

Alle Rechte vorbehalten.

© 2010 Leonhard-Thurneysser-Verlag Berlin & Basel
Postfach 35 05 32, D-10214 Berlin
www.thurneysser-verlag.ch

Das Werk einschließlich aller seiner Teile ist urheberrechtlich
geschützt.

Herstellung: winterwork Grimma
Printed in Germany

Die Deutsche Bibliothek verzeichnet diese Publikation in der
Deutschen Nationalbibliografie.

Danke, Christian!

Die Menschen machen weite Reisen,
um zu staunen,

über die Höhe der Berge,
über die riesigen Wellen des Meeres,
über die Länge der Flüsse,
über die Weite des Ozeans,
über die Kreisbewegung der Sterne.

An sich selbst aber gehen sie vorbei,
ohne zu staunen.

Augustinus

Gott ist zu langsam

Eine Mutter bleibt immer	7
"Tie me kangaroo down, sport"	44
Novembernebel	119
Oma goes Hilde	164
Auflösung der örtlichen Frühnebelfelder	198
Seelen los	273
Gott ist zu langsam	324
Pixels Lalula	369
Die schwarze Katze	378
Epilog	382

Eine Mutter bleibt immer

Ächzend fraß sich der alte Lieferwagen durch die weiße Soße des Novembernebels nach Malgow, einem kleinen Dörfchen dreißig Kilometer nördlich der schönen großen Hauptstadt. Werner krampfte sich am Lenkrad fest und kniff die Augen zusammen. Er sah so gut wie nichts. Außer weiß. Hin und wieder tauchten in den Kurven ein paar dunkle Baumstämme oder die Spitzen von Buschwerk schemenhaft im Licht der Scheinwerfer auf, nur selten die verschwommenen Rücklichter eines Autos, an denen sich Werner eine Weile orientieren und so die gereizten Nerven ein wenig entspannen konnte. „Mann, ist das eine Suppe!", fluchte Werner in regelmäßigen Abständen. Die Windschutzscheibe beschlug durch sein stoßweises Atmen. Weil das Gebläse nicht mehr funktionierte, musste Werner sie ständig mit der Hand freiwischen. Auch die Scheibenwischer hakten. Nur durch heftige Schläge auf das Armaturenbrett konnte Werner sie bewegen, ihre Funktion wieder aufzunehmen. „Macht jetzt bitte nicht schlapp, Jungs!", brummelte Werner und musste dann grinsen. „Ist aber auch egal, ich sehe eh nichts!" Bei jedem Bremsmanöver, bei jeder scharfen Kurve versuchte der üppige Rosenstrauß, den Werner auf den Beifahrersitz gebettet hatte, die Flucht nach vorne zu ergreifen. Nur mit einem kräftigen Griff in die Blumenpracht konnte Werner ihn daran hindern. Die Dornen stachen ihn schmerzlich in die Hand und er musste sich jedesmal das Blut von den Fingern lutschen.

„Verdammt noch eins, warum habe ich sie nicht einwickeln lassen, ich Blödmann!" Werner hatte in der Tat alle Hände voll zu tun, was seine Aufmerksamkeit immer wieder von der Fahrbahn abzog und dazu führte, dass er Gefahr lief vollends die Orientierung zu verlieren. Angespannt glotzte Werner in die Dunstglocke hinein. Nur gelegentlich vermochte er durch ein im Scheinwerferlicht kurz auftauchendes Straßenschild zu erkennen, wo er sich überhaupt befand. Es war grauenvoll.

„Ob es das nun bringt, wenn ich hier in den Abgrund stürze?", dachte er und stöhnte tief auf.

„Da stehe ich ja lieber zwei Nächte hinterm Tresen, als hier auch nur eine halbe Stunde im Nebel zu rühren!" Dazu die wirbelnden Gedanken in seinem Kopf, die er nicht anhalten konnte.

„Wann stellst Du mir endlich Deine neue Frau vor?", würde Mutter sagen, Falten leichten Unmutes zwischen den Augenbrauen. „Oder machst Du jetzt einen auf Mönch?"

„Frau Lotte!"

Wenn Werner nicht einverstanden war mit seiner Mutter, nannte er sie oft in gespielter Strenge Frau Lotte: „Du weißt doch, dass es die Weiber nicht aushalten mit mir. Ich hab auch so keine Langeweile. Einmal reicht mir!"

„Einmal ist keinmal, Werner! Du bist feige! Hast Angst vor Frauen, nun gib's schon zu!"

„Ich hab gar keine Zeit für so was wie Angst. Ich

hab unser Geschäft am Hals, da hab ich genug Berührung!"

„Und die neue Köchin? Was ist mit der neuen Köchin, Du hast mir versprochen ..."

„Gar nichts hab ich versprochen. Gar nichts. Und eine neue Köchin schon überhaupt nicht. Das bisschen, was meine Gäste essen, können sie auch noch trinken."

„Eine Kneipe ohne den Geruch von Bratkartoffeln! Wo gibt's denn so was!"

Werner sah seine alte Mutter förmlich vor sich. Das runde Gesicht umrahmt von schlohweißem Haar, die Lippen etwas blässlich. Lotte war die Seele des Geschäfts, weil sie kochte wie eine Göttin. Echte deutsche Hausmannskost. Gulasch, Roulade und Bauernfrühstück. Wer einmal in dieser Kneipe Kohlroulade gegessen hatte, der war für alle anderen Kohlrouladen dieser Welt verloren. Weil die eben bei Lotte genauso schmeckten, wie sie schmecken müssen, und nicht ein bisschen anders. Nee! Werner holte sich keine neue Köchin. Sinnlos, ersetzen zu wollen, was unersetzlich war. Er begnügte sich fortan mit dem typischen Berliner Hungerturm: Bockwurst, Boulette, Kartoffelsalat, Soleier. Und Punkt. Werner würde seine Mutter nicht wissen lassen wollen, dass er sich eine Köchin auch gar nicht mehr hätte leisten können. Auch keine Reinigungskraft. Gar nichts konnte sich Werner mehr leisten. Außer ununterbrochen auf Zack zu sein.

Im Dickicht des Nebels und seiner Gedanken hätte Werner um ein Haar die Abfahrt zu der kleinen alten

Schmiede verpasst. Sie lag außerhalb des Ortes, leicht in die Landschaft hineingerückt und der Nebel hatte sie vollkommen aufgesogen. Werner sah jetzt überhaupt nichts mehr und konnte nur ahnen, dass er sein Ziel erreicht hatte. Er stellte das Auto an der Einfahrt ab, reckte die angespannten Glieder und stieg aus. Er nahm den von den vielen Zugriffen zerzausten Rosenstrauß aus dem Auto, watschte mühsam und fröstelnd über den aufgeweichten Grund.

„Bin viel zu spät dran heute, aber man sieht ja die Hand vor Augen nicht. So ungefähr muss sich eine Fliege im Milchtopf fühlen! Dieser Scheißnovember aber auch. Meinetwegen könnte man den getrost aus dem Kalender streichen. Deinen Geburtstag hätten wir gut und gerne auch im Oktober feiern können, Mutti. Der November hat uns doch nur Unglück gebracht!"

„Lass mal gut sein, mein Sohn", würde die Mutter sagen: „Bis jetzt ist ja alles gut gegangen. Und das soll auch so bleiben."

„Dein Wort in Gottes Ohr!" Werner musste sich eingestehen, dass er im Grunde erleichtert war, wenn er wenig Zeit hatte. Seit einigen Jahren gab es eine neue Eigentümerin in der Schmiede, der er nur ungern begegnete. Ihre Leutseligkeit, ihre neugierigen Fragen gingen ihm auf die Nerven.

Werner war ein dankbarer Sohn. Zu Feiertagen, zum Muttertag und natürlich zu ihrem Geburtstag brachte er seiner Mutter einen Strauss roter Rosen. Er wusste immer, was er an ihr hatte. Das war ihm klar. Nebel hin, Nebel her. Zugegeben früher war er jeden

Monat einmal gekommen, aber wer will einen viel beschäftigten Kleinunternehmer tadeln, wenn die Abstände zwischen den Besuchen unter der Last der Alltäglichkeiten mit der Zeit immer größer wurden. Die Mutter auf jeden Fall nicht. Werner rieb sich die von der langen Umklammerung des Lenkrades steifen Finger und hockte sich eine Weile schweigend zu seiner Mutter.

So war es gut. So hatten sie es gerne. Ein einvernehmliches Schweigen verband sie, seit sie ihr großes Geheimnis miteinander teilten. Liebevoll übergab Werner die Rosen und machte sich alsbald auf den Weg zurück in die Stadt. Es gab Unmengen zu tun an dem einzigen Schließtag in der Woche, von dem entsetzlichen Papierkram mal ganz abgesehen, und die Fahrt durch den Nebel hatte schon mehr Zeit gekostet als geplant war. Fast zwei Stunden brauchte Werner für die lächerlichen dreißig Kilometer, bis er endlich mit einem Stoßseufzer der Erleichterung in die Böhmstrasse einbiegen konnte. Dort an der Ecke Ansgarder war Werner zu Hause. Die beiden Straßen strömten wie ein Delta auseinander und boten so dem Gericht, auf der „Werners Destille" gegenüberliegenden Straßenseite, den nötigen herrschaftlichen Raum.

„Das Gericht liegt günstig!", pflegte Werner scherzhaft zu seiner Frau zu sagen: „Wenn wir uns mal scheiden lassen wollen, haben wir es nicht weit!" Und sie hatten dann leider auch Gelegenheit, die Nähe des Gerichtes zu genießen. Werners Frau wollte nach zehn Jahren hektischer Ehe ihren Mann nicht mehr mit der Kneipe teilen. Und teilen war schon freundlich ausgedrückt. Sie begann die Kneipe, den Geruch von abgestandenem Rauch und schalem Bier, der sie jeden Morgen empfing, und schließlich auch Werner zu hassen. Da war irgendwann kein Halten mehr. Sie suchte woanders Trost und Zuversicht. Aber Werner hatte keine Wahl. Ein Leben ohne sein Lokal wäre für ihn vollkommen undenkbar gewesen. Es war das einzige Land, in dem er je hatte leben wollen. Schon als Kind hat er an den alten Holztischen seine Schularbeiten gemacht, hier war in Sausen und Brausen seine Jugendweihe und seine Hochzeit gefeiert worden. Hier hat er das Glück der ersten Ehejahre durchlebt, hier ist das „Fell seines Vaters versoffen" worden, hier hat er um den Verlust seiner Frauen geweint. Diese Kneipe war Werners zu Hause, sein Versteck, seine Zuflucht. Nachdem er wegen zweifelhafter sozialer Herkunft und noch zweifelhafterer politischer Überzeugungen in dem engen grauen Land keinen Studienplatz bekam, hatte ihn der Vater in sein Geschäft geholt. Seit dem Tode des Vaters, seit achtundzwanzig Jahren, das war die Hälfte seines Lebens, war er nun hier der Herr im Haus.

Werner blieb noch einen Moment an der Ecke stehen und reckte die von der langen Fahrt klammen Glieder. Er sah nicht viel in dem Nebel, aber er wusste ja. Rechts ging die Ansgarder zur Hauptstraße runter. An ihrer linken Seite die ehemalige Betriebssiedlung des ehemaligen VEB Bau, kleinwüchsige fünfgeschossige Bauten, wie Spielzeughäuschen in den Rasen gesetzt. An der Ecke zur Hauptstrasse der zehngeschossige Neubaublock, Triumph sozialistischer Baukunst. Gegenüber hatte ein Karree von Altbauten tapfer den Krieg überstanden. Mit Hinterhöfen und Quergebäuden, wie es sich für Berlin gehört, drängelten sich die Häuser, die die Zeit ihrer Jugendblüte schon lange vergessen hatten, dort an der Ecke zusammen, als wollten sie alle noch ein Stück vom Park abhaben. Links runter die Böhmstrasse mit dem „Penny Markt", der roten Backsteinschule, und dem kleinen See, auf dem die Kinder im Winter Schlittschuh laufen konnten. Durch die Zweige der üppigen Bäume, die den See umstanden, hätte Werner bei besseren Sichtverhältnissen das weiße Gebäude des Krankenhauses leuchten sehen können. Werner wusste, wo seine Gäste zu Hause waren, wie sie lebten, was sie bedrückte oder erfreute. Das war sein Kiez, in dem er aufgewachsen und mit dem er verwachsen war. Einem der eilig Durchstürzenden, Köfferchen Tragenden, und davon gab es des Gerichts wegen nicht wenige, mochte nichts Besonderes auffallen. Straßen, wie alle anderen auch, eher hässlicher wegen der verfallenden Altbauten, oder eher schöner wegen des Parks am See und der vielen Lindenbäume, eher unangenehm wegen der Hundescheiße auf den Fußwegen, eher belastet, wegen übler Erfahrungen bei Gericht, je nach Standpunkt und Betrachtungsweise. Wer jedoch Zeit und Muße hatte, stehen zu bleiben, der konnte das Herz dieses Kiezes schlagen hören. Ein Herz von vielen.

Und dieses Herz muss weiter schlagen! Was denn sonst? War schon richtig so, wie ich das mit Mutter entschieden habe! Alles richtig! Und was heißt überhaupt richtig. Es war ja unsere einzige Möglichkeit. Die wollen es doch nicht anders. Innovativ soll man sein. Kreativ soll man sein. Unternehmerisch soll man denken. Also, bitte! Werner nahm noch einen tiefen Schluck Nebel, schloss den Lieferwagen ab und die Haustür auf, um sich seinem Tagwerk zu widmen. Es wurde nun aber auch höchste Zeit.

Werner war ein zutiefst gern gebender Mensch. Von klein auf. Buddelschaufeln und Förmchen teilen, Radiergummis verborgen, Bleistifte verschenken, Werner hatte damit nie ein Problem. Ob das an seinem schon früh entwickelten Humor oder an seinen grundgütigen Eltern gelegen haben mochte oder ob von bestimmten Erziehungsversuchen des sozialistischen Systems etwas hängen geblieben war, sei dahin gestellt. Werner erfüllte gerne Wünsche, war gerne Chef und kümmerte sich gerne. Und wo konnte er diese Bedürfnisse besser ausleben als in seiner Kneipe.

„Ein Bier bitte!"

„Aber bitte, gerne!"

„Zahlen bitte!"

„Aber bitte gerne!"

Menschen zufrieden zu stellen, erfüllte den hageren Körper mit Hochgenuss. Man sah es ihm nicht an. Werners Wesen hielt unerschütterlich den nachlässigen Ton, den ihm die Jahre angewöhnt hatten.

Aber er liebte es, das Tempo seiner Bewegungen dem Rhythmus der Kneipe anzupassen.

War die Stimmung seiner Gäste eher behaglich, konnte Werner sich fallen lassen, konnte er sich Zeit nehmen, auch mal ein Bierchen trinken, ein wenig plaudern, zuhören und Ratschläge geben.

Und Werners Ratschläge waren den Leuten etwas wert. Er kannte sich aus. Schließlich hatten ihn alle Wasser gewaschen. War die Energie jedoch geladen, spulte die Stimmung hoch, war Werner von einer rasanten Exaktheit. Wie ein Tänzer schwang er sich zwischen den Stühlen und Tischen hindurch. Das Zwerchfell stets leicht angehoben wie kurz vor dem Lachen. Seine Bewegungen waren blitzschnell. Das Gewünschte musste auf dem Tisch stehen, fast ehe der Gast seinen Wunsch geäußert hatte. Jede Verzögerung würde eine Störung der heiteren Energie bedeuten. Erwartungen spüren und erfüllen, Situationen bedienen, das war Werners Spiel, sein Lebenselixier. An solchen Tagen war er nach Feierabend so ausgepumpt, so erschöpft befriedigt, dass er des Öfteren während der Reinigung seines Tresens, die Kneipentür zum Lüften noch weit geöffnet, auf einem der Stühle zusammensackte und einschlief. Manch eine der Krankenschwestern, die nach dem Nachtdienst auf ihrem Weg zur Straßenbahn vorbei kamen, sah ihn so sitzen, hörte ihn schnarchen und schloss leise die Tür, um unliebsame Besucher von dem allseits beliebten Wirt fern zu halten.

Und dann stand er wieder da, der Kneipenfürst, hinter dem funkelnden Tresen und betrachtete die Schar seiner zechenden Knappen. Werner war hoch gewachsen, schlank, mit einer wie „zweimal in der Woche Münz-Mallorca" braunen Haut, zu der das schon leicht graumelierte Haar das Zeichen der Reife setzte. Ein etwas verluderter Gregory Peck, second hand sozusagen. Mit Bewegungen, die immer eine Eleganz anstrebten ohne sie je zu erreichen. Immer etwas zu kurz gefasst, immer etwas zu abgehackt, aber stets die Sehnsucht erkennbar. Und das war eben so bestechend. „Also denn um sechse bei Werner!" war das Zauberwort für viele hier im Kietz Ansgarder, Ecke Böhm.

„Um sechse bei Werner!" hieß: „Wir haben einen Grund, wir jehen zu Werner in die Destille und vajessen den janzen Scheiß." Und es gab jede Menge zu vergessen. Dafür reichte dann oft die Barschaft nicht. Aber Werner schrieb ja an. Bei einem richtigen Kneiper muss man Schulden machen können. Auch in diesem Punkt ritt Werner noch die alte hohe Schule des Gaststättengewerbes. So wie er es „bei Vattern" gelernt hatte.

Das war wieder mal ein Abend, wie er besser nicht hätte sein können. Und Werner würde den Teufel tun, sich den Spaß zu verderben. Kein Gedanke daran, wann das Spiel zu Ende gespielt sein würde. Wann es der letzte Abend dieser Art sein würde. Seelenruhig rauchte er seine Zigarre, vorzugsweise die Marke „Krummer Hund", eine recht lange, schlanke Sorte, die vom Mundstück bis zu ihrem Ende in wurzelartigen Kurven verlief. „Krummer

Hund" passt zu mir, dachte Werner und grinste zufrieden. Scheinbar ungerührt ertrug er den stechenden Blick der dicken Schimanski. Sie hockte meist an dem Tisch dem Tresen gegenüber, gleich neben der Tür.

„Ich muss den Rücken an der Wand haben und einen kurzen Fluchtweg! Sonst kriege ich Platzangst!", hatte sie Werner mal anvertraut. Die Schimanski gehörte dazu und auch wieder nicht. Die war schon zu weit weg. Ins Vergessen abgesunken. In ihre eigene Welt. Und unbedingt schöner schien die auch nicht zu sein. Die Schimanski kam fast jeden Abend, trank ausnahmslos Kaffee, schwarz, und kramte ihre Tagesbeute aus den großen Taschen, die sie immer mit sich herumschleppte. Vergessenes, Verlorenes, was sie auf ihren Streifzügen durch die Stadt so überall gefunden hatte. Heute war die Glanzbeute ein Satz Postkarten aus Madrid. Die hatte sie an jedem Tisch gezeigt und damit kleine Träume geweckt. Sonne, Süden, Spanien, Leidenschaft waren für eine Weile das allgemeine Gesprächsthema. Was die aber auch nicht alles fand! Kinderstrümpfe, Hüte, Mützchen, sogar schon Unterhosen im Park, Bücher, Spielzeug, Schmuck, ach, einfach alles. Und wenn sie das Glück hatte, an ihrem Tisch allein zu sein, was meistens der Fall war, man ließ sie gern alleine, breitete Frau Schimanski ihre Zettel aus und schrieb. Sie schrieb flüssig. Jeder gefundene Gegenstand kriegte seinen Zettel und sie schrieb alles auf, was ihr dazu einfiel, wo sie ihn gefunden hatte, und wie er dahin gekommen sein könnte.

„Das wird ein Buch", hatte sie Werner verraten und ihn durch ihre dicken Brillengläser wichtigtuerisch angelächelt. „Der Doktor meint, ich soll meine Fantasie ausleben, dann könnte ich vielleicht wieder gesund werden. Ich schreibe ein Buch, Werner. Ein Sachbuch. Aber red' nicht drüber, das ist noch geheim."

„Alles klar, Schimanski, das kauf ich mir dann, wird bestimmt ein Seller. Noch ein Gläschen Wasser aufs Haus?"

Bisher war Werner mit der Schimanski gut klargekommen. Na schön, ab und an drehte sie durch. Wusste alles besser, urteilte, verurteilte und legte sich mit der ganzen Kneipe an. Die spinnt, sagten die Leute. Aber sonst war sie eine eher angenehme Verrückte. In letzter Zeit allerdings wurde sie Werner in zunehmendem Maße unheimlich. Immer öfter bemerkte er, dass ihr lauernder Blick hinter den dicken Brillengläsern, die Augen riesengroß, lange auf ihn gerichtet war. Sie beobachtete ihn genau. Und dann vermehrt diese blöden Fragen. Ob es ihm denn gut ginge? Ob er sich denn wohl fühle in seiner Haut? Ob er sich denn nicht mal aussprechen wolle? Ob denn alles noch im grünen Bereich sei? Als ob sie mehr wüsste als sie sollte! Schlichtweg zum kotzen!

Von dem großen runden Tisch im Zentrum des Lokals erscholl lautes Gelächter. Um den Gerüstbauer Heinz scharte sich immer der harte Kern der Kneipe, ein paar Nachbarn mit ihren Mädels, ein paar Kumpels vom Bau, Junggesellen meist, und Pixel nicht zu vergessen, ein schmales, sommersprossiges Mädel, das sich ihren Lebensunterhalt mit der Erfüllung von Liebesdiensten verdiente. Sie saß immer dicht an Heinzens Oberschenkel. Er war ihr Lieblingskunde, ihr stiller Traum.

„Steht die ehemalige DDR im Guinessbuch der Rekorde?", fragte Heinz, und wartete geduldig das erwartungsvolle Schweigen ab.

„Ja, sie hatte die meisten Kinder pro Banane!"

Alles brüllte. Auch Werner musste lachen. Er mochte Heinz, denn er lachte gerne. Und wo Heinz war, wurde gelacht.

Werners Hände waren vom kalten Wasser rot und angeschwollen bis zu den Ellenbogen hinauf. Er drehte und wendete sich, schraubte auf, schraubte zu, stellte hin, zählte Geld, spendierte auch mal einen und fand hier und da immer noch Zeit für ein schnelles Wort. Ja, so musste es sein, so ließ es sich leben. Und das war Werners Rechtfertigung für alles. Aber auch alles! Die Kneipe musste voll sein. Die Luft musste zum Schneiden sein. Der Hahn musste laufen. Die Stimmen mussten laut sein. Das Leben sauste in Werners Kopf. Nicht vom Alk. „Ein Wirt, der trinkt, bald stinkt!", hatte sein Vater schon immer gesagt. Das war eisernes Gesetz. Der Wirt musste nüchtern bleiben. Wenigstens so gut wie.

Obwohl, Grund genug, mir die Hacken voll zu saufen, hätte ich ja durchaus, dachte Werner.

Die Kneipentür wurde mit Bravour aufgerissen. Augenblicklich verstummten alle Gespräche und die Anwesenden rissen die Köpfe herum, dem Eindringling entgegen. Das ist immer wie ein Angriff, wenn Stefan hier erscheint, dachte Werner lächelnd. Er mochte diesen großen, glatzköpfigen, kräftigen jungen Mann. Er mochte ihn sogar sehr.

Wenn ich ein Vater wäre, so einen Sohn würde ich haben wollen. Der hat die Anarchie im Blut, wie ich damals, in meinen wilden Jahren!

Viele hielten Stefan für rabiat und dusselig, manche wichen ihm sogar aus, weil sie ihn für gefährlich hielten, der Glatze wegen. Aber Werner wusste, dass Stefan keiner Fliege etwas zu leide tun würde. Er wusste auch seine einfache, sehr direkte Intelligenz zu schätzen. Vielleicht hatte er in Mathe, Bio eher ein Mangelhaft, aber er sah schön durch. Werner mochte Leute, die wussten, was Sache war und nicht ständig in ein Lamento über Allbekanntes und Gewohntes und schon hundert Mal Besprochenes ausbrachen. Stefan war ein Kumpel, fast schon ein Freund. Wann immer Werner Hilfe brauchte, Stefan war für ihn da.

„Je später der Abend, desto schöner die Gäste", quietschte Oma Hübner vergnügt. Die kleine Alte saß bei Heinz in der Runde und hatte schon ihren dritten „Wurzelpeter" intus. Das machte sie übermütig.

„Na, die Schönste ist ja schon da", brummelte Stefan, legte der Oma die Hand auf die Schulter und blinzelte in den Qualm hinein auf Werner zu.

„Was ist denn heute hier los, gar kein Platz mehr frei?"

„Freitags sitzt sogar so was Teures wie der Euro locker. Setz Dich an den Stammtisch. Ein Bier?"

„Nee, ich brauch erstmal was Härteres, einen doppelten Korn, Ostkorn!"

„Kommst wieder von Deiner Mutter, was?"

Werner stellte ihm den „Nordhäuser" und das Bier hin. Stefan schüttete den Korn in einem Zug hinunter und schüttelte sich heftig.

„Mensch, Werner, wird man denn seine Mutter nie los?"

„Nee, Stefan. Vergiss es. Nicht mal durch den Tod. Mütter sind ewig!" Werner beobachtete den großen Kerl, wie er sich, traurig fast, mit seinem Bier an den Stammtisch hockte. Immer wenn Stefan von seiner Mutter kam, wirkte er eine Weile irgendwie erloschen. Stefan kümmerte sich um seine Mutter, das wusste Werner. Eigentlich mehr als er müsste. Aber sie war offensichtlich eine quenglige, schwer zu ertragende Person. Tja, schade, seufzte Werner mitfühlend, da hat Stefan nicht so viel Glück gehabt, wie ich mit meiner Mutter.

Ein trockenes Hüsteln aus der hinteren Ecke stöberte Werner aus seinen Betrachtungen. Der „Kofferfresser" machte sich bemerkbar. Er saß meist am Katzentisch gleich neben der Klotür. Groß, rund, fett, säuberlich nach hinten gekämmtes schwarzes Haar, kleines Oberlippenbärtchen, glatte weiße Haut, als wäre das Leben mit seinen Falten bringenden Unbilden an seinem Gesicht vorüber gegangen. Und immer fein angezogen war er, schwarzer Anzug mit Weste und stets makellosem weißem Hemd. Ein Riesenkerl zwischen sechzig und wer weiß wie alt. Stets hatte er einen ebenfalls schwarzen Attachékoffer dabei. Darin verwahrte er aber ausschließlich sein Essen. Manchmal einfach Butterstulle, aber meist ein Brathähnchen. Dazu trank er Bier. Eins oder zwei. Selten mehr. Er sprach kein einziges Wort und hörte auch nicht zu. Er saß nur da und aß. Lange. Ausführlich. Bedächtig. Wenn er zuende gegessen hatte, tupfte er die Gegend um seinen Mund elegant mit einer Stoffserviette ab, die er in seinem Köfferchen mit sich führte, packte alles sorgfältig zurück, stellte das Köfferchen neben den Stuhl und trank den letzten Schluck Bier. Manchmal entließ er einen wohligen Rülpser, manchmal blieb der aus. Er kreuzte die Arme über dem mächtigen Gewölbe seines Bauches und döste zufrieden vor sich hin. Der einzige seiner Stammkunden von dem Werner nichts wusste. Der „Kofferfresser" sprach ja nie. Wenn er etwas wollte, hüstelte er. Solange bis Werner ihm seine Aufmerksamkeit zuwandte. Dann blieb er entweder still sitzen, was so viel hieß wie: „Zahlen bitte!" oder er streckte den rechten Daumen heraus. Das hieß: „Noch ein Bier, bitte!" Diesmal war es der Daumen.

„Kommt sofort!" Werner lächelte wirtlich. Geschickt manövrierte er seinen schlanken Körper an den Stühlen und Tischen vorbei auf den Tresen zu. Von rechts tönte die weich säuselnde Stimme der Schimanski in sein Ohr.

„Na, Werner, geht's noch gut? Alles im grünen Bereich?"

„Es reicht, Schimanski, was willst Du von mir?

Sag's einfach und gut isses!"

„Ich mach mir so meine Gedanken, Werner. Du hast Dich verändert in der letzten Zeit. Du lächelst nicht mehr, du grinst nur noch. Entschuldige schon, irgendwie schmierig."

Werner fühlte sich unangenehm durchschaut. Er hatte selber schon gespürt, dass ihm der linke Mundwinkel beim Lächeln so merkwürdig nach unten rutschte, als wolle er sich für etwas entschuldigen. Er wurde wütend.

„Ich habe Gäste, Schimanski, keine Zeit für Psychotrips! Noch ein Kaffe, oder Wasser, oder was?", raunzte er böse. Die Schimanski blieb ungerührt.

„Wie kommst Du denn so klar, finanziell, meine ich?"

Werners Zorn machte sich in einem heftigen Flüstern halbwegs Luft. „Was glaubst Du, was Dich das angeht, Schimanski! Trink Deinen Kaffee, bezahl ihn und gut. Wenn ich denn Geldsorgen hätte, würde ich mir garantiert einen anderen Berater suchen als ausgerechnet Dich!"

„Brauchst mich gar nicht so anzufunkeln, Werner, ich bin doch auf Deiner Seite. Pass lieber auf den Dicken da auf mit seinem Koffer, dass der Dir keinen Strich durch Deine Rechnungen macht."

„Seite hin, Seite her, Schimanski, treib's nicht zu weit! Deine Spökenkickerei geht mir langsam aber sicher auf die Nerven!" Abrupt wandte Werner sich ab.

„Na, Familie Elbkraut, wie sieht's aus?", fragte er im Vorbeieilen. „Darf's auch noch was sein?"

Die Elbkrauts waren schon Stammgäste als Werners Vater noch der Wirt war. Sie hatten sich hier kennen gelernt und ihre Hochzeit hier gefeiert. Sie sind zusammen fett geworden und mit den Jahren immer schweigsamer. Stille Trinker. Seit dreizehn Jahren hatten sie nun den Hund. Ein großes schwarzes Tier. Alle drei sahen sich mittlerweile zum Verwechseln ähnlich. Alle drei gut genährt, alle drei schwarze Haare, alle drei denselben verdrossenen Gesichtsausdruck. Ruhig hockten sie da, gleich am Tresen. Der Hund in der Mitte vor dem kleinen Tisch. Mutter rechts, Vater links. Da hatten sie die Kneipe gut im Blick.

„Das muss für die sein wie Fernsehen!" Werner grinste in sich hinein.

„Na gut, wenn's denn sein muss!" Herr Elbkraut schluckte schnell noch den Rest Braunen runter.

„Aber nur noch zwei Bier und einen Kurzen. Der Hund kriegt nüscht mehr!"

„Na, Elbkraut, nun sei mal nicht so grob zu dem armen Tier!"

„Nee, Werner, der verträgt nüscht mehr. Ick hab keine Lust, den nach Hause zu tragen mit meinen müden Knochen!"

Frau Elbkraut hickste, sie hickste immer nach dem dritten Bier, stülpte die Lippen vor und bedachte ihren Mann mit einem strafenden Blick.

„Glotz nicht so! Du musst ihn ja nicht schleppen!", herrschte Elbkraut seine Frau an.

Die drei wohnten in ihrem Schrebergartenhäuschen in einer kleinen Siedlung, eine Busstation Richtung

Malgow. Dürften sie nicht. War verboten. Machten sie trotzdem.

„Wat soll ick machen mit meiner kleenen Rente, die reicht knapp fürs Hundefutter!", so hatte sich Elbkraut Werner gegenüber gerechtfertigt. Und Werner hatte allen Grund, kleinen Ungesetzlichkeiten mit Verständnis zu begegnen.

„Recht haste!"

„Ick habe mir det Häuschen selber gebaut, im Schweiße meines Angesichts sozusagen, versteh mal, mit diesen beiden Händen hier!"

Elbkraut reckte seine kurzen dicken Arme mit den kurzen dicken Händen dem Wirt so bedeutungsvoll entgegen, als hätte er noch ein zweites Paar in der Rückhand.

„Der Garten gehört mir, det Haus gehört mir, wieso kann da irgendeiner bestimmen, wat ick da drin machen darf und wat nicht? Mir würde bloß mal interessieren, ob die den Rockefellers ooch so unters Hemde gucken, wie uns kleene Leute!"

„Was die Rockefellers betrifft, kannste, glaube ich, ganz ruhig sein!", war Werners amüsierter Kommentar.

Gerade noch rechtzeitig, um den Abend einem ausgelassenen Höhepunkt entgegenzuführen, erschien das „Känguru" auf der Bildfläche. Der lange dünne Mensch trug Hut und Ohrringe, an seiner bunt geflickten Weste klimperten Münzen aus aller Herren Länder. Er rauchte Pfeifen, kalt oder heiß, je nachdem ob er Tabak hatte oder nicht, die er der Reihe nach in den dafür vorgesehenen Schlaufen an der Innenseite seiner Weste unterbrachte, und kam aus Australien. Das hatte ihm kurz und knapp den Spitznamen eingebracht. Er sei aufgebrochen, um alle Bäume der Erde kennen zu lernen, behauptete er. In Deutschland sei er schon länger, weil er die deutschen Eichen so liebe. Die Eiche sei die heimliche Königin der Bäume, die Weise. „Eischen wissen. They know", pflegte „das Känguru" jedem, der sich nicht die Ohren zuhielt, zu verkünden: „You listen! Nur lauschen." Er wusste, bei Werner gab es Freibier für ihn. Und Werner wusste, wenn „das Känguru" kam, wurde „eine flotte Sohle aufs Parkett gelegt". Der Australier brauchte nicht mehr als zwei Bier um in Fahrt zu kommen. Preisgünstig für Werner. Früher oder später, meist früher, fing der durchgeknallte Kerl an, Banjo zu spielen und zu singen, zu tanzen, mit den Füßen zu stampfen, die Münzen an seiner Weste klimpern zu lassen. Und früher oder später drehte sich Werners Gästeschar im Takt der wilden australischen Gesänge.

Nur der große schwarze Hund fühlte sich empfindlich gestört. Er konnte Unruhe und Musik schon gar nicht ertragen, versuchte sich unter dem Tisch in Sicherheit zu bringen, winselte und jaulte. Bevor er richtig anfing zu bellen, mussten die Elbkrauts das Lokal verlassen haben. „Wat macht's denn?"

„Wie immer."

„Aber das Bier ist doch wieder teurer geworden, denk ick?"

„Nicht für Stammkunden!"

„Ick versteh das nicht, Werner", meldete sich die

blecherne Stimme der Frau Elbkraut: „Wie kriegst Du das hin, dass Du bei Deine Großzügigkeit nicht Pleite gehst?"

„Was glaubst Du, was Dich das angeht!", schloss Werner ihr barsch den Mund. Elbkraut nestelte an seinem Geld herum.

„Aber da kannste nun sagen watte willst, Werner, so schmerzvoll wie das für Dich auch ist, Deine Mutter hat Glück gehabt, det se die ganze Scheiße nicht mehr mitmachen muss! Wie geht's ihr denn eigentlich so?" Frau Elbkraut hickste.

Werner schauderte: „Leider unverändert. Aber danke der Nachfrage."

Werner kam in die Nerven: „Was ist denn das heute für ein Mist? Irgendwie ist das nicht mein Tag", dachte er: „Zu viele neugierige Leute." Er spürte wieder dieses Kribbeln auf der Kopfhaut. Dieser ekelhafte Juckreiz besonders am Kopf und an den Unterarmen quälte ihn in letzter Zeit sehr empfindlich. Was würde er denn für einen Wirt abgeben, wenn er sich dauernd kratzte wie ein Affe? Meistens konnte er sich beherrschen. Aber manchmal ging es nicht. Jetzt zum Beispiel. Er spürte wieder die Augen der Schimanski im Rücken:

„Ich nehme die am Schlafittchen und setze sie mit Sack und Pack vor die Tür, die lästige Alte! Verdammt noch mal!"

Werner kratzte sich kurz und wild die Arme, drehte sich um und hatte sich wieder:

„Wat is los, Schimanski, he? Haben wir wieder eine Vision, oder wollen wir nur einen Kaffee?"

„Weder noch, Werner, aber ein Tänzchen in Ehren, könnte doch keiner verwehren!" Die Schimanski lehnte sich erwartungsvoll auf ihrem Stuhl zurück und kreuzte die Arme über ihrer schweren Brust. Fast listig sah sie jetzt aus.

„Ich glaub's ja nicht, Du willst tanzen Schimanski?"

„Klar, Werner, falls Damenwahl angesagt ist. Irgendwann juckt uns doch alle der Jugendwahn, oder?" Wieder dieser Blick. Werner standen innerlich die Haare zu Berge:

„Ich weiß nicht so genau, ob meine Arme um Dich rumpassen, Schimanski, das ist das Problem."

„Da hast du doch schon ganz andere Hürden genommen, Werner. Nu komm schon, wir tanzen offen!"

Feierlich erhob sich die dicke Frau, nahm den fast erstarrten Wirt an der Hand und führte ihn in die Musik hinein. Es war zunächst kein fröhlicher Anblick, wie die beiden da zwischen den wirbelnden Menschen verlegen von einem Bein auf das andere schwankten, der lange, hagere Wirt und die üppige Frau. Einfach so tanzen konnte die Schimanski auch nicht. Immer wieder blieb sie stehen und redete auf Werner ein. Versuchte ihm die Welt zu erklären, von den Bauernkämpfen im Banat, über die wichtige Frage, warum das übliche Bismarckbild nicht stimmt und darüber was die PDS alles falsch macht und damit die Hoffnung auf irgendeine Art von Sozialismus in ihrer Gänze zerstört, bis hin zu der Schwierigkeit, alle die vielen Zettel zusammenzuhalten, die sich über Jahre hinaus angesammelt hatten, geschweige denn die Gegenstände, die langsam aber sicher ihre winzige Wohnung zu erobern drohten: „Ich komme ja kaum noch ins Bett", kicherte sie, schnaufte, zog die Nase hoch, wischte sich mit der Hand über die Stirne und schaute sich um, als hätte sie für einen Moment vergessen, wo sie sich befand. Und jetzt konnte man sehen, wie traurig sie war. Jetzt konnte man fast ein Entsetzen in ihrem Blick erkennen, der Werner nicht entging. Er berührte ihn sogar sehr.

Entschlossen packte er seine Tänzerin und wirbelte sie herum. Die Schimanski schrie auf, vertrat sich in der Rasanz der Bewegung und rutschte Werner lachend vor die Füße. Einen Moment lang verharrten alle.

„Ist nichts, ist nichts, weiter!", kicherte die Schimanski. „Bin nur ausgerutscht. Der Werner ist ja ein ganzer Wilder."

Mehrere hilfreiche Arme zerrten an der Frau und stellten sie wieder senkrecht. Der weite Pullover hatte sich über dem mächtigen Busen zusammen geschoben, die Brille saß schief auf der Nase, der dicke Haarknoten hatte sich gelöst und stand wirr um den Kopf.

Werner konnte nicht an sich halten. Er lachte lauthals los. Prustend und wiehernd: „Entschuldige, Schimanski, aber Du bist doch wirklich zu verrückt."

Werner schüttelte sich vor Lachen, berührte sachte die Hände der Schimanski und versuchte sie vorsichtig wieder in den allgemeinen Rhythmus einzufädeln. Immer noch lachend. Aus vollem Halse.

„Schade nur, Werner, dass Dir das Lachen bald vergehen wird!"

Jetzt blieb Werner stehen: „Wenn Du nicht sofort damit aufhörst, Schimanski, dann mach ich's. Ich setze Dich vor die Tür. Mit Sack und Pack. Verstanden? Dann ist mal Schluss mit lustig!"

„Da kannste Recht haben, Werner, das wird nicht lustig. Schade eigentlich. Ich zahle morgen!"

Die Schimanski bedachte Werner mit einem enttäuschten Blick, ordnete flüchtig ihr Haar, zog sich den Pullover zurecht und schlurfte durch die tanzende Menge zu ihrem Tisch zurück. Werner sah ihr noch zu, wie sie ihre Sachen zusammenraffte und leicht gebückt die Kneipe verließ.

„Na, Werner!", schrie Heinz durch den Tumult: „Haben wir bald wieder eine Frau im Haus?"

Die halbe Kneipe wollte sich ausschütten vor Lachen. Werner stand noch einen Moment etwas verlegen in der Menge, kratzte sich vorsichtig den juckenden Schädel, zog sich dann hinter seinen schützenden Tresen zurück und entzündete einen Krummen Hund.

Na und, Schimanski, dann ist eben Schluss mit lustig. Irgendwann ist für jeden Schluss mit lustig. Zehn Jahre sind doch eine gute Bilanz. Zehn schöne Jahre. Dafür lebe ich gerne mal ein paar Jährchen auf Staatskosten. Werner genehmigte sich nun doch einen großen Schluck Doppelkorn. Er trank ihn aufs Wohl seiner Mutter und der schönen zehn Jahre, die er ihr zu verdanken hatte.

Wenn Mutter hundert wird und der Staat gratulieren will, kann's allerdings kritisch werden, dachte Werner und lachte in sich hinein, wobei er tunlichst darauf achtete, dass sich der linke Mundwinkel nicht wieder nach unten verschob.

Mit lautem Kreischen flog die Stimmung im Lokal dem Höhepunkt entgegen. Werner stand ans Regal gelehnt, rauchte seinen Krummen Hund und erfreute sich an dem wilden Haufen seiner Gästen. Das nannte er den „Tuberkelpunkt." Kurz vor dem Ende, bevor alle merkten wie spät es war und wie müde sie waren, noch einmal das Aufbäumen, noch einmal das volle Leben.

Als die erhitzten Tänzer endlich den Ausgang gefunden hatten, als Werner eine große Waschschüssel mit dampfendem Wasser aus der Küche zum Tresen trug, um die abendliche Reinigung zu vollziehen, kurz den Blick durch sein Lokal schweifen ließ, wusste er ruckartig, wovon die Schimanski gesprochen hatte: „Warum immer im November?"

Der Schreck fuhr so tief in Werner hinein, dass ihm die einfachsten Dinge jetzt völlig unklar waren. Wohin mit der Schüssel? An den vorderen Tischen hatte er die Stühle schon hochgestellt, die Theke schien ihm zu weit oben, der Fußboden zu weit unten.

Erst als Werner fühlte, wie ihm das heiße Wasser schmerzlich über die Schienbeine auf die Füße tropfte, konnte er sich zu der Kniebeuge aufraffen, die ihn alle Kraft kostete. Gefühltes Alter neunzig! Schnaufend stellte der die schwere Schüssel ab und

machte sich gerade, starrte wieder in die Ecke neben der Klotür und sah immer noch dasselbe Bild: Warum wieder im November? Heftig schüttelte Werner den Kopf, weil er nicht glauben wollte, was er sah.
Wie in Teufels Namen konnte die das wissen?
Auf seinem Stammplatz hockte immer noch der „Kofferfresser". Er schien versessen etwas in seinem Köfferchen zu suchen. Versessen, weil der Körper des alten Mannes wie zwanghaft nach vorne gebeugt war, seine Hände unter dem darüber geneigten Kopf gierig zu greifen schienen. Versessen deshalb, weil Werner sich schlagartig daran erinnerte, dass er dasselbe Bild schon vor Stunden in seinem Augenwinkel hatte, denkend, sein sonderbarer Gast verstaue die Reste seines halben Hähnchens. Werner musste glauben, was er sah: der „Kofferfresser" war hinüber. Hinüber gegangen! Mit schlaffen Knien schlich sich Werner zum Ecktisch und glotzte auf den Toten. Der zweite Tote seines Lebens. Oder? Vielleicht war er ja nur ohnmächtig.
Werners eiskalter Zeigefinger, der sich mit einigem Aufwand unter Jackett und Hemd an den Hals des leblosen Gastes schob, hätte jeden Toten aufwecken können. Den hier nicht. Obwohl er durch die Berührung in Bewegung geriet und leicht auf Werner zu sackte. Der machte vor Entsetzen einen großen Satz nach hinten und strauchelte gefährlich. Er hätte nicht versuchen dürfen, sich an einem der hochgestellten Stühle festzuhalten. Der Stuhl löste sich vom Tisch und beim Ausweichen trat Werner auf den Rand der Waschschüssel, stolperte, rutschte auf

dem jetzt nassen Boden aus und machte einen halben Spagat auf die Theke zu. Der Versuch, sich an der Theke festzuhalten, kostete einigen Biergläsern das Leben. Endlich landete Werner auf dem Fußboden, breitbeinig wie ein Kind saß er da, zwischen den Glasscherben, nass vom Putzwasser. Still saß er da ... fassungslos saß er da. Dann stieg es in ihm auf. Zuerst ein Glucksen, dann ein Kichern, dann brüllte es laut aus Werner heraus. Ein Lachen unendlich von einigen Erstickungsanfällen unterbrochen. Das Lachen warf seinen Körper nach hinten, nach vorne, er hüpfte richtig auf dem Po, wie ein Kleinkind, riss sich Glassplitter ein in Beine, Hände und Hintern, merkte aber den Schmerz keineswegs. Er sah die Bilder des Abends vor sich, die derangierte Schimanski, die Elbkraut mit ihrem Schmollmund, den schwarzen Hund, hörte die Sätze: Wie machst Du das nur Werner, wie geht's denn der Mutter, schade, dass Dir das Lachen bald vergehen wird.

Nein, das Lachen wird mir nicht vergehen, jetzt geht's ja erst richtig los, Schimanski!

Schließlich wieherte Werner nur noch leise und stoßweise vor sich hin, konnte sich dann aber, innerlich befreit, wieder ganz dem Ernst der Lage widmen. Klar, dass diese Nacht zum Tag werden würde, dass ihm keiner glauben würde, dass er nicht wusste, wer dieser Mann war, und wo er wohnte, dass das endlos dauern würde und dass er die aufmerksamen Augen der Polizei hier unter keinen Umständen auf sich ruhen haben mochte.

Genau, ich muss die Polizei anrufen! Das war ein

klarer Gedanke und Werner machte sich auf, ihn zu vollenden. Mühsam, aber immerhin.

„Ja! Ich möchte einen Todesfall melden. In meinem Lokal ist ein Gast verstorben. Nein, keine Schlägerei. Im Gegenteil. Das heißt, hier ging es fröhlich zu. Wahrscheinlich das Herz. Ein alter Mann und ziemlich fett. Werners Destille. Ansgarder - Ecke Böhm. Ja gut, ich warte." Werner verkürzte sich die Zeit, um halbwegs das Chaos zu beseitigten, das seine Bestürzung ausgelöst hatte, die Glasscherben aufzufegen und die Wasserlache weg zu wischen. Er wollte noch die Tische beiseite rücken, um den Zugang zum Corpus Delicti zu erleichtern, aber da brachen sie schon herein. In wenigen Minuten war Werners autonomer Raum, sein geheiligter Ort, von emsigen Polizisten, Spurensicherern, Polizeiärzten und Notdiensthelfern überschwemmt.

„Der Mann ist schon längere Zeit tot. Mindestens zwei Stunden!" sagte der Rettungsarzt und nickte dem dünnen, zähen Polizeibeamten komplizenhaft zu: „Ist doch zumindest merkwürdig, oder?"

„Doch, durchaus interessant!" Der dünne, zähe Beamte ging auf Schnupperkurs. Er wirkte nicht unintelligent, aber er war zu klein und viel zu zappelig, um die Amtswürde herzustellen, um die er sich so angestrengt bemühte.

„Sie wollen mir doch nicht weismachen, Herr ... äh?"

„Werner"

„Sie wollen mir doch nicht weismachen, Herr Werner ..."

34

„Nicht Herr! Einfach Werner! Und ich will Ihnen auch nichts weismachen. Dieser Mann kommt hier zwei, drei Mal die Woche rein, bringt sich in seinem Koffer was zu essen mit und trinkt ein Bier dazu. Manchmal zwei. Selten mehr. Ich hatte keine Veranlassung, mir Sorgen zu machen, oder ihn zu fragen, wo er herkommt oder wie er heißt. Er sprach nicht gern!"

„Und da sitzt Ihr Gast stundenlang in seinem Koffer und Sie merken nichts? Was sind sie denn für ein Wirt?"

„Tja! Ich habe ihn erst gesehen, als ich die Tür zur Toilette geschlossen habe. Irgendeiner hat sie offen gelassen. Ich hatte schließlich auch noch andere Gäste. War ziemlich was los, heute Abend", sagte Werner und spürte, dass ihm das Lachen wieder an der Kehle saß, trotz der verzwickten Situation in der er sich zugegebener Maßen befand. Dieser dünne, zähe Beamte mit dem schütteren Haarwuchs, den eckigen Wangenknochen und den dünkelhaft nach vorne quellenden Augen schien direkt aus einem Comic entsprungen.

Werner kniff sich unter dem Tisch ins Knie: „Aber wenn Sie das so sehen wollen, dann bin ich eben ein Scheißwirt! Mir doch egal!" Und in Gedanken setzte er hinzu: Und wahrscheinlich bin ich überhaupt ein Scheißkerl! Waghalsig und überheblich!

Werner war klar geworden, dass der „Kofferfresser" ja längst zu Ende gegessen hatte, der Koffer stand ja schon neben dem Stuhl, als er ihm sein drittes Bier gebracht hatte.

Vielleicht hätte ich ihm ja noch helfen können, statt zu tanzen wie ein Blöder. Ich alter Zausel! Nimmersatter Gernegroß! Hätte er besser auf die Schimanski hören sollen? Aber wie denn? Wieso denn? Oder? Ach, Quatsch! Ein dummer, ärgerlicher Zufall. Und Punkt.

„Die spinnt doch die blöde Kuh! Zufall alles!"

„Wer bitte ist eine blöde Kuh? Und was alles ist Zufall, Herr ... äh ... Werner!", hakte der wichtige Beamte ein. Jetzt wusste er sich richtig in der Spur.

„Bitte? Was für eine blöde Kuh?"

„Das frage ich Sie. Sie sagten eben: Die spinnt doch die blöde Kuh!"

„Ach, ja? Eh ... war nur so ein Gedanke!"

„Eben! Und der interessiert mich!"

„Hat mit der Sache hier nichts zu tun!"

„Wenn Sie glauben, dass Sie sich hier leichtfertig verhalten dürfen, dann irren Sie sich gewaltig. Ich bin zwar klein an Wuchs, aber zäh!"

Ein überhebliches Lächeln brachte das amtliche Gesicht zum Leuchten. Dich kriege ich, du Würstchen, dachte es hinter der fliehenden Stirne. Werner hätte dem kleinen Wichtigtuer gerne gezeigt, „wo Bartel den Most holt", aber er musste sich zusammenreißen. Er durfte hier nicht kess sein, zu eindeutig befand er sich im Unrecht und in der schwächeren Position.

Da war Zurückhaltung mehr angebracht. Er wandte sein nun ernstes Gesicht in aller Aufmerksamkeit dem Befrager zu: „Ja, entschuldigen Sie bitte. Ich bin ganz Ohr!"

„Das Ohr ist ganz auf meiner Seite! Sie reden, ich höre!"

„Was wollen Sie denn wissen, was ich Ihnen nicht schon gesagt hätte? Mehr ist nicht!"

„Führen Sie dieses Lokal ganz alleine? Haben Sie einen Angestellten, der Ihre Aussage bestätigen kann?"

„Früher hatte ich eine Köchin. Jetzt nicht mehr. Leider", antwortete Werner leise: Warum passiert mir so etwas immer ausgerechnet im November?

Werners Mutter war ja auch im November gestorben. Ebenso plötzlich und unpassend. Eines schönen Morgens, drei Tage vor ihrem neunundsechzigsten Geburtstag, stand sie in ihrer Küche, entblätterte einen Kohlkopf, als ein flüchtiges „Oh" ihren schlagartig blau werdenden Lippen entfloh und sie ihrem Sohn vor die Füße fiel, der eben herein kam und dem der Satz: „Gibt's schon Kaffee, Mutter?" so sehr im Halse stecken blieb, dass er beinahe daran erstickt wäre. Lange stand er in der geöffneten Küchentür. Unfähig zu verstehen, unfähig sich zu rühren, starrte er von oben herab in die weit geöffneten, immer glasiger werdenden Augen seiner geliebten Mutter. Es war nicht nur der Schock, der ihn erstarren ließ, auch nicht nur der Schmerz. Es war auch noch die schreckliche Erkenntnis der Ausweitung, die diese Katastrophe unweigerlich für ihn, für die Kneipe, für sein Leben haben würde: Aus! Nichts mehr mit: Haste einen Grund? Also denn, um sechse bei Werner! Aus! Ende Banane!

Werners Knie wurden weich und er sank herab auf den Küchenboden und hockte sich neben seine tote Mutter.

„Warum hast Du mich nicht mitgenommen? Was soll ich hier noch?"

Die Augen der Toten waren starr auf ihn gerichtet und schienen immer größer zu werden. Dann brachen sie.

Aber Werner meinte, die Botschaft der toten Frau verstanden zu haben: „Recht haste, Mutti!" Liebevoll schloss er ihr die toten Augen, wickelte sie sanft in eine der weißen Tischdecken, so dass nur noch das Gesicht frei blieb. Das gute Gesicht der Frau, die ihn geboren und durch das Leben begleitet hatte, sollte noch eine Weile bei ihm bleiben.

Irgendwann nahm er mit matten Händen das Schild „Wegen Krankheit geschlossen!" und hängte es außen an die Kneipentür.

Ein großes Glas Doppelkorn erweckte Werners erstarrten Kopf wieder halbwegs zum Leben. Er zündete sich einen Krummen Hund zwischen den Lippen an und verbrachte lange Zeit in seinem Büro, in unglückliche Überlegungen versunken. Die Prüfung der Rechnungsbücher bestätigten seine Befürchtungen. Ohne die Rente der Mutter, so kärglich sie auch war, von der Witwenrente für seinen Vater ganz zu schweigen, ohne dieses Geld mit dem es ihnen immer wieder gelungen war, die Löcher im Finanzhaushalt zu stopfen, würde es hier nicht weiter gehen. Ausgeschlossen!

„Wie kann das denn gehen, so ein Lokal und ganz alleine?" drängelte sich die kalte Stimme des Beamten in Werners kummervolle Erinnerungen.

„Das geht schon, bisschen anstrengend, aber es geht schon", murmelte Werner. „Die Kneipe wirft nicht so viel ab, wenn Sie verstehen was ich meine, in diesen Zeiten!"

Der Beamte beugte sich über seinen Notizblock und schrieb emsig.

Ausgeschlossen! Es gibt keine andere Lösung, Mutti! Werner nahm noch ein großes Glas Doppelkorn. Was ihm zu tun auferlegt war, wurde ihm schnell klar. Aber wo? Schließlich entschied er sich für die alte Schmiede in Malgow. Sie lag günstig. Einsam genug, um im Notfall unentdeckt davon kommen zu können. Außerdem war die kleine Lotte dort aufgewachsen. Dort zwischen den beiden Birken hatte sie als Kind gespielt.

Ich bring Dich nach Hause, Mutti!

Die Erinnerungen an die nächsten Tage hatte Werner fast gänzlich aus seinem Gedächtnis gestrichen. Nur gelegentlich holten sie ihn ein. Mit Vorliebe in den frühen Morgenstunden und raubten ihm den Schlaf. Spät in der Nacht hatte er die Mutter in den kleinen Lieferwagen geborgen, ihr einmal warmer, molliger Körper schmiegte sich kalt an ihn. Sie war schwer und er hatte Mühe, sie die Treppe hinunter und auf den Hof zu tragen. Er ist nach Malgow gefahren, nein, kein Nebel, damals wäre er nützlich gewesen. Er hätte ihn geschützt, als er das Grab aushob und die Mutter auf rote Rosen bettete. Es wäre ihm gruselig gewesen, hierbei erwischt zu werden. Werner bewegte sich sachte, bemüht, nicht das kleinste Geräusch zu machen. Das Knirschen des Spatens und das Aufschlagen der Erdbrocken trieben ihm den Angstschweiß auf die Stirne.

Angst vor seinem Gewissen hatte Werner nicht. Er war seiner Mutter einziger Sohn, er war ihr Ein und Alles. Deshalb konnte er Gift darauf nehmen, dass sie auf so etwas Sinnloses und Teures wie eine feierliche Beerdigung gerne verzichtet hätte, um ihrem Sohn über den Tod hinaus beistehen zu können. Deshalb lebte Werner wohl fortan in einer gewissen Sorge darum, wann der Schwindel auffliegen würde, aber die Fragen der Nachbarn und Kunden konnte er leichtherzig beantworten. Erst war Lotte krank, dann lange Zeit im Krankenhaus, dann kam sie ins Heim:

„Bitte keine Besuche!", hatte Werner die Bemühtesten seiner Gäste gebeten: „Mutter ist nicht mehr ganz momentan. Ich glaube nicht, dass Ihr sie so sehen solltet."

„Und wahrscheinlich wäre es ihr auch peinlich! Wenn sie es wüsste!", hatte die Elbkraut geblechert.

„Nee! Nicht wenn sie noch wüsste", hatte die Schimanski hinzugefügt und ihren Blick zum ersten Mal so stechend auf Werner gerichtet.

Damals, im ersten Aufruhr, war es ihm noch nicht so aufgefallen. Hatte er doch mit seinem Gewissen keine Not. Er wusste sich ja mit seiner Mutter einig. Vollkommen einig.

Werners zweite Novemberleiche wurde hinaus getragen.

Es hatte den Männern einige Schwierigkeiten bereitet, den riesigen Körper vom Stuhl zu lösen und auf die Trage zu legen. Zu sechst mussten sie anpacken. Die Gurte passten nicht um den hohen Leib und die Leiche wäre ihnen beim herabtragen, die drei Stufen runter, die zu „Werners Destille" hinaufführten, beinahe noch von der Trage geschlüpft.

Es war ein großartiges Theater. Die Kneipe quoll über von klugen Ratschlägen, Hinweisen und Zurufen und sogar Lachen. Alles laut und bedenklich grob, als wäre das hier ein Job, wie jeder andere auch.

Tschüs, mein Alter!, dachte Werner. Er hätte seinem großen schweigenden Gast denn doch einen würdigeren Abgang gewünscht.

„Sind Sie denn von Gott und allen guten Geistern verlassen? Sie können sich doch nicht einfach in das Lokal meines Sohnes setzen und in aller Öffentlichkeit das Weite suchen!" In der allgemeinen Aufregung dieses turbulenten Tagesausklanges war es Lotte gelungen, die tief betrübte Seele des „Kofferfressers" im Feinstofflichen zu empfangen. Nicht eben freundlich.

„Sie tun ja gerade so, als hätte ich das selbst zu entscheiden gehabt!"

„Hoffentlich haben Sie meinen Sohn da nicht in einen Schlamassel hineingerissen mit ihrem ungeplanten Herztod! Der Polizeier ist ja ganz versessen darauf, ihm was anzuhängen. Gestatten, ich war mal Lotte, Werners Mutter!"

„Meine Absicht war das nicht, gewiss nicht, er war mir angenehm, er zwang mir nie ein Gespräch auf. Gestatten, ich war mal Puttring, Versicherungsvertreter, Witwer seit dreißig Jahren!"

Die beiden hingen noch eine Weile locker an der Decke, betrachteten das Durcheinander und die damit verbundene Hysterie. Sie waren die Einzigen, denen auffiel, dass Werners Hände zitterten. Das Lachen war ihm nun doch ein wenig vergangen. Er war hundemüde und die bohrenden Fragen des Polizeibeamten machten ihn nervös: Wer alles seine Aussagen bestätigen könnte? Wer denn alles heute Abend anwesend gewesen sei und wie man die Leute erreichen könne? Wie es denn möglich sei, dass in einer voll besetzten Kneipe ein Mann starb und niemand, aber auch niemand es bemerkt haben wollte? Das wäre doch ganz und gar unglaubhaft. Da müsse Werner ihm doch zustimmen, wenn er ehrlich wäre. Das sähe für ihn schon sehr nach einem Komplott aus und er wäre gewillt, der Sache nachzugehen: „Das werden Sie doch verstehen, denn sehen Sie, der gefährdete Bürger ist ja unsere dringlichste Aufgabe!"

Werner müsse damit rechnen, noch einmal befragt zu werden und die Aussage zu Protokoll zu geben. Wenn dieser Typ nicht gleich aufhörte zu nerven, würde Werner sich nicht mehr halten können.

Ein immer heftiger werdender Juckreiz hatte ihn überfallen. Er konnte der Versuchung, sich am ganzen Körper zu kratzen wie ein Affe im Zoo, kaum noch widerstehen.

„Einen schönen festen Körper hatte ich!" seufzte Puttring an der Decke: „Muss man sich mal suchen, jemanden mit über siebzig und so einer straffen Haut, was?"
„Das kommt von dem vielen Eiweiß!" lächelte Lotte.
„Warum musstet Ihr mich denn jetzt schon holen? Es ist mir ja nicht wegen der Welt. Aber die leckeren Hähnchen!" So viele Worte hatte Herr Puttring schon lange nicht mehr gemacht. Aber das Ereignis des eigenen Todes war ihm schon eine kurze Ansprache wert: „Schlimm genug, wenn man sein eigenes Schlusswort halten muss!" Er seufzte schwierig.
„Merkwürdiges Gefühl! So ganz ohne Körper!"
„Nehmen Sie es nicht zu schwer", tröstete Lotte: „Der Tod kann durchaus auch seine angenehme Seiten haben. Sehen Sie mal, ich konnte meinem Sohn noch über mein Ableben hinaus behilflich sein. Er hat mir dafür rote Rosen gebracht, so oft es seine Zeit erlaubte. Weil er ein dankbarer Sohn ist und immer wusste, was er an seiner Mutter hatte. Eine Mutter bleibt eben immer eine Mutter!"

„Tie me kangaroo down, sport!"

Jeden Tag saß er hier, von früh bis spät und hielt der Gefährtin seines Lebens, der Mutter dreier stolzer Töchter die Hand. Kühlte ihr die fiebrige Stirn, befeuchtete die durstigen Lippen:

„Der Tropf ist durch, glaube ich", flüsterte er.

Irmgard überprüfte die Apparate, wechselte den durchgelaufenen Tropf.

„Was ist das?", fragte der Mann.

„Flüssigkeit", sagte Irmgard: „Der Körper darf nicht austrocknen, wissen Sie, Ihre Frau hat dann auch weniger an Durst zu leiden." Irmgard lächelte dem Mann zu. Aufmunternd. Das war berufsbedingt, allerdings in diesem speziellen Falle sehr herzlich gemeint.

Den so oft gehörten Satz: „Das ist ja bei Ihnen sicher schon Routine, sonst würden Sie ja auch dieses Elend gar nicht ertragen!", hatte Irmgard von jeher vehement zurückgewiesen: „Umgekehrt wird ein Schuh draus. Wenn es Routine wäre, könnte man es nicht aushalten! So ist das nämlich. Man muss schon mit Leib und Seele dabei sein, sonst geht gar nichts!"

„Ich werde Ihrer Frau noch mal den Schleim absaugen, Herr Thoma?"

„Ach, ja? Das ist ihr immer so unangenehm!"

„Sie kann dann aber wieder freier atmen, wissen Sie!"

„Na ja ... dann!"

44

Mit geübter Hand nahm Irmgard aus den Schränkchen und Schubladen die nötigen Utensilien, führte die Sonde unter beruhigendem Gemurmel sachte in die Luftröhre der todkranken Frau ein und zog durch die Kanüle vorsichtig den Schleim aus der Lunge.

„So!"

„Danke!"

„Dafür sind wir ja da, Herr Thoma!"

„Die Werte sind jetzt stabil, nicht wahr?"

„Ja!"

Gern hätte Irmgard dem besorgten, todmüden Mann etwas Aufmunterndes gesagt, hätte ihm Hoffnung machen wollen, dass seine Frau es noch einmal schaffen würde, dem Krankenhaus zu entrinnen und Weihnachten im Kreise ihrer Familie zu verbringen. Aber sie wollte und konnte ihn nicht belügen. Sie bewunderte diesen Mann, der sich so rührend und unermüdlich um seine Frau kümmerte. Sie bewunderte die drei schönen Töchter, die lange Stunden am Bett ihrer Mutter saßen und sie bewunderte den Mut dieser Frau. Selten hatte sie erlebt, dass dieser Krankheit, dem Krebs, so selbstbewusst und konsequent begegnet wurde. Vier schwere Operationen hatte Frau Thoma überstanden, viermal lange Wochen hier auf der Station verbracht. Ohne zu klagen, fast ohne zu murren. Nun war der Körper am Ende. Der Tod hatte ihn an der Gurgel. Aber er wollte nicht sterben. Er war wütend. Er wollte sich wieder aufrichten, wollte stark sein und leben.

Es ist die Lebenskraft in uns, die nicht versiegen will, dachte Irmgard. Und Ursula Thomas Lebenskraft war groß. So hatte sie gelebt, im Risiko, im Aufbegehren, im Kampf, in der Sorge, in der Treue. Irmgard hatte in der langen Zeit viel über Frau Thoma, über ihr Leben und Hoffen erfahren. Frau Thoma sprach gerne und erzählte schön.

Jetzt liegt sie da und kann nicht den Platz frei machen für den Tod, weil das Leben in ihr immer noch zu stark ist. Weil sie selbst jetzt in dem bewusstlosen Zustand an das Leben glaubt, dachte Irmgard.

Laut sagte sie: „Sie haben eine großartige Frau, Herr Thoma!"

„Gehabt! Gehabt!", murmelte der müde Mann mit einem scheuen Lächeln und wischte sich kurz mit der Hand über die Augen. „Gehabt!"

In der langen, etwas hilflosen Pause, die dieser dreifachen Beschwörung der Vergangenheit folgte, man hörte nur das leise Pumpen und Ticken der Apparate, das Gurgeln des Atems, betrachtete Irmgard die sterbende Frau. Das Gesicht breit geworden von unbewusstem Wissen, die Haare verschwitzt, die Mundpartie und das Kinn eingefallen. Der Versuch zu weinen, der nur noch nach innen schlug, der Versuch zu sprechen, der sich in kleinen spitzen Seufzern in das Krankenzimmer ergoss. Die kräftigen Arme, die ihren Mann, ihre Töchter, ihre Enkel nie mehr würden umfassen können. Die intelligenten Hände, die ruhelos über das Laken strichen, als wollten sie das Leben wieder finden.

Es ist einfach unglaublich, dass wir aufhören, dass wir enden müssen, dachte Irmgard. Ich werde mich wohl nie wirklich an den Tod gewöhnen.

46

„Herr Thoma, ich habe jetzt Feierabend, wollen Sie nicht auch nach Hause gehen? Sie sehen so müde aus."

„Nein, ich bleibe bei meiner Frau!"

„Sollen wir Ihnen dann nicht wenigstens ein zweites Bett herein schieben, damit sie ausruhen können. Das macht wirklich keine Mühe, wissen Sie!"

„Nein, lieb von Ihnen, aber ich werde sowieso nicht schlafen können. Zweiunddreißig Jahre! Zweiunddreißig Jahre, wie werde ich leben können ohne meine Frau?"

„Das findet sich, Herr Thoma. Noch ist sie ja da und Hoffnung ist immer!", sagte Irmgard.

Dass wir so hilflos sind, so ohnmächtig, in gewisser Weise armselig, dachte sie noch und wandte sich mit einem kurzen „Gute Nacht" zur Tür. Aber Herr Thoma mochte sie nicht gehen lassen, mochte nicht alleine bleiben mit dem Tod.

„Ich spreche mit ihr, wissen Sie! Meinen Sie, dass sie mich noch hören kann?"

„Tja, da gehen die Meinungen vollkommen auseinander, aber wenn sie mich fragen: Komapatienten kriegen alles mit, vielleicht anders als wir glauben, aber sie sind sehr bewusst. Viele jedenfalls. Da kann mich auch keiner von abbringen, dazu habe ich zu viel erlebt hier." Irmgard fasste nach der Klinke. Sie wollte den letzten Bus noch erreichen. Die zwei freien Tage, die vor ihr lagen, zwei Tage ohne Eiter, ohne Blut, ohne Sterben würde sie bei ihrer Mutter auf dem Land verbringen, spazieren gehen, saubere Luft atmen und leben! Leben!

„Viel Glück, Herr Thoma!", sagte sie noch und war raus. Gerade noch rechtzeitig, um nicht loszuheulen. Dieser liebevolle Mann mit seinen dunklen, entsetzten Augen, bringt mich doch tatsächlich noch zum Heulen. Verdammt noch mal! Irmgard schniefte und stürzte den abgedunkelten Flur entlang zum Umkleideraum. Bloß raus hier! Bloß raus hier, und schnell!

Sie eilte durch die Dunkelheit, rannte fast durch den kleinen Park, den das Krankenhaus von Werners rettender Ecke trennte. Irmgard mit ihren fast zwei Metern und dem wuchtigen Körper schritt kräftig aus, der olivenfarbige Hüllenmantel wehte hinter ihr her. El Cid, der Rächer der Armen und Waisen, könnte man meinen, ritt durch den Tann. Wütend wischte sie sich im Laufen die Tränen aus dem Gesicht. Sie riss die Tür zu Werners Kneipe auf, rief ein kräftiges „Hey, Jungs!", atmete gierig den Geruch nach ungesundem, verbrauchtem Leben, arbeitete sich durch den Qualm und das lallende Gewäsch zu Werner vor, der ihr bereits wortlos einen doppelten Cognac auf den Thekenrand gestellt hatte. „Na, Todesengel, hat's Dich wieder mal erwischt?" „Ja", Irmgard räusperte sich trocken und kippte den Brand in einem Ruck hinunter. Sie ächzte kurz auf: „Noch einen, Werner. Schnell. Der letzte Bus nach Malgow geht gleich, ich will raus zu Muttern!" Werner schluckte leicht, sah im Geiste die beiden Birken vor sich und spürte sofort wieder das lästige Kribbeln auf dem Kopf. Nach Malgow, zu Muttern. Mann, oh Mann! Er atmete tief durch, holte die Flasche erneut vom Bord, schraubte und goss neu ein: „Mann, oh Mann, Große!", sagte Werner und schob Irmgard das Glas zu: „Mann, oh Mann!"

„Ja", sagt Irmgard trocken.

„Anschreiben?"

„Ja, ich muss los. Wie viele waren's denn schon diesen Monat?"

„Sechse, glaub ich!"

„Na, das geht ja grade noch! Tschüs, bis die Tage, und danke!"

„Nicht der Rede wert!" Werner schaute ihr nach, wie sie den Hüllenmantel durch die schwatzende Menge zerrte, kurz bei Oma Hübner innehielt mit einem „Na, Oma, Leben noch frisch?", es klang fast wie ein Vorwurf heute Abend, die Tür aufriss, einen kurzen Moment irritiert den Zusammenprall zwischen Novembernebel und Zigarettenqualm abschätzte, und weg war sie.

„Hab mir grade wieder janz frisch eingelegt!", rief die Oma ihr noch nach, aber ihr schrilles Stimmchen verhallte in dem allgemeinen Lärm fast ungehört.

Der Bus schob sich durch den Nebel. Irmgard starrte aus dem Fenster in die weißliche Düsternis. Sie sah nichts, nur ihr eigenes Gesicht, das im Nebel schwamm. Der Weinbrand wärmte ihren Magen, die Gedanken an die sterbende Frau und diesen Mann mit den samtenen Augen wärmten ihr Herz. So ein Paket von Liebe aber auch. Wie er seine Frau, an der ja nun gar nichts mehr schön war, umsorgte und pflegte, wie er tröstete und liebte, wie er jeden, der es wagte, am Bett seiner Frau zu weinen, erbarmungslos aus dem Zimmer wies: „Du sollst hier nicht rumheulen. Sie wäre die Einzige, die einen Grund hätte, verstehst Du das? Du heul nicht! Du mach ihr Mut!"

Irmgard hatte zunächst geglaubt, sie irre sich, aber es stimmte. Es war nicht nur die normale Sorge und Pflege einer Kranken. Es war wirkliche Sinnlichkeit. Sinnliche Liebe. Unglaublich. Wie ging so etwas? Vielleicht, weil das Künstler sind. Theaterleute. Vielleicht, weil sie in einer anderen Welt leben mit ihrem Kopf. Weil sie vielleicht wissen, dass es außer Liebe nichts gibt, was uns trägt. So gingen Irmgards Gedanken in ihrem müden Kopf hinüber und herüber. Sie sah nicht das dämmerige Innere des Busses, nicht die Dunkelheit oder den Nebel und schon gar nicht sich selbst. Sie sah die samtenen Augen des Herrn Thoma, die in ihrem Inneren immer größer wurden, immer samtiger und bald den ganzen Raum einnahmen. Ich hätte mich bei Werner volllaufen lassen sollen und in der Stadt bleiben, dachte Irmgard. Ich hätte überhaupt im Krankenhaus bleiben sollen. Frau Thoma wird nicht durchhalten bis Montag, sie stirbt und ich bin nicht da und kann ihr nicht beistehen.

Dabei hätte sie sich durchaus wohlig fühlen können. Draußen wirtschaftete ihre Mutter herum, das Haus duftete nach Vanille, Lavendel und Kerzenwachs. Gleich würde es ein leckeres Süppchen geben, zum Nachtisch wahrscheinlich Bratapfel. Ja, zwischen

Vanille und Lavendel duftete der Zimt hervor. Das warme Wasser der Dusche rauschte prickelnd über Irmgards Haut. Trotz ihrer siebenunddreißig Jahre hatte Irmgard eine makellos straffe Haut. Nur dass eben sehr viel davon da war. Nur dass eben die Schenkel recht füllig waren, nur dass eben der Oberkörper zu kurz war und zu schmal für das ausladende Becken und den rundlichen Bauch, den sich die Frau in durchwachten Nächten angegessen hatte, der Kopf etwas zu klein war für den großen Körper. Obwohl sie mit ihrem Gesicht Glück gehabt hatte, wenn man davon absah, dass es etwas zu klein war für die großen wässrigen hellgrünen Augen. Braue, Nase, Mund in griechischem Ebenmaß. Das sah schon alles recht gut aus zu dem wilden blonden Haar, dass sie meist nachlässig hochgesteckt trug. Nein, sähe man den Körper nicht, man würde „Schönheit" denken. Und der Körper war ja auch nicht hässlich, eben nur etwas durcheinander, etwas unwillig, als wäre er schnell noch vor Feierabend aus den Resten gemacht, und eben sehr hoch und durch Kummer und Nachlässigkeit traurig geworden.

„Meckere doch nicht dauernd mit Deinem Körper rum, Kind! Gott hat ihn Dir geschenkt und Gott lügt nicht!"

„Gott lass aus dem Spiel, Mutter! Den Körper habe ich von Dir und Vater, schließlich!"

„Na, und wenn schon, ich bin mit dem meinen gut durchgekommen und glücklich und zufrieden, dann wirst Du das ja wohl auch schaffen."

„Ja, bloß Deiner hat Proportion. Du siehst doch gut aus. Aber ich fühle mich vermanscht. Mensch, was habt Ihr Euch bloß dabei gedacht, oder eben Gott oder wer auch immer, mir egal, bloß Scheiße isses!"
Irmgard rubbelte sich ab und hüllte sich in das duftende Badetuch. Bei Irmgards Mutter duftete alles. Sie machte schließlich auch aus Kacke noch ein Geruchsvergnügen.
Wie hat Frau Thoma das nur angestellt! Die hat doch auch einen großen, kräftigen Körper. Was hat sie denn gemacht, dass sie so einen zarten Mann für sich interessieren konnte? Fünfzehn Jahre ist diese Frau älter als ich, lächerliche fünfzehn Jahre, und hinterlässt eine ganze Dynastie: Drei Töchter und vier Enkelchen! Und ich? Zwischen Frühschicht und Spätschicht und Einzimmerappartement habe nichts! Und wenn jetzt nicht bald was passiert, wird es auch bei Nichts bleiben. Irmgard war ja fast noch Jungfrau. Einmal hatte sie sich sehr doll verliebt. Während der Lehrzeit. In den kleinen Jürgen. Der war auch so still und zart. Aber alle haben sich halbtotgelacht über dieses ungleiche Paar und blöde Witze gerissen. Davon hatte sich Irmgard beeindrucken lassen, und da wurde dann nichts draus. Nichts Richtiges. Auch die wenigen anderen Beziehungen blieben flüchtig. Sie scheiterten an Irmgards fester Überzeugung, dass Männer, die sich für ihren Körper interessierten, nichts taugen konnten, bestenfalls einer perversen Lust folgten. Sie hatte sich erfolgreich überredet, einverstanden zu sein, mit dem, wie sie war und was das Schicksal, oder wer auch im-

mer, ihr zugeteilt hatte. Sie war hässlich, okay. Wahrscheinlich hatte Mutter recht, sie war so gemeint. Was für einen Sinn hätte das, ständig dagegen zu protestieren? Sie würde eben ein anderes Leben haben. Ein einsames, ganz dem Beruf gewidmetes Leben. Und jetzt? Jetzt war sie wieder da, die Lust ihrer jungen Jahre, die Sehnsucht nach Liebe, nach einem Kind, einer Familie, nach dem einfachen Glück. Irmgard wurde heiß an der Stirne, die Nase fing an zu kribbeln und dicke Tränen kullerten aus den großen Augen.

„Was is'n los?" Die Mutter stand in der Tür.

„Was ist los, habe ich gefragt? Mädel! Haste Kummer, hast du Sorgen? Sprich mit Deiner Mutter!"

„Ja doch, ist ja nichts!"

„Du hast rote Augen!"

„Kommt vom Duschen!"

„Erzähl mir doch nichts! Duschen! Geheult haste! Warum?"

„Ach, ich musste nur an die Frau denken, die bei uns gerade stirbt. Mehr ist nicht."

„Hat's Dich wieder mal erwischt. Na! Ich frag mich sowieso, wie Du das alles aushältst! Essen ist fertig, aber nimm Dir Zeit, ich mach Dir erst noch einen kräftigen Punsch, mein Kind."

Mutter Huhn warf noch einen Blick auf ihre große Tochter, die da stand, ganz in Hellblau gewickelt, so traurig. Was hat sie nur? Das dumme Ding! Sie ist doch schön. Sie ist doch wunderschön, dachte sie, schloss leise die Badezimmertür und eilte mit großen Schritten davon, um ihrer Tochter einen Punsch zu zaubern, der sie wieder fröhlich machen sollte.

Alma Huhn ist Hebamme gewesen. Erst auf dem Dorf. Dann in einer kleineren Kreisstadt. Dann Kreishebamme. Eine wichtige und gewichtige Person. Nach der Wende durfte die Gesellschaft auf ihre geschickten, erfahrenen Hände verzichten. Zu alt. Frührentnerin. Seit zwei Jahren lebte sie nun wieder auf dem Lande. Als sie feststellen musste, dass ihr nach einem Leben harter Mühsal nur noch ein Hungerlohn zum Leben blieb, war die Wohnungsmiete erst einmal abgezogen, hatte sie die ehemalige Schmiede ihres Gatten Gustav fast aus eigener Kraft unter Zuhilfenahme aller ihrer Ersparnisse und all ihrer Fantasie ausgebaut. Das Prunkstück war die Küche, die sie in langem Kampf um Handwerk und Schönheit aus der ehemaligen Schmiede zu einem kleinen Paradies umgebastelt hatte. Die Schmiede noch erkennbar, die Küche warm und gemütlich. Ein Meisterstück. Die Wände aus Felssteinen, nackt und roh, in Klein- und Feinarbeit gesäubert, ausgeputzt und ausgebessert, die Fugen zwischen den groben Felssteinen verputzt, die Esse gereinigt, die Balken gesäubert, gebeizt, den Kamin gestaltet, den Herd gesetzt, den Boden gefliest. Überall an den schweren Balken hingen in riesigen Büscheln die Früchte der Erde. Von Zwiebeln bis Knoblauch, von Brennnesseln bis Zinnkraut. Bauchige Gläser mit Eingemachtem, Verschwiegenem. Almas Zauberwerk. Als wollte die alte Frau dem Wunsch ihrer Eltern, wenn auch zu spät, aber dennoch mit Macht entsprechen. Die Eltern waren beide erfolgreiche Architekten gewesen und hätten es zu gerne gesehen, wenn ihre begabte, intelligente Tochter in ihre Fußstapfen getreten wäre. Aber dann war da der junge, starke Schmied, den Alma während eines Landeinsatzes ihrer Oberschule kennen und lieben lernte. Das sinnliche Begehren, die Lust auf ein kraftvolles Leben in der Natur hatten alle ehrgeizigen Pläne ihrer Eltern über den Haufen geworfen. Wäre sie auf dem anderen Weg glücklicher geworden?, fragte sie sich des öfteren. Aber sie verwarf diese Gedanken immer wieder. Wie es ist, isses, und es gibt nichts Sichereres als das, was ist. Ist der Moment gut, war alles gut. Und der Moment war gut. Das Land, das zu ihrem Anwesen gehörte, bot genügend Raum für einen üppigen Garten und etwas Federvieh. Nun konnte Alma Huhn in aller Ruhe und freundlicher Gelassenheit dem Grundsatz folgen: „Ich esse, was ich habe und singe die Lieder, die ich kenne."

Schmiede passte gut zu der Frau: „Mann, Kinder, kommt! Holt den Amboss raus!" Es scheint unglaublich, aber Alma war noch etwas höher als ihre Tochter Irmgard, allerdings keineswegs so drall. Breites Becken, breite Schultern, das schon, aber eben knochig. Eine ausgesprochen zähe Person. Über dem von der Sonne gegerbten Gesicht thronte der üppige Kranz des trotz ihrer fast siebzig Jahre immer noch schwarzen Haares. Das Leben hatte ihre Stirn gefaltet und wenn sie nicht lachte, konnte man den bitteren Zug um die Mundwinkel sehen, den die

Härten des Lebens dort eingegraben hatten. Aber Alma lachte oft. Ein dunkles, rollendes Lachen. Sie hatte braune Augen. Auch sehr groß, jedoch braun. Irmgards leuchtend grüne Augen waren ein Andenken ihres Vaters.

Mein Gott, der hat Augen wie Hans Albers!, hatte Alma gedacht und war ihm schon verfallen. Alma Huhn. Ein kleiner Hüne. Ein Hünchen. Wenn es irgendwo Zwist und Hader gab: Holt „Hünchen"!, hieß es dann. Und Alma kam. Zog sich einen Stuhl ins Zentrum des Geschehens und ließ ihren handfesten Hintern darauf nieder: „Also, was gibt es?" Und meist fand sie sehr einfache, sehr nahe liegende Lösungen für die scheinbar verwickeltsten Situationen.

Hünchen sah ihrer Tochter beim Suppeschlürfen zu. Im Zentrum des Raumes die große Lampe mit dem milden aprikosenfarbenen Licht und darunter ein runder Tisch. An diesem Tisch zwei große Frauen und in diesen Frauen zwei unruhig schlagende Herzen. Das Herz der Tochter schlug einer ungewissen Sehnsucht entgegen, das Herz der Mutter ihrer Tochter zu. Irmgard saß vornüber gebeugt, den Kopf so dicht es ging über der dampfenden Schüssel. Sie genoss den Duft, und die Hitze des prasselnden Kaminfeuers, die Schweißperlen auf ihre Stirne trieb und in den Augen brannte. Hastig ging der Löffel zwischen Suppenteller und pustendem roten Mund hin und her. Wer so löffelte, mochte nicht sprechen, konnte gar nicht sprechen. Hünchen sah das. Hünchen wusste das. Sie saß der Tochter schräg gegenüber, hatte den Rücken gegen die hohe Stuhllehne sinken lassen, die Arme über dem für den breiten Oberkörper eher zu flachen Busen gekreuzt, die Beine weit unter den Tisch gestreckt. Was tut man, wenn man weiß, dass das geliebte Kind von ungewissem Kummer geplagt wird? Wenn man spürt, dass jetzt darüber nicht geredet werden kann? Wenn das Schweigen in der Stube lastet und sich immer tiefer senkt? Man wechselt das Thema. Und Themen gab es in Hünchens Leben ohne Ende: „Kannst Du Dich an die beiden jungen Leute erinnern, die das Forsthaus kaufen wollten?"

„Mit der schwangeren Frau?"

„Ja!"

„Und? Haben sie das Haus gekauft?"

„Ja!"

„Schön!"

„Ja! Die haben ihre gesamten, mühsam ersparten Moneten zusammengekratzt, einen großen Kredit aufgenommen, damit ihr Kind in der Natur, in der noch übrigen frischen Luft aufwachsen kann, und müssen nun irgendwie begreifen, dass es das Haus gar nicht mehr gibt!"

„Bitte?" Irmgards Gesicht wandte sich voller Unverständnis von der Suppe weg der Mutter zu. „Was soll das heißen?"

„Das soll heißen, dass es das Haus nicht mehr gibt!"

„Mutter! Bitte!" Irmgard knurrte.

„Na, die beiden haben einen Architekten kommen lassen, noch einmal viel Geld dafür bezahlt, haben den Entwurf zur Genehmigung eingereicht und vom

Bauamt die Auskunft erhalten, dass der Bauantrag nicht genehmigt werden kann, weil das Haus über zwei Jahre nicht bewohnt war und deshalb baurechtlich nicht mehr existiert."

„Dann bauen sie eben nicht! Ich meine, das Haus ist doch groß genug und wenn die eh kein Geld haben ... ich meine ...!" Irmgard zuckte die Achseln und wandte sich wieder ihrer Suppe zu.

„So einfach ist das nicht. Das Dach muss gemacht werden. Da regnet es durch und das Haus ist feucht. Wenn das Dach nicht gemacht wird, dann fällt ihnen das Haus über Tag überm Kopf zusammen. Das Dach können sie auch machen, also hätten sie können, nur jetzt nicht mehr. Jetzt hat der Herr Amtsleiter seinen unbarmherzigen Blick auf uns gerichtet, jetzt geht hier gar nichts mehr!"

„Was ist los Mutter? Bin ich dir zu ernst? Willst Du mich zum Lachen bringen?"

Irmgards Blick fuhr wütend aus der Suppe. Es gibt ja nichts auf der Welt, was Sehnsüchte so schnell und endgültig vertreiben kann, wie behördliche Erwägungen.

„Würde ich gerne. Ich würde selber gerne so richtig herzlich darüber lachen. Ist aber nicht, mein Kind!"

Hünchen war jetzt ganz ernst, zog ihre Füße zum Stuhl heran, raffte den Körper nach vorne und beugte sich über den Tisch: „Es kommt nämlich noch besser. Die beiden sind daraufhin natürlich zur Baubehörde gegangen und haben mit dem so genannten Herrn Amtsleiter Rede und Antwort gehalten. Und dabei kam heraus, dass hier alles, alles was hinter

Krügers Haus liegt, verstehst Du, alles, auch die Schmiede, also auch ich, auch Jaschkes, auch Büttners, dass wir alle gar nicht zum Ort gehören, auch wenn der Bürgermeister das anders sieht. Ist nicht. Nennt sich Außenbereich. Da gibt es einen besonderen Paragrafen und da geht scheinbar gar nichts mehr. Im Außenbereich darf nicht gewohnt werden, nur wenn man ein Gewerbe hat, verstehst Du? Das nennt sich dann ,privilegiertes Wohnen!' Nett, was? Und die schaffen jetzt hier mal Ordnung, hat der Amtsleiter den beiden jungen Leuten gesagt, es könnte nicht angehen, dass hier jeder einfach so wohnt, wo er will. Das wird jetzt alles geprüft."

„Versteh ich nicht!"

„Ich auch nicht, Irmchen!"

Schweigen. Nur das Knistern des Feuers im Kamin war zu hören. Zwischen Geburt und Tod liegt das Amt, dachte Irmgard. Die zwei großen Frauen waren nun beide gegen die Stuhllehnen zurückgefallen und starrten sich an.

„Aber Du sitzt mir da jetzt gegenüber, Mutter, oder ist das auch ein Irrtum?"

„Also", sagt Hünchen, „nach allem, was ich weiß, sitze ich hier. Also, ich fühle mich hier sitzen!"

„Aha!"

Schweigen. Das Knistern des Feuers. „Und nun?"

„Was und nun?"

„Wie geht das nun weiter, meine ich? Wenn die Dich hier nicht mehr wohnen lassen, ich meine, wo willst Du dann hin? Das wäre ja überhaupt nicht komisch, Mutter!?"

„Nein, das wäre für mich eine ziemliche Katastrophe!"

Schweigen. Das Knistern des Feuers.

„Und? Was willst Du machen?"

„Na, ich habe mir gedacht, ich rufe am Montag erst mal da an und mache einen Termin mit diesem Herrn Amtsleiter. Diesen Termin nehme ich dann wahr, wie es so schön heißt, und dann fahre ich da hin und reiße denen in aller Ruhe die Schreibtische auseinander!"

„Gut! Und wenn das nicht hilft?"

„Es wird nichts helfen, das ist mir klar, da bin ich schon zu lange auf der Welt, um mir da was vorzumachen. Das hilft garantiert nichts. Schaden kann es aber auch nichts. Nur, es muss einfach sein, verstehst Du? Ich muss sehen, wie einer aussieht, der so gemein ist!"

„Und dann? Wenn Du es dann weißt?"

„Kommt Zeit, kommt Rat - ist einer der besten Sprüche, die ich kenne!"

„Ich weiß nicht, Mutter, vielleicht solltest Du Dich einmal nicht einmischen. Still halten und abwarten, vielleicht wächst dann Gras über die Sache!"

„Ach, nee! Stillhalten und abwarten, ist das jetzt die Devise? Gras wachsen lassen? Ist nicht mein Ding!"

„Ich weiß, Mutter!" Irmgard kratzte etwas verdrossen die letzten Reste der Suppe zusammen.

„Noch einen Nachschlag?"

„Vom Amtsleiter bitte nein, von der Suppe bitte ja!" Völlig unvermittelt lachte Irmgard auf. Sie stürzte sich in das Lachen hinein, wie in eine Kniebeuge.

Die ganze Küche war voller Gelächter, bis in die Ecken hinein, weil nun auch Hünchens dunkles rollendes Lachen einstimmte.

„Stell Dir bloß vor", Irmgards Stimme klang wie ein Kreischen vor lachender Atemnot, „stell Dir vor, uns gibt es gar nicht! Alles Einbildung!"

Hünchens Lachen donnerte heraus.

„Das wäre eine Erleichterung. Uns gibt es nicht. Alles ein Irrtum. Ich bin ein Irrtum. Du bist ein Irrtum. April, April!"

„Was für ein Glück, Mutter! Wir sind draußen. Im Außenbereich. Haaach ! Herrlich!"

Hünchen wischte sich die Lachtränen aus den Augen, schöpfte Suppe nach und brachte sie ihrer immer noch lachenden Tochter. Bei Irmgard war es schließlich nicht nur das Letztgehörte, was da mit dem Lachen herausgeschleudert werden musste. Das Lachen kam von weit her und dauerte noch ein ganzes Weilchen. Verebbte, schluchzte auf, rollte weiter und verstummte schließlich.

„Ich würde jetzt gerne einen Schluck Wein trinken, Mutter!"

„Alles klar, mein Kind!" sagte Hünchen, zufrieden, dass ihre Tochter wieder fröhlich war. Und sei es auch auf Kosten der Probleme ihrer Mutter. Sie öffnete eine Flasche Rotwein und stellte die Gläser auf den Tisch.

„Ich wollte Dir eigentlich nur sagen, dass ich dem jungen Paar angeboten habe, hier im Anbau zu wohnen. Die haben ihre Wohnung in der Stadt gekündigt, stehen sozusagen auf der Straße und lange ist es nicht mehr, bis das Baby kommt. Fürs Erste wird's gehen, denke ich!"

„Bitte, was?" Irmgard saß wie vom Donner gerührt. Sie betrachtete ihre Mutter genau, in der Hoffnung, dass es sich um einen Scherz handeln könnte. Aber Hünchen war ganz ernst. Irmgard leerte das Glas Rotwein in einem Zug. Was dachte sich die Mutter denn? Fremde Leute hier ins Haus holen? Und wenn sie frei hatte, wenn sie sich in der Obhut ihrer Mutter entspannen und erleichtern wollte, hockten hier fremde Leute in der Küche, oder was? Sie sah ihre Mutter voller Freude über das kleine Wesen vor sich, sie sah sie „Dududu" machen und das Kind hin und her tragen. Das hatte ihr gerade noch gefehlt!

Hünchen stütze das Kinn in die Hände und beobachtete die Reaktion ihrer Tochter mit leichter Verwunderung: „Das sind zwei wirklich sehr nette junge Leute, Irmgard!"

„Ja, kann schon sein. Und wenn ich meine freien Tage habe, hocken die hier die Küche voll. Kind und alles. Das finde ich ... ich finde das ... ich finde das doof, Mutter!"

Hünchen hob erstaunt die Brauen: „Dass diese Menschen mit ihrem Kind auf der Straße sitzen, findest du also nicht doof!"

„Ja, Mutter, das ist natürlich alles ... wie soll ich sagen ... schrecklich ... aber, ich meine, das sind kräftige junge Menschen, schließlich. Und überall stehen Wohnungen leer, eh. Wo ist das Problem? Was gehen Dich denn die Sorgen fremder Leute an? Du wirst bald genug eigene haben, wenn die Dich hier nicht mehr wohnen lassen. Wolltest Du Dir in dem Anbau nicht eigentlich eine kleine Praxis einrichten? Mal ,privilegiertes Wohnen' versuchen? Das könnte Dich vielleicht retten vor dem Bauamt. Halt Dich doch in Gottes Namen einmal raus aus den Problemen fremder Leute, die Dich gar nichts angehen. Kümmere Dich um Dich selbst, verdammt!"

Heftig schossen die Sätze heraus. Hünchen starrte auf die sich schnell bewegenden roten Lippen und spürte langsam aber sicher eine Wolke dunklen Grolls aufsteigen. So kannte sie ihre Tochter nicht, diese immer hilfsbereite Krankenschwester, und sie wollte sie auch so nicht kennen lernen.

„Entschuldige bitte, Irmgard, aber ich sagte doch: im Anbau. Das würde Dein Wohl und Wehe gar nicht berühren!"

„Ja, komm, Mutter! Zwei winzige Kammern, eine kleine Badezelle, ein Kücheneckchen. Da wirst Du sie doch nicht einsperren, Kind und alles. Das glaubst Du ja wohl selber nicht! Also hocken die hier rum, Kind und alles, keine Ruhe mehr und nichts!"

„Und dass ich dann etwas Gesellschaft hätte, eine kleine Aufgabe, Leben in der Bude, daran denkt meine Tochter gar nicht, so selten, wie sie hier erscheint, nicht wahr?"

Jetzt schrie Irmgard: „Wann hätte ich Dich jemals alleine gelassen, Mutter, wenn Du Hilfe gebraucht hast? Worüber beschwerst Du Dich? Dass ich arbeiten gehen muss?" Irmgard leerte das zweite Glas Wein in einem Zug.

„Du hättest ja gerne hier einziehen können. Das habe ich Dir oft genug angeboten, das wolltest Du nicht, also, beschwer Dich nicht!"

Hünchen blieb verdächtig ruhig.

„Und wir haben oft genug entschieden, dass das zu anstrengend wäre, im Dreischichtsystem, jeden Morgen, jeden Abend, jede Nacht eine Stunde hin, eine Stunde zurück, also beschwer *Du* Dich nicht, Mutter!"

So ging das weiter. Die behagliche Küche schien kleiner und enger zu werden. Irmgard war wütend. Wütend und enttäuscht. Sie fühlte sich ausgesperrt aus dem Haus und dem Leben ihrer Mutter. Sie hätte schon wieder heulen mögen.

„Bist Du eifersüchtig, oder was?", fragte Hünchen schließlich, um Sanftheit bemüht.

„Ach, eifersüchtig!", schnaubte Irmgard böse. „Jetzt fang doch nicht auch noch so an, Mutter! Ich hatte eine schwere Woche, ich bin müde! Ich gehe jetzt schlafen!" Irmgard goss sich noch einmal das Weinglas voll und wandte sich der Tür zu.

„Irmgard, es tut mir leid, dass Du so darauf reagierst. Das hätte ich nicht gedacht, wirklich nicht!" Auch Hünchen war enttäuscht: „Es ist mein Haus, mein Leben, ich werde also meine Entscheidung so treffen, wie ich es für richtig halte, wie es zu mir passt!"

„Ja, klar, Mutter! Wie immer! Du entscheidest! Dein Haus, Dein Leben, mach das! Mach Dir Deine Enkelkinder selber, wenn es Deine blöde Tochter nicht schafft. Lass es voll werden in unserer Hütte. Willkommen Bethlehem!" Irmgard verließ den Raum und schlug die Tür heftig hinter sich zu. Riss sie dann wieder auf: „Du hättest mich wenigstens vorher fragen können! Du hättest mich ja *einmal* fragen können, was ich denke und was ich entscheiden würde. Aber wenn ich als Hase durch die Furche komme, bist du als Igel ja immer schon da!" Und wieder schlug die Tür zu.

Ungefähr in dem Moment, als sich Irmgard trunken und erbost in ihre Kissen wühlte, atmete Frau Thoma zum letzten Mal aus.
Ihr Mann, dessen samtene Augen ohne sein Wissen und Dazutun in Irmgards Seele Unruhe stifteten, hatte sich endlich entschlossen, doch für ein paar Stunden nach Hause zu gehen und zu schlafen, hatte sich über seine Frau geneigt und ihr ins Ohr geflüstert: „Ich gehe ein bisschen nach Hause, mein Liebes, gute Nacht!"
Frau Thoma öffnete die Augen und sagte mit klarer Stimme zu ihrem Mann: „Warum?"
Herr Thoma erschrak vor dieser plötzlichen und unerwarteten Präsenz seiner schon fast tot geglaubten Frau und sank verblüfft wieder auf seinen Stuhl zurück.
„Ist gut, ich bleibe!" Er trocknete ihre feuchte Stirn mit einem Tuch „Mach Dir keine Sorgen, mein Liebes! Ich bleibe bei Dir!"
Sie sah ihn an. Lange. Mit diesem für sie typischen offenen Blick, sagte dann aber nur: „Ich möchte Wasser! Mit Zucker! Mit viel Zucker!"

Stakkatoartig, wie Befehle schossen die Worte in den Raum. Irmgards Kollegin, die zarte, sanfte Bärbel, brachte das Wasser, warf einen geübten Blick auf die Geräte, und ließ die beiden wieder allein. Sie ahnte schon Schlimmes. Sie wusste zu genau, dass das Leben bei fast allen Sterbenden kurz vor dem Tod noch einmal einen flüchtigen Anlauf nahm. Wie gut, wenn da ein Mensch war, der die vage Hoffnung teilen konnte, der sie auffing und zurückgab, der aus vollem Herzen auf den Satz: „Ich bin froh, dass ich Dich gefunden habe!", sagen konnte: „Ich liebe Dich, ich danke Dir auch!"

Viel mehr Kraft war dann nicht. Frau Thoma flüsterte noch mit einem fast übermütigen Lächeln: „Ich habe geträumt, drei weise Frauen saßen an meinem Bett. Sie haben gesagt, ich werde leben!"

Dann schloss sie die Augen wieder und begann stoßweise zu atmen. Während Herr Thoma, glücklich und voller irrsinniger Hoffnung, die Hand seiner Frau in seine beiden Hände nahm und küsste und küsste und immer wieder und wieder sagte: „Ich liebe Dich, ich liebe Dich! Ich danke Dir!", verpasste er den Moment, indem der Tod seine Frau mit einem leichten Ausatmen in die Arme nahm.

Als er wieder aufschaute von den ineinander verliebten Händen, war sie schon fort gegangen von ihm, hatte sie diese Welt verlassen.

Während Bärbel die üblichen Formalitäten einleitete, den Doktor rief, die Töchter verständigte, die Kerzen und Blumen im Zimmer verteilte, alles so wie Irmgard es vorbereitet und angeordnet hatte, saß

Herr Thoma da mit einem ungläubigen Lächeln im Gesicht und murmelte vor sich hin: „Dass der Tod so sanft ist, dass er so sanft ist!", und: „Wie schön sie ist!"

Ja, Frau Thoma sah schön aus. Bärbel war immer wieder aufs Neue verblüfft, wie schön die Toten waren. Fast alle. Kurz nach dem Sterben. Wie der Tod nicht nur das direkte Leiden, sondern auch das Alter mit fort zu nehmen schien, alles Gelebte, Kummer und Sorgen und all den Kleinmut. Erlösung ist kein so schlechtes Wort dafür, wenn man in die Gesichter der meisten Gestorbenen sah, dachte Bärbel.

„Kann ich noch irgendetwas für Sie tun, Herr Thoma?"

„Nein, danke, ich brauche nichts. Ich möchte nur noch ein wenig hier bei meiner Frau bleiben, wenn das möglich ist."

„Sicher, Herr Thoma, Sie dürfen so lange hier bleiben, wie Sie wollen!"

„Danke, Sie sind sehr lieb!"

„Sie auch, Herr Thoma, und ... es tut mir leid ..."

Bärbel lächelte ihm zu, ging hinaus, schloss sachte die Tür und ließ Herrn Thoma allein mit seiner Liebe, seinem Leben und dem Tod.

Hünchen hockte noch lange in ihrer schönen Küche. Sie hatte das Licht gelöscht, eine Flasche ihres selbstgemachten sechzigprozentigen Hagebutten-„Cognacs" geöffnet und leerte Gläschen für Gläschen. Ratlos und verwirrt saß sie im Schein und im Duft ihrer Kerzen. Immer auf der Suche nach einer

Antwort auf die Frage, was das jetzt gewesen war? Wie konnte es zu diesem ekelhaften Streit kommen? Ich bin doch eine gute Mutter, lallte es in ihr, nein, ich bin sogar eine wunderbare Mutter! Immer für mein Kind dagewesen, immer voller Verständnis und Beistand. Irmgard war das Wichtigste in ihrem ganzen Leben, ohne Frage. Wieso jetzt auf einmal diese Vorwürfe: Ja, Mutter, entscheide nur, wie immer! Du entscheidest! Dein Leben, Dein Haus! Was sollte das denn? Was sollte denn der Satz mit dem Igel? Das hatte ihr gerade noch gefehlt in dem ganzen Ärger mit dem Bauamt. Streit mit der Tochter, der sich nicht ergründen ließ. Es sei denn, Irmgard hätte Kummer, eine Sorge, die sie ihrer Mutter nicht mitteilen wollte. Sie hatte ja auch geweint in der Dusche. Was war los mit ihr? Vielleicht ist sie einfach mit den Nerven runter? Schwester auf einer Intensivstation, das ist doch ein Hammerjob! Aber sie wollte es ja nicht anders! Einmal hatte sie sich gegen den Willen ihrer Mutter durchgesetzt und das hatte sie nun davon. Sie nimmt sich ja auch immer alles so zu Herzen, das dumme Ding. Oder? Gab es Ärger in der Klinik? Was könnte es sonst sein? Warum sprach sie nicht darüber? Hat kein Vertrauen zu ihrer Mutter und macht stattdessen den schönen Abend kaputt? Hünchen hasste es, nicht eingeweiht zu sein, nicht durchzusehen.

So einsam und so missverstanden hatte sich die starke Frau nicht mehr gefühlt, seit sie ihren Mann durch sein plötzliches Verschwinden verloren hatte. Wahrscheinlich war ich nur ihr Mülleimer für ein anderes Problem. Mit der Mutter kann man es ja machen. Mütter sind Mülleimer. Mit Samt ausgeschlagene Mülleimer, so ist das nämlich! Mülleimer!

Sie saß da, nickte mit dem Kopf, trank, nickte mit dem Kopf. Mülleimer.

Aber egal. Ich werde morgen so tun, als wäre nichts gewesen. Kommt Zeit, kommt Rat! Schauen wir mal, dann sehen wir schon. Die ganze Sache vergessen und gut ist.

So müde und so trunken war sie nun, dass sie nicht einmal mehr die Kraft hatte, den klebrigen Mund auszuspülen, ehe sie ins Bett sank. Abtauchend in die Schwärze des Schlafes hörte Hünchen das eifrige Summen einer Fliege. Hörte, wie sie sich niederließ, wieder weiter summte, gegen die Wände schlug. Wie sie ruhend, summend und brummend ihre Kreise immer dichter an Almas Nase heran schob. Hünchen wurde kribbelig. Sie war ganz Ohr: Wann wird sie weiterfliegen? Wann wird sie wieder an die Wand schlagen mit leichtem pluff? Wann wird sie sich auf mein Gesicht setzen, die Fliege? Nur die Schwere ihres Körpers hinderte Hünchen daran, aufzustehen und mit irgendeinem Kleidungsstück wild im Zimmer herumzuschlagen, bis die Fliege nur noch ein blutroter Fleck an der frisch geweißten Wand sein würde.

Dann hast Du getötet, dachte das träge Hirn.

Töten! Fliegen, Mücken, Insekten tötet man bedenkenlos. Als wären sie keine Wesen, als wären sie nicht wirklich lebendig. Als hätte nicht Gott sie geschaffen. Wenn man die Schöpfung wirklich ernst nähme, so wäre doch auch die nächtens summende Fliege ein wertvolles Geschöpf Gottes. Und wer sagt mir denn, dass sie nervös summt? Sie fliegt fröhlich, sie fliegt gerne, sie liebt es. Und sie hat natürlich den Vorteil, keine Ohren zu haben. Was ich da höre, was mich da erbost, ist vielleicht nichts weniger als fliegende Lebenslust. Warum kann ich das nicht ertragen? Warum kann ich nicht friedlich einschlafen in dem guten Gefühl, dass da, im selben Raum mit mir, ein filigranes Geschöpf Gottes seine Lebensfreude genießt? Hünchen konnte es nicht ertragen. Hünchen sprang auf. Hünchen tötete. Man erträgt Autohupen, Pressluftbohrer, Rasenmäher, Partylärm. Man erträgt die unerträglichen Anweisungen eines Bauamtes. Versucht irgendeinen Weg zu finden, damit klar zu kommen, weil man anders keine Chance zu haben glaubt. Weil die Gegner so stark scheinen. Man erträgt den Streit mit der Tochter, versucht sich die Ursachen zu erklären, versucht ein Verständnis zu entwickeln. Man kann vieles ertragen, was schlimmer ist. Aber die Fliege, die kleine Fliege, die kriegt es dann ab. Tüppisch!, dachte Hünchen noch, ehe sie endlich in einem tiefen, traumlosen Schlaf versank.

Irmgard hatte früh, oder wann immer sie aufzustehen beschloss, eine kalte Dusche genommen. Vom warmen Bett unters kalte Wasser. Diese Frau liebte die Kontraste. Und hier draußen bei Muttern war das kalte Wasser noch viel schrecklicher kalt als in der Stadt. So kalt, dass man schlagartig vom Kopf auf die Füße fällt, dachte Irmgard, und Stand braucht man heutzutage, das ist mal klar.

Sie hatte gut geschlafen, traumlos, dem Wein sei Dank, war aber schon sehr früh erwacht. Zu früh. So schnell konnte sich der Körper nicht umstellen, zwischen Pflicht und Neigung. Irmgard lag in der Stille ihrer kleinen Kammer und beobachtete das Heraufdämmern des Tages. Sie lag einfach da, gedankenvoll, spürte ihr Herz schlagen und sah zu, wie der frühe Nebel die Baumkronen verwischte. Oder war es vielmehr der Streit gestern Abend, der sie nicht ausschlafen ließ? Was war denn nur in sie gefahren? Warum musste sie denn die Mutter so ärgern? Sie war nun mal wie sie war, und jetzt eh zu alt, sich zu ändern. Und warum auch letztlich? Sie hatte Zeit ihres Lebens ihre eigenen Entscheidungen treffen müssen und das würde so weiter gehen bis zum bitteren Ende. Sinnlos, ihr erklären zu wollen, dass daran irgendetwas falsch war, dass sie ihre Tochter oft verletzt hatte, mit Ratschlägen, die sich so fest und eindeutig anhörten, wie Befehle. In alles hatte sie ihrer Tochter hineinzureden versucht. Hatte sie überredet das Abitur zu machen. Wollte sie zwingen zu studieren. Endlose Auseinandersetzungen! Die hat so eine Kraft, die Alte! Erst mit achtzehn konnte Irmgard endlich ihren Traumberuf wählen.
Und letztendlich waren der Mutter andere Menschen eben doch wichtiger als ihre Tochter. Jedenfalls schien das der kleinen Irmgard so. Wie oft musste

sie alleine bleiben, wenn die Mutter zu Geburten gerufen wurde. Irmgard war vielleicht sieben Jahre alt, hatte hohes Fieber und große Angst, und die Mutter ging. Der Beruf ging vor. Immer. Ob nun zu Weihnachten, am Geburtstag oder sonst was. Immer war die Mutter weg. Aber das ist doch Schnee von gestern, dachte Irmgard, ich bin erwachsen und habe längst verstanden. Warum kam das jetzt hoch? Warum musste ich der Mutter das jetzt vorwerfen? Klar, weil sie sich wieder mal für die anderen entschieden hatte. Das Schicksal der jungen Leute war ihr wichtiger als die Bedürfnisse ihrer Tochter. Die Anderen! Wie immer! Unruhig wälzte sich Irmgard in ihrem Bett herum. Vielleicht stimmte es ja. Vielleicht war sie ja eifersüchtig. Eifersüchtig auf die Mutter, die scheinbar alles konnte. Die immer gleich zu wissen schien, was richtig und was falsch war. Etwas von dieser Kraft wäre mir schon recht, seufzte Irmgard. Was soll ich bloß machen, verdammt? Was macht man denn als Riesenhässlichente, um zu Mann und Kind zu kommen? Kommt Zeit, kommt Rat? Schauen wir mal, dann sehen wir schon? Blöde Sprüche!

Irmgards Körper summte. Wie gerne hätte sie sich an einen anderen warmen Körper geschmiegt. Aber woher nehmen, wenn nicht stehlen? Also stand sie auf und nahm ihre kalte Dusche.

Und da hörte sie auch schon die Stimme ihrer Mutter: „Kaffee ist fertig!" Es klang wie ein fröhliches Trällern. Ganz und gar unbelastet. Ja, wenn Mutter

Huhn sich etwas vornahm, dann klappte das auch.

Leicht betreten öffnete Irmgard die Tür, die sie in der Nacht so heftig zugeschlagen hatte.

„Mann, Mutter! Willst Du einen Obstladen aufmachen?", rief sie verblüfft. Die Überraschung ermöglichte auch ihr einen unbelasteten Ton. Die ganze Küche voller Äpfel: „Wo kommen die denn auf einmal alle her?"

Zufrieden mit sich schlürfte Irmgard den heißen Kaffee. Hünchen sah die dunklen Ringe um die Augen ihrer Tochter, sah das traurige Gesicht, spürte deutlich den Versuch der Wiedergutmachung und seufzte befriedigt. Na, schauen wir mal, dann sehen wir schon: „Die hatte ich im Anbau gelagert. Da müssen sie ja nun raus!" Der Moment ging in beiderseitigem Einvernehmen glimpflich vorüber.

„Und wo willst Du jetzt hin damit?"

„Verarbeiten! Apfelmus, Apfelkuchen, Apfelmarmelade, Apfelchutney! Was gibt es noch?" Hünchen lachte ihr dunkles Lachen: „Der Rest kommt auf den Boden oben."

„Da helfe ich Dir bei!"

„Du geh mal spazieren, Kind, dafür muss Zeit sein!" Hünchen entging nicht, dass Irmgard innerlich schon die Hufe wetzte. Das war ihr Vergnügen nach einer langen Woche Schicht - laufen, laufen, laufen. Bei jedem Wetter, bei Regen, Sturm, egal.

Ach, sie ist doch schon toll, dachte Irmgard beglückt. Sie fühlte eine heiße Welle Liebe aufsteigen und fiel ihrer Mutter um den Hals: „Ach, Mensch, Mutter, tut mir so leid wegen gestern Abend. War nicht so gemeint. Ich war nur müde und kaputt. Entschuldige bitte", flüsterte sie.

„Schon gut, Irmchen, ich hab ja verstanden", log Hünchen sachte: „Wir werden uns doch wegen eines kleinen Streites nicht den schönen Tag verderben lassen, was?"

„Ich wollte eigentlich gar nicht mit Dir streiten Mutter!"

„Ich auch nicht, Irmchen, aber der Appetit kommt wohl beim Essen, heißt es!" Hünchen lachte auf, drückte der Tochter einen kräftigen Kuss auf die Wange und schob sie weg: „Nun hau schon ab!"

„Also dann, Mutter, bis später!", flötete die Tochter noch liebevoll von der Tür her. Wenn sie heimkam, würde es im ganzen Haus nach Äpfeln riechen. „Was gibt es denn zu Mittag, Mutter?"

„Ich habe eine kleine Ente gerupft ... mit Rotkohl ... Äpfel habe ich ja genug."

Wieder das dunkle rollende Lachen.

Der Nebel lichtete sich nicht, wie sonst oft an Novembertagen. Heute blieb er Stadt und Land erhalten, zog sich eher noch stärker zusammen und hüllte alles in bläuliche Watte.

Ob Gott den Nebel durchdringen kann?, fragte sich Irmgard. Sieht er sein Geschöpf durch den Wald stapfen, der geliebten Eiche entgegen? Wenigstens einer für den ich klein bin, dachte sie und musste lächeln. Ja, für Gott, für den Kosmos bin ich klein. Hoffentlich nicht ganz unwichtig. Aber klein. Meine Problemchen sinken ins große Nichts und verschwinden darin wie die Baumkronen im Nebel.

Die Luft, die Bäume, das kräftige Ausschreiten halfen Irmgard, ihre innere Welt wieder gerade zu rücken. Und als sie bei ihrer Eiche angelangt war, konnte sie sich schon recken, die Arme um den Baum, das Gesicht an den Stamm legen und fragen: „Na, was hast Du mir heute zu sagen!"

Irmgards Eiche war kein riesiger, stolzer Baum. Für eine Eiche war sie eher kleinwüchsig, auch schief gewachsen. Der Stamm neigte sich am oberen Ende leicht zur Seite, so dass die Krone schräg stand. Da der untere Teil des Geästs sehr ausladend war, sah es von Weitem aus, als würde die Eiche die Arme auseinanderbreiten und leicht zur Seite geneigt den Ankommenden begrüßen. Irmgard liebte diesen Baum. Er stand etwas entfernt vom Weg, hineingetaucht in den Acker. Man musste sich schon die Füße schmutzig machen, wollte man ihn erreichen. Aber Irmgard würde keine Gelegenheit ungenutzt lassen, um ihn zu besuchen, seinen Willkommensgruß zu erwidern und ihn um Rat zu fragen. Ja, so war es. Irmgard und die Eiche hielten Rat. Kurz und bündig. Irmgard fragte nichts, die Eiche griff in Irmgards Kopf hinein und formte dort einen kurzen Satz, manchmal nur ein Wort, manchmal nur ein Gefühl.

„Trau Dir!", sagte die Eiche heute in Irmgards Kopf hinein. Nur: „Trau Dir!" Sonst nichts. Und Irmgard dachte, eigentlich wider besseres Wissen: „Was denn? Was soll ich mich trauen?"

„Trau Dir!", wiederholte die Eiche. Mehr gab sie nicht preis. Wozu ein großes Palaver machen, wenn im Dativ die Würze liegt? Die Eiche wusste, dass

Irmgard sie verstanden hatte. Aber um den Satz zu Ende zu denken, um sich Fragen an sich selbst beantworten zu können, brauchte es Mut. Und Mut können Eichen nicht geben.

Bärbel und Irmgard hatten „langen Wechsel" gehabt und heute Spätschicht.
Die beiden hatten gern miteinander zu tun. Deshalb richteten sie es so ein, dass sie so oft wie möglich gemeinsam Dienst machen konnten. Dem Stationsoberhaupt war das nur Recht. Die beiden schafften für vier und er sparte auf diese Weise eine Schwester pro Schicht.
„Aus Marmor und Silber jede Tür, doch an Pflegekräften fehlt's im Revier!", so dudelte er vor sich hin, wenn er auf den Korridoren und Zimmern seiner Station nach dem rechten sah. Früher hatte auch er sich gerne um die Patienten kümmern dürfen, das war ja auch der eigentliche Grund, warum er diesen Beruf ergriffen hatte. Nun aber, da jeder Handgriff im Pflegebereich abzurechnen war, fiel so viel Papierkram an, das schaffte keiner mehr nebenbei. Handgriffe gab es auf einer Intensivstation mehr als genug. Heute, am Freitagabend waren sie überschaubar. Nur vier leichtere Fälle auf dem Wege zur Genesung. Die anderen Betten warteten mit aufgeschlagenen Decken auf die Opfer des Wochenendes.

„Ich habe uns einen Adventskranz mitgebracht", sagte Bärbel, „einen mit blauen Kerzen, ist mal was anderes."

Bärbels dunkle Augen strahlten, die Wangen rosig. Was dieses Kind Gottes immer eine Frische strahlt! Unglaublich! dachte Irmgard.

„Wo nimmst Du das eigentlich her?" Sie stemmte die Arme in die Hüften und sah Bärbel streng an.

„Was? Wo nehme ich was her?"

„Diese Fröhlichkeit! Diese Leichtigkeit! Verdammt noch mal!"

„Irmgard, fang jetzt nicht wieder damit an! Ist was nicht in Ordnung? Hast Du schlecht geschlafen? War's nicht schön bei Deiner Mutter? Oder Was?"

Irmgards Stirne wurde zur Gewitterwolke. Sie musste sofort wieder an das bedrohliche Bauamt denken, an den bösen Streit, an die kleine Familie, an Frau Thoma, an die blöde Eiche mit ihrem Trau Dich! Trau Dich doch! Oder trau Dir doch? Oder ist das vielleicht dasselbe? Irmgard starrte auf ihre Füße und grübelte dieser Frage nach. Ihre großen grünen Augen wurden feucht.

„Irmgard! Hey! Irmgard! Was ist los? Hast Du was? Du hast doch was! Was hast Du denn?"

„Trau Dich? Oder trau Dir? Ist das eigentlich dasselbe?"

„He? Was meinst du denn jetzt damit?"

„Ach, lass mal. Ist schon gut!"

„Übrigens, Herr Thoma hat angerufen. Er kommt heute Nachmittag mal vorbei. Hat er gesagt!"

„Was?" Irmgards Augen fuhren von den Schuhen hoch. „Der kommt heute vorbei?", fragte sie blöde.

„Ja doch! Sag ich doch!"

„Ach, wie schön!" Irmgard lächelte.

„Mach schon mal Kaffee, ich gehe die Runde, dann können wir sachte den ersten Advent einläuten!"
Irmgard lachte und eilte leichtfüßig den Flur hinunter. Bärbel schaute ihr nach.
„Sieh mal einer an! Eine kleine Freude und schon sind ein paar Kilo wie weg!"
Aber Bärbel war schon heilfroh, dass sie nicht in Irmgards Körper rumlaufen musste. Ob da überhaupt schon mal ein Mann dran war? Ob das überhaupt geht? Ob die sich in Herrn Thoma verguckt hat? Sah ja jetzt eben fast so aus. Aber der kleine von Trauer niedergedrückte Mann und die große Irmgard? Einen Moment lang schämte sich Bärbel ihrer Häme. Sie war aber auch zu glücklich mit ihrem Körperchen, das makellos erschien, makellos. Nun gut, etwas zu kurz. Auch Bärbel würde es nicht zur Oberarztgattin bringen. Die Beine einer Oberarztgattin müssten hoch sein. Bärbel hatte mal eine Schulkameradin, ein sehr intelligentes Wesen, hat dann auch studiert. Die hat körperliche Merkmale, besonders Beine, als Ursache sozialer Bestimmung betrachtet. Lange Beine sind elegant, adlig. Wenn du mit solchen Beinen in den unteren Schichten geboren wirst, hast du die Chance aufzusteigen, entdeckt zu werden, ansonsten vergiss es.
Bärbel fuhr beglückt mit den Händen über ihren schmalen Oberkörper mit den runden weichen Brüstchen, kniff sich im Vorübergleiten in die Brustwarzen und fühlt das Kribbeln zwischen ihren Schenkeln. Herrlich war das. Wenn irgendwas nicht lief, wie es sollte, brauchte Bärbel sich nur an den

Brustwarzen zu grabbeln, je nach Lage der Dinge sanfter oder fester, im Notfall musste sie auch mal ein wenig kneifen und schon spürte sie das lustvolle Kribbeln im ganzen Bauchraum. Möchte schweben, tanzen, singen, von selbst gemachter Lust beflügelt. Deshalb verstand Bärbel nicht, wie Frauen überhaupt schlechte Laune haben können.

Aber vielleicht funktionierte das ja nur, wenn die Frau mit ihrem Körper zufrieden ist?

Nun gut, für die Ebene Oberarzt waren auch Bärbels Beine nicht geeignet. Aber so viel verlangte sie vom Schicksal gar nicht. Bärbel war bescheiden. Der Mann ihrer Wahl musste das Summen in ihrem Körper zum Überlaufen bringen. Um alles Weitere würde sich Bärbel schon selber kümmern: Den zieh ich mir dann schon hin, dachte sie genüsslich.

Vielleicht sind es ja die übertriebenen Sehnsüchte der Menschen, die so viel Unheil in die Welt bringen? Nein, einfach nur da sein, sich bewegen, sich fühlen, das war Bärbels ganzer Lebenszweck. Und dazu musste ihr Körper summen.

Bisher hatte das noch keiner so richtig geschafft, aber Bärbel war guten Glaubens.

Vierundzwanzig ist ja auch noch nicht zu alt zum hoffen.

Arme Irmgard! seufzte Bärbel, gab ihren Brustwarzen noch einen Nachschlag und eilte, den Kaffee zu kochen.

Den tranken sie dann zu dritt. Herr Thoma hatte den beiden Schwestern die Einladung für die Trauerfeier seiner Frau übergeben.

„Ach, das ist lieb von Ihnen, Herr Thoma, dass Sie uns nicht vergessen haben!", säuselte Bärbel und lächelte verzückt, wie es Irmgard schien.

„Sie waren doch auch immer so lieb zu meiner Frau. Wie kann ich Sie da vergessen?" Herrn Thomas sanfte Augen schauten tief in Bärbel hinein, wie es Irmgard schien. „Ich habe mir erlaubt, für die Station einen Adventskranz zu bringen. Einen mit blauen Kerzen. Ist mal was anderes!"

„Oh!", sagt Bärbel schnell. „Dann richte ich mal den Kaffeetisch. Wir dürfen Sie doch einladen, Herr Thoma?"

Die geht ganz schön ran! Die scheint damit überhaupt kein Problem zu haben, dachte Irmgard, stand neben Herrn Thoma und trat verlegen von einem Bein auf das andere.

„Ich würde gerne noch einmal in das Zimmer gehen, in dem meine Frau gestorben ist. Geht das?" Die leise Frage des traurigen Mannes, löste Irmgard aus ihrer Verstörung.

„Aber sicher, Herr Thoma, das Zimmer ist glücklicherweise im Moment nicht belegt", sagte Irmgard.

Sie war ernüchtert. Wie konnte sie denn so blöd sein, zu glauben, er hätte eine besondere Art des Vertrauens zu ihr. Bärbel war gemeint. Natürlich. Immer waren die Bärbels gemeint.

Als der Kaffee in den Tassen dampfte, Hünchens Apfelkuchen in einer Schale auf den ersten Biss wartete, als Herr Thoma leicht verlegen, aber sehr dankbar, eine Weile in Gesellschaft sein zu dürfen, an seinem Kaffee nippte, war Bärbels blau geschmückter Adventskranz aus dem Aufenthaltsraum der Schwestern verschwunden - und dem des Herrn Thoma galt die alleinige Ehre.

Derselbe Kranz, derselbe Geschmack. Irmgard grollte. Sie war diesem Nachmittag absolut nicht dienlich. Schweigend hockte sie auf ihrem Sessel, raucht eine Zigarette nach der anderen und wischte sich pausenlos den Schweiß von den Händen. Bärbel hingegen reichte zu, schenkte ein und plauderte mit Herrn Thoma, humorvoll, nett und eingeweiht, wie es Irmgard schien.

„Die hat mich schon ausgemustert. Wahrscheinlich bin ich überhaupt schon ausgemustert! Aber muss sie es mir denn auch noch so hinter die Ohren reiben?"

Am frühen Vormittag verließ Irmgard ihr kleines Einzimmerappartement im Hochhaus an der Ecke Ansgarder. Unter dem olivenfarbigen Hüllenmantel trug sie ein langes schwarzes Kleid mit weißem Spitzenkrägelchen. Das wilde Haar artig hochgesteckt und ein Hauch Rouge auf Lippen und Wangen. Zum Schutz gegen die heftige Adventskälte trug sie ein bunt kariertes Tuch um Kopf und Schulter, das sie während der Feier natürlich abzunehmen gedachte. Die grellen Farben widersprachen dem traurigen Anlass, setzten allerdings ihren großen grünen Augen einen sehr günstigen Rahmen.

Du siehst wunderschön aus, mein Kind, hörte Irmgard ihre Mutter sagen. Aber Müttern konnte man nicht trauen. Die fanden ihre Kinder immer wunderbar. Du siehst schön aus, mein Kind, äffte Irmgard ihre Mutter nach.

Aber das Bärbelchen hinter den Bergen bei den sieben Zwergen ist tausendmal schöner als Du!

Irmgard hatte sehr gezögert, ob sie überhaupt hingehen sollte zu dieser Beerdigung: Was soll ich da? Bärbel wird die Station schon würdig vertreten!

Aber dann fand sie doch, dass sie es Frau Thoma einfach schuldig war. Sie kam etwas zu spät in den glitzernden nach Buchsbaum und Kerzenwachs duftenden Saal des Krematoriums. Sie fand keinen Platz zum Sitzen mehr und blieb hinten stehen, dicht an der Tür. Das wäre für Irmgard ob ihrer Größe kein Problem gewesen, wenn nur der Druck ihres schweren Körpers auf die Füße nicht gewesen wäre. So wurde diese Trauerfeier für Irmgard im doppelten Sinne eine schmerzliche Angelegenheit.

Warum musste ich denn auch diese blöden Absatzschuhe anziehen! Ich bin doch so schon groß genug! Irmgards Füße schmerzten bis zu den Ohren hoch. So im direkten Mitleiden verbunden, betrachtete sie das Jugendbild der Frau Thoma über dem Sarg. Vor dem Himmel der Welt ein lachend zurückgeworfener Kopf. Die Augen strahlten im Übermut und in der Gewissheit, dass Leben, Lust und Liebe unendlich seien. Und so wurde dieses Leben auch gelebt, das wusste Irmgard von den vielen Gesprächen mit dieser imponierenden Frau.

Tiefe Trauer zog in Irmgards Gemüt. Aber, so musste sie sich eingestehen, es war weniger die Trauer um Frau Thomas Tod, als die Trauer um Frau Thomas Leben, die sie erfüllte. Und, so musste sie sich weiter eingestehen, es war auch nicht nur die Trauer um Frau Thomas Leben, es war viel mehr die Trauer um ihr eigenes Leben. Um ihr, so schien es Irmgard, ungeliebtes Leben. Ein hässliches gelbes Fleckchen Neid zerrte am untersten Zipfel ihrer Seele und entlockte ihr einen tiefen Seufzer. Der flatterte wie ein Vögelchen durch den Raum, alle schauten sich um, auch Bärbel, die natürlich weiter vorne saß, auch Herr Thoma. Irmgard wurde feuerrot. Oh, Gott!

Herr Thoma ließ es sich nicht nehmen, die beiden Krankenschwestern zur anschließenden Trauerfeier einzuladen: „Ach, bitte, machen Sie mir doch die Freude!", und dabei waren seine Augen ausschließlich Irmgard zugewandt, so schien es ihr jedenfalls. Konnte sie da widerstehen?

Der Freundeskreis der Thomas übertraf alle ihre Erwartungen. So viele Menschen waren gekommen. Offensichtlich aus aller Herren Länder. Alte und Junge und sehr Junge, bis hin zu einem entzückenden dunkelhäutigen Buben, mit dem Irmgard spielend einen großen Teil des Nachmittags verbrachte. Auch gab es einige angenehme Gespräche.

Herr Thoma machte sie natürlich mit seinen Freunden bekannt: „Darf ich vorstellen, die beiden Krankenschwestern, die meine Frau so besonders liebevoll betreut haben. Irmgard und ...", er wandte sich Bärbel zu: „Wie war gleich Ihr Name?"

Ein Pluspunkt für Irmgard.

„Es freut mich sehr, dass Sie gekommen sind", sagte Herr Thoma, sich Irmgard gegenüber noch einmal versichernd. Mit einem Blick, der sie in eine fast übermütige Stimmung versetzte. Sie genoss diesen Nachmittag. Sie genoss die mehrmaligen freundlichen Zuwendungen des Herrn Thoma, sie genoss die Menschen, die hier versammelt waren. Sicher haben die meisten von ihnen viel erlebt, viel gewagt und überstanden. Dieses Erleben und Widerstehen ist es wohl, was uns letztlich die Freiheit gibt, über unser Leben zu entscheiden. Es zu führen. Deshalb heißt es wohl auch: Wer wagt, gewinnt! Zum ersten Mal in ihrem Leben empfand Irmgard Sehnsucht nach Samt und Seide, Kerzenlicht und dem gepflegten Duft eleganter Frauen, nach edler Spitze und dezenter Musik. Sehnsucht nach Verrücktheit und Abenteuer. Irmgard hatte zum ersten Mal in ihrem Leben Sehnsucht nach Poesie.

Wie eintönig war ihr Leben. Abends, wann auch immer für sie Abend war, die schmerzenden Füße ins Erfrischungsbad, Essen vor dem Fernseher, Fläschchen Bier, Zigarette, einschlafen, aufwachen, kalt duschen, wieder los. Da blieb kein Raum für Samt und Seide, Kerzenlicht und Poesie. Ihr Abenteuer spielte sich im Dreischichtsystem ab, zwischen Eiter und Tod und tickenden Apparaten. Aber habe ich mir dieses Leben denn ausgesucht? Wie hätte sie denn, Irmgard Huhn, Tochter eines Dorfschmiedes und einer Kreishebamme, wie hätte sie denn auf die Idee kommen sollen, zum Theater zu gehen? Ach, lächerlich! Klar war Irmgard schon mal im Theater. Als Kind. Mit der Schulklasse. Im Kindertheater. Aber die einschneidendsten Erinnerungen daran waren der entsetzliche Lärm, die ständig fliegenden Krampen und der Junge, der hinter ihr saß und ständig versuchte, ihren Klappsitz hoch zu treten. Ach, Eiche! Was meinst Du denn mit trau Dich? Oder Dir? Oder wie? Was soll ich mich denn trauen, um hier dazu gehören zu dürfen? Trau Dich? Trau Dir? Wie denn? Was denn? Irmgard hatte sich die Schuhe abgestreift und hockte da, leicht erschöpft von den Spielen mit dem kleinen Jungen und erfreute sich an den vielen interessanten Menschen, die hier versammelt waren. Wie schön könnte das Leben sein.

„Entschuldigen Sie bitte, dass ich Sie so einfach anspreche!" Irmgard erschrak fast zu Tode und sprang auf. Vor ihr stand ein Berg von einem Mann. In seinem Gesicht unter dem schwarzen wirren Haarschopf, über dem schwarzen dichten Vollbart flammten zwei kleine Augen auf Irmgard zu. Der Mann war noch etwas größer als sie und richtig schwer fett. Was Irmgard selten passierte, sie durfte aufschauen. Und seine Stimme war so warm, so satt, so rund.

„Ich weiß ja nicht, ob ich Ihnen das antragen darf, aber würden Sie mir wohl einmal sitzen?"

„Bitte?"

„Oh, entschuldigen Sie. Ich bin Maler, wissen Sie, Hanno Haberland! Ich beobachte Sie schon den ganzen Tag. Sie haben so faszinierende Augen. Ich möchte ein Porträt von Ihnen machen!"

„Verscheißern kann ich mich alleine!" Der meistgesprochene Satz ihrer Schulzeit sprang übermütig aus Irmgards Mund, dem Berg entgegen.

Aber das Echo kam sanft zurück: „Nein, bitte glauben Sie mir, ich meine ...", offensichtlich lächelte er jetzt, denn der Bart hob sich ein wenig: „Oh, ich ahne, was Sie meinen! Nun, eh, tja, wie sag ich's?"
„Sagen Sie's einfach!" Irmgard musste lachen.

„Ich wundere mich oft, wissen Sie, als Mensch der versucht, Betrachtungen zu formen, also, es erstaunt mich, wie wenig die Menschen über sich selbst wissen, wie wenig sie ihre eigene Schönheit erkennen. Ich kann mir vorstellen, dass Sie sich nicht als schön empfinden. Sie sind es aber. Auf Ihre ganz eigene Art."

„Ach, wissen Sie", sagte Irmgard mit einem fast überheblichen Lächeln, „ich wäre sehr gerne auf eine ganz allgemeine Art schön, wenn Sie verstehen, was ich meine."

Der Bart bebte: „Sie sind ungerecht zu sich selbst. Das sollten Sie nicht sein. Sie sollten sich selbst vertrauen. Schauen Sie sich doch nur mal in die Augen. Wer hat denn schon solche Augen? Ich erkenne darin so viel Tiefe, Erfahrung. So viel Sehnsucht."

Der Maler redete sich vollkommen in Extase, fummelte mit seinen Händen vor Irmgards Gesicht herum, berührte ihre Wangen, ihr Haar. Irmgard ließ es geschehen, einen Ausdruck im Gesicht, als würde ihr eine Fliege etwas zu schnell und zu dicht vor dem Gesicht herum brummen. Man möchte zufassen, weiß aber nicht wohin und in welchem Moment.

„Bitte lassen Sie mich Sie mal malen! Sie sind eine faszinierende Person!"

„Na, bitte! Person!", sagte Irmgard mit unverholenem Hohn. „Wenn Sie mich wirklich faszinierend fänden, würden Sie ja wohl Frau sagen, oder? Eine faszinierende Frau, würden Sie doch dann sagen!"

Irmgard verging die Lust an diesem Gespräch und auch die Freude an diesem Nachmittag. Ohne dem bestürzten Maler noch Zeit zugeben, ihr zu antworten, sagte sie, jetzt gar nicht mehr übermütig: „Ich muss nach Hause. Sie werden entschuldigen", und bückte sich, um ihre Füße wieder in die Pumps zu zwängen.

Das war nicht so leicht. Die Füße waren geschwollen. Schließlich kam sie mit hochrotem Kopf wieder hoch, aber der Berg stand noch vor ihr. Es wurde peinlich.

„Würden Sie bitte Herrn Thoma einen Gruß von mir bestellen. Er spricht da mit meiner Kollegin und ich will nicht stören. Die können Sie malen, die ist eine faszinierende Frau", sagte sie knapp und wandte sich brüsk zur Tür. Deshalb sah sie nicht, wie der Berg mit riesigen und erstaunlich federnden Sprüngen zu Herrn Thoma eilte, ein paar Worte mit ihm wechselte, Herr Thoma sich eilig zum Ausgang hin bewegte und Irmgard gerade noch am Mantel erwischte. So ein Mist aber auch! Fast wäre sie weg gewesen und gut wär's gewesen.

Irmgard klang ein wenig atemlos, als sie sagte: „Danke für die Einladung! Es war sehr schön!" Dann stammelte sie: „Äh, entschuldigen Sie! Äh, ich meine natürlich nicht schön, äh. Aaach! Ich muss jedenfalls jetzt gehen!"

Irmgard spürte, wie eine kleine Schweißperle ihren Rücken herabrieselte.

„Das ist sehr schade. Ich wollte Sie noch zu mir nach Hause einladen. Wir wollen den Tag in Ruhe ausklingen lassen. Es wäre so schön, wenn Sie dabei sein könnten. Also? Wir mögen Sie alle sehr!" Herr Thoma wurde tatsächlich ein wenig rot.

Ich glaube es ja nicht, dachte Irmgard. Wir mögen Sie alle sehr! Wieso denn? Warum denn?

Laut sagte sie mit größter Entschlossenheit: „Ich habe morgen Frühschicht, Herr Thoma. Das heißt um fünf Uhr raus. Lieben Dank für die Einladung! Wir werden Ihre Frau immer in guter Erinnerung halten!"

Und war draußen in der kühlen Luft. Aber nein! Herr Thoma eilte ihr nach und hielt sie doch wirklich am Ärmel fest: „Können wir es denn nicht an einem anderen Tag nachholen?"

Irmgard schaute ihn lange sehr ernst an. Die große Frau den kleinen Mann. Sehr ernst. Nicht forschend, nicht prüfend, eigentlich ohne etwas Besonderes zu denken und zu meinen. Lange. Es war kalt. Kalt draußen, kalt drinnen. „Ich passe nicht in Ihre Welt, Herr Thoma!"

Irmgard zerrte sich die Decke über den Kopf und versuchte zu schlafen, zu vergessen. Warum war sie ausgeschlossen? Ausgeschlossen vom Glück. Warum konnte sie niemanden finden, der zu ihr passt? Jemanden, der den Weg des Lebens mit ihr teilt? Es tat weh. Das Herz. Die Brust. Der Bauch. Alles tat weh. Irmgard wälzte sich herum. Sie schwitzte, sie fror, sie wollte aufstehen und liegen bleiben, rausgehen, laufen, die Eiche fragen. Der Gedanke an ihre arme Mutter, die nie Oma werden würde, trieb ihr Tränen in die Augen. Der Stimmungspegel stürzte noch weiter hinab. Unfruchtbar! Unfruchtbar! Irmgard fing an zu heulen. Heulte lange, laut und ausführlich. Als es ihr dann endlich gelang, einzuschlafen, waren es nur noch vier Stunden bis zur Frühschicht und sie hatte wieder diesen Traum, den sie schon seit der Schulzeit immer träumen musste: Sie ist ein Kind. Allein. In Furcht und Schrecken, der Menschenstrom könnte sie mitreißen. Die Leute sind fröhlich und guter Dinge. Laut rufen sie sich zu. Keiner beachtet das Kind. Keiner schert sich um Irmgard, die ihren Kopf mit Händen und Armen gegen die fuchtelnden Ellenbogen ihrer Mitmenschen verteidigen muss. Und wieder kommt sie an diese Tür. Mal ist sie aus Holz, mal aus Eisen, mal eine Prunktür, mal ein einfacher Bretterverschlag. Heute ist sie aus Glas. Sie ist nicht besonders breit, auch recht niedrig, aber eindeutig aus Glas mit goldenen Ornamenten. Man kann den Raum dahinter nicht sehen. Nur das Gesicht der Frau sieht Irmgard, eine Frau mit langem schwarzem Haar. Bärbel? Schneewittchen im gläsernen Sarg? Die Frau spricht zu ihr, aber die Stimme dringt nicht durch die gläserne Tür. Die Frau bewegt den rot geschminkten Mund herausfordernd genau, die weißen Zähne scheinen in die Tür zu beißen. Irmgard schlägt mit den Fäusten gegen das Glas: Lass mich rein! Lass mich bitte rein! Aber der Mund sagt Nein! Oder Ja? Der Mund sagt: Nein!

Vielleicht bin ich ja auch nur so schrecklich aufgewühlt, weil es wieder mal weihnachtet, versuchte sich Irmgard zu beruhigen.

Das nahende Fest verbreitete ungeahnte Störfelder in der Stadt. Die Menschen froren zu. Als würde die Arche Noah auslaufen und alle wollten noch mit aufs Schiff. Diese Torschlusspanik machte die Zeit vor dem Fest der Liebe für Irmgard seit jeher so unerfreulich. Wie lästig waren ihr das Geschubse und Geschiebe auf den Straßen und in den Geschäften. Nirgendwo kam man noch durch oder in Ruhe ran.

Und überall hörte man „Schneeflöckchen, Weißröckchen …" und „Jingle Bells …" Da braute sich eine allgemeine Gereiztheit zusammen, die gar keine Brücken bauen konnte von Mensch zu Mensch. Und dann gab es ja noch die Einsamen, die niemanden hatten, dem sie etwas schenken mussten, also auch mit keiner Einladung rechnen durften. Die schauten dem Treiben zu. Mit Unverständnis? Mit Gleichgültigkeit? Mit Trauer in den Augen, mit Hass?

Zum Glück für die Einsamen Ecke Ansgarder-Böhm gab es Werner. Werner schrieb an. Da brauchte keiner zu Hause allein im Dunkeln zu hocken und sich eine Pulle Klaren einzuhelfen: „Dann penn ick ein, und wenn ich wieder aufwache, ist der ganze Zauber vorbei!" An der Ecke Ansgarder-Böhm konnte im Hellen gesessen werden. Werner nahm sich zu den

Feiertagen immer eine Köchin und ab ging die Luzie: ab 16 Uhr mit Stolle und Glühwein, ab 18 Uhr
Weihnachtslieder im Radio und Gans mit Grünkohl
auf dem Teller. Dass die „Jans" nicht mehr „janz so
jut" schmeckte „wie bei Muttern", darüber redete
keiner. Alle wussten, wie sehr Werner seine Mutter
vermisste. Und nicht nur wegen der Kohlrouladen,
oder der „Jans".

Diesmal war auch Irmgard dabei. Um der für sie ge-
störten Idylle bei ihrer Mutter zu entgehen, hatte
sich sich für alle Weihnachtstage zum Dienst eingeschrieben und war froh, dass sie den Heiligen Abend
bei Werner verbringen konnte, mit all den anderen
Einsamen oder ein bisschen Einsamen. Oma Hübner
erschien neu gefärbt und gelockt. Sie trug ein rosa
Angorajäckchen und gerade wegen ihrer großen
Angst vor dem nahenden Ende ihrer Person eine besondere Heiterkeit zur Schau. Frau Schimanski kam.
Die Elbkrauts waren da. Vater, Mutter, Hund, natürlich. Stefan natürlich, Werners „gerne hätte ich so
einen Sohn". Und Heinz mit seiner ganzen Crew,
mit allen Alleinstehenden jedenfalls. Neben Heinz
saß Pixel in einem langen roten Kleid und hatte
schon wieder feuchte Augen.

Was die in letzter Zeit immer zu schnüffeln hat,
dachte Werner: Alles wegen Heinz und weil sie kein
Kind von ihm kriegen wird. Weil sie ihn nicht zum
Traualtar zwingen kann? Also nee. So ein dummes
Ding!

Alle saßen an einem langen Tisch in der Mitte des
Lokals, es wurde geplaudert und gescherzt und alle

naselang brach ein lautstarkes Gelächter los: „Habt Ihr die Rede des Bundespräsidenten im Fernsehen gehört?" Heinz schrie fast: „Mann, hat der Nerven: Lächeln Sie Ihrem Nachbarn zu, wenn er in den Fahrstuhl steigt. Zeigen wir der Welt ein freundliches Gesicht! Ich glaub's ja nicht!" Heinz lachte sein ansteckendes Lachen.

„Tja, der hat gut Lächeln!" Wie immer war es Stefan, der die Sache auf den Punkt brachte: „Wenn ich so ein Konto hätte, wie der, da würde ich aber Freundlichkeit verbreiten, dass es nur so kracht, kannste glauben, Mann!"

Auch Irmgard lachte. Erleichtert: Jawohl, das ist meine Poesie. Hier gehöre ich dazu. Vielmehr als in die Welt des eleganten Herrn Thoma. Hier kenne ich mich aus. Hier bin ich zu Hause.

Am Stammtisch saß das Känguru mit seinem Banjo und versprach einen turbulenten Ausklang des Abends.

Das leise Aroma des Gänsebratens schwebte durch den Glühweinduft. Endlich wurde aufgetragen und ein unglaubliches HMMMM! LECKER! fand seinen Weg in die Welt. Man hörte „Stille Nacht! Heilige Nacht!" aus dem Radio und das Klappern der Bestecke. Das Zutschen, Zitzen und Schmatzen hörte man nicht. Auch den Schnee nicht, der draußen lautlos fiel.

Nach dem Essen wurden die Tische beiseite geschoben. Das Känguru ließ das Banjo erklingen und seine Münzen und es wurde getanzt. Jeder tanzte mit jedem. Nur die Elbkrauts blieben hocken und betrachteten, etwas weicher gestimmt als sonst, das Schauspiel vor ihren Augen. Aber das konnte sich Frau Elbkraut dann doch nicht verkneifen:

„Guck doch nur mal, die große Blonde, die ist ja wohl vollkommen außer sich, die Krankenschwester, besoffen oder was?"

Nein, Irmgard war nicht betrunken. Keineswegs. Trunken wohl, aber nicht vom Wein. Von der Musik. Sie konnte sich nicht erinnern, wann sie das letzte Mal getanzt hatte. Vor allem so getanzt hatte. So gelöst. Wie erlöst von allem. Nur der Körper, weich im Rhythmus der Musik sich wiegend. Keine Frage. Keine Antwort. Kein Kopf. Nur der Körper. Nur Musik und Bewegung. Bewegung und Musik.

Am Ende blieb nur noch der harte Kern in der dämmrigen Kneipe zu einem „Nachtmützchen" versammelt. Pixel, Heinz, die Oma, Werner, Irmgard und natürlich der Mann, der ihr durch seine Musik diese Selbstvergessenheit bescheren konnte. Irmgard hatte ihre Ellenbogen auf die Theke gestützt, den erhitzten Kopf in den Händen geborgen. Sie sah schön aus. Ob sie, wenn sie sich selber sehen könnte, den Gedanken zugelassen haben würde, ist fraglich. Aber das Besondere an diesem Abend war für Irmgard, dass sie gar nicht daran dachte. Schön oder nicht schön war für einmal nicht ihr Thema. Am heutigen Abend war Leichtigkeit ihr Wort. Sie fühlte sich so leicht. Man sprach über das Leben und das Sterben, über die Zeit, die so schnell vergeht und auch ein wenig über Kummer und Angst. Irmgard erzählte von ihrem Orakelbaum, wie sie ihn nannte, ihre Eiche, die immer mit ihr sprach und kluge Sachen zu ihr sagte.

Das Känguru reagierte sehr aufgeregt auf diese Erzählung und bat Irmgard in seinem hilflosen Deutsch: „Biete. Isch mösschte bekannt sein gemacht mit Deine Eische!"

Irmgard lächelt ihn an: „Yes, gerne", und „You're welcome."

Hünchen stand auf dem Hof, genoss die Wärme der grellen Wintersonne auf ihrem Gesicht und kraulte sich am Kinn. Von der Sonne geblendet erblinzelte sie zwei Gestalten. Sie sah ihre Tochter auf den Hof kommen, sah den langen hageren Typen neben ihr: „Ach du lieber Himmel! Hört denn das Jammertal nie auf. Endlich bringt sie mir mal einen Kerl nach Hause."

Dass hier „ein Kerl nach Hause gebracht" wurde, hatte das schlaue Huhn doch am Gang ihrer Tochter sofort erkannt: „Und dann so etwas Langes, Dünnes, Unverlässliches. Was ist bloß in sie gefahren?"

„Kommt rein!" sagte sie.

Bei einem kleinen sonntäglichen Frühschoppen, Grog mit Honig, wurde dann geplaudert. Über die Schwierigkeiten des Lebens auf dem Lande, über allerlei Fragen des Alters, über die nötige Findigkeit, wenn man keinen regelmäßigen Job hatte, über die Bäume, über die Eiche. Der junge Mann war recht witzig auch verständnisvoll und nicht gerade dumm, das musste Hünchen schon zugeben. Aber Irmgard lachte eine Spur zu übermütig für den Geschmack einer besorgten Mutter, die sich fragte, wie das enden sollte, mit einem Kerl, der keiner Arbeit nachging und es offensichtlich geschafft hatte, jede Verantwortung von sich fern zu halten. Und dann noch Ausländer. Ein Weltenbummler! Mein Gott, Irmgard! Dennoch schleppte sich der Frühschoppen bis in den frühen Winterabend hinein. Langsam wurde Hünchen klar, dass der junge Mann nicht die Absicht hatte zu fragen, wann der letzte Bus fuhr. Da ihre Tochter auch keine Anstalten machte, zum Aufbruch zu blasen, obwohl auch das Abendessen inzwischen schon fast verdaut war, das Gespräch durch das merkwürdig verkrampfte Lächeln der beiden, na ja, relativ jungen Menschen immer löchriger wurde, begann Hünchen schließlich zu gähnen und zog sich endlich ohne weitere Umschweife mit „Du kennst Dich ja aus, Irmchen!" aus dem Dunstkreis der erotischen Schwüle zurück.

Es war nicht wirklich ein Orgasmus. Dazu war Irmgard immer noch viel zu verspannt. Innerlich. Aber ihr Körper vibrierte genüsslich in tiefer Dankbarkeit für all die ungewohnt aufregenden Berührungen, die an ihm vorgenommen wurden. Mal etwas anderes als die harten Bürstenmassagen am Morgen.

„Erzähl mir von Australien", schwatzte Irmgard in die wache Nacht hinein. „Wie ist es da?"

„Weeß ick nich, können ja mal hinfahren zusammen, Du und icke, wenn wa det Jeld zusammenkriegen. Ick gloobe, det muss toll sein!", tönte es in echtem Prenzlauerbergisch aus dem Dunkel.

Wie von der Tarantel gestochen fuhr Irmgard hoch und saß kerzengerade im Bett.

„Soll das heißen - Du - hast noch nie ein Känguru gesehen?"

„Man kann es nicht schöner sagen!"

Ob der Gleichmut echt oder gespielt war, ließ sich in der Dunkelheit schwer ausmachen, aber der junge Mann hatte sich noch immer darauf verlassen können, was seine Hände an einem Frauenkörper zu leisten im Stande waren. Vielleicht nicht so sehr sein Glied, aber seine Hände schon.

„Du bist gar nicht aus Australien?"

„Keine Spur. Echtes Prenzelberger Urgestein."

„Ich fasse es nicht! Du hast mich belogen! Warum hast Du mich belogen?!"

Bevor sich Irmgard vollends in das Drama hinein stürzen konnte, wurde sie fest in die Arme genommen: „Wieso habe ich Dich belogen?" tuschelte es zärtlich an ihrem Ohr: „Meine Musik ist echt, meine Hände sind echt, mein Schwanz ist echt und bei der ersten Jelegenheit, gebe ick zu, dass ick ansonsten ein Fake bin. Wo ist da die Lüge?"

„Du selbst, Du als Ganzes bist eine Lüge. Alles falsch, vorgetäuscht!"

„Wieso spielt det jetzt so ne Rolle für Dich? Wo ist der Unterschied bei dem, wat wir hier zusammen gemacht haben, wat wäre daran anders, wenn ick Kängurus gesehen hätte?"

„Na nichts, natürlich nicht!"

„Aha!"

„Für mich nicht, aber für Dich scheinbar doch!"

„Inwiefern denn?"

„Wenn es für Dich keine Rolle spielt, warum stehst Du dann nicht zu Prenzlauer Berg? Wozu hängst Du Dir Münzen ins Haar, verstellst Deine Sprache und überhaupt alles, wenn es für Dich keine Rolle spielt?"

„Einfach so, Irmchen, einfach so aus Geigel, aus Spaß, aus Übermut. Hat sich so ergeben, über so 'n Lied: ‚Bind mein Känguru fest, Kerl, bind mein Känguru fest'. - Und nun zeig dem Känguru mal Deine schönen weißen Brüste, det es sich an Dir laben kann, mein schönet großet Weib! Ich find dir so toll, Irmgard, so toll! Du machst mir so geil. Darauf kommt's doch an, oder? Los, mach hin, zeig mir Deine Brüste und ich zeig Dir meinen Beutel, du schöne Kuh!"

Irmgard hatte keine Chance. Ihre Vernunft, oder was auch immer in uns denkt, wurde weggespült von der Hitze ihres Schoßes, die den ganzen Körper überschwemmte, ihre Hände an die Brüste greifen ließ, um sie dem gierigen nassen Maul ihres Kängurus entgegen zu recken.

Irmgard war im Theater. Zum zweiten Mal in ihrem Leben. Diesmal fummelte keiner an ihrem Sitz, aber auch jetzt bekam sie nicht richtig mit, worum es eigentlich ging. Jetzt war es die Hand von Herrn Thoma, die sich weich und tröstlich auf die ihre gelegt hatte, die sie ablenkte vom Bühnengeschehen. Herr Thoma hatte nicht lange gefackelt. Er stand plötzlich und unerwartet auf der Station und hat Irmgard ohne viel Federlesens die Theaterkarte in die Hand gedrückt: „Ich erwarte Sie eine halbe Stunde vor Beginn der Vorstellung am Haupteingang. Und wehe, Sie lassen mich warten!"

Irmgard musste lächeln. Diese Bärbel aber auch. Wie sie geguckt hat. Ja, wer sonst sollte denn Herrn Thoma gesagt haben, wann Irmgard frei hat.

„Ich habe damit nichts zu tun, Irmgard, wirklich nicht", dann hatte sie sich geschäftig über das Medikamententablett gebeugt. Dann hatte sie gelacht: „Du bist aber auch ganz schön blöde, Irmgard, weißt Du! Trau Dich doch endlich!"

Ja, ich bin wohl ganz schön blöde, dachte Irmgard und drückte sacht die Hand des Mannes neben ihr.

Er hat mich durchschaut!

Aber das war auch so ziemlich alles, was ihr Freude machte. Irmgard konnte den positiven Unterschied von Theater zu Kino nie so recht herausfinden. Kino war viel billiger und man brauchte nicht diese lästigen Pausen zu überstehen, in denen man sich „zeigen" musste. Also irgendwie passend gekleidet sein musste. Und damit hatte Irmgard seit jeher die größten Schwierigkeiten. Außerdem fand sie es im Grunde ihrer braven Seele schon unpassend, dass so viele Menschen entspannt in weichen Sesseln saßen, während ein paar arme, bedürftige Kreaturen dort oben auf der Bühne sich so anstrengen mussten.

Als sie in der Pause mit Herrn Thoma darüber sprach, lachte dieser feine Mensch lauthals auf. „So habe ich das noch nie gesehen!"

Die Menschen im Foyer sahen sich rügend nach den

Beiden um. Hier wurde schließlich Tragödie gespielt. Irmgard bekam einen roten Kopf und begann
fürchterlich zu schwitzen.

„Aber das macht den Schauspielern doch Spaß!"
Herr Thoma hatte sich endlich beruhigt.

„Ach, das macht ihnen Spaß?" Irmgard wollte es ja
nicht glauben. Das sollte Spaß machen? Vor fremden Leuten seine Seelenqualen ausleben?

„Ja, deswegen haben sie doch diesen Beruf ergriffen. Und der Applaus der Zuschauer am Schluss der
Vorstellung macht sie glücklich."

„Abartig", sagte Irmgard nur und beschloss im Stillen, nie wieder ins Theater zu gehen, sich diesem
perversen Unternehmen in Zukunft zu verweigern.
Es gab ja das Kino. Oder den Zirkus. Oder Ausstel-
lungen, das ließ sie sich gerade noch gefallen. Aber
das hier? Nee! Krank! Und krank hatte sie jeden
Tag. Mehr als genug.

„Wenn wir gerade dabei sind, was soll denn der ganze Müll auf der Bühne? Aber bitte lachen Sie nicht
wieder so laut! Ich denke, es handelt sich um einen
reichen Haushalt, oder habe ich das wieder falsch
verstanden?"

„Nein, nein. Aber der Bühnenbildner möchte wohl
andeuten, dass die Gesellschaft, also die Zustände in
dem Haus, zerrüttet sind. Und deshalb, also ...!"

„Hm! Aber die reden doch die ganze Zeit über
nichts anderes. Verstehe ich nicht. Irgendwie, denke
ich, ist es doch viel spannender, wenn's im Glanz
stinkt, als wenn's im Müll stinkt!"

Irmgard wurde wieder rot. Schwitzte und schwieg.

Abartig! dachte sie noch, als es wieder zum Hineingehen läutete. Wie in der Schule. Das ist doch komisch. Das Klingelzeichen zur zweiten Stunde!

Und dann musste sie doch schrecklich weinen, als die junge schöne Frau tot lag. Viele Gesichter zogen vorüber. Bleiche Gesichter. Junge, tote Gesichter. Das Leben war ihnen zu schwer. Zu unergründlich. Der Versuch sie zu retten vergeblich.

„Der Mensch muss ein schweres Los tragen, finden Sie nicht?", sagte Irmgard, schon draußen auf der Straße, indem sie sich die Nase schnäuzte. „Erst muss er laufen lernen, von der geliebten Mutter weglaufen lernen, selbstständig werden, eine Persönlichkeit werden, einen Charakter entwickeln. Und dann muss er das alles mit wissenden Augen wieder verlassen. Das ist doch schrecklich. Oh, Entschuldigung, ich wollte nicht ... Entschuldigung!"

„Ist schon gut." Beide versanken eine Weile in der Erinnerung an Frau Thoma.

„Ja, Sie haben Recht", sagte der kleine Mann schließlich. „Es ist nicht leicht, ein Mensch zu sein in dieser Welt."

„Vielleicht wissen die Babys das ja. Vielleicht ist deshalb auch Weinen das erste, was sie tun, wenn sie ,das Licht der Welt' erblicken."

„Ja!" Herr Thoma stimmte ihr zu. „Das Lachen muss der Mensch erst lernen." Er mochte diese Frau. Wie selbstverständlich nahm er ihre Hand in die seine. Und diese Hand steigerte Irmgards Sehnsucht nach Vertrauen und Zuverlässigkeit. Nach Geborgenheit. Das war schon ein anderes Kaliber als das prenzelbergische Känguru mit seiner albernen Verstellnummer. Aus Spaß, aus Geigel, und dann? Wie weiter?

Werner kam aus dem Staunen gar nicht mehr heraus. Er konnte sich nicht daran erinnern, seinen Todesengel jemals mit einem Mann gesehen zu haben? Und ein so gut aussehender, eleganter Typ dazu. Grauer Anzug, weißes Hemd, kleiner Binder. Wer konnte das sein? Konnte das Liebe sein? Irmgard versank ja förmlich in seinen Augen. Und er in ihren. Aber war der nicht ein bisschen zu alt? Der war doch bestimmt schon sechzig, wenn nicht drüber. Und auch etwas zu klein für so eine große Frau. Wie sollte das gehen beim Liebesakt?
Schwierig. Werner musste lachen. Er wollte nicht lachen, er wollte sich nicht lustig machen über diese Frau. Aber er konnte nicht anders.
Na ja, beruhigte er sich schließlich. War ja nicht sein Problem. Hauptsache sein Todesengel war glücklich. Frauen wie Irmgard hatten Werners Meinung nach alles Recht der Welt, glücklich zu sein.
Und Irmgard war glücklich. Jedenfalls hatte Werner seinen Todesengel lange nicht mehr so locker drauflos plaudern sehen.
Zwei Lebensläufe, zwei Arten von Erinnerungen wurden aneinander gehalten und verglichen. Zwei herrliche Mütter gab es zu beschreiben, auch wenn Irmgard bei diesem Thema eine leichte Unruhe beschlich. Schulprobleme, Prüfungsängste, Kinderstreiche, Kinderträume, einmal in der Offenheit der

Welt, einmal hinter sichernder Mauer geborgen. Nun gut, dann ging der Eine zum Theater, das Mädchen zum Tod ins Krankenhaus. Aber Herr Thoma fand das alles sehr spannend und hörte gerne zu. Allen diesen Geschichten, die ein Leben auf der Intensivstation zu erzählen wusste. Und Irmgard genoss die ruhige Aufmerksamkeit des erfahrenen Mannes.

Lächelnd und entspannt konnte sie die beiden letzten Fragen, die der Abend an sie stellte, verneinen: „Wollen Sie sich nicht doch von Haberland malen lassen?"

„Nein."

„Hätten Sie etwas dagegen, wenn wir diesen Abend wiederholen?"

„Nein!"

Es war wie eine Sucht, die durch die Unregelmäßigkeit der Besuche nur noch gesteigert, ins Unermessliche getrieben wurde. Er kam, er kam nicht, wie in Werners Kneipe, gerade wie es dem Herrn beliebte. Und das Känguru war natürlich niemand, mit dem man darüber hätte reden können: „Hör auf, Kleines, sinnlos, lass es! Ich treibe auf den Schwingungen des Lebens, vastehste? Anders kann ich nicht. Wenn ich an Deine Brust will, denn komm' ich schon, keine Sorge. Und wenn nicht, dann nicht."

„Ach, Hänschen klein, ging allein! Die Nummer also. Verstehe. Und wenn ich zu Pappi auf den Arm will? Wo gehe ich hin?"

Einen Moment stutzte der Pseudoaustralier. Aber

nur kurz: „Es handelt sich hier um eine Männerwelt, Kleines! Noch haben *wir* das Sagen. Trotz Merkel und Leutheusser-Schnarrenberger. Noch bestimmen *wir*, wann gesteckt wird!"

Auch die beliebte weibliche Drohung: „Ich lass mir das nicht mehr bieten. Du brauchst hier gar nicht mehr aufzutauchen!" verfing nicht. Zu genau wusste der Typ, was Irmgards Körper brauchte und wollte und in ihrem Leben zu selten hatte.

Nächtelang stand sie auf ihrem winzigen Balkon. Die große Frau auf dem winzigen Balkon. Sie starrte zur Destille hinüber, ob die lange, hagere Gestalt sich nähern würde. Denn das kam vor, dass er bei Werner war und es einfach nicht schaffte, das kleine Stückchen Straße entlang zu kommen zu seiner „Kuh!" Und das war für Irmgard überhaupt der Gipfel!

Manchmal kehrte sie nach der Frühschicht bei Werner ein, um einen Mittagsimbiss zu halten. Und wenn Werner ihr dann vom vergangenen Abend erzählte, dass das Känguru wieder da war, und was für eine tolle Stimmung war, dann war Irmgard zumute, als würde ihr Gehirn vor ihr auf den Teller fallen.

„Was ist denn, Todesengel?" Werner erschrak über das bleiche Gesicht: „Habe ich was Falsches gesagt?"

Und Irmgard beugte den Kopf über den Teller und aß, als wolle sie ihren Verstand in den lüsternen Leib hineinschlingen.

Aber Werner war ja nicht blind. Werner sah die Tränen auf die Boulette tropfen: „Was ist los Engel? Sprich Dich aus. Sag mir, wer Dich traurig macht und er kriegt eins auf die Nase."

Endlich kann es aus Irmgard heraus: „So eine Scheiße! So eine gottverdammte Scheiße aber auch!"

„Du musst mich schon einweihen, meine Große!" Werner setzte sich gemütlich zurecht und zündete einen Krummen Hund. Er wusste, das würde jetzt dauern.

„Einmal in meinem Leben bin ich von Männern umzingelt ..."

„Na, umzingelt. Übertreibst Du da nicht ein bisschen?"

„Nee, Werner, stimmt schon, für meine Verhältnisse sind zwei Männer schon eine Umzingelung. Einmal im Leben habe ich eine Wahl und kann sie nicht treffen."

„Lass mal sehen, ob ich das richtig zusammen kriege. Der eine ist wohl der elegante ältere Herr, mit dem Du hier öfter vorbei gekommen bist. Habe ich das richtig?"

„Ja!"

„Und der liebt Dich?"

„Sieht ganz danach aus!"

„Und der andere ist wer?"

Irmgard konnte Werner nicht ansehen: "Erinnerst Du Dich an Weihnachten?"

„Das Känguru?"

Irmgard nickte verschämt.

Werner lachte laut heraus: „Mensch, Irmgard! Wie hast Du denn das fertig gekriegt?"

Unter Werners Lachen färbte sich Irmgards schönes Gesicht feuerrot.

„Schäm Dich nicht, Große, wo die Liebe hinfällt, liegt sie richtig. Und das Känguru ist ja auch kein schlechter Typ. Für den muss man sich nicht schämen. Aber wo ist nun das Problem? Zwei Männer! Wunderbar!" Werner hüstelte vergnügt. Wer hätte das gedacht. Die Große!

„Ich kann mich nicht entscheiden, das ist das Problem!"

„Musst Du doch gar nicht. Wer zwingt Dich denn? Genieß es, und gut isses!" Werner grinste genüsslich.

„Mensch, Werner, jetzt stell Dich doch nicht blöd!" Irmgard wurde unwillig: „Ich will ein Kind, versteh doch mal. Wenn schon keinen Kerl, dann doch wenigstens ein Kind. Ich bin siebenunddreißig. Es ist der letzte Poeng!"

Der Gedanke daran, dass sie vielleicht niemals ein Kind haben würde, falls sie jetzt nicht zugriff, die Gelegenheit beim Schopfe packte, brachte Irmgard wieder zum Weinen. Werner ließ ihr Zeit. Er holte ein paar Servietten herbei, um die Tränen zu trocknen, und einen Klaren, um die Stimmung zu heben.

Seufzend nahm der Wirt wieder Platz. „Tja, Große, was soll ich sagen? In Liebesdingen bin ich nicht so der Experte!" Bedächtig rauchte er seinen Krummen Hund.

Wie aus einem zu früh geöffneten Schnellkochtopf sprudelte es aus Irmgard heraus: „Der Herr Thoma, den kennst Du ja auch, so ein feiner, einfühlsamer

Freund, so ein lieber, verlässlicher Kerl, alles, was man sich denken kann. Und ich habe ihn auch sehr gerne, aber eben nur mit dem Kopf, verstehste, Werner? Der macht mir nicht heiß! Das ist der Mist!"

„Und unser Känguru heizt dir ein?"

Werner rauchte und wartete.

„Ja, schon. Aber dieser Lumich, dieser Schlumpf. Der hat es doch fertig gebracht, in seinem ganzen zweiunddreißigjährigen Leben noch nicht einmal arbeiten gegangen zu sein. Der will mit mir nach Australien fahren, von meinem Geld natürlich. Typisch! Von diesem Gammelgustav, der kommt und geht, wann er will, von diesem unzuverlässigen Schlendrian, kann ich mir doch kein Kind machen lassen!"

Werner atmete tief durch: „Na gut, Engel, ich bin kein Experte. Ich kann nur von mir ausgehen: Ich würde mich immer für den Körper entscheiden, Irmgard. Wenn es dem Körper gut geht, geht es dem ganzen Menschen gut. Entscheide Dich für den Gammelgustav. Fahr mit ihm nach Australien. Von welchem Geld ist doch wurscht. Such das Abenteuer, such die Weite. Brich aus!"

„Aber den kriege ich doch nie hingebogen, Mensch Werner, was gibst Du mir hier für Ratschläge? Der wird mich unglücklich machen."

„Woher willst Du das wissen? Allerdings - wenn Du ihn *hinbiegen* willst, wirst Du unglücklich. Das ist mal klar. Weil er dann unglücklich wird. Da nützt Dir dann auch das ganze schöne Australien nix. Der kann nicht anders, sage ich Dir, der ist frei. Der muss frei bleiben. Kannst ein Känguru nicht anbinden, Mädchen. Australien, versteh mal, ist nur, wenn Kängurus frei laufen können!"

„Nee, Werner, nee, das halte ich nicht aus!"

„Tja, dann nimm den Anderen. Man kann nicht alles haben."

„Sag mal, Werner, spinnst Du oder was? Was gibst Du mir hier für feine Ratschläge? Australien! Weite! Körper! Wo ist denn Dein Körper glücklich? Wo ist denn die Frau, die ihn glücklich macht, he? Wo ist denn Deine Weite? Deine Freiheit? Dein Leben lang hockst du in dieser verqualmten Kneipe fest ... und mir Ratschläge geben! Mann!"

Pedantisch wischte Werner etwas Asche von der Tischdecke. „Meine Freiheit, Engelchen, besteht darin, dass ich nie etwas anderes gewollt habe, als genau das! Ich hadere nicht. Mach, was du willst, aber hadere nicht!"

Werner fummelte immer noch an der Tischdecke herum. Müde sah er jetzt aus. Und traurig.

Irmgards Selbstbewusstsein wehrte sich grimmig. Sie wollte ihrem Bauch nicht mehr die Herrschaft überlassen. Sie hatte die Faxen dicke. Ich mach einfach ein Schild an die Tür: Nicht für Kängurus! Dann braucht er gar nicht erst zu klingeln. Dann brauche ich ihn gar nicht mehr zu sehen. Dann würde es leichter. Bestimmt. Und Sie griff zum Telefon.

Erst am späten Abend konnte sie Herrn Thoma zu Hause erreichen. Sie wunderte sich über seine Stimme. Sie war gar nicht mehr so trauergeladen, heller, fröhlicher, fast ein bisschen frech. Ja, das freue ihn, von Irmgard zu hören, er müsse sich entschuldigen, da er sich so lange nicht gemeldet habe, aber seine Arbeit am Theater hätte alle seine Zeit gefressen, ob er sie denn mal wieder sehen könnte? Wie wäre es denn morgen, ob sie vielleicht Frühschicht hätte, ob sie ihn denn am Theater abholen könnte, so um drei, aber am Bühneneingang, also hintenherum sozusagen. Er lachte.

Der Pförtner des Theaters empfing sie ausgesprochen zuvorkommend. Ja, er wisse Bescheid, Herr Thoma ließe sich entschuldigen, die Probe ginge doch etwas länger, ob sie denn nicht ein wenig zuschauen wolle.

Im Dunkel des Zuschauerraumes begegnete Irmgard einem völlig anderen Herrn Thoma. In knapp sitzenden Jeanshosen, einem lockeren Hemd, bewegte er sich schnell und ungebunden zwischen Bühne und Parkett. Mal kamen die Anweisungen an die Schauspieler aus dem Dunkel, mal sprang er leichtfüßig auf die Bühne, spielte etwas vor, die Schauspieler lachten mit ihm, bewunderten ihn offensichtlich. Irmgard bestaunte diese ihr fremde Welt und den neuen Herrn Thoma. Es gelang ihr auch, die natürlich sofort aufsteigenden Zweifel, ob denn und warum denn so ein Mann Interesse an ihr haben könnte, zurückzudrängen. Kann mir doch egal sein, dachte die große Frau, warum er mich mag. Er mag mich und Punkt. Mehr muss mich doch gar nicht interessieren. Sie fühlte so etwas wie Stolz. Der restliche Nachmittag und der frühe Abend vergingen schnell.

Die beiden ungleichen Menschen wanderten vergnügt durch die Stadt auf der Suche nach einem kleinen Restaurant. Herr Thoma erzählte viel von seiner Arbeit. Irmgard konnte ihm nicht immer folgen und geriet leicht in Gefahr, sich schon wieder fremd zu fühlen. Aber sie war entschlossen und wollte sich nicht beirren lassen. Augen hat der, dachte sie, so lebhaft, wie die Augen seiner Frau auf dem Foto in der Trauerkirche.

„Tja!" sagte Herr Thoma, der Irmgard irgendwie gar nicht mehr klein schien, eher imponierend: „Die Arbeit hilft mir, mit dem Verlust fertig zu werden. Nur das Leben selbst kann die Wunden heilen, die es geschlagen hat!" Vertraulich beugte er sich über den Tisch und nahm Irmgards Hand. „Und dass Sie sich gemeldet haben, Irmgard, hilft mir sehr. Danke!"

In Irmgards gemütlichem Zimmer wurde die Nacht dann zum Tage gemacht. Herr Thoma wollte noch einen Kaffee trinken.

„Ich mag nicht in die leere Wohnung gehen, wenn es Ihnen nichts ausmacht, Irmgard, mir noch ein kleines Stündchen zu schenken?"

Es machte Irmgard nichts aus. Nicht eine, sondern knapp vier Stunden saßen sie beieinander. Und es wurde auch nicht nur Kaffee getrunken.

„Was findest Du eigentlich so interessant an mir, ich meine ... also ...", fragte Irmgard schon leicht trunken in den frühen Morgen hinein.

„Ja, das mag Dir fremd erscheinen. Das verstehe ich. Aber wenn Du in meiner Nähe bist, fühle ich mich nicht mehr so verlassen. Irgendwie geschützt.

Du bist stark. Du bist gut. Du bist schön. Du ähnelst ihr in so vielem. Das mag merkwürdig scheinen, weil Du in vielem wieder so anders bist, so eigen." Und er redete und redete und redete sich das Herz aus dem Leibe und den Kummer von der Seele.

Irmgard hörte nicht mehr hin. Er meint nicht mich. Er meint seine Frau. Er meint seine Einsamkeit. Er meint sich!

Irmgard fühlte sich bitter getäuscht. So ein Mist, so ein verdammter Mist! Ich will auch mal Glück haben. Ich will mich auch mal anlehnen! Ich will jemanden, der *mich* meint. Mit dem ich teilen kann. Etwas mit einem Menschen teilen. Vertrautheit. Meinetwegen auch Kummer, aber teilen. Trau Dir! Trau Dich! Äffte sie die Eiche nach. Na gut. Sie hatte sich getraut. Und nun? Was hat es gebracht? „Du erinnerst mich so sehr an meine Frau." Das hat's gebracht! Na, schönen Dank auch!

„Du bist müde, Irmgard, ich habe Dich müde gemacht. Tut mir leid, sollen wir die Couch ausziehen?" Da Irmgard keine Kraft mehr hatte, zu widersprechen, bauten sie zusammen das Bett.

„Darf ich bei Dir liegen? Nur bis Du eingeschlafen bist. Dann gehe ich. Ich will Dich nur streicheln, ein wenig streicheln, mehr nicht!"

Beim Streicheln ist es natürlich nicht geblieben. Und Irmgard ließ den zärtlichen Mann gewähren. Zu müde, zu trunken, zu sehnsüchtig. Nur hingeben konnte sie sich nicht. Und ohne Hingabe ist Nichts. Konnte sich nicht öffnen, die Frau. Ihre Seele vielleicht, wenn da nicht der bohrende Verdacht wäre, nicht gemeint zu sein. Ihren Körper aber konnte sie nicht entspannen. Dazu müsste sie im Rausch sein. Im Liebestaumelrausch, um ihre Hemmungen vergessen zu können, die ihren Körper in der Klemme hielten. Wie mit ihrem Känguru geschehen. Einen solchen Rausch konnte Herr Thoma nicht in ihr entfachen. Sanfte Menschen legen kein Feuer.

Nun lag sie da und schämte sich. Vor sich selbst, vor Frau Thoma, vor diesem Mann, der neben ihr lag und ruhig atmete.

Sie betrachtete ihn lange. Sein kluges, gütiges Gesicht. Seine schmalen Hände. So sympathisch, so rührend angenehm. Aber er „machte ihr nicht heiß". Egal, dachte Irmgard. Man kann nicht alles haben. Alles ist, wie es muss! Der Satz drehte in Irmgards Kopf wie ein Karussell: Alles ist, wie es muss! Und Punkt!

Die Unruhe trieb sie aus dem Bett und unter die Dusche. Die kalte Dusche und heftige Massagen mit der harten Bürste, sollten die Sehnsucht nach den kräftigen Berührungen ihres Kängurus aus dem Körper treiben.

Hünchen war begeistert. Dass sie das noch einmal erleben durfte! So ein Glanz. Die Kronleuchter. Die Kerzen auf den Tischen! Die leise Musik. Die sanften Geräusche. Die eleganten Kellner. Dieser unglaublich kultivierte Mann, den ihre Tochter da an Land gezogen hatte. Wie hatte sie das denn nur geschafft? So ein Glück aber auch. Herr Thoma hatte sich nicht nehmen lassen, seine Trösterin Irmgard und deren Mutter, die er unbedingt kennen lernen wollte, zum Dinner einzuladen. Und Hünchen hatte ihr Bestes gegeben. Sie sah aus wie die Königin von Saba. In einem langen dunkelroten Kleid, einen Bergkristall im Ausschnitt und einen ebensolchen Ring am Finger. Sie sah aus, als wäre sie nie ohne Eleganz, ohne Kerzenschein und leise Musik gewesen. Alma genoss jede Sekunde dieses märchenhaften Abends, hob das funkelnde Weinglas dem Herrn Thoma entgegen und plauderte und plauderte mit ihm. Über ihr Leben, über die Schwierigkeiten, ein Kind alleine großzuziehen:

„Großgezogen im wahrsten Sinne des Wortes", entfuhr es ihr und sie lachte ihr tiefes rollendes Lachen. Herr Thoma konnte nicht anders, er musste einstimmen. Irmgard zuckte zusammen.

„Irmgard ist ja immer so unglücklich über ihren großen Körper", schwatzte die enthemmte Mutter drauf los: „Dabei ist sie doch wunderschön, nicht wahr, Herr Thoma?"

„Ja, natürlich, sie ist wunderschön!" bestätigte der kleine Freier freimütig und legte Irmgard die sanfte Hand auf den Unterarm.

Irmgard ließ ihre Gabel auf den Teller fallen und zog ihren Arm weg. Verbissen hockte sie da in dem ewigen schwarzen Kleid mit dem Spitzenkrägelchen. Stocherte in dem feinen Essen herum. Sie fühlte sich auf einen Präsentierteller gesetzt und im Kreis gedreht, damit man sie von allen Seiten betrachten konnte. Zusammengesunken saß sie da, vollkommen mickrig.

„Sag doch auch mal was, Irmchen! Du bist ja so still!"

Hünchen konnte das nicht verstehen. Was war nur in Irmgard gefahren. So ein Glück aber auch, und die sitzt da wie geprügelt.

„Sitz doch nicht da wie geprügelt", raunte sie ihrer Tochter ins Ohr und stieß sie ermunternd mit dem Ellenbogen: „Ist was nicht in Ordnung? Was für eine Laus ist denn über Deine Leber gelaufen? Hm?"

Was sollte eine Irmgard hierauf antworten? Nichts!

Aufmunternd lächelte Hünchen ihrer Tochter zu und stupste sie in die Seite: „So ein schöner Abend. Du darfst stolz auf Dich sein, Kind. Richte Dich auf, Irmchen!"

Und Irmgard richtete sich auf. Zur vollen Größe: „Ich hätte gerne noch etwas Wein, wenn das möglich ist!"

„Aber natürlich, meine Liebe. Aber immer doch!"

Herr Thoma winkte dem Kellner zu. Das heitere Gespräch nahm seinen Fortgang. Vielleicht lauerte da eine kleine Störung im Hintergrund, aber Hünchen war so selig, dass sie es auf keinen Fall wahrnehmen wollte. Sieh sah sich im Geiste schon in einer eleganten Wohnung wohnen, mit Kind und Enkelkind. Bezaubert vom Glück ihrer Tochter spürte sie nicht, wie diese langsam neben ihr zu Boden ging. Irmgard trank Glas um Glas. Wieder meinte die Mutter nicht sie. Sie meinte Herrn Thoma. Ausgeschlossen war sie, schon wieder einmal. Wie immer, dachte sie trübe, und sie trank weiter, die heiteren Stimmen am Ohr.

„Was ist los Irmgard? Du bist so still, heute. So kenne ich Dich gar nicht", tuschelte der sanfte Herr Thoma und versuchte Irmgard den Arm tröstlich um die breiten Schultern zu legen.

Irmgard zog sich weg. Die sanften Lichter des eleganten Raumes begannen sich langsam im Kreis zu drehen und in der Bewegung der Kerzen tönte ein „Ausgestoßen! Ausgestoßen!" wie ein Rundgesang in Irmgards Ohr. Von der eigenen Mutter an den Rand gedrängt.

Mühsam erhob sie sich, torkelte gefährlich, hielt sich am Tisch fest, zog dabei leicht das Tischtuch zu sich hin, ihr Glas fiel um, tränkte ihr einziges gutes Kleid, das Schwarze mit dem weißen Spitzenkrägelchen, die Leute starrten herüber. „Ausgestoßen! Ausgestoßen!", tönte es in Irmgards Kopf.

Aber noch hielt sie Stand: „Du kannst ihn haben, Mutter! Er passt auch besser zu Dir als zu mir! Ihr seid beide alt!", lallte es aus ihr heraus, so laut, dass jetzt fast die ganze Gesellschaft an ihrem Gespräch teilhaben durfte.

„Irmgard, was soll das! Benimm Dich!", schnaubte Hünchen entsetzt.

„Keine Angst Mutter, ich werde nicht weiter stören, ich bin so gut wie weg! Wünsche einen reizenden Abend noch!"

Und wandte sich schwankend vom Tisch ab. Herr Thoma war aufgesprungen und fasste die voll trunkene Frau schützend am Arm.

Irmgard riss sich los. Viel zu heftig für ihren Zustand, kam schrecklich ins Schleudern und hastete in schnellen, gefährlichen Kurven - die Leute hielten den Atem an und ihre Weingläser fest - dem rettenden Ausgang zu. Herr Thoma eilte ihr nach und konnte gerade noch verhindern, dass seine große, starke, bewunderte Irmgard durch ein großes Glasfenster preschte.

Das Erste was Irmgard ins Bewusstsein drang, war das laute Schnarchen ihrer Mutter. Sie hatte doch tatsächlich neben ihrer Tochter auf der Doppelbettcouch genächtigt. Auch das noch, dachte Irmgard. Na, das würde jetzt was geben!
Und es gab was. Und nicht zu knapp. Als Irmgard immer noch sehr schön trunken aus ihrer kalten Dusche kam, stand die Mutter schon in der kleinen Küche und kochte Kaffee. Und ohne Verzögerung brach das Lamento über Irmgard herein. Was sie sich denn dabei gedacht habe? So ein schöner Abend! So ein sanfter, liebenswürdiger, kultivierter Mensch!
„Da gibt es noch viel mehr gute Adjektive, Mutter!" unterbrach Irmgard übermütig. Der Restwein half: „Wie wäre es mit gebildet? elegant? wohlhabend? empfindsam? musisch? romantisch? gefühlvoll? weich? zart? poetisch?"
Wie ein Wasserfall brachen die Wörter sich Bahn.
„Und was spricht dagegen?", schnitt Alma Huhn ihrer Tochter zornig das Wort ab. „Was hat meine großartige Tochter dagegen, mit einem sanften, gefühlvollen, poetischen und was noch alles Mann ihr Leben zu teilen? Kinder zu haben? Es sich gut ge-

hen zu lassen? Was will sie denn, meine Tochter, wenn ihr das alles nicht reicht?"

„Ich bin mehr für das Gröbere bestimmt, Mutter!"

„Quatsch!"

„Für Dich ist es Quatsch, für mich stimmt es!"

Mein Gott, dachte Irmgard, schon ein bisschen fassungslos, wer hätte gedacht, dass wir uns einmal so gegenüber stehen?

„Dieser blöde Australier? Der nichts ist und nichts kann? Ist Dir das vielleicht lieber?"

Irmgard hielt stand. Mühsam wohl, aber sie hielt stand. Wenn nicht jetzt, wann dann, war es Zeit, sich von dieser starken Mutter abzunabeln: „Ja, Mutter, ist gröber, ist mir lieber!"

Hünchen erschrak so heftig über ihre Tochter, dass sie zur Sanftmut lenkte: „Irmgard! Du bist doch eine vernünftige Frau! Was willst Du mit diesem Versager? Mit dem schaffst Du es doch nicht mal bis zum Reihenhaus! Denk doch mal nach!"

„Will ich nicht. Dass das jetzt mal klar ist Mutter. Es handelt sich hier um mein Leben, nicht um Deins. Wie Du Dich entscheiden würdest, hat man ja gestern deutlich gesehen. Aber ich entscheide für *mich*! Wenn schon Unglück, so möchte ich dann bitte mein eigenes!"

„Und dann möchte es wohl auch ein richtiges Unglück sein!" konterte Hünchen bitter.

„Ja, Mutter!"

„Das wird die blanke Katastrophe, Irmgard. Und das weißt Du genau! Von dem willst Du ein Kind? Von diesem Versager? Von diesem Nichts?"

116

„Mein Leben, meine Katastrophe, Mutter, nicht Deine! Und Ende der Debatte!"

Die ganze Kneipe stand Kopf, als Irmgard die Musik unterbrach, den Tanz stoppte, sich neben das Känguru stellte, ein Sektglas hob und lauthals verkündete: „Hiermit geben wir unsere Verlobung bekannt: Jonny the Cash und Irmgard werden heiraten und nach Australien ziehen!"
Das Känguru erbleichte, das Banjo fiel zu Boden, die Anwesenden erstarrten, und Werner lachte! Konnte sich gar nicht mehr halten vor Freude! Das war mal eine starke Entscheidung.
„Sekt für alle!", rief er übermütig, und schon knallten hinter der Theke die Korken!
„Wenn Du jetzt nicht kneifst, Alter, dann fahren wir zusammen nach Australien", flüsterte Irmgard dem völlig entgeisterten Mann in die Ohren: „Ich bezahle, kein Ding!"
„Aber in Australien laufen Kängurus frei herum, denk dran!"
„Klar, weiß ich doch! Heirate mich, fahr mit mir nach Australien, mach mir ein schönes Kind, dann lauf wohin du willst!"
„Versprochen?"
„Versprochen!"
„Ehrlich?"
„Ehrlich!"
Was soll sein, dachte Irmgard gewitzt. Kommt Zeit, kommt Rat. Wenn der erst mal seinen Sohn im Arm hält. Schauen wir mal, dann sehen wir schon.

Unter lauten australischen Gesängen, ging die turbulente Verlobungsfeier zu Ende. Nur sang Jonny jetzt den Text etwas anders: „Don't tie your kangaroo down, sport, don't tie your kangaroo down!"

Novembernebel

Anna saß. Seit Stunden. Seit Stunden schon saß sie so. Im Dunkel ihrer kleinen Neubauküche. Das große nachtschwarze Fenster im Rücken. Als ihr runder Körper auf dem sanft geschwungenen rosa Küchenstuhl niedergesunken war, schwamm der Novembernebel noch milchig weiß vor dem Fenster, wurde dann langsam grau und düster. Anna merkte nichts davon. Anna saß. Bleischwer. Bewegungslos. Die Füße in den karierten Pantoffeln sorgsam nebeneinander gestellt. Den Oberkörper trutzig aufgerichtet. Die rechte Hand, die schwer auf dem winzigen Küchentisch lag, hielt noch den Brief. Annas Blick war stur auf eine Stelle knapp über dem Gasherd gerichtet. Vor ihrem geistigen Auge wiederholte sich immer das gleiche Bild: Der Dampf stieg aus dem Kessel, die Hand griff nach dem Topflappen. Immer wieder dieses Bild: der Dampf, die Hand, der Topflappen. Annas Verstand weigerte sich entschieden, den darauf folgenden Handlungsablauf zu billigen. Das Schellen. Die Schritte. Das Öffnen der Wohnungstür.

Warum ging mein Atem eigentlich schon in diesem Moment so schwer wie unter einer fremden Last, fragte sie sich später immer wieder. Dann schon in Sicherheit. Unter südlicher Sonne.

Der Postbote, die Unterschrift für den eingeschriebenen Brief. „Hier, bitte, wo das Kreuzchen ist!"
„Danke!"

Das Schließen der Tür. Das hastige Aufreißen des Briefes. Das Lesen der Wörter, während die Füße schlurfend den Weg zurück in die Küche fanden, die rechte Hand im Vorbeigehen das Gas abstellte, als wüsste sie schon, dass ihr gleich die Kraft zum Anheben des Wasserkessels fehlen würde. Die kleine Drehung vor dem Stuhl. Die Verweigerung. Das Kalkigwerden der Haut. Die Schweißtropfen auf der Oberlippe. Das Weichwerden der Knie. Anna sank herab. Ihr Leben war beim Greifen nach dem Topflappen stehen geblieben wie eine kaputte Schallplatte, die nicht aufhört, sich zu drehen, aber das Weitertreiben der Nadel nicht mehr schafft.

Der Dampf. Die Hand. Der Topflappen. Der Dampf, die Hand, der Topflappen.

In diesem Moment ist die Welt für Anna noch in Ordnung gewesen.

Im Verlauf ihres sich langsam aber sicher zum Ruhestand neigenden Lebens hatte sich Anna schon einige Male in die totale Bewegungslosigkeit zurückgezogen. Schwere Schicksalsschläge wurden von ihr buchstäblich ausgesessen. Dieses Sitzen verwandelte den lustvollen, molligen Annakörper in einen trüben Klops. Übrig blieb eine wie leblose, kalte Hülle. Das erste Mal ist Anna vor zweiundzwanzig Jahren auf der Intensivstation des Kinderkrankenhauses in diesen komaähnlichen Zustand versunken. Fast drei Tage lang hatte sie am Bett ihres damals sieben Jahre alten Sohnes gesessen, den eine Meningitis fest im Würgegriff hielt. „Es war ein Beten!", sagte sie später. Was sie erbat, war allen klar. Darüber, von wem sie es erbat, wollte sich Anna nie äußern. Erzählt wurde nur, dass sie nach langen Stunden unvermittelt aufstand, sich reckte, das Kleid glatt strich und sich über ihr Kind neigte. Sie küsste seine schon deutlich kühlere Stirn und sagte: „Er schafft es."

Anna verließ die Intensivstation und eilte entschlossenen Schrittes zum Konsum an der Ecke, um ein Glas weiße Bohnen zu kaufen. Diese Bohnen aß sie auf. Dann schlief sie ein. Dann lächelte ihr Sohn auch schon wieder.

Die Nachricht: Die Regierung der Deutschen Demokratischen Republik ist zurückgetreten, wurde dagegen mit einem nur knapp fünfstündigen Aussitzen verwunden. Das war wohl eher ein Gedenksitzen für all die Hoffnungen und Versprechungen, die sich nicht erfüllen ließen in dem engen grauen Land. Man hatte das Unheil ja auch lange schon kommen hören.

Komisch, hat Anna gedacht, wie in dem Alptraum, den ich als Kind immer hatte. Ich komme aus der Schule nach Hause und ein wildfremder Mensch öffnet mir die Tür, der behauptet, das sei nicht meine Wohnung. Ich gehe zurück und prüfe alles nach, es ist unser Haus, aber offensichtlich wohne ich da nicht mehr. Als Kind bin ich aus diesem Alptraum erwacht. Aus diesem hier werde ich wohl nicht mehr erwachen. Da kann ich mich zwicken, wie ich will.

Annas wichtigste Maßnahme vor dem Geldumtausch war, sich ein paar Gläser weiße Bohnen zu-

121

rückzustellen für die zu erwartenden schweren Stunden, die ein Wechsel dieser Größenordnung mit sich bringen würde.

Mit der fröhlichen Hilfe ihres geliebten Klaus fand sie sich dann aber in der neuen Welt schnell zurecht und schnell ein: „Heimerzieherinnen werden immer gebraucht. Und Du bist eine gute Erzieherin, das ist mal klar. Es gibt immer etwas, das gleich bleibt. Kinder bleiben Kinder. Und es wird leider auch immer welche geben, die fremde Hilfe und Schutz brauchen!"

Außer dem neuen Geld und den vielen Westautos, die nach und nach die Parkstreifen verstopften, Oetkers Pudding und der heiß diskutierten Frage nach der besten Krankenversicherung, änderte sich Annas Leben kaum. Derselbe Weg zur Arbeit. Derselbe Schichtdienst, dieselben Leiden und Freuden. Derselbe Klaus.

Als Anna vier Jahre später, kurz vor ihrem fünfzigsten Geburtstag, auf ihren zärtlichen Küchenstuhl niedersank, war es kein Beten. Da war es ein Sterbenwollen.

„Frau Görner? Wir haben leider keine gute Nachricht für Sie ..." Anna wusste es gleich, noch ehe der Mund in dem rundlichen Polizistengesicht zu Ende gesprochen hatte, es war Klaus. Klaus war tot.

Er durfte zwar das Halleluja der Wende noch erleben, aber mit den dann folgenden Rechnungslegungen musste er sich nicht mehr plagen.

„Trösten Sie sich. Er hat nichts gemerkt. Er war sofort tot."

Trösten Sie sich! Trösten Sie sich! Wie denn? Warum denn?

Mitgehen! Mit Klaus mitgehen! Das war alles, was Anna dachte. Endlose Tage lang. Trösten Sie sich! Was für ein Quatsch! Nein! Mit Klaus mitgehen!

Klaus! Annas geliebter Klaus! Maschinenbauschlosser seines Zeichens. Ein Prolet. Ein Bilderbuchprolet, wie einem sozialistischen Lehrbuch entsprungen. Auf seinem muskulösen Körper saß ein helles Köpfchen mit lebhaften blauen Augen unter naturgelocktem Blondhaar und einem Mund, der nur zu lächeln aufhörte, kurz bevor er Anna küssen wollte. Für einen Kerl war er vielleicht ein wenig klein, aber mit seinen immerhin hundertsiebzig Zentimetern groß genug für Anna. Grundehrlich und kreuzbrav. Ein Mann, der mit der Faust auf den Tisch hauen konnte und den Finger auf jeden Posten legte. Stark genug um seine nicht so leichte Frau beim Rock'n Roll durch die Luft zu schleudern, wenn die Partei und letztlich auch Anna selbst es denn jemals zugelassen hätten. Klaus wäre spielend in die Volkskammer gekommen, aber die Bittermiene des ernsten Wollens war nichts für ihn. Wenn Klaus Sätze sagen musste wie: „Wir haben den Plan erfüllt!", wusste keiner so genau, wie er das meinte. Er lachte zu viel. Ob er auch gelacht hat, als das Auto in der regennassen Kurve ins Schleudern geriet und er kopfüber in den Abgrund krachte, ist nicht bekannt.

Aber es ist anzunehmen, dass er den Todeskuss mit großem Ernst entgegengenommen hat. Küssen war ihm wichtig.

Er hinterließ einen mit siebzehn Jahren noch unfertigen Sohn und eine Frau, die lange nicht mehr in der Welt war. Bis zum Bersten war die kleine Neubauküche angefüllt mit Trauer und Schmerz. Weder ihrem verängstigten Sohn, noch den besorgten Kollegen und Nachbarn gelang es, Anna aus ihrer Starre zu reißen. Es schien als wolle sie bei lebendigem Leibe verdursten, verhungern. Als könne sie durch Konzentration den Herzschlag anhalten, um das Leben ohne Klaus nicht leben zu müssen.

Tage später endlich der erlösende Satz: „Mach mir Bohnen warm, Hannes!" Annas nächster Satz: „Die Westbohnen bringen's einfach nicht", verhallte im Glücksgefühl ihres Sohnes, doch wenigstens die Mutter noch zu haben.

Es sind die zwanzig gemeinsamen Jahre gewesen, die sie wieder auferstehen ließen, die sie nicht auch sterben lassen wollte. Die sie gegen einen zu frühen Tod und die Trauer um den Verlust aufgerechnet hatte und die den Sieg davon trugen.

Anna ließ ihr Lieblingsfoto von Klaus auf Lebensgröße ziehen. Eine Aufnahme aus ihrem ersten gemeinsamen Urlaub in Ahrenshoop. Klaus lief ihr in hellem Hemd und Hose barfuß am Strand entgegen. Strahlend wie immer. Anna tapezierte mit diesem lebensgroßen, allerdings ziemlich unscharfen Bild die Wand im Schlafzimmer zwischen Frisierkommode und Kleiderschrank. So konnte sie sich nun in schweren Stunden an ihren Klaus lehnen wie früher, wobei sie manchmal scherzhaft sagte: „Dumm gelaufen, was Klaus? Jetzt hast Du so eine alte Frau!"

Anna achtete peinlichst darauf, dass jeder noch so kleine Gegenstand, der an die Gegenwart ihres Geliebten erinnerte, an seinem Platz blieb. Der Aschenbecher auf dem Tisch im Wohnzimmer, die Zigarettenschachtel, das Feuerzeug daneben, die Zahnbürste im Bad. Die Tasche, die er immer mit zur Arbeit nahm, stand im Flur. Die dicke Jacke, die langsam aber sicher aufhörte, nach Klaus zu riechen, den Geruch nach Tabak, Öl und Männerschweiß verlor, hing nach wie vor in der Flurgarderobe. Klausens Hosen blieben im Schrank und wurden sogar ab und an zur Reinigung getragen:

„So könnte es gehen", sagte sich Anna und machte mit ihrem Leben weiter. Und wie immer war es auch diesmal ihre Arbeit, die Kinder, ihre Kinder, denen sie helfen musste, zu vergessen, ihr ureigenster Lebensraum, der sie trug durch diese Tage des Kummers.

War das erste Mal Aussitzen der Angst um ihr Kind gewidmet, war das letzte Mal Aussitzen der bodenlosen Trauer um den Verlust ihres Geliebten geschuldet, so war es diesmal die Wut, ja, der Hass, der sie letztendlich auf den Stuhl zwang. Ein Leben ohne viel Schnörkel geradeaus gelebt, dann plötzlich der Abgrund. Absturz. Peng! Aus!

Zuerst glaubte Anna noch, dass es sich um Enttäuschung handelte, aber schließlich musste sie sich eingestehen, dass es Hass war. Ein Gefühl, von dem Anna bisher verschont geblieben war. Liebe versetzt Berge? Hass versetzt Berge! Bis jetzt war es ihr nach jeder Erschütterung gelungen, mit ihrem Leben genau dort fortzufahren, wo sie es verlassen hatte. Als sie diesmal ihre weißen Bohnen aß, ahnte sie, dass in ihrem Leben kein Stein auf dem anderen bleiben würde.

Anna saß.

Drei Mal wechselte der Nebel seine Farbe.

Anna saß.

Ein Hund jaulte irgendwo ein paar Stockwerke tiefer. Hastige Schritte im Treppenhaus. Eine Tür schlug zu. Langsam und beharrlich sank Annas Kopf auf die Brust und zwang den Oberkörper auf die Tischplatte nieder. Die Hand ließ endlich ab von dem Brief. Tränen netzten das amtliche Schreiben. Anna schlief ein.

Da Anna aus dem Osten stammte, aus dem östlichen Teil des Ostens - „Doppelt hält besser!" war ein Lieblingsspruch ihres Vaters - glaubte sie fest an das Gute im Menschen. Ihr Fehler bestand vielleicht darin, dass sie nicht so sehr an das Gute in sich selbst glaubte, als vielmehr an das Gute im Menschen allgemein. Und dann auch weniger an das „real existierende Gute", sondern eher an die Notwendigkeit, das Gute im Menschen zu entdecken und zum Blühen zu bringen. Und dabei wollte sie mit gutem Beispiel voran gehen. So wurde Anna ein feiner Kerl. Wo sie auftauchte, zog Milde in die Herzen der Menschen ein. Man konnte ihrem liebevollen Wesen einfach nicht widerstehen.

Dass Anna dann einen hilfreichen Beruf erlernte, lag

auf der Hand. „Kugelblitz", pflegte ihre damalige Chefin zu ihr zu sagen: „Kugelblitz, mach Dich nicht so fertig. Diese kleinen Biester nutzen das nur aus. Du musst Abstand halten. Die sind eh verloren."

Das werden wir noch sehen, sagte sich Anna und hielt nicht Abstand. Diese armen geprügelten Wesen, die unter ihre Fittiche kamen, unter Annas wärmender Fürsorge, tauten sie auf.

Anna wäre eine wunderbare Christin geworden. Aber im Osten wurde man Pionier. Anna konnte nicht sagen: „Gott vergelte es!" Für sie hieß es von klein auf: „Immer bereit!" Tapfer reihte sie sich ein in die Schar der ums Wohl aller bemühten Menschen, die man machen lässt, weil es so bequem ist.

Aber wehe sie kamen einmal zu dicht heran. Wehe sie wollten mal etwas für sich, wollten dem anderen etwas abverlangen: „Du entschuldigst bitte, sonst gerne, aber heute? Heute ist ganz schlecht. Heute passt es mir leider grad gar nicht!"

So fühlte sich Anna oft traurig und ausgelaugt. Das Gefühl der Ohnmacht, jemals die Lücke schließen zu können zwischen ihrem Wunsch, wie die Welt sein sollte, und der immer wieder enttäuschenden Erkenntnis darüber, wie die Welt wirklich war, konnte Anna von jeher kaum ertragen. Dieser Riss musste gekittet werden. Dieses Loch in ihrer Seele musste mit Essen zugestopft werden. Am liebsten aß Anna in solchen Momenten „Weiße Bohnen mit Schweinefleisch." Wenn es denn etwas Gutes im Osten gab, diese weißen Bohnen gehörten für Anna auf jeden Fall dazu. Schwere Seelentröster in einer cremigen Soße mit dickem, fetten Schweinefleisch! Was heißt hier ungesund? Unglücklich sein ist auch ungesund, sagte sich Anna und kroch mit der heißen, dampfenden Schüssel ins Bett. Beim Fernsehen oder Krimilesen wurden Anna und die weißen Bohnen dann eins. Nach langer, wenn auch wegen der schwerverdaulichen Bohnen etwas unruhigen Nacht, wachte Anna getröstet auf und konnte wieder losgehen und gut sein.

Wahrscheinlich hätte sich Anna an den fetten weißen Ostbohnen zu Tode gefressen, wenn Klaus nicht in ihrem Leben erschienen wäre. Für ihn war alles Spiel. Kraftvolles Spiel, aber Spiel. Annas Gütegier wurde gekrönt durch die Fröhlichkeit und die Leichtigkeit, mit der er das Leben anging.

Er machte ihre erste gemeinsame Wohnung, eine Ausbauwohnung, zu einem kleinen Paradies.

Als das Dach des alten Hauses den Regenstürmen gar nicht mehr standhalten wollte – ja, ja! Der Chef des Ostens war zwar von Beruf Dachdecker, die Reparatur der Dächer seines Staates musste er jedoch wohl oder übel dem Klassenfeind überlassen – besorgte Klaus, wie aus der Hinterhand, die kleine Dreizimmerwohnung im Hochhaus an der Ecke Ansgarder. So bekam Anna endlich trockene Wände, eine Einbauküche und ein himmelblaues Badezimmer mit Warmwasser aus der Wand. Und als endlich der Sohn geboren wurde, war das Glück vollkommen.

Es war der Hunger, das „metabolische Diskrepanzerlebnis", der Anna zurück ins Leben holte. Mit leichten Stichen, Pieksern und einem vorsichtigen Krabbeln fing der Magen an, sich in Erinnerung zu bringen, bis er sich zu einem wütigen Grollen steigerte, das nicht mehr überspürbar war. Ein verlegener Schmerz im Nacken tat sein Übriges. Anna wachte auf. Sachte, um den steifen Muskeln Zeit zu geben, richtete sie sich auf, wischte die Tränen und den ausgelaufenen Speichel vom Gesicht, rülpste vorsichtig, knüllte mit der Hand wie automatisch den Brief zusammen und legte die andere Hand, die linke, tröstend auf den Magen. So saß sie eine Weile und starrte ins Küchendunkel. Dann legte sie die Hände auf die Knie, beugte den Oberkörper nach vorne, bis der Kopf zwischen den Beinen baumelte. Ließ ihn tiefer und tiefer sinken, bis sich fast alles Blut hinter der Stirne gesammelt hatte, riss Oberkörper, Kopf und Hände entschlossen hoch und stand auf den Beinen. Sie tappte benommen durch die dunkle Küche zum Vorratsschrank hinter der Tür und tastete nach einem Glas weißer Bohnen. Aber da gab es nur noch Erbsen und grüne Bohnen. Völlig ungeeignet! Immer wieder hielt sich Anna die beiden Konservendosen vor die Augen, als könnte sich der Inhalt schließlich doch noch in die rettenden weißen Bohnen verwandeln, wenn sie nur lange genug auf das Etikett starrte. Verzweifelt öffnete sie Schrank um Schrank, aber sie würde kaum die ersehnten Bohnen oder sonst etwas Essbares in ihrer Wohnung finden. Seit fünf Tagen war sie krank geschrieben, wegen eines grippalen Infektes, der sich auf den Magen gelegt hatte, und um die Gelegenheit wahrzunehmen, ein paar Pfunde wegzuhungern, hatte sie in einem Anfall von Übelkeit fast alle Vorräte in den Müllcontainer befördert.

Annas Magen brüllte. Langsam schob sie sich an der Küchentür vorbei, am Gasherd entlang, wo der Wasserkessel immer noch seiner Entleerung harrte, zum Wasserhahn und beruhigte die Ungeduld des Magens und ihrer aufgereizten Nerven mit dem tröstlichen Nass. Dann stand sie lange, sehr lange da und starrte ohne einen einzigen Gedanken in das schwarze Viereck des Fensters hinein. Anna nestelte am Bademantel, fand das Taschentuch und wischte sich den kalten Schweiß von der Stirne. Mühselig, wie eine alte Frau, suchte sie Hose, Pullover und Schuhe zusammen, streifte die dicke Regenjacke über, stopfte das Portemonnaie in die Hosentasche. Die ewige Frage: Wo ist der Schlüssel? Tür auf. Tür zu. Schleppende Schritte zum Fahrstuhl. Anna machte kein Licht. Immer noch tief erschrocken über diesen unfassbaren Brief, vom langen Sitzen übermüdet und an allen Gliedern steif, tappte sie sich die Straße voran, an Werners Kneipe vorbei zum Penny Markt. Alles war noch dunkel und menschenleer. Anna hockte sich auf eine der steinernen Bänke, die man auf dem Parkplatz vor der Halle zwischen den frisch gepflanzten Bäumchen aufgestellt hatte, um die erlösende Öffnung des Nahrungsparadieses zu erwarten. Eins nach dem anderen zogen die Bilder ihres Lebens vorüber. Der Hof ihrer Eltern, die Milchkuh im düsteren Stall, die sie morgens und abends gemolken hatte, seit sie vierzehn war, der lange Weg durch den Wald zur Schule, später mit dem Bus in die Stadt.

Der Fasching in „Rikes Ballhaus", sie ging als Samuraisoldat mit Pappschwert und hatte sich das Gesicht mit Eigelb gefärbt. Klausens erster Kuss verkrümelte förmlich zwischen den Lippen. Sie erinnerte sich an sein schallendes Lachen: „Mädchen, was soll das denn? Wie willst Du denn *so* einen Freier finden!"

Wie er sich mühte, mit dem Taschentuch ihren Mund von den Resten der gelben Markierung zu säubern! Seine lachenden Augen! Seine Zärtlichkeiten!

Sie hörte sich fragen: „Warum ausgerechnet ich? Es gibt doch so viel schönere Frauen?"

Sie hörte seine Antwort, die ihr so gut gefallen hatte. „Weil Du am ganzen Körper brüstig bist!"

Die Ausflüge mit dem Motorrad, später mit dem Trabbi, der Urlaub an der See, die Ausgelassenheit, die erste eigene Wohnung, die Geburt ihres Sohnes Johannes.

Und immer wieder ihre Kinder! Die kleinen verlorenen Seelen, die sich vor ihren schrecklichen Erinnerungen in die Einsamkeit oder ins wilde Aufbegehren zurückgezogen hatten. Die fünfjährige Marie, die zusehen musste, wie ihr besoffener Vater die Mutter mit der Axt erschlug! Vier Jahre hat es gedauert, bis dieses zarte Wesen erstmals die Augen zu Anna hob. Die Sorge um diese kleinen Menschen, die Notwendigkeit, ihre Wangen zu röten, ihre Augen heiter zu machen, der nimmermüde Versuch, ihnen den Glauben an sich selbst wiederzugeben und an die Möglichkeit, glücklich zu werden, hatten Annas Leben ausgefüllt. Die Hektik der Frühschicht. Manch ruhiges Gespräch mit einem schon verloren geglaubten Rüpel in der Stille der Nacht. Lange Gedankenketten über den Sinn und Unsinn des Lebens und des Sterbens. Klausens Unfall! Wenn sie da ihre Kinder nicht gehabt hätte!

Und das sollte nicht mehr sein? Nie mehr sein? Und alles wegen dieses Schnösels von einem Bereichsleiter? Wegen dieses Eindringlings, dieses Wichtigtuers? Ich habe schon Kinder gehütet, da war der noch nicht mal geplant! Was erlaubte der sich denn? Sie sah sein Gesicht vor sich. Ernst und verschlossen. Undurchdringlich. Kühle Ehrbarkeit ausstrahlend. Scheinbar. Dieses Sparschwein will sie überflüssig machen? Sie, Anna, die Gütige, die Unermüdliche, die Unersetzbare? Mit knapp neunundfünfzig Jahren? Geht nicht! Geht gar nicht! So nicht! Eine heiße Zorneswelle tobte durch Anna. Reinschlagen wollte sie in dieses Gesicht. Nur einfach reinschlagen! Für wen wäre ihr Leben jetzt noch wichtig? Für Johannes, ihren Sohn? Der brauchte sie schon lange nicht mehr. Der führte sein eigenes Leben. Ein ihr völlig fremdes Leben noch dazu. Der fuhr mit seiner Band über Land, in letzter Zeit immer öfter auch ins Ausland. Ein schweigsamer junger Mann mit zwei linken Händen, der nur lebte, wenn er Musik machte. Mal hier eine Freundin, mal da. Wie ein Matrose. Kein Enkel, kein Weihnachten, kein gar nichts.

„Auf welche verrückte Weise haben wir zwei beide es eigentlich zu diesem Kunstkind gebracht?", hatte Klaus oft gelächelt, wenn die Klänge der Gitarre und leise Gesänge aus dem Zimmer des Sohnes zu hören waren. Tja! Mein Gott. Johannes hatte sie sicher lieb und würde traurig sein, wenn sie nicht mehr da war. Aber nötig war ihr Leben nicht für ihn. Es war niemand mehr da, für den Anna leben müsste!

Zusammengesunken saß sie auf der kalten Bank, Füße wie Eis, den Kopf weit nach vorne gereckt, den Blick auf das Pflaster gerichtet, als wolle sie die Antwort auf ihre Fragen aus den Steinen lesen. Wie war das passiert? Wodurch war sie so einsam geworden?

Die Arbeit mit den Kindern, der Schichtdienst, die immer mehr ausufernden Arbeitszeiten, da blieb nicht viel Raum. Da war man ausgelastet. Da fühlte man sich nicht einsam. Wie denn? Man wurde gebraucht.

Und nun brauchte man sie nicht mehr? Dieser unverschämte Kerl wollte sie einfach auf den Schrotthaufen werfen? Zum alten Eisen? Wie war das möglich? Wo steckte der Sinn? Der Nutzen? Wozu sollte sie weiterleben?

„Komm schwarzer Vogel, komm!", sang es in ihrem Kopf. So laut, dass sie den Tumult vor dem Supermarkt nicht bemerkte. Nur ganz von Ferne hörte sie die gellenden Schreie einer Frau: „Wo ist mein

133

Kind? Hier! Hier habe ich den Wagen abgestellt ... hier!"

Nur ganz von Ferne spürte Anna das Aufbrausen der Energien. Leute liefen, stürzten, schrien. Die Sirenen des Polizeiwagens.

„Haben Sie etwas gesehen, was uns weiter helfen könnte?" Zweimal musste der lange Mensch in der grünen Uniform den Satz sagen, bis Anna ihn wahrnahm.

Müde und verstört richtete sie sich auf: „Ich sehe nichts mehr!"

„Bitte?"

„Danke!"

„Junge Frau!"

„Dass ich keine junge Frau mehr bin, sollten Sie wohl trotz des Nebels noch erkennen können, junger Mann."

Der Polizist mit dem blassen Gesicht holte tief Luft: „Wie lange sitzen Sie schon hier?"

„Seit einer Ewigkeit, glaube ich."

Jetzt erst wandte Anna ihr tränenfeuchtes Gesicht weg von dem uniformierten Mann, dem hell erleuchteten Eingang des Marktes zu: „Sie werden mich entschuldigen, ich habe noch Wichtiges zu tun", sagte Anna mit wirrem Lächeln und schob die Staatsmacht mit entschlossenem Griff ein Stück von der Bank weg, damit sie aufstehen konnte und marschierte in Richtung Kaufhalle davon. Der Polizist schüttelte nur den Kopf.

Selbst wenn Anna sein „blöde Kuh!" gehört hätte, wäre es doch nicht in ihre Seele gedrungen.

„Irgendwas war", dachte Anna, als sie über den Platz hin der Kaufhalle zuschlurfte. Vage erinnerte sie sich an das junge Mädchen, das mit einem Kinderwagen dicht an ihr vorbei gekommen war. Mit so einer bemerkenswerten Mütze, wie ein Norwegerkäppchen, aus bunten Wollresten.

„Gehäkelt", hatte Anna kurz gedacht. Es war ihr aufgefallen, weil in der milchigweißen Soße des Nebels plötzlich so ein fröhlicher Fleck war. Aber in keiner Weise hatte sie diese Mütze mit der Aufregung vor dem Penny Markt oder der Frage des Polizisten in Verbindung gebracht.

Anna lag im Bett. Sie weinte nicht mehr, sie pupste nur noch. Die Decke bis zum Kinn hochgezogen, den Blick verbiestert zum Fenster gerichtet. Wie so oft seit seinem Tod hielt sie Zwiesprache mit dem fast lebensgroßen Klaus an der Wand.

Nur diesmal konnte Klaus nicht helfen. Zu tief war Anna hinabgestürzt in eine grauenvolle Enttäuschung: „Dieses feige Schwein. Jetzt, wo ich krank geschrieben bin, macht er mir so ein Angebot, zu feige mit mir zu reden, mir ins Gesicht zu sagen, dass er mich loswerden will!"

„Anna, ich bitte Dich, Du brauchst ihm doch nur zu sagen April, April! Vorruhestand ist nicht, nicht mit mir, und basta!"

„Wie soll ich denn mit dem jemals wieder arbeiten? Ein Vertrauen ist schon nötig, mein Lieber. Und das ist weg! Tot! Aus! Ende! Basta! Nie wieder betrete ich dieses Haus!"

„Und Deine Kinder? Willst Du die im Stich lassen? Die kleine Marie? Ist Dir Deine Enttäuschung wichtiger, als ihre kleine Hoffnung?"

„Tja ..."

„Sei doch bitte nicht so stur, Anna!"

„Du brauchst nicht weiter mit mir zu reden. Das ist jetzt wirklich mal was für Leute, die noch leben. Da kann ein Toter nicht mitreden. Noch dazu einer, der sein Leben lang gelacht hat!"

„Ich will Dir doch nur helfen, Mädel."

„Sag nicht immer Mädel zu mir. Damit geht's schon mal los. Das konnte ich schon nicht leiden, als wir beide noch jünger waren. Ich bin neunundfünfzig Jahre alt und man hat mir soeben den Boden unter den Füssen weggezogen, mir mein Leben um die Ohren geschlagen. Man hat mir gesagt, ich darf mich zum Teufel scheren! Tote haben leicht gleichmütig sein!" Die Sätze überschlugen sich in Annas Kopf. Sie wusste nicht, welchen sie zuerst zuende bringen sollte. Ob überhaupt irgendwas zuende gebracht werden musste. Ob nicht vielmehr ein Endpunkt erreicht war.

„Sie haben nichts dergleichen getan, Anna. Man hat Dir lediglich eine Frührente angeboten. Und eine Abfindung. Das ist doch großzügig."

„Zehntausend Euro findest Du großzügig? Ja? Zehntausend Euro! Wenn Du nicht schon tot wärst, würde ich mich auf der Stelle scheiden lassen. Zehntausend Euro!"

Anna schleuderte die Decke zurück und sprang wutentbrannt aus dem Bett. Ja, sie sprang. Sie war nackt

und ihre Brüste sprangen auch. Sie zerrte an ihren Sachen, die achtlos im Zimmer herumlagen, stopfte ihren Körper da hinein, während die Tiraden weitergingen, hochrot ihr Gesicht, Tränen in der Stimme: „Ein lumpiger Mercedes ist mehr wert als mein ganzes Leben! Das findest Du großzügig, ja?!"
So ging das weiter und immer weiter.
Klaus hörte nicht mehr zu. So hatte er Anna noch nie erlebt und ehrlich gesagt, war er enttäuscht. Er hatte im Leben und im Tode immer gedacht, sie wüsste, was sie sich selbst wert war. Dass ein so albernes Angebot, das sie nicht einmal anzunehmen brauchte, ein Vorschlag, eine Frage, von einem Herrn Bereichsleiter, der doch nur versuchte die Finanzen des Waisenhauses irgendwie zusammenzuhalten in einer Welt, in der es kein Geld mehr gab, weil es nur noch ums Geld ging, dass so ein Vorschlag sie in eine derartige emotionale Ohnmacht stürzen würde, hätte Klaus nie für möglich gehalten. Das war nicht mehr seine Anna.
Klaus ließ sich in die Wand zurückfallen und vermörtelte fürs erste.
„Mir reicht's!", schrie Anna gegen die Wand: „Ich habe einen Grund, ich gehe jetzt runter zu Werner und saufe mir einen an. Nicht eine Minute länger bleibe ich mit einem Mann in der Wohnung, der das großzügig findet, was der mit mir macht. Nicht eine Sekunde!" Scheidung posthum.

Aber „Werners Destille" war geschlossen. Montags immer. Der oft so hilfreiche Werner stand Anna an diesem für sie schicksalhaften Tag nicht zur Verfügung. Und nun? Wie weiter? Na, weiter eben! Anna lief einfach weiter. Runter in Richtung Stadtzentrum, mal die Hauptstrasse entlang, mal bog sie auch in die stilleren Nebenstraßen ein. Stunde um Stunde. Solange ihre Füße sie trugen.

Ab und an blieb sie einen Moment stehen und starrte in die auswuchernden Auslagen der Schaufenster: Was glauben die denn, wer den ganzen Scheiß kaufen soll, wenn keiner mehr Arbeit hat?

Ihre Gedanken trieben sie weiter. Ihre grimmigen, verzweifelten Gedanken. Ihr Groll richtete sich immer intensiver auf den Schreiber dieses brutalen Briefes aus, auf Herrn Bundsmann, den Bereichsleiter des Waisenhauses „Kinder zur Sonne!", den Verursacher ihrer Not: Dieser verlogene Mistkerl! Da tut er immer so gerecht. So bemüht. So ehrlich. Alles Lüge. Kalt wie Hundeschnauze ist der. Hat man ihm die Freude angemerkt, als seine Frau das Kind bekommen hat? Nein. Hat man ihm den Kummer angemerkt, als das Kind den plötzlichen Kindstod gestorben ist? Nein. Nichts. Glatt wie ein Aal. Ein Durchwinder. Hauptsache er kommt gut durch. Hauptsache ihm passiert nichts. Die anderen Menschen sind ihm egal. Was aus mir werden soll, ist ihm egal. Was aus den Kindern werden soll, ist ihm egal. Hauptsache er kommt gut an bei der Obrigkeit mit seinen Sparerfolgen. Dieser Sparstrumpf. Dieser Rückversicherer. Dieser elegante Schleimer. Solche Leute sind schuld, dass es immer kälter wird in der Welt. Diese Feinschmecker. Diese Magerfresser.

Wenn die in Massen auftreten, verschwinden natürlich die leckeren fetten Bohnen aus den Regalen und der Kaviar kommt, der eh nach nichts schmeckt, außer teuer! Diese Leute stoßen einen aus dem Leben, als wäre man ein fauler Fisch. Kein Anstand! Keine Moral!

Der so entsetzlich beschimpfte Herr Bundsmann putzte sorgfältig seine Brille. Sie war beim Betreten der Diele des schmucken Einfamilienhauses, beim Übergang von der Kälte in die Wärme, vollständig beschlagen. Bundsmann nahm sich Zeit. Einen Moment der Ruhe. Nach einem zu langen, zu nervenden, zu anstrengenden Arbeitstag brauchte er einen Zwischenraum bevor er seiner kraftvollen Frau begegnen konnte. Sie war im Wohnzimmer. Er hörte Musik. Bundsmann standen innerlich die Haare zu Berge. Vivaldis „Vier Jahreszeiten." Immer wieder dieser Vivaldi! Seine Frau sortierte wieder kleine Jäckchen und Kleidchen. Immer legte sie dazu den Vivaldi auf. Ihre Lebhaftigkeit, ihre Hoffnung auf ein nächstes Kind, ihre damit verbundene Geschäftigkeit wurde Bundsmann in zunehmendem Maße unerträglich. Immer war sie die Stärkere gewesen. Anfänglich hatte er es geliebt. Ihre fröhliche Energie war ihm Ansporn und Verpflichtung. Er selbst gehörte mehr zu den Menschen, die schon *vor* dem Betreten der Sauna stöhnen: „Gott, ist das heiß!" Ohne seine Ilona säße er immer noch mit dem spärlichen Gehalt eines Heimerziehers in einer engen Mietwohnung! Unter den kräftigen Fittichen seiner

Frau war Bundsmann über sich selbst hinaus gewachsen. Der begehrte Posten eines Bereichsleiters! Ein schönes Eigenheim! Er hätte davon nicht zu träumen gewagt.

Im Laufe der Zeit allerdings war Günther Bundsmann in die Überforderung geraten. Er sehnte sich nach einer Pause von Forderungen, von seiner unermüdlich positiv denkenden Frau, vom Leben überhaupt. Er wollte nichts sehnlicher, als in sich selbst zurücksinken.

Die Sorgen um das Kinderheim, das ständig von Schließung bedroht war, fraßen ihn auf. Die finanzielle Lage wurde zunehmend kritischer und zwang Bundsmann Entscheidungen ab, die er so liebend gerne *nicht* getroffen hätte. Aber wie anders? Was sollte er machen? Hätte er Anna den Brief nicht schreiben sollen? War das Schreiben zu kalt, zu formell ausgefallen? Könnte sie das in den falschen Hals kriegen? Sie war so eine anständige Frau, so bemüht. Hätte er lieber warten sollen, bis sie gesund war? Wäre ein Gespräch unter vier Augen die bessere Lösung gewesen? Hätte er sie einweihen sollen in seine Nöte? Sie war eine erfahrene Frau, aber was in Gottes Namen hätte sie schon als Lösung anbieten können? Wie hätte er die richtigen Sätze finden sollen, wenn er ihr dabei ins Gesicht blicken musste? Unmöglich. Bundsmann hatte seit jeher Schwierigkeiten mit Aug-in-Aug-Gesprächen, weil ihn die Bewegungen der Pupille im Auge seines Gegenübers so sehr faszinierte, dass er Gefahr lief, das Ziel des Gespräches aus den Augen zu verlieren.

Wenn es emotional wurde, wenn sich Tränen vor die ruhelosen Pupillen seines Gegenübers zu schieben drohten, schon gar.

Unerträglich das alles. Aber er musste die übergeordneten Stellen davon überzeugen, dass von seiner Seite alles nur Erdenkliche getan wurde, um die Kosten zu senken. Darin sah er die einzige Chance, dieses Kinderheim und damit seinen Arbeitsplatz zu erhalten, wenigstens bis die Hypothek auf sein Häuschen getilgt war.

Ich werde ihr noch einen Brief schreiben. Etwas warmherziger. Ihr danken für ihre Arbeit. Sie loben. Sie noch einmal zum Gespräch bitten. Ja! Gut! Besser! Bundsmann atmete tief durch und setzte die Brille auf seine schmale Nase.

Im Wohnzimmer fand er seine Frau eingehüllt in die lustvollen Töne des Vivaldi, wie erwartet umgeben von niedlichen Babysachen, die sie sorgfältig ordnete und zusammenlegte: „Schau doch nur, Günther, ist dieses Kleidchen nicht allerliebst?"

„Mein Gott, Ilona, wo willst Du denn mit allen diesen Sachen hin? Wir haben doch noch vom Dieterchen so viel Zeug!"

„Ja, aber unser nächstes Kind wird ein Mädchen, das spüre ich genau. Ich bin zwei Tage mit der Regel drüber und es wird ein Mädchen!"

Bundsmanns Gehirn drehte sich im Kreis. Der Tod des kleinen Dieter war ein schwerer Schlag für beide, sicher! Schon dieses Kind war ein Wunder, weil alle Ärzte diagnostiziert hatten, dass Ilona kaum je würde ein Kind bekommen können.

Der Triumph über die Wissenschaft, die Trauer über den Verlust des Kindes - unendlich.

Aber wie rasant sich diese Frau von dem Schlag erholt hatte. Wie schnell sie bereit war, sich neuer Hoffnung hinzugeben! Wie versessen sie ihn zum ehelichen Verkehr verführte, bis er alle Lust darauf verloren hatte. Nein! Bundsmann konnte dieses: „Wer auf seinem Elend steht, steht höher!" nicht mehr ertragen.

„Ich koch mir einen Tee, Schatz, möchtest Du auch einen?", fragte Bundsmann mit müder Stimme.

„Ja, gerne, Schatz, aber soll ich das nicht lieber machen?"

„Ach, lass nur!" Im Hinausgehen sah Bundsmann die große Glasvase mit den Lilien auf der Anrichte stehen. Es war ihm, als sähe er, wie er sie anhob und seiner Frau an den Kopf warf, wie Blut auf Kleidchen, Jäckchen und Höschen spritzte.

Angewurzelt vor Entsetzen lehnte sich Bundsmann an den Türrahmen und schloss die Augen.

„Dein Abendbrot steht in der Küche, Schatz!"

„Ich hab keinen Hunger. Ich geh Tee kochen."

Mitleidig sah Ilona ihrem Mann nach. Vollkommen schlapp und kraftlos wirkte er.

Das ist alles zu viel für ihn. Er hat Dieterchens Tod überhaupt nicht verkraftet und er glaubt nicht an mein Mädchen, der Arme! Dazu die Sorgen bei der Arbeit. Er hat sich so sehr verändert, dass mir ganz bange wird um ihn!

Sie legte die Kindersachen beiseite und folgte ihrem Mann in die Küche. Er stand da mit dem Wassertopf in der Hand und rührte sich nicht, als hätte er nicht nur den Tee sondern auch sich selbst vergessen.

„Kann ich irgendetwas für Dich tun, mein Lieber? Du siehst so müde aus!"

„Ja, wenn Du den Vivaldi mal eine Weile abstellen könntest, das wäre hilfreich."

Wütend stopfte Anna die Hände in ihre Manteltasche. Es trieb sie weiter. Der Hass trieb sie weiter. Tagaus, tagein. Nachtein, nachtaus. Auch die Tageszeiten verschwammen im Nebel. Todmüde fiel sie ins Bett. Der Schlaf nahm sie fort. Aber die Momente des Vergessens waren nur kurz. Wenn sie aufwachte war alles wieder da. Das Schlafzimmer. Das Bild von Klaus. Der zerknüllte Brief auf dem Küchentisch. Der saugende Schmerz in Herz und Magen. Das bittere Gefühl der Entwürdigung presste ihren Körper und ihren Verstand zusammen. Ruhen konnte sie nicht. Nachdenken konnte sie nicht. Also lief sie weiter. Mal in der Nacht, mal am Tag. Wie es gerade kam. Wie lange? Anna wusste es nicht. Drei Tage? Vier Tage? Was konnte sie tun? Wie konnte sie verhindern, dass man sie ausstieß? Aus dem Leben stieß?

Ihre Verbitterung verdichtete sich immer mehr zu einer einzigen Frage: Und der darf das, ja? Einfach so, ja? Wie ein Kreisel tobte es durch Annas Schädel: Der darf das, ja? Der darf mir den Lebensfaden abschneiden? Und der darf damit ungeschoren davonkommen? Und ich darf nichts?

Ihre müden, brennenden Augen starrten in den Ne-

143

bel, als ob dort, hinter der milchigen Soße, die Lösung wäre, wie hinter dem Reisberg das Schlaraffenland.

Und dann geschah es. Das Schicksal selbst tauchte aus dem Nebel auf. Ein bunter Fleck! Das Häkelmützchen! Der Kinderwagen!

Wie vom Blitz getroffen blieb Anna stehen. Das pressende Gefühl im Körper löste sich schlagartig auf. In Annas Kopf wurde es hell: Wo hat die sich mit dem Kind versteckt? Ich muss das Versteck finden!

Fast automatisch, wie gezogen, lief sie dem Mädchen nach und konnte gerade noch erkennen, wie es in einer schmalen Seitenstrasse in einer Haustür verschwand. Was für ein schäbiges Haus. Von den schäbigen Häusern eines der schäbigsten. „Ruinen schaffen ohne Waffen" war die Losung der Leute im Osten für die kommunalen Verwaltungen. Bei diesem Haus war es fast perfekt gelungen.

Gut für Anna oder nicht gut für Anna, die Haustür war nicht verschlossen und gewährte bereitwillig Zutritt. Erschlagen fast von dem Mief im zerfallenen Treppenhaus, horchte Anna in die Stille. Sie hörte nichts. Hier wohnt wohl gar keiner mehr, dachte Anna: Zum Abriss freigegeben. Sie fand den Lichtschalter, aber es blieb dunkel. Vorsichtig schlich sich Anna die Treppen hoch. Im Zweiten Stock stieß sie gegen den Kinderwagen. Hier musste es sein.

Auch die Klingel ging nicht. Auf Annas Klopfen antwortete eine sanfte Stimme: „Einen Moment bitte!" Dann passierte nichts mehr. Immer wieder und wieder hämmerte Anna an die Tür, immer heftiger und wütender: „Aufmachen! Polizei!", hörte sie sich schreien. Das junge Mädchen, das Sekunden später die Tür öffnete, war wunderschön. Langes goldenes Haar floss auf die Schultern herab und umrahmte ein Gesicht aus Milch und Honig. Eine Kindfrau. Eine Märchenschönheit.

„Sterntaler", dachte Anna. Nur jetzt nicht weich werden! „Wo ist das Kind?", schrie sie, um ihre Rührung zu übertönen, und schob das Mädchen grob beiseite.

„Da", sagte das Mädchen und zeigte auf eine offene Tür: „Bitte nicht wegnehmen. Mein Baby! Bitte nicht!"

Nun heulte sie schon. Aber in Anna war kein Fleckchen Mitgefühl mehr zu finden. Kurz orientierte sie sich, griff ein paar Fläschchen, Windeln, halt alles, was man so braucht, wickelte das Kind in eine Decke und verstaute Kind und Gerät im Kinderwagen vor der Wohnungstür, wobei sie ständig vor sich hin wütete: „Sie glauben doch nicht, dass Sie damit durchkommen vor dem Gesetz! Kinder stehlen, wo gibt es denn so was!"

Immer wieder versuchte das zarte Mädchen, das Baby vor der vermeintlichen Staatsgewalt zu schützen. Wie besessen klammerte sie sich an Annas Arme. Aber Anna schüttelte sie ab. Immer wieder. „Lassen Sie das. Behindern Sie nicht meine Arbeit. Sie können froh sein, wenn ich Sie nicht anzeige. Kinder stehlen. Wo gibt es denn so was. Aus dem Weg! Aus dem Weg!"

Nach vollbrachter Tat ließ Anna noch einen kurzen Blick durchs Zimmer schweifen, alles ordentlich, alles adrett. Das Mädchen saß zusammengekrümmt in einer Ecke und versuchte, sich die Seele aus dem Leib zu heulen.

„Heul hier nicht rum, Du dumme Göre! Mach Dich hübsch, geh raus, such Dir einen Kerl. Mach Dir Deine Kinder gefälligst selber, verdammt noch mal!"

Und war weg.

„Was hast Du Dir denn dabei gedacht?" Klaus an der Wand war entsetzt.

„Sehe ich so aus, als könnte ich noch denken?", gab Anna die Frage zurück.

Vollkommen aufgescheucht von dem Geschrei des kleinen Buben lief sie im Zimmer hin und her, fuchtelte mit Windeln und Fläschchen, wiegte das Kind und murmelte ununterbrochen vor sich hin: „Pscht, mein Kleiner! Ist ja gleich guut! Issja guut!"

„Du hast einer Mutter das Kind gestohlen und willst mir weismachen, dass Du Dir nichts dabei gedacht hast?"

„Mein Leben lang habe ich versucht zu denken. Und was hat es gebracht? Jetzt muss es mal so gehen!"

Wie eine moderne Pieta saß Anna am Fußende des Bettes, das Kind im Arm: „Nun trink, mein Kleiner, mein Süßer. Ja, so isses guut. Ja, trink Du nur! So ein braves Kind!"

Anna stand auf und ging mit dem Säugling im Zimmer hin und her, klopfte ihm mit beruhigender Geste den Rücken, um das Bäuerchen hervorzulocken: „Außerdem ist es nicht ihr Kind. Sie hat es auch geklaut, verstehst Du. Das Kind wird gesucht."

„Und nun?"

„Nun wird man sehen!"

Anna sah überhaupt nicht so aus, wie eine Frau, die nicht dachte. Im Gegenteil. Klaus sah ihre Gedanken hinter der Stirne hin und her rasen.

„Was Du da vorhast, Anna, lass es sein, ich bitte Dich, mach Dich nicht unglücklich!"

„Unglücklich bin ich schon lange. Spätestens seitdem Du mir nachhaltig klargemacht hast, dass Du nicht Auto fahren kannst!"

„Das ist unfair!"

„Keine Zeit für Fairness, mein Lieber. Und schon gar nicht für die kleinen Leute. Oder findest Du es etwa fair, alle gelernten Erzieherinnen zu entlassen, um Geld zu sparen? Und ungelernte Tussis auf die armen Geschöpfe loszulassen? Ruth ist raus, Heidi ist raus, jetzt ich! Wem gegenüber ist das fair?"

„Besser ungelernte, als gar keine und das Heim schließen!" - wollte Klaus sagen, aber er ließ es lieber. Mit Anna war nicht zu reden und er wollte sie nicht noch wütender machen. Am Ende reißt sie das Foto von der Wand und das wäre ja dann endgültig, dachte er und sagt nur noch: „Geh zur Polizei!"

„Und dann in den Knast, ja? Das könnte Euch so passen. Aber nicht mit mir. Nicht mit mir!", zischelte Anna, um das Baby nicht zu wecken.

Behutsam zog sie dem schlafenden Kind Jäckchen und Mützchen an, wickelte es in eine warme Decke und legte es in den Wagen. Sie verstaute Fläschchen und Windeln, wischte sich den Schweiß von der Stirne und setzte sich wieder auf ihr Bett. Wartete.

Ich muss warten bis es dunkel wird. Jedenfalls dämmerig. Je weniger Leute mich sehen, desto besser. Wenn ich so gegen halb fünf losgehe, schaffe ich es noch, bevor Bundsmann nach Hause kommt. Hauptsache das Kind fängt nicht wieder an zu schreien. Und was ...

Unter dem Murmeln ihrer Gedanken wäre Anna beinahe eingenickt, doch dann riss sie sich hoch. Entschlossen öffnete sie den Kleiderschrank, nahm eine Reisetasche heraus und die drei Kissenbezüge, in denen ihre Sommersachen verstaut waren. Das Bett wurde überflutet mit weißen Hosen, bunten Blusen, Kleidern. Anna probierte an und aus und wurde dabei immer heiterer. Eine hellblaue Jeanshose und eine weiße, drei Blusen, zwei passende T-Shirts, eine leichte Regenjacke, ein Sommerkleid, Höschen, Strümpfchen, Schuhchen, zwei Badeanzüge. Die hätte ich jetzt beinahe vergessen: Badelatschen, genau!

„Und den Bademantel?", fragte Klaus sachte.

„So was werden die ja wohl haben im Hotel!"

„Du verreist?"

„Klar, ich mach mir jetzt 'nen Bunten!"

Annas Stimme klang kalt.

„Das geht nicht Anna, Du bist krank geschrieben, Du kriegst Ärger!"

„Den habe ich schon!"

Dann hörte Klaus sie im Wohnzimmer kramen.

Schubladen klappten auf und zu. Geraschel, Schritte. Stille. Anna schrieb: „Sehr geehrter Herr Bundsmann, herzlichen Dank für Ihren reizenden Brief. Ich werde Ihr Angebot mit sofortiger Wirkung annehmen. Sie werden verstehen, dass ich nicht mehr vorbei kommen möchte, um Abschied zu feiern. Bitte überweisen Sie mir Ihre großzügige Abfindung auf mein Konto ... daram, daram ...“
Adresse. Briefmarke. Basta.
„Anna, so geht das nicht!“
Anna schrie: „Halt jetzt bitte gefälligst Deinen Mund, Klaus! Bei mir ist Schluss mit lustig, kriegst Du das mal mit?“
Dann beugte sie sich besorgt über das Baby: „Ja, Du schlaf nur, mein Süßer!“
Ein Blick aus dem Fenster zeigte ihr, dass es Zeit wurde. Ruhig und von Klaus nun nicht mehr behelligt, packte sie ihre Sachen, steckte Pass, Kreditkarten und den Brief in die Handtasche, machte sich im Bad etwas frisch und war aus der Tür, ohne sich von Klaus zu verabschieden.

Vogelfrei!, dachte Anna und hängte den Hörer auf die Gabel. Jetzt bin ich vogelfrei! Sie öffnete die Tür der Telefonzelle und reihte sich ein in das Getümmel der Sonnensucher. Lange Schlangen vor den Abfertigungsschaltern der Flughalle, aufgeregte Menschen, die in der einen Hand ihre Papiere bereithielten, mit der anderen die Kofferkulis weiter schoben, ängstlich darauf bedacht, dass sich nur niemand in eine Lücke drängelte und sich etwa Wartevorteil verschaffte. Was die so nervös sind, fragte sich Anna. Die können doch hasten wie sie wollen, deswegen geht der Flieger noch lange nicht eher in die Luft! Ruhig schob sie sich durch die Menge ihrem Schalter zu.

Gottseidank, der Flieger schien pünktlich zu sein. Trotz des Nebels. „Tunis", sagte das Leuchtband: „Check in!"

„Wir hätten da einen freien Platz für Tunesien", hatte das Fräulein am Last-Minute-Schalter gesagt: „Vier Sterne und all inclusive! Wäre das recht?"

„Ist es heiß in Tunesien?", hatte Anna gefragt.

„Ich denke mal ja, sehr heiß!", hatte das Fräulein geantwortet.

„Dann wäre es recht!"

„Allerdings geht der Flieger schon in einer Stunde, Sie müssten gleich einchecken!"

„Je eher desto besser!", hatte Anna noch gesagt, dem Fräulein zugelächelt und gedacht: Das klappt ja wie am Schnürchen. Es hat noch eine Weile gedauert, bis sie die Post gefunden, den Brief eingesteckt und das Telefongespräch geführt hat: „Das Baby, das Sie suchen, können Sie in der Steigergasse 17 bei Bundsmann abholen."

Das war's. Und nun ab in die Sonne!

Als Bundsmann den Kinderwagen vor der Haustüre stehen sah, dachte er, seine Frau habe Besuch von ihrer Busenfreundin Karin.

Wie Ilona das aushält, frage ich mich. Immer die

glückliche Mutter zu sehen mit ihrem lebendigen Baby. Warum mutet sie sich das zu? Und warum vor allem mutet sie mir das zu!

Das Kind im Wagen fing an zu ningeln: „Ist gut, Kleiner, ich ruf die Mutti!"

Die Diele war dunkel, nur im Wohnzimmer brannte die Tischlampe und verstreute ein sanftes Licht.

„Karin, Dein Kind weint!" Aber das Wohnzimmer war leer. Das Haus war still. Kein Vivaldi.

„Hallo!", rief Bundsmann in das obere Stockwerk hinauf, „Ilona? Karin? Wo seid Ihr denn? Das Kind weint!"

Stille. Die beängstigende Stille presste ihm das Herz zusammen. Was war das für ein Kind? Er stürzte wieder hinaus und beugte sich über den Kinderwagen. Ein entsetzlicher Verdacht kroch ihm in das Hirn. Mein Gott, sie wird doch nicht, sie hat doch nicht etwa? Oder doch? Ja, wie sollte denn sonst ein fremdes Kind in seinen Garten kommen? Jedermann weiß ja, dass Frauen, die ein Kind verloren haben, irgendwie durchdrehen. Jedenfalls ganz oft! Er hat sie für die Stärkere gehalten. Er hat sich geirrt. Er hatte den Schein für die Wahrheit gehalten, Idiot, der er war. Vivaldi, die Jäckchen und Kleidchen, die Heiterkeit. Er hatte das Bild missdeutet. Das war nicht positiv, das war schon krank. Was nützte jetzt noch aller Aufstieg, was nützte das Haus, wenn das rauskam? Oh, Gott, das hat mir noch gefehlt! Panik verschloss ihm das Hirn. Er konnte nichts weiter als wie dumm dastehen.

Ilona Bundsmann betrat das Grundstück mit zwei

Einkaufstüten und einem großen Paket Babywindeln. Sie sah ihren Mann reglos neben dem Kinderwagen stehen. Das Bild machte ihr Angst. Karin? Wollte sie denken. Aber nein, Karin war doch zu ihrer Mutter gefahren. Vorsichtig schlich sich Ilona voran, bis sie neben ihrem Mann stand, Einkaufstüten, Windeln und alles. Sie sah sein erstarrtes Gesicht, sah Tränen in seinen Augen.

Oh, Gott, was hat er getan? Der Gedanke verschlug ihr die Sprache. Er war ja schon die ganze letzte Zeit so merkwürdig. Sie hätte das Unheil kommen sehen müssen, sie hätte irgendetwas unternehmen müssen, um ihm zu helfen. Aber was denn?

Reglos standen die beiden nebeneinander und starrten auf den Kinderwagen. Langsam kroch der feuchte Nebel in sie hinein.

„Du hast Windeln gekauft?", fragte Bundsmann endlich mit wie versteinerten Lippen.

Alles klar, dachte er und nickte, wie um sich selber zu bestätigen, ein paar Mal mit dem Kopf.

„Ja, Windeln. Frau Liebmann hat mich gebeten, ihr Windeln mitzubringen. Und ich habe ihr Windeln mitgebracht!"

Ilona lachte leicht hysterisch: „Und wie ich vermute, kommen sie gerade recht."

Warum lügt sie? Fragte sich Bundsmann verzweifelt, warum hat sie kein Vertrauen zu mir? Warum kann sie sich mir nicht anvertrauen?

Das Kind begann zu weinen. So laut und so schmerzlich, als wollte es die Empfindungen der beiden bewegungslosen Menschen in den düsteren

Abend hinausschreien. Ilona löste sich als erste aus ihrer Betäubung. Vorsichtig nahm sie das schreiende Bündel aus dem Wagen.

Ein blödes Lächeln brachte Bundsmann zustande: „Ich glaube nicht, dass Du das Kind auch noch ins Haus bringen solltest. Ich glaube, das wäre jetzt überhaupt nicht gut!"

„Was Du glaubst und was nicht, ist mir im Moment scheißegal!"

Eine plötzlich aufsteigende Wut flammte Ilonas Gesicht. Ein Leben lang hatte sie ihrem Mann beigestanden mit Rat und Tat, hatte ihn vorangetrieben, ihm Erfolg gebracht. Warum konnte dieser erbärmliche Kerl sich ihr nicht anvertrauen? Warum war er unfähig, mit ihr über seine Gefühle zu sprechen? Vielleicht hätte sie ja einen Ausweg gefunden.

„Ich kümmere mich jetzt um das Kind. Wahrscheinlich hat es Hunger. Was auch immer geschehen ist, wir können das Kind hier nicht heulen lassen. Das ist doch wohl klar!", sagte Ilona kalt und wandte sich zur Haustür.

Bundsmann sprang ihr in den Weg: „Du bringst dieses Kind nicht ins Haus! Bitte!"

Eine kräftige Ohrfeige klatschte in sein Gesicht und färbte seine linke Wange feuerrot: „Ich werde nicht zulassen, dass Du jetzt auch noch durchdrehst, Herr Bundsmann!"

Kinder klauen und dann die Nerven verlieren. Typisch. Dieser Schlappschwanz! „Geh mir aus dem Weg! Sofort!"

Als wären ihm plötzlich die Beine gelähmt, ließ sich

Bundsmann gegen die Haustür fallen. Ihm wurde übel: „Was ist los, Ilona, was hast Du vor?"

„Gar nichts habe ich vor! Da weint ein Baby. Es hat Hunger. Ich werde ihm jetzt ein Fläschchen machen. Und Du wirst mich nicht daran hindern!" Entschlossen schob Ilona ihren inzwischen wachsweichen Mann beiseite und ging ins Haus.

„Mein Gott, die Arme! So hat eben doch jede Stärke irgendwann ein Ende. Ich muss sie schützen. Vor sich selber schützen!", dachte Bundsmann in seiner Ecke neben der Haustür.

Ilona brachte das Kind nach oben in das liebevoll eingerichtete Kinderzimmer, tobte durch das Haus mit Fläschchen und Windeln, tat, was getan werden musste, ohne sich weiter um ihren Mann zu kümmern.

Der kam inzwischen wieder halbwegs zu sich und ging schleppend in der Diele auf und ab: Ich muss sie schützen. Aber wie? Die Polizei anrufen? Geht nicht. Ausgeschlossen! Keiner wird ihr glauben! Noch dazu jetzt, wo das Kind im Haus ist.

„Er ist eingeschlafen", sagte seine Frau, als sie die Treppe herunterkam.

„Ist es ein Junge?", stotterte Bundsmann.

„Ja, ein Junge." Ilona betrachtete ihren völlig verstörten Mann: „Was ist los, Günther? Wirst Du jetzt etwa krank?"

Besorgt ging sie zu ihm, fühlte seine Stirne, die eher zu kalt als zu heiß schien, betrachtete ihn einen Moment, sah seine Müdigkeit, seine Verständnislosigkeit und küsste ihn schließlich auf den bleichen

Mund, um vielleicht so aus dem kalten Frosch, der da vor ihr stand, wieder einen lebendigen Prinzen zu machen: „Schau ihn Dir wenigstens mal an", sagte sie schließlich vorsichtig. „Ich habe einen schrecklichen Verdacht. Ist es vielleicht das Baby aus der Zeitung? Das wäre ja entsetzlich!"

Ja, dachte Bundsmann. Das wäre dann in der Tat vollends entsetzlich! Wie lange wurde das Kind nun schon vermisst? Willenlos ließ sich der schlaffe Mann von seiner Frau die Treppe hoch und ins Kinderzimmer schieben, zum Bett hin.

Er starrte auf das kleine schlummernde Wesen: „Woher soll ich das wissen? Babys sehen doch alle gleich aus", nuschelte er kraftlos.

„Ach nee! Das ist ja was ganz Neues!"

Fassungslos stand die Frau vor ihrem Mann. Sie wollte nicht glauben, was sie hörte: „Dann sah Dieterchen also auch aus wie alle, ja? Dann war es also für Dich irgendein Kind, ja? Deshalb hast Du auch nicht geweint, als er tot war. Warum soll man auch weinen für irgendein Kind, ja?"

Ich bin verloren, dachte es in Bundsmann: Ich bin verloren! Zorn wallte in ihm auf, er stürzte vor, packte seine Frau an den Schultern und schüttelte sie: „Hör auf, hör endlich auf! Du bist verrückt! Verdammt noch mal, hör endlich auf mit dem Theater! Wo hast Du dieses Kind her?"

„Jetzt hör Du doch endlich mal auf! Alles was ich weiß: Ich komme vom Einkaufen, der Kinderwagen steht vor der Tür. Ich könnte genau so gut fragen, wo hast *Du* das Kind her? Verdammt noch mal!"

155

Das Kinn böse aufgeworfen stand die Frau vor ihrem Mann.

Alles falsch! Alles falsch, wir müssten jetzt Ruhe bewahren, unbedingt, dachte es in ihr.

Aber sie konnte nicht auf sich hören. Stattdessen schrie sie: „*Ich* habe das Kind nicht geklaut!"

„Ja, wer denn sonst? Wer in Gottes Namen sollte uns denn ein Kind vor die Haustür stellen? Kannst Du mir das mal sagen?" Bundsmann war außer sich. Vielleicht das erste Mal in seinem Leben. Zwei kräftige Ohrfeigen ließen ihn verstummen. Weitere rote Flecken wuchsen auf seinen Wangen.

„Jetzt hör mir mal gut zu, Günther. Dass Du mich allein gelassen hast, als unser Kind gestorben ist, und ich mich vor der Polizei verantworten musste, alle diese ekligen Fragen über mich ergehen lassen musste, und mein Mann nie zu Hause war, weil er ja so wichtig arbeiten musste, das habe ich Dir vielleicht verziehen. Aber wenn Du jetzt durchdrehst, mir die Schuld aufhalsen willst, wenn Du Dich jetzt hier heraus winden willst, mich wieder alleine lässt, dann bin ich mit meiner Geduld am Ende! Das sage ich Dir!"

Günther Bundsmann schrie noch einmal laut auf: „Warum hast Du nicht sofort die Polizei angerufen? Du hättest sofort die Polizei anrufen müssen. Das hätte uns vielleicht gerettet. Aber so?"

„Ich konnte die Polizei nicht anrufen, weil ich einkaufen war! Ich wusste nichts von einem Kinderwagen vor unserer Haustür!", schrie auch Ilona.

Dann lehnte sie sich an ihren Mann und schluchzte:

„Ach, mein armer Kleiner. Ach, mein armer Kleiner! Das war alles zu viel für Dich. Keiner wird uns glauben. Aber ich lass Dich nicht im Stich. Ich steh Dir bei!"

Günther Bundsmann wusste, dass er verloren war.

Dann passierte alles auf einmal. Das Baby schrie. Die Glocke schellte. Laute Rufe: „Aufmachen! Polizei!", erschütterten das feine Haus.

Ich muss sie beschützen. Ich muss meine Frau beschützen! Ich darf sie nicht alleine lassen. Nie wieder! Meine arme Kleine. Das waren die einzigen Gedanken in Bundsmanns Kopf, als er endlich die Kraft fand, die Treppe hinunter zu wanken, seinem unausweichlichen Schicksal entgegen.

„Wo ist das Kind? Wo haben Sie das Kind versteckt?", schrie ein riesiger Polizist, schob Bundsmann von der Haustür weg und seinen eigenen dicken Bauch in die Diele.

„Die Treppe hoch, gleich darauf zu!", stotterte Bundsmann. Der Dicke stürmte die Treppe hinauf, drei weitere grüne Kollegen ihm nach. Dann schleppte sich auch Bundsmann müde und ratlos die Treppe wieder hinauf. Die vier Polizisten verstopften den Eingang zum Kinderzimmer und starrten fassungslos auf die Frau, die das Baby wiegte, als wäre nichts dabei: „Mein Mann wird Ihnen alles erklären", sagte sie ruhig.

„Das ist nicht unser Kind." Das war alles, was Bundsmann hinter den Rücken der Polizisten an Erklärung zunächst zustande brachte.

Der Riese drehte sich um: „Ach nee! Meinen Sie,

wir wüssten das nicht? Sie Fuzzi, Sie? Wollen Sie uns jetzt auch noch für dumm verkaufen?", sagte er.

Der Hohn tropfte ihm vom Kinn.

Er war begeistert. Begeistert! Selber Vater von vier Kindern und jetzt ein Held.

ER FAND DAS KIND! würde unter seinem Foto in der Zeitung stehen.

„Tja, dumm gelaufen, Herr Bundsmann, mit uns ist nicht zu spaßen. Wir kriegen alles raus. Früher oder später."

„Wir waren im Wohnzimmer, wir haben Vivaldi gehört. Wir lieben die klassische Musik. Wir ... meiner Frau geht es nicht gut, wissen Sie ... sie ist ... eh ... wir haben nichts gehört!"

Dieser klägliche Rettungsversuch Bundsmanns erstarb im Gelächter der Polizisten: „Ach, Vivaldi nennt man det ooch!", sagte der Riese. „Kannte ick noch ja nich, den Ausdruck!"

Ungeniert weideten sich die Hüter der Ordnung an dem unglücklichen Mann in den besten Jahren: Schlecht sah er nicht aus, wie er da stand, das kurz geschnittene blonde Haar verwühlt, das gerötete Gesicht, Spuren von Lippenstift am Mund.

Der Riese grinste anzüglich: „Vivaldi werde ick mal mit meiner Frau machen, heute Abend. Der geht's auch schon ne Weile nicht so richtig jut!"

Gerne hätte er die Heldenstunde seines Lebens weiter ausgekostet, aber da stürzte schon die Kinderärztin herbei und dann auch die Spurensicherung, die ihn langsam aber sicher aus dem Zentrum des Geschehens verdrängten.

Anna fühlte sich leer. Vollkommen leer. Sie kuschelte sich in den Liegestuhl und legte ihre kurzen dicken Beine elegant übereinander. Tief atmete sie die salzige Luft. Außerstande etwas anderes zu empfinden als diese wundersame Leere, ließ Anna ihren Blick gelassen über das Meer schweifen. Ein wenig müde, wie nach getaner schwerer Arbeit, schloss sie die Augen.

Es wurde dunkel um sie. Und aus dieser Dunkelheit stürmte ein Ross heran, direkt auf Anna zu. Sie konnte nicht ausweichen, sie klammerte sich an die Mähne, schwang sich mit unglaublicher Leichtigkeit über den Hals des riesigen Tieres auf dessen Rücken, presste die Schenkel fest an die Flanken und legte dem Pferd zärtlich die Arme um den Hals: Ja, lauf, mein Guter! Lauf! Endlich mal nicht im Kittel! Anna spürte deutlich, dass sie eine Uniform trug, die leider durch den Druck ihrer schweren Brüste am Rücken schon etwas aufgeplatzt war. Der Riss wurde größer. Anna schaute sich um. Hinter ihr tobten in Atem beraubendem Tempo wilde Reiterscharen heran, kamen näher und näher. Johlend! Grölend! Anna gab ihrem Gaul die Sporen. Aber alle Bewegungen verlangsamten sich. Quälend versuchte Anna dem Ansturm ihrer Verfolger zu entfliehen. Weit ausgreifend, mit ungeduldigen Hufen den Staub aufwirbelnd, näherten sich Ross und Reiterin einer Art Westernfort, das wie aus dem Nichts auftauchte. Das Pferd stürmte ohne zu zaudern durch das geschlossene Tor. Splitterndes Holz umwirbelte Anna, riss ihr eine Wunde ins Gesicht. Anna spürte das warme Blut wie Tränen auf der Wange. Grelles weißes Licht empfing sie. Farben. Bunt. Erst war alles grau. Jetzt Farbe. Wilde Farbe. Das Pferd war plötzlich wie vom Erdboden verschluckt. Weg. Anna stand auf einem großen runden Platz, Sand unter den nackten Füßen, die Sonne prallte hernieder. Da erschien ein Indianer mit beeindruckendem Federschmuck. Freundlich lächelnd eilte er auf Anna zu. Sie glaubte das Gesicht zu erkennen. Sie stutzte. Aber nein, es stimmte: Lenin. Es war Lenin. Anna schauderte. Wladimir Iljitsch mit Indianerhaube. Und der Mann neben ihm, der mit dem Cowboyhut, war eindeutig Stalin. Ja, Stalin. Man erkannte diese Herren ja leicht am repräsentativen Schnitt ihrer Bärte. Anna sank ergriffen in die Knie, mein Gott. Aber wer war der Kleine da, der Sam Hawkins, der so dreckig grinste?

„Das ist Trotzki, Anna!", sagte Lenin. Er lächelte liebenswürdig und streckte Anna die Hand entgegen, um ihr aus dem Staub zu helfen. „Keine Sorge, Anna", auch Stalin reichte ihr die Hand, „Sie brauchen keine Angst mehr vor ihm zu haben. Er kann Ihnen nichts mehr tun. Er ist tot." Stalin lachte warmherzig. In diesem Moment stürmten die Kinder heran, die sich zu Hunderten, so schien es Anna, an ihr festkrallten, bei ihr Schutz suchten. Anna meinte unter der Wucht der kleinen Leiber ersticken zu müssen. Sie wehrte sich verbissen, schlug um sich, schrie: „Lasst mich los, Ihr Biester! Weg da! Ich kann Euch nicht mehr helfen! Jetzt nicht mehr! Haut ab! Haut endlich ab!"

Anna prallte hart auf das Gestein der Sonnenterrasse. Das Gesicht des Kellners, der sich über sie beugte, war von ernster Besorgnis erfüllt. „Alles in Ordnung, gnädige Frau? Haben Sie sich verletzt?"

Anna fuhr sich verlegen über die Wange: „Wer ist Trotzki?"

„Keine Ahnung!"

„Kennen Sie ihn auch nicht?"

„Nein. Ich will mich allerdings gerne erkundigen, ob ein Herr dieses Namens als Gast eingeschrieben ist!"

„Er ist tot, hat man mir gesagt! Trotzki ist tot!"

„Vielleicht sollten Sie doch lieber etwas in den Schatten gehen, gnädige Frau! Die Mittagssonne ist nicht jedermanns Sache!"

„Ob Sie mir wohl eine Flasche Champagner bringen würden?"

„Sehr wohl! Wie viele Gläser?"

„Gar keins, der Herr. Nur offen muss die Flasche sein. Ich werde sie am Strand trinken!"

Der Kellner half Anna auf und entfernte sich. Tiefe Sorge zeichnete sein Gesicht.

Den ganzen Nachmittag stand Anna am Meer, die Füße im Wasser, die Wellen brodelten ihr entgegen, die Ränder der bunten Bluse umspielten ihre dicken Schenkel, die Flasche hielt sie in der Hand.

So stand Anna fast unbeweglich. Stunde um Stunde. Ab und zu trank sie einen Schluck Champagner und sang mal laut, mal leise, mal klagend, mal herausfordernd immer wieder und wieder die gleiche Melodei: „Es schneit ja keine Rosen und regnet ka-ha-

161

heinen Wein, so kommst du auch nicht wie-hie-der, so kommst du auch nicht wie-hie-der, Herzallerliebster mein!"

Der besorgte Kellner, der ab und an nach dieser merkwürdigen Person Ausschau hielt, sah sie noch während des Sonnenunterganges dort stehen. Dann nicht mehr.

Er war zutiefst erleichtert, als er sie am nächsten Morgen an ihrem gewohnten Platz auf der überdachten Speiseterrasse sitzen sah. Offensichtlich heiter: „Heute nehme ich das englische Frühstück, Herr Ober! Der viele Sekt gestern verlangt kräftige Nahrung!"

„Mit Bohnen, oder lieber ohne?"

„Mit Bohnen natürlich. Viele Bohnen. Ich liebe Bohnen", sagte Anna und lächelte dem Kellner zu.

Der Kellner seinerseits lächelte Anna zu und eilte davon, ihre Wünsche zu erfüllen.

Anna lächelte weiter. Sie genoss den frühen Morgen und dieses merkwürdig gestreckte Gefühl im ganzen Körper, als wären ihre Glieder über Nacht lang und schmal geworden. Auch ihre kleinen runden Hände kamen ihr irgendwie schmaler und energischer vor als noch gestern.

Ihre behagliche Verwunderung wurde nur durch das laute Gespräch am Nebentisch etwas gestört. Einige deutsche Touristen unterhielten sich, teils empört, teils höhnisch spottend, über ein Vorkommnis, das sie den heimatlichen Tageszeitungen entnommen hatten: „Die haben wieder zwei Schulen geschlossen. Und ein Waisenhaus. ‚Kinder zur Sonne', netter Name."

„Und wo sind die Kinder jetzt hingekommen?"

„Keine Ahnung. Irgendwo dazwischengestopft vermutlich. Steht hier nichts von."

„Wie stellen die sich das denn vor? Wie sollen die Kinder denn zur Sonne kommen, wenn man ihnen die Zukunft zusperrt?"

„Na ja, versteh doch mal, die müssen Geld sparen. Die haben doch gerade wieder einen dicken Kampfbomber erworben."

„Genau! Die müssen sich heutzutage eben gut überlegen, wofür sie unser Geld ausgeben."

„Und was heißt hier Zukunft, Leute. Erst muss man mal den Terror wegbomben. Die Zukunft findet sich dann schon irgendwie ein."

Die Gesprächsfetzen flogen an Anna vorüber, ohne dass sie ihnen Beachtung schenkte. Ihre Aufmerksamkeit war ausschließlich auf den kräftigen Arm des Kellners gerichtet, der ihr das Frühstück servierte. Die Muskeln bewegten sich geschmeidig unter der dunkelbraunen Haut. Kleine Schweißtropfen hatten sich zwischen den Härchen gebildet.

Es würde salzig schmecken.

Oma goes Hilde

Der Schmerz durchstieß das Federbett, das die Oma sich zum Schutz gegen das Tageslicht über das Gesicht gezogen hatte, schoss bis zur Zimmerdecke hinauf, bis zum Fußboden herunter und nagelte die wackere Alte am Kopfkissen fest. Bewegungslos lag sie unter der Decke, hoffend, irgendetwas möge geschehen, was ihr Erlösung brächte, etwas, das den letzten Abend aus ihren Sinnen streichen würde. Wenigstens alles, was nach dem sechsten „Wurzelpeter" kam. Wenigstens die Bilder der letzten Stunden.

Die haben sich in der Erinnerung der kleinen alten Frau leicht verwirrt. Irgendwie vermischte sich alles mit der Zeit der Brennscheren, ihren Jugendjahren. Sie sah sich tanzen mit Heinz. Sie fühlte sich schweben, fühlte sich getragen. Mein Gott, was war das? Sie hatte doch nicht etwa? Also! Aber warum eigentlich nicht? Sie waren beide frei und ungebunden. Und der Altersunterschied? Ja, mein Gott, die Leute würden sich die Mäuler zerreißen! Na und? Wen scherte es? Das sollte ihr erst mal einer nachmachen, so einen kräftigen jungen Liebhaber mit über siebzig. Die Oma kicherte. Ach, der Heinz! So ein Kerl aber auch! Etwas wie Stolz und Übermut kämpfte sich durch den Kopfschmerz. Aber man nutzt die Hilflosigkeit einer Dame nicht aus! Das war unfein, Heinz, das muss ich schon sagen. Sie kicherte wieder.

Dann wurde ihr plötzlich speiübel. Sie arbeitete sich durch den Kopfschmerz, der immer unbarmherziger zuschlug und nun auch den Rücken erreicht hatte, zum Klo durch, schaffte es nicht ganz, übergab sich über dem Waschbecken. Sie würgte und ächzte und stöhnte und versuchte in all dem Schlamassel das Gefühl des Jungverliebtseins nicht gänzlich zu verlieren.

Putzte sich die Zähne, säuberte notdürftig das Bad, wankte in die Küche, nahm ein Aspirin, trank Wasser. Der Hunger meldete sich. Der Gedanke an ein ausgedehntes Frühstück schaffte sich zwischen den Schmerzattacken Raum, aber die Oma entdeckte zu ihrem Entsetzen, dass außer einem steinharten Kanten Brot und einem Glas Honig, dem tapferen Glas Honig, das immer da war, nichts zu essen im Haus war.

Das hatte sie nun von ihrem: „Ick kaufe jeden Tag frisch!" Ein Blick auf die Uhr sagte ihr, dass sie die Gelegenheit zu einem üppigen Frühstück verschlafen hatte. Ein Blick ins Portemonnaie hätte sie vollends entmutigt. So ein Katzenjammer!

Oma Hübner schlich sich durch den Nebel ihrer wilden Erinnerungen ins Bett zurück, zog die Decke wieder über den Kopf, wimmerte leise vor sich hin, bis das Aspirin wirkte, die Schwäche den Hunger besiegte und sie sich langsam wieder in den Schlaf weinen konnte.

Es war niemandem so richtig klar, wie alt Oma Hübner war. Seitdem sie das erste Mal verkündet hatte: „Zum Siebzigsten gebe ich einen aus", waren schon etliche Jährchen ins Land gezogen. Manch einer der Nachbarn hatte wohl hin und wieder mal nachgefragt: „Na, Oma, wann feiern wir denn nun Deinen Siebzigsten?"

Und Oma hatte solcher Frage immer die nötige Beachtung geschenkt, war aufwendig stehen geblieben und hatte ihr Köpfchen dem Fragenden entgegen gestreckt. Der Frager war meist größer als die Oma. Fast jeder war größer als die Oma.

Sie würde also den Blick ihrer blassblauen Augen in tiefem Bedauern nach oben richten, einen langen zarten Seufzer in die Welt entlassen und mit ihrem hellen Stimmchen tönen: „Mir ist gegen Monatsende immer so knapp im Portemonnaie! Das ist der Jammer. Ich kann ja meine Gäste, wenn se mir denn schon die Ehre geben, schlecht bei Wasser und Brot sitzen lassen. Und selbst das möchte ja bezahlt sein. Na, gedulden Sie sich halt ein bisschen. Sobald ich's zusammen hab, geht's los!"

Und der freundliche Frager würde grinsen und „Wir könnten ja schon immer mal vorfristig ..." sagen. Die Oma würde abwehrend die Arme nach oben reißen.

„Ich lad Dich ein, Oma ...", so ging der Frager weiter und Oma ließ die Arme wieder sinken. Ihre, auf einem langen, nicht eben zärtlichen Lebensweg schmal gewordenen Lippen verzogen sich zu einem - ja, sprechen wir es aus - zu einem „mädchenhaft scheuen" Lächeln und sie säuselte entzückt: „Also denn, um sechse bei Werner."

So kam die kleine Oma hin und wieder zu einem

oder zwei oder öfter auch mehr Doppelten. Sie trank aber auch zu gerne. Keinen Klaren. Oma trank „Wurzelpeter."

„Der klebt so schön. Da bleibt die Seele am Körper. Da kann se über Nacht nicht heimlich entweichen." So was oder Ähnliches hörte man dann von Oma nach dem fünften oder sechsten. Und viele hatten Spaß daran, der Oma die Seele anzukleben. Sie gehörte dazu und erzählte so schön von „damals!"

Will man sich Oma Hübner vorstellen, muss man sich erst einmal „weiß" vorstellen können. Ein sehr weißes aber dennoch durchscheinendes, leichtes Weiß. So war Omas Haut. Dann muss man sich „winzig" vorstellen können. Und dann „zart". Oma Hübner war so ziemlich das Winzigste, Zarteste und Weißeste, was man sich vorzustellen in der Lage sein kann. Die mangelnde Körpergröße wusste die Oma mit extrem hohen Absätzen auszugleichen, die sie selbst jetzt in ihrem fortgeschrittenen Alter noch trug. Nicht mehr ganz so hoch wie in ihres Lebens Maienblüte, zugegeben, aber immerhin noch wagehalsig genug.

Das Zarte an Oma konnte nicht ausgeglichen werden. Bei einer Körpergröße von hundertsechsundfünfzig Zentimetern und einem Gewicht von knapp einem halben Pfund pro Zentimeter Körpergröße gab es kaum noch etwas auszugleichen.

Also wurde betont. Mit zarten Farben. Rosa und Türkis bevorzugt.

Das Weiß der Haut wurde mit rosa Puder, mit zartem Lippenstift, mit nachgemalten Augenbrauen in den nötigen Zusammenhang gebracht. Das Haar rot gefärbt, mal heller, mal dunkler, je nach Laune und Gelegenheit, gelockt und auftoupiert. Das konnte die Oma meisterlich. Sie war ihr Leben lang Friseuse gewesen: „Und ooch in feine Salons, denk mal nicht!"

Die Augen vom vielen Hinschauen schon leicht ermattet, aber immer noch von reizendem bleu. Ein Engelchen. Ein altes Engelchen. Ein sehr altes Engelchen. Die Flügel immer verborgen unter einem rosa Strickjäckchen.

Wenn Oma Hübner denn eingeladen wurde zum Wurzelpeter, dann hatte aber auch die ganze Kneipe was davon. Das lag an Omas hellem Stimmchen. Man durfte auch ruhig schrill sagen, ohne wirklich zu übertreiben. Aber Werners Gäste trugen es mit Fassung. Sie waren allerhand gewöhnt. Das süffelnde Omachen war eine Art Star in Werners Kneipe. Sie hatte der berühmten Dietrich mal die Locken ondulieren dürfen: „Mit 'nem Brenneisen! Mensch, Kinder, ick kann Euch ja nicht sagen, wie mir die Hände jezittert haben, det ick nicht zitter und verbrenn dem Star am Ende noch den kostbaren Hals, wat denkste, Du ..."

„Na", Heinz wurde bei der Vorstellung, dass jemand dieser für ihn unerträglich künstlichen Frau eine Brandblase an den Hals gezimmert hätte, ganz warm ums Herz: „Na, da wäre' ich aber gerne dabei gewesen, Oma, da hätte Marlenchen endlich mal det Gesicht verziehen müssen, da hätte se wenigstens einmal eine unüberlegte Bewegung machen müssen, da wäre ein ‚Au, verdammt noch mal!' aber fällig gewesen!"

„Und Du wärst dabei gewesen, Omachen!" Pixel war ja zu gerne einer Meinung mit Heinz, ihrer stillen Liebe, dem Hahn im Korbe ihrer Dauerkunden! „Du hättest den großen Star sozusagen beim Kacken erwischt!"

Das bärbeißerische Gelächter der Runde um Heinz bei der Vorstellung eines vollkommen aus der Haut fahrenden Weltstars klang bösartig.

„Aber det Echo hätte ick ja nicht ausjehalten Kinder, nee, nee, is schon besser so!"

„Viel schlechter als jetzt hättstet doch eh' nicht treffen können!", liebevoll legte Heinz seine große rissige Pranke über Omas zartes Händchen mit den rosa getünchten Fingernägeln: „Wat is, nehmen wir noch einen, oder geht nüscht mehr rein?"

„Na, jut, Heinz, noch'n Schlafmützchen, aber denn ..."

„Heinz bringt dir doch rum!", Pixel hatte das leichte Anschlagen der Zunge an die vorderen Schneidezähne gehört. Bei Oma immer ein sicheres Anzeichen dafür, dass sie bald hinüber war, „abgefüllt" sozusagen.

„Spiel hier nicht die Gattin, Pixel. Die Tatsache, dass ich Dir ab und zu den Nacken massiere, gibt Dir keene Rechte, vastehste. Ich bring rum, ich bring nicht rum, das geht Dir'n Scheiß an!"

Heinz grinste süffig. Er wusste genau, dass Pixel von nichts heißer wurde, als wenn man ihr zeigte, wer die Hosen an hatte. „Lehr mich die Weiber kennen!"

Und Recht hatte er. Pixel wurde heiß im Schoß: „Ich würde ooch noch jerne einen nehmen, wenn ick darf."

Ihre Stimme gurgelte leicht belegt und Heinz wusste mit ruhiger Sicherheit, wer heute „rum gebracht" würde!

„Werner! Einen doppelten Wurzel, vier Kurze und zwei Bier!"

Heinz warf sich auf dem Stuhl zurück, steckte die Daumen in den Gurt seiner Jeans, um seinem schwellenden Freund unauffällig etwas mehr Platz in der Hose zu verschaffen und fragte: „Wie lange warste denn eigentlich da in den Filmstudios, Mutter? Wem haste denn sonst noch allet den Hals verunsichern dürfen?"

Heinz und Pixel hatten Oma Hübner schließlich nach Hause geschafft und ins Bett gelegt. Es war ein schwieriges Unterfangen, die alte, vollkommen trunkene Frau zur Ruhe zu bringen, die immer wieder auffuhr und unbedingt tanzen wollte.

„Lass mich doch bloß mal in Ruhe, Heinz!", schrie sie schrill: „Ick will doch nur tanzen. Wo leben wir denn? Du darfst einer einsamen alten Frau nicht das Tanzen verbieten, Heinzi! Komm, sei ein lieber Junge und tanz mit Mutti!"

Zwischenzeitlich musste Heinz die völlig manische Pixel auf Omas Küchentisch mit einer Nackenmassage zufrieden stellen. Mit Unterbrechungen, weil die Oma immer wieder in der Küchentür auftauchte und schrie: „Kommt, wir tanzen!", bis sie kotzen musste und dann endlich wirklich Ruhe gab.

In den Erinnerungen der übermütigen Alten kam Pixel nicht mehr vor. Allein Heinz hatte die Ehre das nächtliche Abenteuer mit ihr zu teilen: „Wieso sehe ich aber meinen eigenen Hintern? Wie herum muss man es denn machen, dass man seinen eigenen Hintern dabei sehen kann?"

Das war Omas letzter Gedanke, bevor Morpheus sie in seine Arme nahm.

Es war schließlich Hilde, die den Tag für Oma Hübner auffing und ihm noch ein, wenn auch bescheidenes, so doch glückliches Ende bescherte. Hilde, die Nachbarin, die mit der Oma praktisch Wand an Wand lebte, Rabitzwand an Rabitzwand besser gesagt.

Ehemals bei der Versicherung angestellt, ehemals begütert, echte Perlenkette und so. Eine immer noch gepflegte, hochbeinige Erscheinung, blonde Haare, schlanker Hals. Makellos, trotz oder gerade wegen ihrer zweiundsechzig Jahre.

Hilde hatte durchaus bessere Tage gesehen. Sie hatte einen Anwalt zum Gatten gewählt, Hilde wählt nie etwas ohne Bedacht, eine schöne Wohnung mit Blick zum Grün des Parks hinunter, Arbeiten nur zum Vergnügen: „Weil mir sonst zu Hause die Decke auf den Kopf fällt, der Mann dauernd unterwegs zum Anschaffen."

Einmal im Jahr Urlaub in Bulgarien, manchmal sogar mit Sondergenehmigung in Jugoslawien, einmal im Jahr auf Kassenkosten nach Karlovy Vary, das hielt gesund und straff. Echter gehobener DDR-Sondermittelstand. Mit Geld für den Intershop, Mazda und allem was dazu gehört.

Hildes Mann war um etliches älter als sie und ließ sie schon frühzeitig mit einem beträchtlichen Sparbuch in der großen Wohnung allein zurück.

Hilde trauerte mit der gehörigen Beherrschung und dem gehörigen Abstand. Auch die Wende überstand sie ohne innere Not. Intershop nun überall, war für Hilde nur vergnüglich zu beurteilen. Da sie nie an etwas anderes geglaubt hatte, als an sich selbst, machte ihr auch der Wechsel der Gedanken keine größeren Schwierigkeiten.

Hilde wurde von der Allianz übernommen, lernte „Westen" schnell, klimperte mit goldenen Kettchen vor den Kunden herum, redete, lächelte charmant, überzeugte, kaufte sich ein richtiges Auto und eine neue Küche.

Wie kommt nun diese Frau zu Oma Hübner ins Hinterhaus? Was war Hilde geschehen?

Nun, sie war fällig geworden. Hinfällig. Aus Liebe. Sie war schon eine Weile im Vorruhestand. Man hatte ja genug Geld auf der Bank, man wollte schließlich noch etwas haben von seinem Leben. So üppig war das Konto zwar auch nicht mehr gepolstert nach all den Anschaffungen und etlichen Reisen in den so lange verbotenen Teil der Welt, aber genug, um gut durchzukommen, war schon noch da. Hilde ruhte vor!

Bis ein plötzlicher, überaus heftiger Zahnschmerz der Ruhe ein Ende setzte. Aus Angst vor den unangenehmen Prozeduren zog sie den Besuch beim Zahnarzt so weit hinaus, bis kein wie auch immer geartetes Schmerzmittel mehr half und der Zahn gezogen werden musste. Schließlich und endlich fehlten Hilde vier Zähne. Zwei davon an so ungünstiger Stelle, dass sich beim Lächeln eine unschöne Lücke zeigte. Da hinten kein Halt mehr war, schlug ihr die Zahnärztin ein Implantat vor. Nach einigem Zögern ging Hilde dann endlich zu dem empfohlenen Kieferchirurgen.

Als dieser Mann zum ersten Mal, fast nur durch das Folterwerkzeug von Hilde getrennt, mit voll tönender Stimme zu ihr sagte: „Ist gleich gut, ist gleich vorbei!", war es um Hilde geschehen. Sie hatte offenen Mundes die Kontrolle über sich und ihr Leben verloren. Sie wurde einer der seltenen Menschen auf der Welt, die dem Termin beim Zahnarzt nicht nur freudig entgegen harrten, sondern sogar ungeduldig entgegenfieberten. Hilde ließ sich Brücken bauen, Kronen setzen, Implantate legen. Sie kaufte Roben, Kosmetik und Parfums, alles vom Feinsten und wurde immer schöner, immer strahlender, immer ausufernder.

Selbst die Sprechstundenhilfen waren davon überzeugt, dass diese dynamische Frau den Sieg über den eingefleischten Junggesellen, der ihr Chef war, davontragen würde und schlossen Wetten in beträchtlichem Umfang ab.

Jedoch der schöne sanfte Arzt widerstand Hildes

Düften und Drängen. Er bohrte, saugte, schliff und spülte, aber ausschließlich an Hildes Zähnen. Und diese merkte in ihrem Rausch nicht, wie ihr Konto langsam in die Knie ging. Der blindwütige Einsatz eines echten Diamanten in den linken Eckzahn führte das Haben dann endgültig ins Soll.

Der Schreck, der Hilde durchfuhr, als der ultimative Brief der Bank diesem Treiben ein jähes Ende setzte, wird wohl nie mehr aus ihren Gliedern weichen. Sie ging seitdem ein wenig geduckt, mit leicht hochgezogenen Schultern, als könne sie auf diese Art einen unvermittelten Schlag auf den Hinterkopf besser abwehren.

Gott sei Dank kam mit dem Schrecken auch ein Teil von Hildes gesundem Menschenverstand zurück. Sie handelte kühn und entschlossen, verkaufte das Auto, den meisten Schmuck und nahm sich die erstbeste billige Wohnung.

So landete sie bei Oma Hübner im Hinterhaus.

Hilde las das Erfolgsbuch von Herrn Schäfer, sparte ihr Geld und sich auch sonst fast alles vom Munde ab. Sie begann Kriminalromane zu lesen, studierte das Hexeneinmaleins, um auf eine günstige Idee zu kommen, wie sie dem Kieferklempner seine verletzende Sturheit heimzahlen könnte.

Ärgerlicherweise wurde sie an jenem Novembernachmittag von einem merkwürdigen Geräusch in ihren Grübeleien gestört, das sie anfänglich zu ignorieren suchte. Aber so abgebrüht war Hilde nun doch nicht, dass sie dem Klang menschlichen Leidens widerstehen könnte. Sie klappte also mit einem Seufzer des Bedauerns das Buch zu, wickelte sich aus der roten Kaschmirdecke, ein paar ausgesuchte gute Sachen hatte sie wohlbedacht behalten, überquerte den eiskalten Treppenflur und klopfte an die Tür ihrer Nachbarin.

Erst vorsichtig, dann immer lauter: „Frau Hübner, bitte, was ist denn mit Ihnen?", rief sie wiederholt und wollte schon aufgeben, als sie ein leichtes Schlurfen hinter der Tür vernahm. Das Schlurfen näherte sich, blieb aus, kam näher und verstummte schließlich ganz und gar. Hilde legte das Ohr an die kalte Tür, hielt den Atem an und lauschte in die Stille hinein. Ein kaum wahrnehmbares Schnüffeln verriet ihr, das die kleine Alte direkt hinter der Tür stand.

„Frau Hübner, so öffnen Sie doch bitte!", rief Hilde mit ihrer schönen Altstimme. Stille.

Als sie ein weiteres Mal „Frau Hübner, bitte! Öffnen Sie!" rief, klang das wie ein Befehl. Und Befehle zeigen von jeher gute Wirkung auf unentschlossene Leute. Die Tür öffnete sich. Das wirre Haar und das vom Weinen geschwollene Gesicht der alten Frau erschienen in dem schmalen Spalt.

„Es ist nichts. Wirklich nicht, Frau Tschernik!" Die Oma schwächelte.

„Wegen gar nichts heult man nicht rum und stört die Nachbarschaft!"

„Nur eine leichte Unpässlichkeit!"

„Kein Wunder!" Hildes Stimme zeigte deutlich Verachtung. Der schreckliche Radau in den frühen Morgenstunden war der ehemaligen Versicherungsagentin nicht entgangen. Konnte ihr durch die dünnen Rabitzwände nicht entgehen. Sie fand es bis zum Ekel unpassend, dass eine Frau in Oma Hübners Alter sich derart gehen ließ. Besoffen und kotzend irgendwelches Gesocks in die Wohnung schleppte und wer weiß was trieb.

Hilde hatte da die deftigsten Vermutungen: „Sie sollten in Ihrem Alter etwas mehr Würde haben, Frau Hübner!"

„Ach, Sie haben ja so Recht", säuselte die Alte. „Dann hätte ich auch nicht solchen Kopfschmerz."

„Und wahrscheinlich hätten Sie dann auch geheizt!" Hilde spürte den kalten Hauch aus Omas Wohnung. Gott, ist das alles ekelhaft, wo bin ich nur hingeraten! Hilde schüttelte sich. Und nicht nur vor Kälte. Aber zu ihrem eigenen Erstaunen hörte sie sich sagen: „Warten Sie mal kurz. Ich mache Ihnen eine Prairie Oyster!"

„Watt für eene Prärie?", schrillte die Oma auf und war in zwei entschlossenen Sprüngen drin in Hildes warmer Wohnung. Hilde stöhnte auf: „So war das nicht gemeint, Frau Hübner! Das war keine Einladung. Ich wollte Ihnen das Getränk, Prairie Oyster ist ein Getränk", fügte Hilde schnell ein, „ein Getränk, das hilft, Sie von den Folgen Ihrer Trunksucht zu erlösen. Ich wollte es Ihnen eigentlich rüber bringen!"

„Hätte ick ja nicht gedacht, dass Sie so reizend sein können, Frau Tschernik!" Die Alte kicherte, wedelte etwas Entschuldigendes mit den Händen und hatte, schwupp, schon die Schwelle zum Wohnzimmer genommen. „Lecker warm haben Sie es hier, Frau Tschernik, darf ich mich einen Moment aufwärmen? Bei mir ist so kalt ...!"

Hilde betrachtete die zierliche Frau in diesem geschmacklosen Nylonmorgenrock, seltsam rosa und hellblau geblümt, aus dem unten wie Striche die dürren Beine ragten. Auf dem dünnen Hals wackelte das Köpfchen. Das leuchtend rote Haar zerzaust, das Gesicht noch weißer, durchscheinender als sonst, dem die mit schwarzem Augen-Make-up vermischten Tränenspuren ein clowneskes Aussehen verliehen. Diesem Bild zwischen Tragik und Komik, das da verlegen und bittend in ihrem geheiligten Wohnzimmer von einem dicken blauen Plüschhausschuh auf den anderen trippelte, konnte selbst eine Hilde nicht widerstehen.

„Also, setzen Sie sich schon", sagte sie knurrig und musste wider Willen lächeln: „Vielleicht will die gnädige Frau ja auch noch etwas essen? Wären denn Eier mit Speck nach Ihrem Geschmack?"

„Sehr wohl, James, aber, bitte, zuerst etwas Stärkendes für meinen Magen!"

„Sehr zu Diensten, gnädige Frau!" Hilde war entwaffnet und machte sich ans Werk.

So ist schon mancher hilfreicher geworden, als eigentlich geplant war.

Oma Hübner ließ sich sachte auf der Kante des weichen Ohrensessels nieder, schlug ein Bein über das andere, genoss die Wärme des Ofens und dachte: Ich bin okay. Ich bin wieder okay!

Hilde zuckte angewidert zurück, als ihr der Qualm, der Gestank nach Bier und Männerschweiß entgegenschlug. Aber Omas spitze Finger schoben sie entschlossen durch die Kneipentür: „Nur immer mutig voran, Hildchen! Hier beißt Dir keener. Wo man säuft, da lass Dich ruhig nieder!" „Werner!", schrie sie dann schrill in den Raum hinein: „Haste noch een lauschiges Plätzchen für meine Freundin Hilde und mich? Wir nehmen zwei Bier und zwei Wurzel!"

Hilde versuchte, Werners überraschtes Grinsen zu verdrängen. Sie versuchte überhaupt alles zu verdrängen, während sie sich durch den Qualm zu einem Tisch in der Ecke schob.

Das war nun haargenau die Gesellschaft, die Hilde immer gemieden hatte, wie die Pest. Dieses Gesocks. Das starr aufgerichtete Ehepaar da dicht am Tresen, dieser unheimliche schwarze Hund. Sein Herrchen schüttete ihm doch tatsächlich Bier in einen Napf. Tierquälerei so was. Diese entsetzliche Dicke da mit all dem Kram auf dem Tisch. Ein Irrenhaus! Gesindel! Dachte Hilde und: Ekelhaft.

Nur Omas begeisterter Energie war es zu danken, dass die feine Hilde endlich Platz nahm, einen kleinen Schluck Bier trank und schließlich doch den Wurzelpeter kippte, um der heftig aufsteigenden Übelkeit Herr zu werden.

„Du musst Dich nur entscheiden, ob Du Dich der schwarzen oder der weißen Magie zuwenden möchtest!", zischelte die kleine Oma vornübergebeugt. Sie konnte nicht glauben, dass die straffe, selbstbe-

178

wusste Hilde ausgerechnet mit dieser einfachsten aller Entscheidungen so enorme Schwierigkeiten hatte.

„Mensch! Willste ihm Gutes oder willste ihm Schlechtes? So was weiß man doch!"

Diese Entscheidung war für Oma immer das Einfachste auf der Welt gewesen. Es gab Menschen, die sie mochte und Menschen, die sie nicht mochte. Für Oma war das stets eindeutig und dauerhaft und da gab es auch nichts dazwischen. Diese Entscheidung hatte auch nie mit der messbaren Güte eines Menschen zu tun. Oma war durchaus fähig, ihre ganze Sympathie an einen ausgemachten Schurken zu vergeben und ihre Ablehnung einem Ununterbrochen-Gutes-Tuer entgegenzuschleudern. Heinz zum Beispiel liebte sie. Und nicht nur wegen der so sonderbar verbrachten gemeinsamen Nacht.

„Aber schau, das ist nicht so einfach. Das siehst Du ... na ja ... ein wenig zu primitiv. Entschuldige schon. Schau mal!"

Hilde wurde recht dünkelhaft in ihrem Bemühen, der Oma Lebensart beizubringen. Das ging der alten Frau, die ja so ziemlich mit allen Wassern gewaschen war, schon auf die Nerven. Aber sie mochte Hilde. Und nicht nur wegen der Prairie Oyster. Deshalb sagte sie mit allergrößtem Zartgefühl: „Also was ist? Soll er Dich lieben lernen oder willst Du Dich an ihm rächen? Mensch, watten nu?"

Bei Hilde lief das natürlich anders. Für sie war mögen nicht gleich mögen. Sie dachte sofort: Mein Gott, ist die blöde! Wo bin ich nur hingeraten?

Aber bei Hilde war die Sucht nach einer Vertrauten, welcher Art auch immer, so groß geworden und in den letzten Monaten so schmerzlich dringlich, dass sie ihren Abscheu überwand und weiter gönnerhaft erläuternd skandierte: „Verstehst Du denn nicht, ich muss doch wissen, wie er ist!"

„Ach, und det weißte noch nicht? Wie viele Zähne hat er Dir rausgerissen? Wie viele Kronen aufgesetzt? Und Du weißt nicht, wie er ist?"

„Ich meine doch nicht das *Dentale*, ich meine das *Mentale*."

„Wie bitte?"

„Nun, ich muss doch wissen, ob sich der Aufwand lohnt, ich meine, ich gebe das ganze Geld aus, ich investiere Zeit, und am Ende lohnt es sich nicht!"

„Watt denn? Willste Einblick in seine Konten nehmen? Ick weiß nicht ob Mona das hinkriegt, aber klar, wir könnten es versuchen."

„Nein! Ich meine …", Hilde wurde lauter.

„Pscht!" machte die Oma und das Gespräch sackte wieder ins Tuscheln zurück.

„Ich habe mich doch wirklich bis zum Äußersten um ihn bemüht. Da wirst Du mir ja zustimmen, jetzt wo Dir meine Geschichte bekannt ist, nicht wahr, bis zum Äußersten. Und er hat doch reagiert wie ein grober Klotz. Nun möchte ich gerne wissen, ist er ein grober Klotz oder nicht. Ich möchte nämlich nicht, dass sich jemand in mich verliebt, der ein grober Klotz ist. Dann hätte ich doch mein Leben lang einen Klotz am Bein!"

Oma schwirrte der Kopf.

„Wenn er ein grober Klotz ist, hätte er Rache verdient. Wäre er kein grober Klotz, dann träfe es ja den Falschen, dann hätte er sich ja in mich verlieben dürfen, verstehst du Oma? Und wenn Du mir dann noch sagst, dass die schwarze Magie auf mich zurückschlagen könnte, wenn ich nicht aufpasse, dann stehe ich doch wirklich vor einem schwierigen Problem! Oder?"

„Tja", sagte die Oma jetzt mit spitzem Mündchen. „Mal janz abgesehen davon, dass ich nicht Deine Oma bin, Hilde, für Dich immer noch Liesbeth, bitte. Also abgesehen mal davon, bin ich doch sehr erstaunt, im hohen Alter zu erfahren, wie kompliziert det Leben für manche Leute sein muss!"

Oma lehnte sich zurück und seufzte schwer.

„Es hat es eben nicht jeder so einfach wie Du!"

„Ja", stimmte die Oma zu. „Wenn man nichts hat, isset einfach!"

In diesem Moment wurden die beiden „Unterschiedlicher-kann-es nicht-sein-Frauen" von einem Schrei aufgeschreckt, der das ganze Lokal erschütterte. Die dicke Matrone war so heftig aufgesprungen, dass der Stuhl hinter ihr krachend zu Boden ging und kam schreiend direkt auf Hilde zu: „Müssen Sie denn so laut reden? Kann man sich nicht auch ruhig unterhalten, ohne andere Leute zu stören?"

Dann schrien irgendwie alle. Vor Schreck. Der schmierige Wirt kam mit zwei Sätzen hinter dem Tresen hervor und schrie: „Schimanski, was ist passiert?"

Das Ehepaar mit dem Hund schrie auf: „Kann man

hier nicht mal mehr in Ruhe sein Bier trinken, Sie blöde Kuh!"

Hilde fühlte sich sofort angesprochen, kam aber nicht zu Wort, weil der grauenvolle Hund aufsprang und wie verrückt zu bellen anfing. Sein Herrchen sprang auf und schrie: „Sitz Bello. Mach Platz!"

Und jetzt sprang auch Hilde auf, und auch Hilde schrie: „Das ist ja ungeheuerlich! Was bilden Sie sich denn ein? Wir unterhalten uns hier ganz ruhig. Die Einzige, die hier schreit, sind Sie!"

„Sie sind jetzt wohl endgültig übergeschnappt!", schrillte die Oma und zerrte Hilde auf den Stuhl zurück: „Mach Dir nichts draus. Die gehört in die Anstalt. Weiter ist nichts!"

So schnell, wie die Energie sich aufgeladen hatte, fiel sie auch wieder zusammen.

Die Schimanski stand etwas hilflos in der Gegend herum, zupfte an ihrem Pullover, wischte sich die Spucke vom Mund und zischte noch: „Das hat doch alles keinen Sinn, was Sie sich da ausdenken. Sie werden die Richtung verwechseln. Das ist so sicher wie das Amen in der Kirche!"

Sie ging zum Tisch zurück, traurig sah sie jetzt aus, stellte den Stuhl zurück und setzte sich wieder. Mit gierigen Schlucken trank sie das Glas Wasser aus, das der Wirt ihr gebracht hatte. Alle Gäste im Lokal starrten stumm und betreten zu ihr, bevor sie sich wieder sich selbst widmen konnten.

„Bring uns noch zwei Doppelte, Werner!", hauchte die Oma in die bedrückte Stille hinein. Es reichte.

Demonstrativ ging Hilde aufs Klo. Der Blick in den

Spiegel entsetzte sie. Ihr Haar war zerzaust, die Wangen gerötet, wie bei einem Kleinkind, die Augen schon leicht glasig.

Wo bin ich denn hingeraten? Um Gotteswillen, dachte sie zum wiederholten Male: Nur weil diese Alte bei mir Rührei isst, weil sie mich anstarrt und sagt, dass ich so einsame Augen habe, muss ich blöde Trude in Tränen ausbrechen? Muss mich von dieser ungepflegten Person trösten lassen? Muss ihr meine Geschichte erzählen? Muss mich rühren lassen, weil die Alte auch Tränen im Auge hat? Muss mich verstanden fühlen? Muss mir diese Geschichte von der „genialen Handleserin" anhören, die angeblich die Tochter einer Jugendfreundin von der Alten sein soll? Muss Hoffnung schöpfen? Muss froh sein, dass mir jemand helfen will, dass ich nicht mehr „einsam" bin? Muss mich in die Kneipe einladen lassen, muss dieses eklige süße Zeug trinken? Und auch noch Bier dazu. Das ist das Letzte! Bin ich denn von Gott und aller Welt verlassen? Was ist denn in Dich gefahren, Hilde. Ich sehe ja schon fast aus, als wäre ich eine von denen!

Sie kramte Puderdöschen, Kamm und Lippenstift aus der Tasche und brachte sich einigermaßen wieder in Form. Nur die glänzenden Augen straften sie noch Lügen.

So hatte sich Hilde eine Handleserin aber nicht vorgestellt. Riesige schwarze Locken hatte sie erwartet. Klingende Armreifen, eine Zigeunerin eben.
Aber was da die Tür öffnete, wirkte in Sachen Zu-

kunft überhaupt nicht vertrauenswürdig. Zu zart. Zu leichtfüßig. Zu normal. Na schön, die roten Haare vielleicht, aber gefärbt. Und diese Augen. Dieses Leuchten. Blaugrünes Leuchten. Die Augen sind nicht mal besonders groß. Ganz normale Augen. Nur eben dieses Leuchten. Solche Augen hatte Hilde noch nie leiden können. Ekelhaft!

„Hey, Liesbeth, schön, dass Ihr da seid!" Heitere Sanftmut. „Ich dachte schon, ich sehe Dich überhaupt nicht wieder!"

„Oh!" Die Oma wurde eine Schattierung blasser.

„Na, hör mal, so habe ich das nicht gemeint!" Glucksendes Lachen.

Dumme Göre, dachte Hilde: Ich verschwende meine Zeit!

„Kommt rein, Ihr beiden, ich habe Tee gekocht. Oder mögen Sie lieber Kaffee?"

Das war der erste Moment, der sich direkt an Hilde richtete. Die erstarrte förmlich. So intensiv, so unglaublich bewusst, so direkt war der Blick, der diese leicht hingeworfene Frage begleitete. Hilde fühlte sich gefesselt.

„Nein, nein!", stammelte sie: „Tee ist fein."

Der Duft von Kaffee hätte auch nicht mehr hier reingepasst. Die Luft war übervoll mit Düften. Vanille, Orangeblüten, Lavendel kämpften sacht gegen Weihrauch und Moschus. Hilde musste eine diffuse Übelkeit bekämpfen. Und das Klingeln in der Luft, und ein Geräusch wie Meeresrauschen und weicher Wind begann sie nervös zu machen.

Mona öffnete die Tür zu einem hellen Zimmer. Riesige Glastüren gaben den Blick auf eine Terrasse frei. Grosse Kübelpflanzen lenkten ab von der gegenüberliegenden grauen Häuserfront. Auf einmal war Sommer. Italien. Man vergaß den November in diesem Zimmer.

Es schien ja heute auch ausnahmsweise mal die Sonne.

Vor der Glasfront stand ein großer runder Tisch, an dem die drei Frauen Platz nahmen. Feines weißes Porzellan wurde aufgedeckt, duftender Tee aus geschwungener Kanne geschenkt, Kerzen gezündet und natürlich gelächelt.

Hilde beobachtete alles mit kritischem Blick: Die hat gut lächeln. Muss nett einträglich sein, das Geschäft mit der Zukunft! Alles vom Feinsten hier, Donnerwetter, so lautete ihr fachmännisches Urteil.

„Eine interessante Hand haben Sie da, Frau Hilde, klare Linien, eindeutige Aussagen." Mona beugte sich über Hildes Hand wie über ein zu bügelndes Hemd, das Material prüfend. Drehte und wendete die Hand, damit von verschiedenen Seiten das Licht darauf fiel, strich darüber, kniff die Hautfalten zusammen, glättete sie wieder.

„Na, was ist denn nu? Kriegt die Hilde ihren Zahnarzt, oder nicht?"

„Er ist also Zahnarzt! Aha! Geld sehe ich durchaus. Viel Geld!"

„Da brauchen Sie gar nicht so mokant zu lächeln. Die Kronen, die ich habe, sind nicht aus China!" Hilde riss ihren Mund bis zum diamantenen Lächeln auf. „Der Mann ist kein Betrüger."

„Aber nichts desto trotz ist er wohl reich!"

„Und das sehen Sie alles in meiner Hand, ja? In meiner Hand wollen Sie sehen, dass mein Zahnarzt Geld hat, ja?"

Silberhell klang der Spott in Hildes Stimme.

„Nein, das durchaus nicht. Ich sehe nur, dass Sie viel Geld haben werden. Von wem es kommen wird, woher, das sagt ihre Hand nicht. Nur eins ist ziemlich sicher, sie werden viel Geld haben. Nicht gerade heute und morgen, aber Sie müssen auch nicht mehr allzu lange auf die Ihnen zustehende Gesellschaft verzichten!"

Ein leichtes Lächeln flog zur Oma hin.

„Und? Kriegt sie denn nun den Zahnarzt?"

Oma war doch zu neugierig.

„Das ist nicht ersichtlich."

„Na, prima", hauchte Hilde. Sie hätte glatt speien können, wenn sie daran dachte, was dieser Unfug sie kosten würde.

„Ich lese nur in Ihrer Hand. Ich bin durchaus nicht dafür verantwortlich, was da geprägt ist. Es ist eine sehr eigensinnige Hand. Also im wahrsten Sinne des Wortes: eigen-sinnig. Sehr einsam also. Ob Sie sich verbinden oder nicht, Sie werden einsam sein. Aber alles hat sein Pro und Contra. Ihre Einsamkeit wird vergoldet. Und Ihre Lebenslinie ist stark und recht lang. Also ...!"

Hilde wurde feuerrot, wagte niemanden mehr anzuschauen, senkte den Blick und murmelte: „Dürfte ich wohl bitte mal Ihre Toilette benutzen?"

„Wie kommst Du denn zu dieser bösartigen Person, Liesbeth?" fragte Mona, kaum dass Hilde den Raum verlassen hatte.

Ohne die Frage einer Antwort zu würdigen, schob die Oma ihre Hand über den Tisch.

„Nein und Nein und Nein!" Mona war unerbittlich. „Ich mag nicht sehen, wann Du sterben wirst, Liesbeth! Es gibt Grenzen. Auch für mich!"

„Aber Du hast doch gesagt, ich hätte ein langes Leben und würde mindestens fünfundsiebzig, wenn nicht achtzig!"

„Ja! Bloß das ist jetzt wie lange her, meine Süße?"

Die Oma wurde weiß wie die Wand und ließ sich matt gegen die Stuhllehne sinken.

Nach einer Pause, in der durch Wellengesang und klingende Glöckchen das leise Rauschen der Wasserspülung zu hören war, sagte die Oma leise: „Wenigstens noch einmal Sommerhimmel, bitte! Noch einmal Sommerhimmel!"

Ein Bild der Heimlichkeiten, ein Bild der Zeremonie. Auf einer kleinen Lichtung im Wald schlichen zwei feenhafte Gestalten, eine große, eine kleine, im bläulichweißen Schein des Vollmonds von Baum zu Baum. Steckten dort ein rotes Kerzchen an und dort ein weißes, streuten Asche in den leisen Nachtwind und setzten eine Stoffpuppe ins hohe Gras.

„Bist Du ganz sicher, dass das hier Süden ist und nicht umgekehrt?", zischelt es.

„Ganz sicher. Kompass habe ich bei den Jungen Pionieren gelernt." Es kicherte.

187

„Wäre ja auch fatal, wenn's anders herum wirken würde und er liebt nur noch sich selber!"

Es kicherte vernehmlicher.

„Darf ich um etwas mehr Ernst bitten, Frau Hübner!"

„Und dürfte ick jetzt wohl um den Schal Ihres Wunschpartners bitten, gnädige Hexe? Den müssen wir jetzt der Puppe in den Arm legen. Und du musst Dich in die rote Decke hüllen, die Rosen in das Wasser legen und Deinen Zahnarzt in Gedanken in rosarotes Licht tauchen. So war's doch, stimmt's?"

„Ja", hauchte Hilde. Sie schien dahinzuschmelzen.

Noch immer zitterten ihre Knie, wenn sie an das unerquickliche Manöver dachte, mit dem sie den Schal des begehrten Dentisten in ihren Besitz gebracht hatte. Peinlich! Sie hatte überhaupt keine Idee, wie sie es anstellen sollte, ein Kleidungsstück des Auserwählten an sich zu bringen. Sie konnte ihm ja schlecht die Hosen ausziehen. Aber der Drang in Hilde war ebenso groß wie ihre Ratlosigkeit. Hoffend, dass irgendetwas geschehen würde, was ihr als Fingerzeig dienen könnte, hatte sie sich in die Praxis begeben. Sehr früh, noch vor der Öffnungszeit. Aber ihre Hoffnung, den Ort des Geschehens jungfräulich vorzufinden, wurde enttäuscht. Das Wartezimmer war voll. Überall hockten Leute mit dumpfen Angstaugen. Hilde hockte sich dazu. Als das Objekt der Begierde auf der Bildfläche erschien, den Kittel vom Haken nahm, entdeckte Hilde den Schal, der darüber hing. Der Schal, dachte sie, schwer aufatmend. Der Schal, das ist die Lösung. Schal ist körpernah, so wie Mona es nahe gelegt hatte: Ein körpernahes Kleidungsstück! Der Schal musste gehen.

Als der Arzt sie entdeckte, auf sie zu eilte: „Frau Tschernik, was ist los? Sie haben doch heute gar keinen Termin, oder irre ich?", stieg Hildes Hoffnung ins Uferlose. Er weiß, dass ich keinen Termin habe. Wie wunderbar. Es wird klappen, es muss klappen!

„Nein Herr Doktor, ich habe keinen Termin. Ich glaube, die Schraube in meinem Implantat hat sich gelockert. Deshalb!" stotterte Hilde, die Augen glänzend vor Erwartung.

„Das sehe ich mir gleich mal an. Kommen Sie!"

„Nein, nein, ich warte! Bitte. Ich habe Zeit. So schnell wird die Schraube schon nicht herausfallen!" Hilde verschenkte ein Schulmädchenlächeln.

„Na, wie Sie wollen!"

Schon schien der charmante Doktor das Interesse verloren zu haben und wandte sich dem nächsten Patienten zu.

Während der langen Wartezeit, weniger auf eine Behandlung, als vielmehr auf ein wie durch ein Wunder geleertes Wartezimmer, konnte Hilde den Blick nicht mehr von dem Schal lenken. Ein schöner Schal. Weinrot und grau gemustert. Selbst aus der Entfernung konnte Hilde die klassische Qualität erkennen. Der Mann hat Stil! Er passt zu mir! Er ist gewiss kein grober Klotz. Lieber Gott, schenk mir ein leeres Wartezimmer! Schenk mir ein leeres Wartezimmer!

Gott oder der Herr Zufall oder wer auch immer war gnädig. Als Hilde Stunden später aus dem Behandlungszimmer kam – „Die Schraube sitzt", hatte der Herr Doktor mit seiner schmeichelhaften Stimme natürlich festgestellt – war das Wartezimmer vollkommen geleert. Die Sprechstundenhilfe war tief über die Akten gebeugt, so dass Hilde todesmutig mit rascher Bewegung den Schal vom Haken reißen und unter ihrem Mantel bergen konnte.

Mit hochrotem Kopf, Hilde hatte noch nie in ihrem Leben etwas gestohlen, und raschen Schrittes eilte sie ihrem Hinterhaus entgegen. Die ganze Nacht trug sie den Schal um den Hals und teilte mit ihm ihr heißes Begehren.

Die Rückkehr des Schals zu seinem Eigentümer gestaltete sich hingegen überraschend einfach.

Auf Omas Drängen hin hatte Hilde ihre Ungeduld bezähmen müssen und drei Tage gewartet, bis sie wieder in die Praxis ging, um sich vom Erfolg der nächtlichen Unternehmung zu überzeugen.

„Lass ihn ruhig ein wenig zappeln, Hilde! Es gibt nichts Heilsameres für Männer, als warten zu müssen", hatte die Oma kategorisch erklärt und Hilde mit Schilderungen der gewiss aufgewühlten Zahnarztseele die Zeit vertrieben: „Haach, wenn ick mir das vorstelle! Wie der ahnungslose Zahnarzt über seinen Abrechnungen hockt, Zahlen murmelt, aufschreibt, abheftet. Wie ihm dann plötzlich um Mitternacht rum janz heiß wird!"

Omas spitze Stimme war zu einem erotischen Grunzen herab gesunken: „Wie er das Fenster öffnet, wie er die kalte Nachtluft einsaugt. Wie ihn plötzlich eine schmerzliche Sehnsucht ergreift. Nach etwas anderem als nach aufgerissenen Mündern und Zahlenkolonnen. Wie er Sehnsucht kriegt nach Deinen zarten Händen, Hilde, nach leiser Musik und Kerzenschein!"

„An Dir ist eine Schriftstellerin verloren gegangen, Liesbeth!", entgegnete Hilde trocken: „Leise Musik und Kerzenschein. Dafür werde ich wohl keine Geduld mehr haben!"

„Musste, Hilde, musste! Geduld ist jetzt das Wichtigste. Sonst machste nur alles wieder kaputt! Haach, wenn ich mir das vorstelle, wenn Du da auftauchst, wie er Dir entgegenstürmt, wie er Dich anhimmelt. Nee, Hilde, ich freu mich so für Dich! Da wird mir ja selber ganz heiß!"

Entgegengestürmt *wurde* auf Hilde. Sie wurde auch angehimmelt. Und nicht zu knapp. Nur leider und zu Hildes unerträglicher Enttäuschung von einem ihr völlig fremden Menschen.

Als sie eben den Schal mit zittrigen Händen wieder auf den ihm angestammten Haken hängen wollte, über den Arztkittel, der Doktor war noch nicht da, schrie hinter ihr eine unangenehm metallische Stimme: „Oh, Sie göttliches Geschöpf, Sie haben meinen Schal gefunden!"

Der Schreck riss Hilde herum. Das Gesicht kalkweiß. Was sie dann sah, entsprach weder ihren Erwartungen noch ihrer Vorstellung von einem erotischen Menschen. Großer, schlaksiger Kerl mit un-

angenehm weichem Bauchfleisch. Aber das Er-
nüchterndste für Hilde war das Gesicht. Das war ja
wohl völlig aus den Fugen. Nicht einmal die strup-
pigen Augenbrauen konnte es noch zusammenhal-
ten. Diese kleinen Mausaugen, und diese Ohren.
Noch nie in ihrem Leben hatte Hilde Ohren gesehen, auf die der Ausdruck Segelohren besser gepasst
hätte. Und der ganze Kerl wirkte auch so, als wolle
er auf der Stelle in die Lüfte steigen. Er kam Hilde
ganz nah. Viel zu nah, als dass sie noch eine Chance
gehabt hätte zwischen ihm und der Wand hinter ihr
irgendwie auszuweichen. Er umfasste ihre Schultern, nahm dann ihre Hand, küsste diese und stülpte
sein Gesicht ganz dicht auf Hilde zu: „Sie glauben
gar nicht, wie dankbar ich Ihnen bin. Der Schal!
Dieser Schal ist ein Heiligtum. Er gehörte meiner
verstorbenen Frau. Und wenn man dreißig Jahre
miteinander gelebt hat, dann ist man froh, so ein
warmes, weiches Erinnerungsstück bei sich zu haben, um den Hals zu tragen, das an den Körper der
geliebten Frau, an ihren Geruch erinnert!"
Hilde dachte an ihre selige Nacht mit dem warmen,
weichen Erinnerungsstück und ihr wurde speiübel.
„Ich muss ihn irgendwo verloren haben. Es ist mir
völlig unverständlich, wie das passieren konnte. Ich
achte eigentlich immer sehr darauf, ihn ordentlich
zu binden. Aber dank Ihnen ist er nun wieder bei
mir. Sie haben einen glücklichen Menschen aus mir
gemacht!"
Hilde bekam einen nervösen Schluckauf und versuchte verzweifelt, sich aus der Enge zu befreien.

Aber der Mensch wurde nur immer intimer. Legte ihr, Hilde wollte das alles gar nicht glauben, seinen langen Arm um die Schulter und führte sie ein paar Schritte in den Raum hinein: „Sie werden bitte gestatten, dass ich mich erkenntlich zeigen darf. Mit einer Einladung zum Essen? Ein festliches Diner? In einem erstklassigen Restaurant? Mit Geld muss ich, Gott sei es gedankt, keineswegs sparen."

In Hildes Kopf brach ein Sturm los. Das süßliche Deodorant, das dem Herren aus der Achselhöhle kroch, stieg ihr unangenehm in die Nase. Das Wartezimmer begann zu schwanken.

„Ein gepflegtes Essen bei leiser Musik und Kerzenschein", hörte sie den Mann mit den glücklich geröteten Segelohren noch sagen, dann wurde Hilde schwarz vor Augen und sie sank zu Boden.

Hilde lag lang. Wochenlang. Und, was lange nicht mehr vorgekommen war, sie bekam Rosen geschenkt. Die ersten waren rosa. Ein kleines zerzaustes Sträußchen, das die Oma mit nur wenigen Münzen für ihre unglückliche Freundin erstanden hatte. Es waren die kleinsten und billigsten Rosen, aber wohl die am prallsten mit Liebe gefüllten.

Die Oma war aber auch zu erschüttert über diesen unerwarteten Ausgang einer romantischen Liebesgeschichte. Als man Hilde auf einer Trage ins Haus geliefert hatte, war der Oma fast das Herz gebrochen. Und sie pflegte und umsorgte und tröstete die arme Hilde mit schier unermüdlichem Eifer.

Es war eine gute Zeit für beide Frauen. Hilde wurde

mit wahrer Engelsgeduld und großer Sanftmut auf den Boden der Tatsachen zurückgeführt. Die Oma hatte es lange Zeit warm, genoss es, eine Aufgabe zu haben und konnte schließlich von den nahrhaften Speisen, die sie für Hilde „jeden Tag frisch" zubereitete, immer auch einige kleinere und diverse größere Portionen für sich abzweigen.

Die Oma blühte auf und nahm sogar ein paar Pfund zu. So gestärkt entschloss sie sich eines Tages, die Dinge selber zu befördern. Sie erschien jammernd und sich mit großer Dramatik das Gesicht haltend in der Praxis des begehrten Dentisten. Sie habe unerträgliche Schmerzen im ganzen Oberkiefer, behauptete sie, und wurde dem Doktor auch sofort zugeführt.

Der kam allerdings nicht dazu, seinen Beruf auszuüben und aus dem Staunen nicht mehr heraus. Wie aus der Pistole kam Hildes Geschichte aus dem rosa geschminkten Mündchen auf ihn zu geschossen, kaum dass die kleine Alte den Behandlungsraum betreten hatte. Der charmante Arzt wusste nicht mehr, ob er lachen oder weinen sollte.

„Und ich muss Ihnen ehrlich sagen, Herr Doktor, ich kann die Hilde verstehen. Sie sind wirklich ein feiner Mann."

„Und was meinen Sie, sollte ich jetzt tun?", sagte dieser feine Mann, als Omas Redestrom endlich versiegt war, mit einer Träne der Verwirrung in den Augen.

„Sie sollen sie lieben!" antwortete Oma Hübner

streng und sah mit großen Augen zu, wie das Gesicht des Doktors feuerrot erglühte.

Hilde war zu matt, um zu erglühen. Sie nahm den Strauss gelber Rosen mit einem zarten Lächeln entgegen, drückte ihn an die Brust und senkte beschämt die Augen. „Danke, Herr Doktor!" hauchte Hilde. Gelbe Rosen! Sie hatte verstanden! „Wie komme ich zu der Ehre Ihres Besuches?"
„Nun, ich dachte ..." der begehrte Mann stockte, räusperte sich dezent, starrte eine Weile auf den Fußboden. „Ich dachte, ich schau mal, wie es Ihnen geht. Schließlich hatten Sie ja den ... eh ... Unfall ... eh ... in meiner Praxis ... und ... eh ... ja! Da wollte ich Ihnen einen Krankenbesuch machen!"
Hilde hob den Blick und schwieg. Sie wartete ab.
Der Doktor nahm Hildes gepflegte Hand und betrachtete sie lange: „Sie sind wirklich eine interessante Frau und könnten sicher jeden Mann glücklich machen", sagte er schließlich, das errötende Gesicht der Hilde zugewandt mit einem sonderbaren Lächeln: „Nur, bei mir, wissen Sie, sind Sie da an den Falschen geraten, gnädige Frau! Ich bin von der anderen Zunft, wenn Sie bitte verstehen wollen, was ich meine. Was Frauen betrifft, ist hier leider jede Liebesmühe vergeblich!"
Er lachte jetzt. Auch Hilde lachte. Lange.

Oma Hübner durfte eine Flasche Wurzelpeter kaufen und der Kummer über verlorene Liebesmühen ging rauschhaft in die Knie.

Als der enorme Strauß roter Rosen in der Zimmertür erschien, wusste Hilde, dass gleich die glückhaft geröteten Segelohren dahinter auftauchen würden.

Der Mann verströmte seinen süßlichen Geruch und die kleinen braunen Augen senkten sich tief in Hildes Seele.

Sobald die emsige Oma das Zimmer verlassen hatte, um die Rosen ins Wasser zu stellen, nahm er den weichen Schal und legte ihn Hilde um den Hals: „Es wäre mein größter Wunsch, dass Sie diesen Schal weiter durchs Leben tragen. Und wenn möglich an meiner Seite!"

Es war schließlich der Garten, der den Sieg davon trug.

„Er hat ein wunderschönes Haus, Liesbeth! Aber das Tollste ist der Garten. Ein unendlicher Garten! Japanisch! Mit Bächlein und Brünnlein! Entzückend! In diesen Garten habe ich mich sofort verliebt! Versteh doch mal!"

Die Oma nagte verbissen an einem Butterkeks. Sie war enttäuscht. Traurig. „Na ja, Hilde!", sagte sie schließlich und fuhr sich mit der Hand über die Augen: „Wenn de meinst! Ich denke ja immer, ohne Liebe geht nüscht. Aber wenn de meinst, dass de ihm im Jarten oft genug entkommen kannst ... Des Menschen Wille ist sein Himmelreich!"

„Er legt mir die Welt zu Füßen, Liesbeth, denk mal nicht!"

„Ooch die Welt ist nichts ohne Liebe, Hilde!"

So verschwand die Dame mit dem Brillianten im Zahn aus Omas Hinterhaus und aus dem Kiez. Aber da sie niemals wirklich dazu gehört hatte, vermisste sie auch niemand. Nur die Oma.

Einmal hat sie ihre Freundin noch besucht. Hilde erwartete sie in den Tiefen des wirklich wunderschönen japanischen Gartens. Sie ruhte in einem Liegestuhl, in die rote Kaschmirdecke gehüllt. Und es schien der Oma als sei sie von einem zarten rosaroten Licht umgeben.

Auflösung
der örtlichen Frühnebelfelder

Hinter dem Schrank fühlte sie sich sicher. Sicherer jedenfalls als in der dunklen Küche mit den riesigen Schatten, die Mond und Straßenlicht durch das Fenster zauberten. Sollte jemand gewaltsam in die Wohnung eindringen wollen, so war sie hier vorbereitet. Vorbereiteter jedenfalls als anderswo in der Wohnung. Sie hatte das geprüft. Genau geprüft. Sie war zwar erst knapp vier Jahre alt, aber die ständige, unglaubliche Angst vor dem nicht mehr Vorstellbaren, hatte sie gründlich gemacht. Sie schaute genau, sie hörte genau. Und sie ließ sich nichts anmerken. Sicher ist sicher. Nicht erwischt zu werden war das Wichtigste.

Das war von klein auf ihr Ziel. Nicht ertappt zu werden in einer Welt, die zu hoch, zu schnell, zu aufgeregt war für ein so kleines Mädchen. Und vor allen Dingen voller Schatten. Schatten in allen Zwischenräumen. Zwischen den Möbeln, zwischen den Menschen, zwischen den Wörtern und Augenblicken.

Sie konnte Zwischenräume in jeder Form erkennen und die tiefen unerklärlichen Höhlen darin, die aussahen wie aufgerissene Mäuler. Da musste man aufpassen, durfte sich nicht täuschen und verschlucken lassen.

Es war gefährlich, weil es diese Räume überall gab. Manchmal klaffte sogar zwischen dem rechten und dem linken Auge eines Menschen, mitten auf der

Stirne eine gähnende Leere. Ganz zu schweigen von den weiten Räumen zwischen Gesagtem und Gespürtem.

Dagegen war dann so ein einsam in der großen Wohnung verbrachter Abend fast ein Kinderspiel. Sollte jemand durch das Küchenfenster einsteigen wollen, konnte sie durch den schrecklich langen Flur flüchten, der die Wohnungstür mit Zimmern, Bad und Küche verband. Sie war fix. Sie war klein, aber fix. Sollte jemand durch die Wohnungstür eindringen wollen, so war sie hier, in der Lücke zwischen Schrank und Wand, die durch einen Mauervorsprung entstand, am sichersten. Der Eindringling würde sie nicht sehen können. Er würde denken, die Wohnung sei leer. Da sie ja auch dunkel war.

Das war das Schlimmste an dem abendlichen, halb nächtlichen Alleinebleiben: Das Mädchen musste das Licht löschen. Eine dunkle Wohnung bedeutete, dass niemand zu hause war, dass man also niemanden suchen und töten musste, dass man einfach nur schnell Dinge rauben und wieder verschwinden konnte.

Das Mädchen brauchte also in einem solchen Fall nur still in der Nische zu bleiben. Aufhören zu atmen allerdings, Atmen ist ein zu aufdringliches Geräusch in einer leeren, dunklen Wohnung, und hoffen, dass der Einbrecher schnell sein möge, schnell und entschlossen, dass er den Ort seines Eindringens wieder verlassen haben würde, bevor das Kind erstickt war.

Die Probe aufs Exempel musste nie gemacht werden. Ein Mensch kam nie. Nur die Schatten waren da. Die Schatten, die Angst und die Einsamkeit.

Die Sehnsucht des Mädchens nach Schutz und Geborgenheit wurde so übermäßig, dass ihm in langen Nächten sogar das kleine Bett zu groß war. Diese Sehnsucht konnte nie gestillt werden. Nestwärme und Beistand waren Fremdwörter in dieser Familie. Das Mädchen wuchs auf einem Vulkan heran. Ständig stoben die Funken.

Die Mutter, eine große, knochige Frau mit kantigen Gesichtszügen und schnellen harten Händen, den Kopf stets ein wenig vorgereckt, schien die Welt aus der Perspektive eines Habichts zu betrachten, jeden Moment bereit zu hacken. In den braunen Augen der Frau hatte sich eine lang geübte Hinterlist eingenistet.

Wie sie zu dem Filou von Mann gekommen war, konnte sich das Mädchen auch in späteren Jahren nie so recht erklären. Der Vater war hübsch anzuschauen, ein charmanter Unterhalter, immer gut drauf, heiter bis zur Albernheit. Er trank gerne und rauchte viel. Als er aus Angst vor dem unvermeidlichen Ende des Menschen zu rauchen aufhörte, wurde er fett. Aber auch dann noch war er in jeder Gesellschaft der Hahn im Korbe, und offensichtlich unfähig, den Angeboten anderer Frauen zu widerstehen. Das Mädchen konnte es fühlen, spüren, riechen. Die Frau leider auch. In dieser Familie wurde fast nur geschrien. Nahezu täglich durfte das Mädchen, in eine Ecke geduckt, das Gezänk ihrer Eltern anhören, die sich gegenseitig mit Aschenbechern,

Vasen, einmal sogar mit einer vollen Suppenschüssel zu erschlagen suchten.

Zwischen ihrer Arbeit und den endlosen Zänkereien fanden der Mann und die Frau nur wenig Zeit, geschweige denn Geduld für ihr Kind. Die Lebensweisheiten ihrer Tochter gegenüber erschöpften sich fast ausschließlich in hastig hingeworfenen Sätzen, die mit: „Du sollst ...", „Du musst ...", „Ich erwarte von Dir ...", „Lass das ...", „Verschwinde ...", „Das verstehst du noch nicht ..." begannen. Für alles, aber auch wirklich für alles, musste das Mädchen selber eine Erklärung finden. Angefangen von der ersten Regelblutung bis zu der schwierigen Frage, nach welchen Regeln dieses ganze Leben funktionierte, wie man sich zu verhalten hatte, um einigermaßen gut durchzukommen. Gut im Sinne von unverletzt, schmerzlos. Musste man erdulden oder sich wehren, um dieses Ziel zu erreichen? Musste man behutsam sein, geduldig, einfühlsam oder besser kalt und unerbittlich? Worüber durfte man sich von ganzem Herzen freuen, ohne anschließend eines Besseren belehrt zu werden? Musste man seine Stärken zeigen oder lieber seine Schwächen? War es günstiger, viel zu wissen, oder bot die Dummheit einen größeren Schutz?

„Tja, ich weiß nicht ...", „Was kann man da machen ...", „Keine Ahnung ...", wie oft hatte das Mädchen diese Sätze gehört.

War das ein Schutz? Sie wusste nie genau, ob die Menschen, das, was sie sagten, auch wirklich meinten, oder ob sie sich nur sicherheitshalber zu dieser

Standfestigkeit und Eindeutigkeit entschieden hatten. Waren sie wirklich so eindeutig?

Meine Lieblingsfarbe ist Blau! Einmal beschlossen, blieb das so, bis dass der Tod uns scheidet? Das Mädchen wusste, dass es selber alle Farben gleichermaßen liebte, alle gleich stark. Und alle auf einmal. War sie die Einzige, die gleichzeitig in verschiedene Richtungen dachte oder empfand? Geschweige denn, ob sie die Einzige war, die Schattenmäuler sah, die Einzige, die in den dunklen Zwischenräumen lesen konnte?

Das wirkliche Leben wurde dem Mädchen mit der Zeit immer unklarer und dadurch bezugsloser. Immer mehr und mit immer hartnäckigerem Eifer konzentrierte sich das Mädchen auf die Schattenseiten, und erlangte im Lesen der Schatten schon sehr schnell erstaunliche Fertigkeiten, Geheimnisvolles zu erspüren und zu wissen. In den Schatten begannen Bilder aufzutauchen, grell, bunt und schnell, wie eine hastige Diaprojektion. Und immer geschickter, immer deutlicher konnte das Mädchen diese Bilder erkennen und ihre Aussage immer eindeutiger bestimmen.

Richtig angefangen hatte es, als das Mädchen etwa sechs Jahre alt war.

An einem sonnigen Frühsommertag war sie mit der Mutter unterwegs. Plötzlich im Schatten grell der Stein, die rote Sandale der Mutter. Sandale auf Stein, Sandale auf Stein. Dann der Schrei. Wie besessen versuchte das Mädchen die Mutter aus der gefährlichen Richtung zu ziehen. Die Mutter wurde wütend: „Was soll der Unsinn, lass mich los! Sofort! Du dummes Ding!"

Die Mutter achtete nicht auf den Weg. Sandale auf Stein, der Fuß rutschte ab. Die Mutter stürzte auf das harte Pflaster. Dann der Schrei! Das Mädchen stand wie erstarrt. Sah wie die Mutter sich ächzend in eine senkrechte Lage arbeitete und fühlte - batsch, batsch - ihre harten Hände im Gesicht: „Jetzt bin ich Deinetwegen hingefallen, Du blödes Gör! Was sollte denn das Geschrei?"

Wütend zerrte die Mutter das Kind hinter sich her. Deinetwegen - das war das Wort, das sich dem Mädchen tief ins Gehirn brannte. Deinetwegen.

War sie schuld? Ja, sie war schuld.

Schuldgefühle hatten noch gefehlt, um das Mädchen gänzlich in die Ecke zu treiben. Es flüchtete auch innerlich hinter seinen Schrank und verstummte. Kein Wort kam aus seinem Mund über Wochen und Monate.

Der erste Gang zum Psychiater war der Anfang vom Ende. Immer stärker wurde das Gefühl, nicht verstehen zu können, nicht verstanden zu werden. Ein verfehltes Produkt menschlicher Leidenschaft.

Denn leidenschaftlich war das Ehepaar nicht nur im Streit. Wie oft konnte es das Mädchen aus dem Schlafzimmer ächzen und wimmern hören. Die Eltern mochten sich wohl immerzu streiten, liebten sich aber danach auch gleich wieder.

Das Mädchen blieb einsam und immer bockiger in seinem Mauseloch hinter dem Schrank hocken. Es wusste bald gar nicht mehr, wovor es sich mehr fürchtete, vor den Schatten, seinen Gesichten, oder vor dem Unverstand und gar dem Spott der Leute.

Sein einziges Zuhause wurden die Schatten. Der einzig sichere Ort der Platz hinter dem Schrank.

Und je älter das Mädchen wurde, desto mehr Schränke entdeckte es, hinter denen man sich verbergen konnte. Hinter dem was die Leute ihre Krankheit nannten natürlich, hinter der Dämpfung, die ihr die psychiatrischen Mittel bescherten, selbstverständlich, aber auch hinter Freundlichkeit und Gehorsam, Aufbegehren und Wissen konnte man sich herrlich verstecken. Nur eins war ihr wichtig: Nie zu sehr festlegen, unerkannt bleiben, damit man aus jeder Situation einen Ausweg finden konnte, eine Fluchtmöglichkeit. So hastete sie durch die Tage. Jeden Moment erlebte sie als Flucht. Kein Genuss, kein Verweilen, keine Sorgfalt.

Der bewusst erlebte Augenblick ist liebevolle Zärtlichkeit. Der schlampige Augenblick ist ohne Sorgfalt - also ohne Liebe, also so gut wie nicht gelebt.

Und immer wieder das Gefühl, Gott sei dank, nicht ertappt worden zu sein. Wovor, wobei ertappt, wusste das Mädchen nicht so genau, aber die Welt „da draußen" schien ihm voller diffuser Gefahren, denen man nur ausweichen konnte, wenn man im Grunde nicht anwesend war. Nicht wirklich. Dass man nicht eindeutig war, also nicht festgenagelt werden konnte, unerkannt also, nicht ertappt.

Ein ganzes Leben lang, war das Mädchen in seinen inneren Schrank geflüchtet. Vor Erwartungen, Zurechtweisungen, auch vor Hinweisungen, vor besserwisserischer Kälte, vor den fremden Augen. Irgendwie kam sie dann überhaupt nicht mehr vor. Vor den anderen und vor sich selbst. Sie kam sich nicht mehr vor.

Schließlich war es der Beweis, doch da sein zu wollen, der Pfund auf Pfund häufte. Wenigstens körperlich war sie jetzt eindeutig da. Unübersehbar da. Die Schimanski wurde fett.

In Werners Kneipe tanzte der Bär. Und Werner tanzte. Und die dicken Rauchschwaden tanzten. Es war krachend voll. Um die Tische herum hockten die Trinker in dicken Trauben. Nur die Schimanski saß alleine. Ein Tisch, ein Stuhl, die anderen hatte man weggeholt, ein schwerer Klumpen Frau mit grimmigen Augen hinter der dicken Brille. Die Zettel lagen auf dem Tisch verstreut, aber die Schimanski schrieb nicht. Die Tasse Kaffee, das ewige Glas Wasser standen da, aber die Schimanski trank nicht. Sie hatte die Ellenbogen aufgestellt und das Kinn auf die geballten Fäuste gestützt. So starrte sie unbeweglich in das Getümmel. Eine wirre Düsternis hatte die Frau ergriffen, die sie sich nicht erklären konnte. Sie kam doch gerne zu Werner in die Destille und verbrachte ihre meisten Abende dort. Besonders wenn es so voll war wie heute. Die Schimanski liebte das Stimmengewirr, das ihre eigenen Stimmen übertönte. Sie liebte den Geruch von Rauch und Bier. Sie liebte alles Ungesunde. Sie versank förmlich darin, schien sich selbst nicht mehr auffindbar. Das war angenehm. Man mochte sie nicht und ließ sie in Ruhe an ihrem Tisch hocken. Auch das war angenehm. An Einsamkeit und Unverständnis war sie von Kindesbeinen an gewöhnt. Ja, man kann sagen, sie kannte nichts anderes.

Und mit den Leuten hier wollte sie sowieso nicht wirklich etwas zu schaffen haben. Wissen nichts, können nichts, wagen nichts. Alles, aber auch alles nahmen sie hin, wie die Ochsen im Stall. Alles, aber auch alles konnte man ihnen einreden. Alles, aber auch alles konnte man mit ihnen machen und sie würden letztlich alles mitmachen, wenn es denn dem Geist der Zeit entsprach. Ekelhaft.

„Die Wahrheit will keiner wissen, alle starren nur aufs Großgedruckte und lassen sich betrügen. Von wegen: Wenn Dein starker Arm es will! Dass ich nicht lache!"

Aber auch diese Abneigung war Schutz für die Schimanski. So war die Gefahr gebannt, in die Masse hineingesogen, festgenagelt zu werden.

Ja, gut! Ab und zu trumpfte die Schimanski auf, zeigte ihr Gesicht, auch ab und zu ihre Gesichte, um diese feige Bande zu erschrecken und aufzustöbern. Um die Bosheit abzuladen, die sich im Laufe ihres unverstandenen Daseins angesammelt hatte. Sie liebte es, die Leute zu stören, ihnen ihre Fundstücke unter die Nase zu halten und auf sie einzureden.

Kurioser Weise war es ihr, als würde sie die Ablehnung, die ihr die Menschen hier entgegenbrachten, durch ihr Reden von sich wegwedeln, auf die Leute selbst zurück.

Seit ewigen Zeiten war Werners Kneipe ihr liebster

Schrank. Was war heute los? Irgendetwas oder Irgendwer wollte sie mit Macht hinter dem Schrank hervorlocken, ins Geschehen hineinziehen. Werner? War was mit Werner? Nein, bei Werner war alles beim Alten. Nichts Neues zu erkennen. Seit der Damenwahl war ihr beider Verhältnis zwar etwas frostig geworden, aber sonst? Nein! Werner würde das Opfer seiner eigenen Großschnäuzigkeit werden, das war zwar bedauerlich, sie mochte Werner, aber letztlich ging sie das ja nichts an. An den unerkannten Kummer anderer Leute war sie schließlich auch mehr als gewöhnt. Hier gab es für die Schimanski kein Geheimnis mehr. Alles lag klar vor ihr wie ein längs ausgelesenes Buch. Nur der Zeitpunkt des Einsetzens der Katastrophe war so unbestimmt wie der eigene Tod.

Das Gelächter von Heinzens Tisch drang an Schimanskis Ohr.

Diese Allesverdränger mit ihrem blöden Abdeckerlachen! Ha, ha, ha! Irgendwie kann ich das nicht mehr ertragen, was ist nur mit mir los?, gärte es in der Schimanski. Aber wenn ich es hier nicht mehr aushalten kann, wo denn dann? Wo soll ich hin?

Was sollte sie zu Hause? Miese Abende das. Sie konnte sich dort nicht rühren, hatte nur noch einen einzigen freien Platz, die große Bett-Couch auf der sie schlief. Keinen Platz, und keinen Mut, ihre Geschichten aufzuschreiben.

Es blieb ihr nur das Fernsehen. Die freundlich lächelnden, hochgestylten Ansager und Ansagerinnen, die mit eleganter Leichtigkeit den Grusel des Tages verkündeten, verursachten der Schimanski einen solchen Schwindel, dass ihr nur noch die Flucht in den sofortigen Schlaf blieb. Zu Hause blieben nur Schlafen oder Fernsehen. Beides war zutiefst unerquicklich. Es war auch zu still dort. Sie würde auf sich selbst fallen. Das galt es zu verhindern. Was war heute anders, was zerrte an ihr? Es musste etwas Fremdes, etwas Unerkanntes sein. Was gab es Fremdes, Neues, Unerkanntes? Der Typ da an Heinzens Tisch, der seit kurzem hier auftauchte? Aber so neu war der nicht. Und auch heute Abend ging nicht viel mehr von ihm aus als sonst, eine Wolke abgelebter Langeweile. Er war längst durchschaut. Dieter Weck, ein weichdicklicher Typ mit bleicher Haut, der immer ein wenig vor sich hin schwitzte. Er hatte sich der Schimanski vorgestellt und sie ausgefragt über das Buch. Er fand es interessant und hat seine Hilfe angeboten.

„Nein, danke! Jetzt noch nicht. Vielleicht später mal. Aber danke!", hatte die Schimanski mit einem scheuen Lächeln abgewehrt. Das fehlte noch, dass sich jemand in ihr Buch einmischte, der seine restlichen blonden Haare sorgfältig über die Glatze kämmte wie ein Mützchen. So einem konnte man doch nicht trauen. Der würde ihr den Erfolg verderben mit seinen breiigen Gedanken. Da sei Gott vor!

Weck hatte irgendetwas mit Büchern zu tun, oder Theater, egal, interessierte die Schimanski auch nicht. Der hockte da zwischen den Proleten und kleinen Hürchen und redete sich ein, er beobachte das „Volk," bildete sich ein, das sei wichtig für seinen Beruf, bildete sich ein, er bilde sich. Dabei wollte doch weder das Theater noch die Literatur noch sonst jemand etwas von Dietern wissen. Der war doch vom Universum längst abgehakt, als missglücktes Experiment. Und Dieter selber wollte doch eigentlich nur vergessen. Der Schimanski konnte man nichts weismachen. Sich selbst vergessen. Insofern war er fast ein Seelenverwandter. Weck liebte das Stimmengewirr, diesen undurchdringlichen Lärm, er liebte die Sinnlosigkeit des Verstehenwollens, das langsame Verschwinden der Gedanken, der Welt der Wichtigkeiten. Ein Verlorener wie sie selber. Nein, ein Weck war gewiss nicht im Stande, sie in diesen Zustand zu versetzen.

Die blecherne Stimme der Elbkraut übertönte für einen Moment den allgemeinen Lärm.

Die hat eine Stimme wie ein alter Eimer, dachte die Schimanski. Wie kann ein Mann sich in eine Frau verlieben, denn geliebt haben wird er sie ja mal, das konnte nicht ausgeschlossen werden, aber wie verliebt man sich in eine Frau, bei der ein „Ich liebe dich" klingt wie ein umstürzender Blecheimer?

Diese Frage riss die Schimanski für einen Moment aus der Düsternis. Die Elbkraut war ihr Lieblingsopfer, wenn der Stachel der Bosheit löckte. So eine herrlich blöde Zicke! Die Schimanski liebte es, sie zu reizen, sie niederzuzwingen, bis der Elbkraut die Argumente fehlten und sie diesen unnachahmlichen Schmollmund vor das dumme Gesicht stülpte. Aber die würde vom Schicksal noch genug zu fressen kriegen. Der Hund war krank. Das sah die Schimanski. Der würde nicht mehr lange machen. Das sah die Schimanski. Die Elbkrauts würden sich trennen nach seinem Tod. Das sah die Schimanski. Der Hund war das Einzige, was sie noch zusammenhielt. Die Ehe hätte ihren Sinn verloren.

„Was ist los, Schimanski, heute nicht gut drauf, oder warum trinkst Du Deinen Kaffee nicht?"

Die Schimanski schreckte auf und starrte in das lächelnde, wirtliche Gesicht: „Nein, nein, alles gut, Werner. Ich frage mich nur, wer dieser Typ da ist, am Stammtisch."

„Das ist irgend so ein Zeitungsfuzzi. Der ist schon seit heute Nachmittag da und quatscht mir die Leute voll. Sagt, er sei Reporter. Trinkt nur Coke und tut unglaublich wichtig. Vielleicht will er den Osten studieren. Keine Ahnung. Er hat sich mir nicht anvertraut."

„Bisschen spät vielleicht. Der Osten ist so gut wie weg mittlerweile!"

„Da kannst Du recht haben, Schimanski. Bisschen spät vielleicht!"

„Und was will der da von Stefan?"

„Na", grinste Werner, „was soll er schon von ihm wollen? Ausfragen, denk ich mal, wie es ihm so geht, was er denkt und so! Den Osten studieren eben!" In Werner gluckste es. „Wieso fragst Du? Haste wieder mal eine Vision oder was?"

„Der sollte nicht so viel trinken, der Stefan. Ist nicht gut. In dieser Zeit braucht man einen klaren Kopf, wenn man nicht untergehen will!"

„Na, was klare Köpfe angeht, kennt sich ja keiner so

gut aus wie Du, was Schimanski!" Das klang spitz und war auch so gemeint. „Soll ich dir mal einen frischen Kaffee bringen?"

„Nee, lass mal, Werner. Ich trink ihn gerne kalt. Kalter Kaffee soll ja schön machen!"

Werner verzichtete gönnerhaft auf die Pointe.

Stefan hatte der Schimanski mal geholfen, in ihre Wohnung zu gelangen, als sie ihren Schlüssel vergessen hatte. Und er wollte kein Geld von ihr. Ein freundlicher junger Mann. Der Junge rührte sie. Sie hatte die Angst ganz hinten in seinen Augen längst entdeckt. Sie schien ihr tief eingekapselt in seinem inneren Wesen zu sitzen und für niemanden mehr erreichbar zu sein. Für ihn, wie es ihr schien, am wenigsten. Er hatte seine ganze Vorstellung von Stärke, ja Großartigkeit, als Schutzschild davor gestellt.

Was konnte dieser Fremde von dem Jungen wollen? Dunkle Wolken sah die Frau, dunkle Wolken, angestrahlt von tiefrotem Licht. Schnell zogen sie am Himmel dahin, wurden auseinander gerissen, zerfetzt, suchten und fanden die Gemeinsamkeit wieder, und wieder wurden sie getrennt. Ein verzweifelter Kampf. Ein riesiges Schluchzen. Dieses Bild zwang die Aufmerksamkeit der Schimanski förmlich hinein in das Gespräch am Stammtisch. Hier war eindeutig das Unheil am Werk und der Schimanski wurde schlagartig klar, warum sie den ganzen Abend schon so rissig empfand.

Es war dieser Fremde, der ihr die dunklen Wolken in den Kopf zwang.

Dabei schien die Situation eher harmlos. Der Fremde sah eigentlich ganz friedlich aus. Ein junger Mann, so etwas über dreißig, schlanker, muskulöser Körper. Offensichtlich gut durchtrainiert, das konnte die Schimanski an den straff schwingenden Bewegungen erkennen. Eleganter Kaschmirmantel locker über die Schulter gehängt, eleganter grauer Anzug mit Weste. Ein kühler, aber sehr offener Blick aus hellen Augen. Eine intelligente Stirne, die sich schon weit in den Hinterkopf hineingefressen hatte und nur an den Schläfen noch Haare zuließ. Das Gesicht fein und ebenmäßig von einer überlangen Nase exakt in zwei Hälften geteilt.

Mein Gott, was ne Nase!, musste die Schimanski denken, scharf und schmal fast über den Mund reichend, gekrönt von zwei unschönen Höckern: Wahrscheinlich mal Boxer gewesen, dachte die Schimanski.

Stefan selbst machte einen entspannten Eindruck auf sie. Er erschien eher amüsiert.

„Tragen Sie die Glatze aus Überzeugung, oder eben nur so?", hatte der Fremde ihn gefragt und dieselbe Antwort erhalten wie schon viele vor ihm: „Eben nur so, aus Überzeugung!"

Erfreut war der Fremde aufgesprungen, hatte seinen eleganten Kaschmirmantel mit einer schwungvollen Bewegung über die Stuhllehne geschleudert und seine Hand nach vorne gestreckt: „Dann darf ich mich vorstellen: Bernd Kaufmann, freier Reporter, Mitglied der ‚Neuen Partei' seit zehn Jahren." Der Handschlag wurde nicht erwidert.

„Voll der Irrtum!" Stefan grinste und ließ seinen voluminösen Oberkörper zurückfallen. Fast genüsslich streckte er die Beine unter dem Tisch aus: „Meine Überzeugung ist einfach, Alter: Ick kann meine Haare tragen, wie ick will! Ick kann auch gar keine Haare tragen, wenn ick det will, ohne dass das irgendjemanden etwas angeht. Mehr Überzeugung habe ick nicht! Und will ick och nicht. Alles klar, Alter?"

Und so in der Art ging das weiter. Das Gespräch war eine kuriose Mischung zwischen Stefans Versuch, witzig zu sein, und den Bemühungen des Zeitungsmenschen, dem Gespräch eine ernsthafte Note zu geben, bis er sich endlich zum Zentrum seiner Absichten durchgearbeitet hatte: „Aber es kann doch nicht sein, dass Du mit der Situation in unserem Land, wie sie sich jetzt darstellt, zufrieden bist?"

Der Reporter hatte die Anzugjacke zurückgeworfen und die Hand in die Hüfte gestützt. Stefan schwieg. Was will der von mir? Auflaufen lassen, den Typ!

„Da muss man doch, so jung wie Du bist, das kann man sich doch nicht gefallen lassen. Da muss man sich doch wehren. Du musst doch an Deine Zukunft denken, an Deinen Arbeitsplatz, an Deinen Raum, an und für sich, den kann man doch nicht anderen überlassen. Fremden. Da muss man sich doch einsetzen dafür. Dagegen muss man doch rebellieren!"

Stefan schwieg.

Er beobachtete gespannt, wie sich in dem unermüdlich sich äußernden Mund des Zeitungsmenschen der Speichel sammelte, besonders bei Vokalen leichte Fäden zog und zum Überlaufen drängte: „Die Politik, die in diesem Land gemacht wird, ist doch vollkommen konzeptionslos. Kampf der Arbeitslosigkeit! Das ist doch der purer Unfug. Nur mal so zum Beispiel. Eine Bude nach der anderen macht zu. Leute werden massenweise entlassen. Immer mehr Industrien ziehen ins Ausland. Wie wollen die denn das hinkriegen, frage ich Dich. Null Konzept. Nichts. Dazu die Korruption. Die zocken die armen Leute ab und stecken sich immer mehr Geld in die eigene Tasche!"

„Na ja, da haben Sie schon recht", gab Stefan widerwillig zu.

Ernsthafte Gespräche waren ihm zuwider: „Habe ich auch schon drüber nachgedacht!"

„Und macht Dich das nicht wütend?"

„Wütend ist nicht mein Ding, Herr Zeitung. Bringt doch nüscht", nuschelte Stefan unwillig.

„Ja, wenn es bei der Wut bleibt, natürlich nicht. Und einer alleine. Wir müssen uns schon zusammenschließen!"

„Tja und dann, wie geht es dann weiter? Revolution? Haben Sie da so eine nackte Frau auf der Barrikade vor Augen? Ostschule, fünfte Klasse, falls Sie da nicht informiert sind. Rebellion, wenn ich das schön höre! Wer soll die denn machen, meine Mutter vielleicht? Die hat doch nicht nur Angst vor morgen. Die zittert ja noch vor Angst, was gestern war!"

„Ja, man muss die Leute aufrütteln! Ihnen Mut machen! Ihnen zeigen, dass sie nicht alleine sind!"

„Ach, du Scheiße!", sagte Stefan verärgert.

Er wollte hier nicht aufgeklärt werden. Aufklären konnte er sich alleine. Er wollte sich in aller Ruhe und Gemütlichkeit einen antrinken zur Nacht: „Ich hätte jetzt gerne noch ein Bier, Herr Kampfmann!"

„Kaufmann, wenn's Dir nichts ausmacht, Kaufmann reicht!"

„Kaufmann! Aha! Also nicht Kampf, sondern Kauf. Dachte ich's mir doch. Es geht wie immer ums Geld. Ums Einkaufen also! Sie wollen mich doch nicht etwa einkaufen? Für Ihre Partei?"

„Einkaufen vielleicht nicht!" Der Fremde lachte amüsiert auf: „Aber wenn man etwas ändern will, muss man sich zusammenschließen zu einer Bewegung. Und das geht nun mal nicht ohne Partei!"

„Tja, dann, weiß ich auch nicht!"

Stefan nahm einen kräftigen Schluck Bier, das Werner ihm unaufgefordert hingestellt hat.

„Schau mal", der Herr Reporter fühlte sich auf der Siegerstrecke, „sieh mal, wenn solche Jungs, wie Du einer bist, wenn Ihr uns folgt, dann werden auch andere folgen, dann sind wir stark, dann könnten wir schon einen Wandel erreichen."

„Sehen Sie mal, Herr Kampfhahn", Stefan lehnte sich reckend und grinsend auf seinem Stuhl zurück: „Da liegt schon mal Ihr erster schwerer Irrtum. Ick folge nicht. Nüscht und Nümand! Ick war schon mal junge Pioniere, vergessen Sie das nicht!"

„Ich verstehe jetzt den Zusammenhang nicht ganz."

„Dachte ich mir. Wir haben von der Pike auf gelernt, was folgt, wenn man folgt! Theoretisch und durch praktische Erfahrung!"

„Jetzt mal Spaß beiseite!"

„Niemals, Herr Reporter!"

Stefan beugte sich weit vor und riss seine klaren hellen Augen groß auf: „Niemals! Dafür würde ich zum Beispiel auf die Barrikade gehen."

„Ja, aber versteh doch mal, wir brauchen die Jugend. Natürlich kann Deine Mutter keine Rebellion machen. Widerspenstigkeit ist *unser* Privileg. Aufruhr und Umwälzung sind nun mal Aufgaben der Jugend!"

„Tja, dann kann ich ihnen nur noch optimale Erfolge wünschen!"

Der Typ ging ihm auf den Sack. Stefan schaute sich um, aber außer an diesem Tisch war im ganzen Lokal kein einziger Stuhl mehr frei.

„Werner!", rief er, ich brauch jetzt mal was Härteres! Ostkorn!"

Herr Kaufmann spürte, dass hier fürs erste nicht mehr zu holen war: „Weißt Du was, ich gebe Dir mal eine von unseren Broschüren mit."

Er nestelte an seinem Mantel und legte das Heftchen vor Stefan auf den Tisch: „Lies Dir das mal durch. Lesen kannst Du doch?"

„Witz lass nach!"

„Ah, verstehe, Spaß haben darf hier nur einer, hm? Aber egal. Lies mal und sag mir einfach was Du davon hältst. Irgendwann können wir ja noch mal ein Bier zusammen trinken!"

Stefan nahm die Broschüre und blätterte ratlos darin herum. Der witzige Satz, den er jetzt hätte sagen wollen, fiel ihm einfach nicht ein.

Diese Broschüre kannte die Schimanski. Blau und groß mit Schwarz-Rot-Gold. Die hatte sie schon liegen sehen.

Wenn das so einer war, musste sie Stefan beistehen. Unbedingt! Der betrachtete die Broschüre so ernsthaft. Nicht, dass der Junge sich einfangen lässt.

Für alle Anwesenden überraschend erhob sich die Schimanski jetzt, pellte sich umständlich aus dem riesigen schwarzen Umschlagtuch und strebte auf müden X-Beinen dem Stammtisch zu. Sie zog den freien Stuhl heran und ließ sich mit einem Plumps darauf nieder.

„Was wollen Sie denn hier von dem Jungen?"

„Äh, was?"

„Tun Sie nicht so!" Frau Schimanski schob streng und ohne die geringste Verlegenheit ihren Busen zurecht: „Ich kenne Sie doch. Ich war neulich auf einer Ihrer Versammlungen!"

„Ach, nein!" Herr Zeitung war entzückt: „Auch ein Teil der Bewegung!?"

„Nein, im Gegenteil!" So schnell wie es erblühte, sank das Lächeln des Herrn Kaufmann wieder zusammen. „Ganz im Gegenteil. Und zwar sehr ganz im Gegenteil. Nein, ich war nur interessehalber mal da. Man muss ja wissen, was passiert in seiner Stadt, nein, nein, nein, nur Interesse halber. Und wenn ich Ihnen das sagen darf, Sie sind einfach zu blöd!"

Herr Kaufmann holte tief Luft und senkte seinen Blick auf den Tisch, wobei er sich vollkommen auf seine Hände konzentrierte. Dann hob er das Haupt und lächelte die Schimanski an. „Inwiefern?"

„Insofern." Frau Schimanskis Augen wurden fanatisch, sie warf ihren fetten Körper über den Tisch, der schwere Busen presste sich gegen ihr Kinn. Sie wurde heftiger und die Händchen gingen wild: „Man kann die Situation von 1930 gar nicht vergleichen mit heute. Die Welt hat sich ja ein paar Mal gedreht. Der ist mit National und Deutsch und Deutschland den Deutschen nicht mehr beizukommen. Das weiß doch jedes Kind. Mal ganz abgesehen von der monopolistischen Wirtschaft und der Herrschaft des Geldes. Jeder, der glaubt, hier mit altertümlichen Begriffen, wie Gewalt und Krieg und Kampf der Zukunft eine Lanze zu geben, hat verschissen und bedeutet Unheil!"

„Schreien Sie doch bitte nicht so, liebe Frau. Es handelt sich hier nicht um eine öffentliche Veranstaltung!"

Herr Kaufmann war leicht verwirrt. Was sollte denn das jetzt werden?

„Es ist doch wichtig, die historische Situation genau zu beachten, und außerdem, denke ich, das ganze Parteiensystem hat sich überlebt. Wir müssen uns was Neues finden, wenn wir überleben wollen, als Menschheit also, als, tja, eh ..."

Inzwischen hatten alle Anwesenden ihre Aufmerksamkeit dem mysteriösen Geschehen am Stammtisch zugewendet. Dieter Weck erhob sich und kam zur Hilfe herbei. Auch Werner näherte sich langsam, lauernd.

Vorsichtig griff Weck nach Schimanskis Arm, nicht dass es eine Explosion gab: „Lassen Sie das doch, gute Frau! Diese Leute sind unberührbar! Dass hat doch keinen Sinn!"

„Und ob! Und ob es Sinn hat, und wenn nicht für den, dann doch für den!" Schimanskis weit aufgerissene Augen rollten zu Stefan, der sich klar war, dass er hier den geilsten Film aller Zeiten erlebte. Endlich mal richtig was los hier!

„Du bist doch ein prachtvoller Junge! Du hast vielleicht keine Zukunft, aber egal, Du bist prachtvoll. Du wirst Dich doch von so einem schwulen Ficker nicht um Kaisers Bart wickeln lassen!"

Wie ein Stein fiel die Zote der Zuhörerschaft vor die Füße.

Herr Kaufmann erglühte wie ein Sonnenuntergang. Aber noch gelang es ihm, eine gewisse Überlegenheit zu wahren: „Was heißt hier wickeln lassen? Wir führen ein ruhiges Gespräch! Ruhig und einvernehmlich! Was erlauben Sie sich!"

„Tun Sie jetzt nicht so, Sie sind zu allem fähig, das sehe ich Ihnen an!" Die Schimanski stand auf. Den Pullover vor der Brust gebäumt stand sie da, an dem Tisch in der Kneipe: „Sie kleine Ratte, Sie Dreckschleuder, Sie Polenhasser, machen Sie mir doch nichts vor, ich sehe durch! Ich kenne den Plan!"

Stefan starrte offenen Mundes auf das Orakel von Delphi, das da schreiend vor ihm aufgerichtet stand.

„Lassen Sie doch den jungen Mann in Ruhe, Sie großschnäuziges Monster, Sie", blecherte die Elbkraut herüber, „wir leben jetzt in einer Demokratie, falls Ihnen das noch nicht aufgefallen ist. Hier darf jeder seine Meinung sagen!"

219

„Halt Du Dich hier raus mit Deinem Kleingartengehirn, Elbkraut. Hier kann nur jemand mitreden, der wenigstens die achte Klasse hat!"

Diese Beleidigung rief nun fast die ganze Mannschaft auf den Plan. Ein unglaubliches Gewirr von Meinungen und Beschimpfungen brach los. Von „Nazis raus!" bis: „Das sind doch die Einzigen, die hier noch durchsehen und dem einfachen Volk beistehen!" ging die Palette der leidenschaftlich vorgetragenen Argumente.

„Nazis haben hier aber nichts zu suchen, wir sind eine anständige Kneipe", piepste Oma Hübner, kaum zu hören in dem allgemeinen Aufbrausen.

Pixel rutschte von Heinzens Schoß und schrie: „Genau, recht hatse, die Oma!"

Heinz versuchte die Situation in den Scherz hinüber zu ziehen: „Der ist kein Nazi, Schimanski. Nazis dürfen doch nicht schwul sein, das sollten Sie wissen!"

Sein dunkles fettes Lachen war laut und zotig.

Kein guter Abend für Herrn Kaufmann. Gar kein guter Abend. Grimm warf sich über sein neudeutsches Gemüt. Er verlor nun doch die Beherrschung, sprang heftig auf und wollte Heinz an den Kragen.

Stefan musste ihn festhalten.

Es sah wahrhaftig so aus, als würde es zu einer Schlägerei kommen.

Höchste Zeit, dass Werner dem Treiben ein Ende machte: „Hörst Du mal wieder das Gras wachsen, Schimanski? Jetzt lass es mal gut sein!", raunzte er gutmütig.

„Ich weiß, was ich sehe! Den Rest rechne ich mir zusammen. Dazu braucht es doch nur gesunden Menschenverstand."

„Ausgerechnet die will gesunden Menschenverstand haben! Die ist doch voll hinüber, die Schlampe!", ließ die Elbkraut wieder ihr Blech ab. Der Hund fing fürchterlich an zu bellen. Herr Elbkraut erhob sich: „Werner zahlen, bitte! Der Hund muss nach Hause, der hält das Geschrei nicht aus!"

„Beruhigen Sie sich doch bitte, Frau Schimanski! Der ist das doch gar nicht wert!" Das war der Weck.

„Was bin ich nicht wert? Unverschämtes Volk!"

Bernd Kaufmann versuchte erfolglos, sich von Stefan loszureißen: „Ist das die Art, wie man im Osten mit zahlenden Gästen umgeht? Zahlen, Herr Wirt! Jetzt lass doch mal los, Dicker, ich will nur zahlen!"

„Eins und eins sind zwei!", schrie Frau Schimanski. „Er ist es vielleicht nicht wert, aber der Junge doch allemal. Man muss ihn wachrütteln, aufrütteln!"

Stefan ließ endlich den Reporter los. Er rüttelte und schüttelte sich, etwas verkrampft spaßhaft, um die Situation und vor allem sich selbst zu entspannen und dem Orakel anzudeuten, dass er bereits wach gerüttelt war und ein Ende angestrebt werden konnte.

„Das ist nicht komisch, Junge!" Frau Schimanski war wieder ruhiger, aber sehr ernst: „Lass Dich von dem nicht einwickeln und nimm Dich vor ihm in Acht! Der führt nichts Gutes im Schilde!"

Allgemeines Gemurmel füllte die Pause vor Werners Erlösendem: „Eine Runde Freibier für alle!" „Und eine Flasche Sekt für unsere Superdetektivin, hat er mir gesagt, stimmt's Herr Zeitung?"

Mit einem verächtlichen Grinsen warf Herr Kaufmann Werner das Geld auf den Tresen, griff sich seinen Mantel, schob die Schimanski grob beiseite und wühlte sich durch die aufgeregten Körper der Gernetrinker nach draußen.

„Vergessen Se mal ihr Pornoheftchen nicht, Herr Widerstand!" Stefans Stimme war ruhig, seine Augen heiter: „Hei, watt los?", wandte er sich an die Zuhörerschaft, zog mit einer nachlässigen Bewegung Frau Schimanskis Pullover etwas vom Busen herunter: „War wat?"

„Du wirst mich noch kennen lernen, mein Freundchen!" In der offenen Tür hatte Kaufmann seine Überlegenheit wieder gefunden. „Wir werden beide noch viel Spaß miteinander haben!" Er besah sich den pöbelhaften Haufen und lächelte überheblich: „Ostschlaffigesocks!" Und war draußen.

Das war ein Auftritt und ein Aufruhr nach Art des Hauses und alle waren es zufrieden. Man hat wieder einen Grund und ein Thema.

Der Wessi war fort. Freibier gab es trotzdem. Werner zahlte die Zeche. Den Sekt konnte er sparen. Die Schimanski trank keinen Alkohol. Nach einem beruhigendem Glas Wasser, packte sie ihr Zeug zusammen, wickelte sich das große Umschlagtuch um Bauch und Hüfte und schickte sich an, das Lokal zu verlassen.

„Darf ich meine Begleitung anbieten?" Weck, schon in Jacke und Kappe – mein Gott, sieht der albern aus, dachte die Schimanski – hielt der fetten Frau diensteifrig die Tür auf.

Die Schimanski, zwischen Beunruhigung und Amüsement, ließ die Fürsorge zu. Nur war es wohl weniger Fürsorge als Neugierde, die den Weck mit der Schimanski die lange, dunkle Strasse hinuntertappen ließ. Das spürte die Schimanski und las dem Weck die Frage von der Stirne: „Na, was ist los, Weck, war das zu heftig für Sie?"

„Nein, das würde ich so nicht sagen!"

„Was würden Sie denn sagen, wenn Sie sagen würden?"

„Na! Ich würde fragen, warum Sie in diesem doch eher harmlosen Gespräch, von der politischen Einstellung einmal abstrahiert, also davon mal abgesehen … wieso hat Sie das so aufgeregt, wieso haben Sie Unheil beschworen?"

„Wie können Sie allen Ernstes eine politische Haltung von einem möglichen Unheil, wie sagten Sie so nett: abstrahieren?"

„Na, ich meine, man kann sich doch mal unterhalten."

„Auch eine Unterhaltung kann Unheil zur Folge haben."

„Ja, Frau Schimanski! Drehen Sie mir doch bitte keine Nase. Sie wissen doch, was ich meine. Sehen Sie voraus? Sie haben sich so merkwürdig verändert, plötzlich!"

„Zum Nachteil?", fragte die Schimanski kokett, den Fortgang der Unterhaltung vorausschauend. Wie oft hatte sie das schon erlebt. Diese Wiederholungen waren absolut langweilig. Wenn doch einmal in ihrem Leben etwas anderes neben ihr Platz nähme, als immer wieder die Wiederholung!

„Nein, nein, das will ich gar nicht sagen, durchaus nicht!", log Weck die Frage weg und hatte ein riesiges dunkles Loch auf der Stirne.

Die Schimanski bekam Lust, ihn zu erschrecken: „Das ist so merkwürdig. Als ob alles sich verändert, als ob ich einen anderen Raum betrete und dann sehe ich Sachen vor mir, und es ist völlig unklar ... irgendwie ... wo bin ich, träum ich ... so ein Gefühl wie ... ja, ja, ich hab mal als Kind eine Narkose bekommen. Und wenn die anfängt zu wirken, kurz bevor man weg ist, das ... also so ungefähr ist das ... ja gut, ja gut!"

Sie spürte Wecks Erleichterung, als hätte er des Rätsels Lösung gefunden: „Vielleicht sollten Sie mal mit einem Arzt darüber reden?"

„Ja, vielleicht", seufzte die Schimanski und hielt ihre gespielt verängstigten Augen den besorgten des Herrn Weck entgegen: „Ja, ich werde mit meinem Arzt reden! Und Danke für Ihre fürsorgliche Begleitung!" - Arschloch, dachte sie, als sie sich schwer atmend die zwei Stockwerke zu ihrer Wohnung hinauf schleppte.

Und wenn er mitten in der Nacht kam? Der halbnarkotische Zustand? Wenn Ilse Schimanski träumte, durch einen Dornwald zu gehen? Wenn sie sich an Armen und Beinen blutige Spuren riss? Leise wimmernd immer weiter musste, wie gezogen, wie gezwungen, immer weiter in die immer dichteren Dornen hinein, das Blut tropfte von Armen und Beinen und Händen, dann auch von Stirn und Wange, wenn sie nicht mehr vorankam, nicht wusste, wie sie die Dornen teilen sollte? Wie sie nun versuchte, Klarheit zu erlangen, in dem sie durch das Gestrüpp wenigstens für ihre Augen einen Weg suchte, wenn sie eine kleine Lichtung erspürte? Dort im Halbdunkel saß Stefans Mutter im Staub. Frau Schimanski kannte Stefans Mutter nicht, aber sie war es, daran bestand kein Zweifel, wer sollte es sonst sein? Sie saß da im Dreck, hatte ihren toten Sohn im Arm und schrie. Schrie! Schrie wie ein wildes Tier.

Und Frau Schimanski erwachte, das Gesicht voller Tränen: Oh, Gott! Was ist das? Der Junge ist in Gefahr. In großer Gefahr! Und ich bin schuld. Ich habe diesen Mann zornig gemacht. Er wird sich rächen an Stefan. Ganz klar. Für seinen Spott und den Aufruhr und die Kränkung. Ganz klar. Das wird er nicht auf sich sitzen lassen. Hat er nicht gesagt, Stefan würde ihn noch kennen lernen? Er wird sich rächen, das hat er gemeint. Was denn sonst. Wir werden noch viel Spaß miteinander haben. Lehr mich die Nazis kennen! Ganz klar! Warum habe ich bloß so einen Aufriss gemacht. Was hat mich denn geritten? Immer wieder diese Anfälle von Bedeutung!

Weil ich die Tabletten nicht genommen habe! Dann dreht es mich weg. Ich muss dieses Rezept endlich einlösen, ich Schlampe. Oh mein Gott! Das Gespräch hätte ohne mich keine Folgen gehabt, wahrscheinlich. Was jetzt folgt, sind Folgen. Schwere

Folgen. Für Stefan. Und ich bin Schuld. Schon wieder!

Oh, sie hatte es so satt. So satt!

Dass sie sehen konnte war schon schlimm genug, aber immer wieder schuldig zu werden war unerträglich. Die ganze vertraute Latte der Selbstbeschimpfung brach los und machte die Schimanski hellwach. Spät erst, nachdem sie eine Schlaftabletten genommen hatte, fand sie noch einige Stunden ruhigen Schlaf.

Ich muss das verhindern! Ich muss ihn bewachen! Eine andere Möglichkeit sehe ich nicht. Ich muss ihm folgen, ihn beschatten, so heißt das ja wohl im Kriminaljargon, dachte die Schimanski, noch bevor sie im Morgengrauen richtig zu sich gekommen war: Und wenn sich dann etwas anbahnt, kann ich Hilfe holen. Ja. Das werde ich tun. Egal wie anstrengend das für mich wird!

Das Entsetzen darüber, was sie sich in der folgenden Zeit würde zumuten müssen, riss der Frau den letzten Schlaf aus den Augen. Hellwach saß sie im Bett und dachte an ihren schweren Körper und ihre kranken Füße.

Erst der nächste Gedanke brachte eine gewisse Erleichterung: Den Tag über wird ja nichts passieren. Da arbeitet der Junge ja! Den Tag über habe ich frei. Morgens kann ich ausschlafen.

Das Wort ausschlafen übte eine magische Wirkung aus. Sachte ließ sich die Schimanski wieder in die Kissen fallen. Ausschlafen! Ja!

Sie zögerte das Erwachen so lange hinaus, wie es ging, um dem Tag nicht begegnen zu müssen. Erst am späten Vormittag öffnete sie die verklebten Augen. Ihr langes dunkles Haar lag wie ein zerzauster Strahlenkranz auf dem Kopfkissen.

Sie hatte sich herumgewälzt und schwer geschwitzt, weil dieser schreckliche Traum immer wieder und wieder kam.

Der Dornenwald, die Mutter, das Blut. Alles an der verschlafenen Frau roch nach saurem, lange abgelagertem Schweiß. Wann hatte sie das letzte Mal die Bettwäsche gewechselt? Das war Monate her. Die Schimanski scheute alltägliche Pflichten, weil sie ihr so profan und durch die nötige ständige Wiederholung so sinnlos erschienen. Mühselig stand sie auf, mühselig schleppte sie sich durch die Wohnung, mühselig fischte sie in ihrem Chaos nach einer sauberen Tasse und kochte sich einen starken Kaffee.

Dann hockte sie in ihrer verschlampten Küche, schlürfte den heißen Kaffee und starrte ratlos aus dem trüben Fenster.

Wie sollte sie vorgehen? Wann musste sie auf ihrem Posten sein? Sollte sie vor der Schlosserwerkstatt auf Stefan warten, aber sie hatte ja keine Ahnung wo die war. Werner fragen? Zu riskant. Er würde sie ausfragen. Wo Stefan wohnte, wusste die Schimanski. Dort würde sie warten. In einem Hauseingang verborgen. So ab sechse. Bis dahin hatte sie also frei und konnte beruhigt das tun, was sie immer tat.

Sie versuchte nicht weiter zu denken. Überall wohin sie denken konnte, schien Unheil. Auch Anstrengung war Unheil für die Schimanski, jedenfalls so lange sie in diesem halbwachen Zustand war. Trübe alles. Gegen Mittag war sie dann endlich so weit, dass sie eine Art Katzenwäsche an sich vollziehen konnte. Sie hatte ein Badezimmer mit Badewanne. Aber die Wanne konnte sie nicht benutzen, weil sie dort ihr schmutziges Geschirr lagerte. Halb voll war die Wanne mit Tellern, Schüsseln, Töpfen und etlichem Besteck. Jeden Tag versuchte sie, sich zu überreden, wenigstens das Geschirr abzuduschen, wenn schon nicht sich selbst. Jeden Tag ließ sie es sein. Mit der Begründung, dass es Wichtigeres zu tun gab. Die Schimanski bürstete ihr langes dunkles Haar und steckt es mit einer Spange hoch. Dann schleppte sie sich nackt durch die Wohnung, um unter den überall auf dem Boden liegenden Hosen, Pullovern und Jacken diejenigen herauszufischen, die noch einigermaßen passabel aussahen. Das wurde eine von Tag zu Tag schwierigere Aufgabe. Ein Stück altes Brot, einen schon leicht schrumpeligen Apfel aß sie versonnen. Dann leerte sie die Taschen von gestern.

Die Zweiraumwohnung der Schimanski war überflutet mit ihren Fundsachen. Überall lagen die Zettel herum. Irgendwann würde sie das ordnen und alles richtig aufschreiben und für jedes Ding eine Geschichte erfinden. Bloß wann, war die Frage. Sie schaffte es einfach nicht, lange genug in der Wohnung zu bleiben. Es war so still und dumpfig hier. Und wo sollte sie auch schreiben?

Ja, sie hatte einen kleinen Schreibtisch, treuer Begleiter aus Studienzeiten, aber der war hoffnungslos überlagert von Zeug aller Couleur. Bis hin zu kaputten Strümpfen. Grauenvoll war das alles. Einfach grauenvoll.

Nein, sie musste raus. Draußen ging es ihr besser. Zwar waren da alle die Ungereimtheiten, aber immerhin auch Menschen, mit denen man reden konnte. Reden war es für die Schimanski überhaupt. Sie redete hastig und eindringlich, als wolle sie einen Schutzwall vor sich her reden, hinter dem sie sich verstecken konnte, damit niemand an sie heran käme. Überall blieb die Schimanski stehen und schwatzte. Über das Wetter, über Politik, über die Umweltverschmutzung, über die verlorene Jugend der Jugend, über die Menschen im Allgemeinen und Besonderen, wobei sie ganz großartige Gedankenschleifen zog, bis in die frühe Vergangenheit hinein, sehr anstrengend ihr hier noch zu folgen.

Und dann natürlich ihre uferlosen Erklärungen darüber, wie man leben müsste. Wie es richtig wäre. Und da konnte man von der völlig lebensuntüchtigen Schimanski allerhand erfahren.

Die von ihr ausgewählten Gesprächsopfer hörten ihr eine Weile zu, amüsiert, verwundert, auch teilweise mit einem gewissen Interesse, dann versuchten sie, zu entfliehen.

Aber wenn sie Pech hatten, konnte es durchaus passieren, dass sie mitkam, auch schon mal bis an die Haustür. Der Schimanski war es ja egal, wohin sie ging. Sie hatte kein Ziel. Sie war auf der Flucht. Wovor war ihr einigermaßen deutlich. Vor dem Moment. Wohin, wusste sie nicht. War auch egal. Wohin konnte man schon vor sich selbst entfliehen, wenn man ein Leben lang in sich drin steckte? Und alles, aber auch alles überall hin mitnahm? Flüchten in den Tod? Nein, das kam nicht in Frage. Erst musste sie noch das Buch schreiben. Ihr „Sachbuch". Man musste doch etwas erreicht haben, bevor man ging. Man musste etwas hinterlassen. Etwas möglichst Überraschendes, etwas möglichst Außerordentliches. Ja! Und sie nährte die Hoffnung, es noch zu schaffen. So lange bis das geschehen war, wollte die Schimanski diese Welt da draußen noch aushalten. Diese Welt da draußen, so sagte sie immer. Die Welt da draußen, in der sie verpflichtet war, durchzuhalten und letztlich auch zu sterben.

Sie machte sich auf durch den Park, die Straßen hinunter Richtung Zentrum, wobei sie immer in die Grünanlagen abbog. Grünanlagen schienen die Leute sehr zu ermutigen, ihren Kram wegzuwerfen, oder zu vergessen. Sie fand einen alten Milchtopf, ein Nagelnecessaire, einen recht hübschen Damenschlüpfer, ein Paar Kindergummistiefelchen, ein kleines silbernes Tablett, ein verbogenes Brillengestell, einen verrosteten Rollschuh, einen roten Buddeleimer, ein Schminktäschchen mit Lippenstift und Puder, einen wunderschönen, fast unzerstörten alten Kinderkochherd aus dickem, festem Metall, Friedensware - mein Gott, so was werfen die Leute weg, unglaublich - und auf einer Parkbank vergessen ein Buch.

Einen Krimi. Paperback. Na so was! War er langweilig? Oder ausgelesen? War es eine junge Frau, die lesend die Wartezeit auf ihren Freund verkürzte, der kam, sie küsste ihn, vergessen war das Buch?

Ein wenig erschöpft nahm die Schimanski auf der Bank neben dem Buch Platz. Leicht schnaufend wischte sie sich mit dem Taschentuch über die schwitzige Stirn, und begann in dem Buch zu lesen. Schwierig, weil einige der Seiten durch die Feuchtigkeit unerbittlich zusammenklebten. Auch egal. Schlechte Sprache. Schlechte, unfürsorglich zusammengestellte Sätze konnte die Schimanski nicht ertragen. Ihr wurde übel davon. Das Buch landete in einer Plastiktüte und dann in der großen Tasche.

Schon senkte sich ein frühlingshafter Nachmittag dem Abend zu. Sie musste los. Sie musste auf ihren Posten. Vorher noch kurz irgendwo etwas essen, oder wenigstens eine zweite Tasse Kaffee trinken.

Vorzugsweise speiste die Alte bei McDonalds. Holte sich einen Burger, Pommes, eine Cola, einen Kaffee Latte, setzte sich in die Raucherabteilung und kaute und schlürfte und beobachtete die Leute.

Rauchte!

Manchmal kehrte sie in einem Fleischerladen ein und holte sich eine Wurstbrühe. Nur selten reichte ihr Geld für den Italiener, dabei aß sie Nudeln für ihr Leben gerne.

Gut, manchmal kehrte sie auch nach Hause zurück und kochte sich die Nudeln selber. Kochen konnte die Schimanski. Aber wegen des akuten Mangels an sauberem Geschirr waren diese Manchmals in letzter Zeit sehr selten geworden.

Heute hielt sie an einer Tankstelle, Imbiss mit Tomaten-Mozzarella-Brötchen und frisch gebrühtem Kaffee. Sie musste sich beeilen. Es blieb ihr nicht einmal mehr Zeit, die Tasche nach Hause zu tragen. Aber die war heute nicht so schwer. Den schönen Kinderkochherd trug sie in der Hand, damit er in der Tasche nicht zerkratzt würde.

Übel wurde ihr bei dem Vorgefühl auf die Anstrengung, die ihrem dicken Körper und ihren schon jetzt schmerzenden Füßen möglicherweise bevorstand. Aber vielleicht hatte sie ja Glück. Vielleicht blieb der junge Mensch heute Abend mal zu Hause. Oder er ging zu Werner. Das wäre sehr erstrebenswert.

Leider hatte die Schimanski kein Glück. Leider für sie und für Stefan leider auch: Er ging aus.

Geschlagene zwei Stunden stand die Schimanski im Stefans Haus gegenüberliegenden Hauseingang. Sie überlegte gerade, ob sie die Beobachtung für diesen Abend abstellen konnte, als das Licht hinter Stefans Fenster erlosch, und er kurz danach aus dem Haus trat.

Sie hastete dem eiligen jungen Mann nach, immer auf der Hut, dass in der Tasche nichts klapperte, damit das Geräusch sie nicht verriet.

Mann, geht der schnell, schnaufte es in Schimanskis Hirn. Lange halte ich das nicht durch.

Musste sie auch nicht. Nach knapp zehn Minuten verschwand Stefan in einer Seitenstraße in einem Hauseingang. Die Schimanski konnte ausschnaufen und ihre stechenden Seiten beruhigen.

Er blieb nicht lange. Nach etwa einer halben Stunde,

kam er aus dem Haus. Im dritten Stock öffnete sich ein Fenster und eine näselnde Frauenstimme rief: „Pass auf dich auf, Stefan!"

„Ja, is ja gut, Mutter!"

Stefan sah sich kurz um und schlenderte nun langsamer weiter.

Er ging durch den Park am See. Ab und zu blieb er stehen. Jedes Mal stand der Schimanski fast das Herz still, aber Stefan drehte sich nicht um. Auch war es jetzt dunkel geworden. Nur an den Laternen im Park, die ihr gelbliches Licht auf das Grün streuten, musste sie etwas mehr aufpassen.

Die Schimanski sprang hinter einen Baum.

Stefan stand jetzt still unter einer Laterne neben einer Parkbank, verharrte eine Weile, schlug dann kräftig auf die Bank und rief laut in das Dunkel hinein: „Eins, zwei, drei, ich komme!"

Er wartete geduldig, den Blick genau auf den Baum gerichtet, hinter dem die Schimanski Zuflucht gesucht hatte. Sie konnte ja nicht wissen, dass ihre Tasche, hinter dem Baum hervorlugte.

„Anschlag Schimanski!", rief Stefan nach einer Weile und schlug wieder auf die Bank: „Kannst rauskommen, Schimanski, Du bist enttarnt!"

Fast schuldbewusst schob sich die Schimanski hinter dem Baum hervor und ging unsicheren Schrittes auf Stefan zu.

„Watt los, Schimanski?" Stefans Ton hatte durchaus etwas Ärgerliches, jetzt: „Haste ne feuchte Wohnung, oder habe ich Zucker an die Hacken, oder warum schleichst Du mir nach?"

Langsam näherte sich die Schimanski, versuchte das Schnaufen abzustellen und stotterte: „Ist nichts weiter, Stefan, ich will Dir nur helfen!"

„Watt?!" Kugelrund wurden Stefans Augen und kugelrund schoss das Wort aus seinem Mund: „Wobei willst Du mir denn helfen, Schimanski? Denkste ich find den Weg nicht alleine? Oder watt!"

Stossweise kamen die Sätze aus dem Mund der atemlosen Frau: „Nein, Stefan! Es ist wegen dem Nazi! Dass er Dir nichts tun kann! Ich will Dich doch nur beschützen!"

Stefan starrte sie einen Moment verblüfft an. Dann schoss ein höllisches Gelächter aus ihm heraus, erhob sich nicht enden wollend über die Bäume des Parks in den Nachthimmel hinein: „Watt? Du willst mich beschützen? Wie soll denn det gehen? Schimanski? So alt und so fett und so blöd wie Du bist, Mutter, ich fasse es ja nicht! Beschützen will mich die alte Schachtel! Biste jetzt endgültig durchgeknallt oder watt?"

Und er lachte und lachte und lachte. So zynisch, so böse, so tief beleidigend, dass der Schimanski für einen Moment der Atem stockte.

Das unverschämte Urteil über ihre Person schlängelte sich durch das Ohr direkt in die Hypophyse, die sich müde von des Tages Lauf im knöchernen Sattelgeflecht der Sella turcica nichts Böses ahnend vor sich hin räkelte. Die Kommandozentrale der Schimanski zerrte sich schlagartig aus dem Dämmerzustand und ging an die Arbeit. Die Synapsen erregten sich und schütteten ihre Transmitter in alle

Nervenbahnen des Körpers. Auf ihren Befehl pumpten die Nieren eine Unmenge Adrenalin in die Venen des fetten Körpers, alle Organe der alten Frau standen mit einem Ruck senkrecht, die Galle spie Gift, das Adrenalin kochte hoch, die Leber stieß Blut in den Kopf. Die ganze Person straffte sich, reckte sich auf die Zehenspitzen, riss den Arm hoch und schlug, besinnungslos vor Schmerz und Enttäuschung, den schweren Kinderkocher rechts und links um Stefans Dickschädel.

„Du überhebliches Arschloch! Dann sieh doch zu!", schrie sie dabei, schleuderte den schönen Kinderherd weit weg ins Gebüsch, wandte sich brüsk ab und trabte durch den Park davon.

Na, jetzt ist Dir das Lachen vergangen, Du überhebliches Luder!, dachte sie im Davoneilen.

Hinter ihr war es still geworden. Die Schimanski hörte nichts mehr. Nur noch das müde Schlurfen ihrer Schritte auf dem Schotter des Parkweges.

Leichte Schläge auf den Hinterkopf erhöhen das Denkvermögen, heißt es im Volksmund. Und genau das hatte sich aufs Feinste erfüllt. Nur, dass in diesem Falle nicht das Denkvermögen des auf den Kopf Geschlagenwordenen, sondern das Denkvermögen des auf den Kopf Geschlagenhabenden erhöht wurde.

Die Schimanski erwachte leichten Herzens. Leichtmütig. Der Schlag mit dem Kinderkochherd hatte schlagartig Klärung in ihr Dasein gebracht. Mit diesem Schlag war sie hinter dem Schrank hervorgekommen und stand im hellen Licht der Tat. Sie war wahrscheinlich zum ersten Mal in ihrem Leben anwesend. Wirklich da. Noch nie, so weit sie zurückdenken konnte, und die Schimanski konnte weit zurückdenken, hatte sie so einen Anfall von extremer Wut gespürt. Noch nie hatte sie gegen die Demütigungen ihres Lebens zum Schlage ausgeholt, zur Wehr. Das hatte ihr im wahrsten Sinne des Wortes schlagartig klar gemacht, wie sehr man sie gekränkt hatte, wie sehr man den Lauf ihres Lebens bestimmt und verstimmt hatte.

Ja, die Schimanski hatte Zeit ihres Lebens auf einem verstimmten Klavier gespielt, also wurden die Noten nicht gedruckt. Das Leben wurde nicht gelebt. Das war ihr an diesem frühen Morgen klar. Mit einer solchen Deutlichkeit und Reinheit, dass es nicht einmal wehtat.

Die Schimanski lächelte versonnen und räkelte sich genüsslich in ihrem sauer riechenden Bett. Selig wie ein satter Säugling.

Sie war jetzt dreiundsechzig Jahre alt und hatte genau dreiundsechzig Jahre lang hinter dem Schrank gehockt. Und vor dem Schrank hatten reihenweise Leute über ihr Leben bestimmt. Und alles hatte sie hingenommen, alles hinter ihrem Schrank hockend erduldet. Aber damit war es endgültig vorbei. Sie würde das nicht mehr mit sich machen lassen. Sie würde da sein und aufpassen. Auf sich aufpassen. Etwas wie Stolz regte sich in ihr. Die Schimanski kannte dieses Gefühl nicht. Aber sie empfand es als wunderbar erleichternd. Sie hatte sich gewehrt. Sie hatte zum Schlag ausgeholt. Ja, darauf war sie stolz! Nun gut! Sich ausgerechnet an Stefan zu rächen, den sie doch eigentlich ganz in Ordnung fand, war vielleicht etwas absurd. Das gestand die Schimanski sich schon ein. Sie wollte diesem Jungen doch nur helfen, und das Ergebnis war Spott, wenn nicht Verachtung. Und egal, was für ein netter Kerl er war, je angenehmer der Mensch, desto kränkender war das Urteil. Klar, Stefan hatte nur ausgesprochen, was alle über sie dachten: eine fette alte Schachtel, die nicht zählt! Kein Mensch interessierte sich für sie, kein Mensch wollte sie, kein Mensch liebte sie. Wie denn auch? Wozu denn auch?

Und sie wollte an diesem Morgen auch gar nicht geliebt oder gewollt werden. Sie wollte nichts weiter als dieses wunderbare neue Gefühl genießen, einen Stolz zu haben. Diese weiche Erleichterung darüber, so herrlich erleichtert zu sein.

So schwamm die Schimanski zwischen den Stationen ihres sinnlosen Lebens umher. Sie schwamm an ihren Teller werfenden Eltern vorbei, an den dunklen Schatten ihrer einsamen Abende hinter dem Schrank der heimatlichen Küche, an toten Kaninchen aller Art, an verklecksten Kinderhänden, an dem ermahnenden Blick ihres Klassenlehrers, in dessen tiefer Dunkelheit eindeutig die Sucht nach einer Zigarette und der Hass auf Kinder, die ihn davon abhielten, sie zu rauchen, erkennbar war. Das verlogen aufschäumende Lächeln des Psychiaters schwamm an ihr vorbei, das Seufzen der Mutter, ihre eigenen Tränen, ihr erster Kuss, salzig und scheu, die Angst vor der erotischen Berührung, die Angst, ihre Beine zu öffnen, die Angst davor, sich festzulegen. Ihre Auftritte in der Kneipe, ihre Visionen.

Sie musste nur noch ein paar Jährchen so weiter machen. Das würde ihr nicht schwer fallen mit der neuen Leichtigkeit. Vielleicht das Buch. Vielleicht würde das ja doch noch etwas werden. Vielleicht würde sich ja irgendjemand dafür interessieren, wie der einsame Herrenschuh in den Park gekommen war. Oder der Kinderkochherd ins Gebüsch hinter der Bank.

Aber auch das trug nicht mehr das Siegel der Wichtigkeit. Auch das war nur noch vergnüglich zu betrachten.

Die Schimanski rieb die Füße aneinander, nahm die Hände hinter den Kopf und räkelte sich unter dem schweren Federbett.

Hinter den staubigen Fensterscheiben schien die Sonne. Es versprach ein heiterer Tag zu werden. Aber auch das war gleichgültig. Heute würde die Schimanski nicht ausgehen und Verlorenes einsammeln. Heute würde sie den ganzen Tag im Bett bleiben. Morgen konnte sie dann wieder raus gehen, sie würde sammeln und abends bei Werner einen Kaffee trinken. Heute würde sie sich ganz dem Genuss an ihrer Wehrhaftigkeit hingeben. Jawoll, Ilse, du alte fette Schachtel!

So konnte die Schimanski natürlich nicht erfahren, was sie angerichtet hatte, welche Folgen ihre einmalige Gegenwehr für den von ihr beschützten jungen Mann hatte. Zu früh hatte sie den Ort des Geschehens verlassen. Zu früh weggeschaut.

So konnte sie nicht erfahren, dass sich das Schicksal vollzogen hatte, an ihr und an Stefan.

Seine Mutter saß bereits im Dornenwald und schrie. Die Schimanski hatte ganze Arbeit geleistet. Stefan war tot.

Die Leiche hatte immer noch einen verblüfften Ausdruck im Gesicht, als sich ein früher Durchläufer mit der Frage „Ist ihnen nicht gut?" über sie beugte. Kein Laut mehr. Kein Hauch mehr. Nur diese Frage war noch da.

Was war das denn? Was war denn auf einmal in die Schimanski gefahren? Die Antwort hatte Stefan mit hinüber nehmen müssen.

Sie war tatsächlich den ganzen Tag in ihrem Bett geblieben. Ein wenig schlummernd. Ein wenig durch die verstaubten Scheiben in die Sonne blinzelnd. Ein wenig lesend und wieder einschlafend. Blinzeln, aufwachen, lesen, einschlafen, blinzeln. Dann hat sie sich einen Schokoladenpudding kochen wollen, aber keinen sauberen Topf gefunden. Die Gier auf Süßes besiegte die Faulheit. Die Schimanski wusch ab. Wusch sogar mehr ab, als unbedingt nötig war. Ein paar Teller, Tassen, sogar zwei Töpfe. Gar nicht so schlimm, dachte sie. Wenn man es immer gleich täte, das Abwaschen, würde sich gar nicht so viel ansammeln ... Die Aktion des Abwaschens hatte dazu geführt, dass dieser Tag im Bewusstsein der

Frau als tätiger Tag gespeichert wurde, als Tag, an dem etwas passiert war. Etwas anderes als sonst, etwas Besonderes.
Wie treffend, Schimanski!

Wie hatte diese Frau so lange überleben können. Wie hatte sie sich und die Welt da draußen so lange ertragen können? Im zarten Alter von sieben Jahren schon war sie unter psychiatrische Kontrolle geraten. Die Mutter wollte unbedingt wissen, warum ihre Tochter nicht mehr sprechen wollte, warum sie überhaupt so anders war, so anders empfand, woher diese merkwürdige und abschreckende Seherei kam. So wurde das gerade erwachende Wesen einer solchen Vielzahl von Tests unterzogen, die den Lebensmut unter sich begruben. Zerschlagen jede Art von Stolz und Selbstachtung. In mehrfachen langwierigen Untersuchungen und Tests, auch längeren Aufenthalten in diversen Kliniken, hatten die Doktoren versucht, ihre spezielle Krankheit herauszufinden. Sie sind nie wirklich fündig geworden. Die Krankheit sprang zwischen den verschiedenen möglichen Diagnosen hin und her. Man versuchte es mit verschiedenen Behandlungen, mit verschiedenen Medikamenten. Das Mädchen ertrug, bäumte sich auf, versuchte zu entfliehen, sich zu entziehen. Monatelang still und zurückgezogen, dann wieder ungebärdig laut und frech. Alles in wildem Wechsel. Ich bin nicht krank, ich bin nur anders, weil ich nicht da bin. Solche und andere Sätze, machten selbst die versiertesten Ärzte verhältnismäßig ratlos.

Schließlich waren es die Dämpfungstabletten, die am erfolgreichsten waren. Man müsste nur die hyperenergetische Gehirntätigkeit stoppen, meinte ein Arzt, dann würde sich alles einrichten. Das Mädchen mochte diese Tabletten, die sie in einen Dämmerzustand versetzten. Die Angst war nicht mehr da, das Aufbäumen hörte auf, und sie sah die Schatten nicht mehr, weil jetzt alles im Schatten lag. Ein Leben im Dämmerzustand. Ja, ein paar schöne Stunden waren schon dabei. Da waren schon mal ein Spaß und ein Lachen. Das Mädchen beendete die Schule mit ungewöhnlich gutem Ergebnis. Sie war ja nicht dumm, sie verstand nur nicht. Sie wusste viel, vielleicht zu viel. Aber sie verstand nicht. Sie verstand nicht, was eigentlich los war, worum es eigentlich ging. Das, was sie in ihrem inneren Bilderkreis sah, und das was außerhalb von ihr geschah, stimmte fast nie überein. Das war ihr Problem. Sie durfte auf die Universität, studierte Geschichte und Philosophie. Die Vergangenheit war ihr allemal lieber, als jedwede Gegenwart. Das Studium brachte ihr eine gewisse Freude, aber mehr zu Hause über den Büchern hockend, im Lichtkreis einer hellen Lampe und vor allen Dingen allein. Weniger in der Uni. Die anderen Studenten waren ihr unangenehm. Sie meinte, deren Ablehnung zu spüren. Ihr Eindruck stimmte. Man mochte sie nicht. Wer mag schon Menschen mit einem starren, forschenden Blick? Wer so krampfhaft versucht durchzusehen, dem wachsen die Augen. Schon die Eltern fühlten sich merkwürdig befremdet von diesem starren

Blick. Das Mädchen betrachtete die Menschen, als würde sie in ihren Gesichtern einen Pickel suchen, den sie ausdrücken konnte. Das machte sie allen Leuten fremd. Wer mag schon Menschen, die nicht eindeutig zu erkennen waren? Menschen, die man nicht einordnen konnte? Auf die man sich nicht wirklich verlassen konnte? Die man nicht beim Wort nehmen konnte. Das Mädchen war mal so, mal so! Mal machte sie begeistert Vorschläge, mal ließ sie alles schleifen. Mal war sie hilfreich, mal kalt und abweisend. Eine Spielerin im Testlauf. In diese Zeit fiel auch der erste und einmalige Versuch, sich zu verlieben. Aber die junge Ilse konnte sich nicht vorstellen, dass sie liebenswertes Interesse verdient hatte. Und die Stelle zwischen ihren Beinen ging schon überhaupt niemand etwas an. Ilse kniff die Beine zusammen. Sie verkniff sich. Sie verkniff sich das Leben. Zunehmend ging den Kommilitonen ihr vieles Reden auf die Nerven, ihre Besserwisserei. Und sie war zu langsam. Und oft krank. Sie verschloss sich beharrlich den Forderungen an sie und gab schließlich einfach auf. Ihre damals schon sehr alte Mutter besorgte ihr eine Arbeit in einem Zeitungsarchiv. Das war eine einfache Arbeit. Arbeit im Dunkel. Nach dem endlich erfolgten Tod ihrer Mutter trauerte das Mädchen dann doch eine Weile. Sie hatte ja sonst keinen Menschen mehr auf der Welt, der ein Interesse an ihr hatte. Der Vater war schon lange tot, Freunde waren keine da, die kurze, verschämte Liebesaffäre hatte weder Zukunft noch Nachfolge. Sie war allein. Mutterseelenallein. War ihr die Mutter auch immer fremd und zänkisch erschienen, so war sie doch die einzige Person, die sich Gedanken um sie machte und sich sorgte. Aus Angst um das Leben, das sie in die Welt gesetzt hatte. Irgendwann konnte ihr Ilse vergeben. Sie konnte nachfühlen, dass ihr die Mutter doch eine Art Liebe gegeben hatte, so gut sie es eben vermochte. Mit der Mutter verschwand allerdings auch jeder Anlass, anders zu sein, als sie sein wollte, oder als sie dachte, sein zu wollen. Das konnte kein gutes Ende nehmen. Die Kollegen kamen zunehmend weniger mit ihr klar. Sie redete zu viel, sie war zu langsam. Sie ging auf die Nerven. Ihre Arbeit machte sie ungenügend, weil ihr das Interesse fehlte, weil sie überhaupt zu oft fehlte, da sie auf Grund der Psychopharmaka eine Antriebsschwäche hatte, die sie oft tagelang im Bett hielt. Schließlich legte man ihr nahe, sich eine andere Arbeit zu suchen. Ihr mitfühlender Arzt erwirkte, dass sie auf Grund ihrer psychischen Störungen invalid geschrieben wurde. Sie kam unter eine soziale Betreuung, wurde aus der großen Wohnung ihrer Eltern, die mit der kleinen Rente nicht mehr bezahlbar war, in diese Zweizimmerwohnung gestopft. Ab und zu kam ein Betreuer und kümmerte sich um ihre offiziellen Angelegenheiten und um ihre Kontoführung. Ansonsten war sie sich allein überlassen.

Die Schimanski war sich nicht im Klaren darüber, um welchen Tag der Woche es sich handelte. Aber so leer wie die Kneipe war, musste es ein Mittwoch sein. Nur wenige Gäste waren da. Ein typischer Mittwoch. Die Elbkrauts hockten auf ihrem Stammplatz. Die sommersprossige Pixel tuschelte mit der kleinen Oma in einer Ecke. Der blöde Weck stand bei Werner an der Theke und versuchte, ihm seine Sicht auf die Welt zu erklären.

Werner hörte eindeutig nicht zu. Werner war eindeutig besoffen: Ach Gott, lallte es in seinem Hirn beim Anblick der dicken Frau, die hat mir noch gefehlt heute Abend!

Und der dumme Weck sagte: „Heute so ganz ohne Taschen?"

„Ja, stimmt ja, ganz ohne Taschen", lallte Werner trunken dazwischen. „Biste krank, Schimanski?"

„Ja, Werner, natürlich bin ich krank. Solange ich denken kann, bin ich krank! Krieg ich ein Glas Wasser, oder bist du schon zu besoffen dafür?"

Zu Schimanskis Entsetzen, hockte sich Weck neben sie und tuschelte ihr mit schwülem Atem die Neuigkeiten ins Ohr: Dass sie man nicht so strenge mit Werner sein sollte, der sei nämlich ganz schön erschüttert, weil man den Stefan, sie kenne ihn doch auch, den korpulenten jungen Mann, den sie noch so mannbar gegen den Nazi verteidigt hätte, ja der Stefan sei gestern morgen tot im Park gefunden worden. Und sie wisse doch sicher, dass der Werner ein Herz für Stefan gehabt hätte und er sich also ein wenig betrunken habe, das sei doch nur sehr verständlich und man müsse doch ein Verständnis dafür aufbringen.

Die Worte und Sätze krochen wie dicke Maden in

Schimanskis Ohr und blähten sich dort auf wie Weizenkleie im Darm, so dass sie meinte, ihr Schädel würde zerspringen. Platzen. Platz da!

Sie schrie auf: „Was reden Sie denn da für einen Unsinn, Weck! Was heißt hier tot im Park! Können Sie denn nicht einmal in ihrem Leben einen vernünftigen Satz sagen? Einen Satz mit dem ein Mensch etwas anfangen kann?"

Sie sprang auf! Mit großen wilden Schritten durchquerte sie die Kneipe von rechts nach links, von links nach rechts, wild wirbelte die ewige Stola an den Armen herum und traf die Elbkraut am Auge.

„Hey, passen Sie mal auf, ja, Sie hätten mir ja jetzt fast das Auge ausgerissen, das ist hier keine Rennbahn!", schrie die blecherne Elbkraut.

Einen Moment blieb die Schimanski stehen. Leicht nach vorne übergebeugt, starrte sie der Elbkraut ins verwaschene Trinkerauge: „Halten Sie sich da raus, Sie Zicke, Sie. Sonst passiert Ihnen gleich was, womit sie nicht gerechnet haben. Ich hab nichts mehr zu verlieren!"

Oh, Schreck, was war denn bloß mit der Schimanski passiert?

Die Elbkraut stülpte ihre Lippen nach vorne. Was sollte schon groß sein, endgültig durchgeknallt, dachte die Elbkraut. War aber still, weil, geschlagen werden wollte sie nicht.

Interessant, dass Werner sich nicht einmischte. Ans Regal gelehnt, den Krummen Hund zwischen den Lippen mümmelnd, die Arme vor der Brust verschränkt, betrachtete er das Theater, als wäre es weit entfernt. Von ihm zu weit entfernt. In einem anderen Jahrhundert.

Die Schimanski rannte und schrie: „Sie Penner, Sie! Klugscheißer! Sie haben doch keine Ahnung. Tot im Park, was soll das heißen! Woher wollen Sie das wissen? Was verstehen Sie überhaupt davon? Halten Sie sich aus meinem Leben raus, Weck!!"

Alle ihre Verzweiflung schrie sie dem armen Weck hinter die Binde.

So plötzlich wie der Anfall begonnen hatte, war er dann auch wieder zuende. Unvermittelt. Es gab keine Verbindung zwischen dem Aufschrei und der plötzlichen Erstarrung.

Die Schimanski stand eine Weile starr und starrte vor sich hin. Dann setzte sie sich langsam, bedächtig an den Tisch, an dem sie immer saß, schon jahrelang, auf den Stuhl, auf dem sie immer saß, schon jahrelang. Es war ihr jetzt sehr beruhigend zu wissen, dass etwas so war wie immer. Still saß sie da und bleich. Tränen liefen ihr aus den Augen.

Sieben Menschen, die nicht mehr wussten, was für ein Stück gespielt wurde. Die nicht verstanden, was los war. Die Elbkrauts verstanden nichts, weil sie selten etwas verstanden, was nicht direkt vor ihrem Zaun stattfand. Der Weck verstand nicht, weil er diese Art Menschen nicht verstand. Er war ja doch mehr das Intellektuelle gewöhnt. Pixel und die Oma verstanden nichts, weil ihnen das Mitleid mit der dicken Frau das Gehirn verschloss. Werner verstand nicht, weil er so besoffen war, und die Schimanski verstand nicht, weil sie nicht verstehen wollte.

Eine sehr lange Weile passierte nichts. Stille. Nichts als verständnislose Stille.

Nur das leise Hecheln des Elbkrautschen Hundes war zu hören.

Irgendwann trennte sich Werner von dem Regal in seinem Rücken: „Hab gar nicht gewusst, dass Sie den Jungen auch mochten, Schimanski", murmelte er, griff mit fast erstorbener Hand ein paar Gläser, mit der anderen eine Flasche eiskalten Korn, trottete leicht schwankend an den Tisch der Schimanski, nahm neben ihr Platz und schenkte die Gläser voll: „Los Schimanski, trink!"

Und: „Kommt alle her, wir trinken auf Stefan! Prost Stefan!"

Und Werner trank. Und Weck trank. Die Oma und Pixel gesellten sich dazu, hoben ihre Gläser und tranken. Und die Schimanski trank auch. Ja, die Schimanski trank. Die Elbkrauts fühlten sich ausgeschlossen und nagten daran herum. Wagten sich aber nicht, den großen Haufen trauriger Stille, der da vor ihnen aufwuchs, zu stören und verschwanden fast unbemerkt. „Lass man, Werner, wir zahlen morgen!"

Die fünf Menschen saßen lange. Wie lange? Lange genug, um fast zwei Flaschen Nordhäuser Doppelkorn auszutrinken und einige Biere dazu. Tranken lange genug, um Werner einschlafen zu helfen.

Ein Skelett schlich herein. Lang und dünn, aber galant. Es grinste. Es hockte sich der schlafenden Frau auf die Brust mit spitzen Knien. Legte ihr die knochigen Hände um den Hals und würgte sie. Heftig, immer heftiger werdend, den Kopf der Frau hoch und nieder schlagend. Das knochige Maul des Monsters schien zu grinsen, ja, laut zu lachen, die riesigen Augenhöhlen füllten sich immer mehr mit jeder Menge Leben. Die Frau strampelte, wehrte sich, bekam keine Luft mehr. Schrie.

Die Schimanski erwachte von ihrem eigenen Schrei. Ihr Herz zitterte und bebte in der Brust. Nur sehr allmählich begriff die Schimanski, dass da gar kein Skelett war, dass da nur der Traum war. Und die Schimanski begriff, dass sie nie im Leben hätte trinken dürfen. Nicht nur wegen der schwächenden Übelkeit, nicht nur wegen der wahnsinnigen Kopfschmerzen, sondern weil sie sich an absolut gar nichts mehr erinnern konnte, nach Werners erstem „Prosit Stefan!" Der ganze Abend war in einem großen Sack Dunkelheit verschwunden. Nur ein Gefühl, dass etwas nicht in Ordnung war, so ähnlich wie ein sehr heftiges schlechtes Gewissen, war der alten Frau geblieben und bescherte ihr einen schweren Schweißausbruch nach dem anderen. Sie wollte gegen sich protestieren, aufspringen, den Abend zurückholen, alles wieder in Ordnung bringen, aber nichts ging mehr. Die Übelkeit, der Kopfschmerz, das schlechte Gewissen fesselten sie ans Bett. Nicht einmal den kleinsten Zeh konnte sie mehr bewegen. Gulliver bei den Zwergen. Die Schimanski dünstete aus. Sie versuchte in die Dunkelheit zu starren und irgendwo ein Fünkchen zu erspähen, das ihr Klarheit brächte: Hatte sie irgendetwas erzählt? Hatte sie sich verraten? Etwa? Um Gotteswillen! Nach und nach gelang es ihr, einige Bilderfetzen zu sehen. Sie sah die Elbkrauts verschwinden, hörte das: „Lass man Werner, wir zahlen morgen!"

Sie erinnerte sich daran, dass ihr andauernd die Haare ins Gesicht fielen, dass sie die ständig zurückstreifen und die Spange neu setzen musste.

Sie fühlte die leichte Hand der Oma auf ihrem Arm und hörte sie sagen: „Sie sollten sich ein Gummi um die Haare machen, bevor Sie die Spange aufsetzen, Sie hätten einen ruhigeren Abend, können Sie mir glauben, ich kenn mich da aus, ich war mal Friseuse, und auch in feine Salons! Denk mal nicht."

Irgendwann musste sie auf dem Klo gewesen sein, sie musste auch erbärmlich gekotzt haben – ihre Augen starrten in die Kloschüssel. Sie sah Wecks Augen und seinen scheinbar tröstlichen, schleimigen Blick. Dieser Blick, die Erinnerung daran machte sie rasend. Warum glotzte der Typ so gönnerhaft, so beschwichtigend, so überlegen? Was habe ich dem erzählt, verdammt noch mal? Sonst ließ sich nichts finden. Kein Fünkchen. Nichts. Nur Dunkelheit. Und erst recht keine schnellen, bunten Bilder, ihr etwa andeutend, was in der Zukunft geschehen könnte. So lag sie den ganzen Tag. Halb verdämmernd. Angenagelt von Übelkeit und rasendem Kopfschmerz. Und als es am Abend an ihrer Wohnungstür klingelte und wieder klingelte und heftig klopfte, wusste die Schimanski, dass sie abgeholt würde.

„Ich dachte mir, dass es Ihnen vielleicht nicht gut

geht. Und wollte Sie abholen zu einem Spaziergang an der frischen Luft", sagte der Weck. Der Schimanski war zu mute, als würden ihr alle Zähne gleichzeitig aus dem Mund fallen. Was hatte der vor? Wollte er sie überlisten? Wollte er sie zur Polizei schleppen? Was wusste er? Leblos stand die Schimanski in der geöffneten Wohnungstür vor Weck. Sie versuchte, sich ihn als Gerippe vorzustellen, kam damit aber auch nicht zurande. Eindeutig zu viel Fett.

„Ich weiß, wie das ist, Frau Schimanski, glauben Sie mir. Die Übelkeit, der Kopfschmerz, das schlechte Gewissen. Ich bin ein geübter Trinker. Aber selbst ich ... wir haben viel getrunken gestern. Und Sie trinken ja sonst nie. Kommen Sie schon, die frische Luft und ein wenig Bewegung, so schwer sie auch fällt, das wird Ihnen helfen, wieder klar zu kommen!"

Verzweifelt versuchte die Schimanski hinter Wecks Stirne eine hintere Absicht zu erkennen, aber da war nichts. Tot, alles tot. Nichts zu erkennen, außer Augen und Stirne. Jetzt wo es lebenswichtig für sie gewesen wäre, ausgerechnet jetzt schwieg ihre durchschauende Fähigkeit.

„Sie brauchen vor mir keine Angst zu haben, Frau Schimanski, ich will Ihnen nur helfen. Ziehen sie sich in Ruhe an, ich warte unten vor der Haustür!"

Geht sie mit? Geht sie nicht mit? Geht sie mit? Geht sie nicht mit? Es wäre wohl besser, sie ginge mit. Es wäre wohl nicht gut, ihn zu enttäuschen. Vielleicht wusste er ja nichts, vielleicht hatte sie ja nichts gesagt. Wusste er etwas und schleppte sie zur Polizei, dann nimm eben Deinen Lauf, Schicksal!

Etwa eine Stunde wallten die beiden Dicken durch den Park, vorbei auch an der Bank, der Lampe, vorbei an dem Ort, an dem Stefan den tödlichen Schlag empfing.

Das Herz der Schimanski schlug aus ihrem Hals heraus. Sie taumelte, sie musste sich setzen. Wie konnte das sein?

Zweimal kurz hatte sie dem Jungen den Kinderkochherd um die Ohren geschlagen. Wie um Gottes willen konnte er davon tot sein? Aber vielleicht war sie es ja doch nicht, vielleicht war da noch etwas anderes? Sie war ja weggegangen. Vielleicht ...

„Schauen Sie mal, Schimanski, was ich hier gefunden habe. Wäre das nichts für Sie? Schauen Sie doch mal. Ein Kinderkochherd! Ziemlich schwer, das Teil. Muss Friedensware sein. Wer schmeißt denn so etwas weg, so etwas Schönes. Na, Schimanski, wäre das nichts für Ihre Sammlung?"

„Ich sammle keine Kinderkochherde, Weck! Schmeißen Sie das weg!" Die Schimanski trampelte wütend mit den Füßen.

„Ach, nö", sagte der Weck. „Den nehme ich mal mit. Wer weiß, wozu der noch gut sein kann!"

Treuherzig fast lächelte er der Schimanski ins alte Gesicht.

Kotzen möchte sie. Den Kinderkochherd wollte sie ihm aus den Händen reißen und ihn dem Fiesling um die Ohren schlagen, vielleicht fiel er ja auch um und sie war ihn los. Was um Gotteswillen hatte der vor. Was wollte er von ihr? Wollte er sie erpressen? Wozu? Was hätte er davon? Soll er doch zur Polizei gehen, das Arschloch, das blöde, das dämliche, soll er doch! Entschlossen richtet sich die Schimanski auf: „Sie sollten den Herd zur Polizei tragen, Weck. Vielleicht ist das ja die Mordwaffe! Und Sie sind dabei, alle Spuren zu verwischen! Na, los! Gehen wir zur Polizei!"

Der Weck lächelte dümmlich. „Na, Frau Schimanski, das ist ja wohl nicht ihr Ernst, oder? Der niedliche Herd eine Mordwaffe? Das ist absurd. Nein, nein, das muss etwas anderes gewesen sein. Etwas Schwerwiegenderes."

Vielleicht hatte der Weck ja Recht. Vielleicht war sie es ja nicht.

„Wo hat man ihn denn gefunden, den Jungen?"

Die Stimme der Schimanski war brüchig und klagvoll.

„Na, hier irgendwo im Park. Wo, weiß ich nicht. Ist ja auch irgendwie egal, oder?"

Der Weck schien der Schimanski etwas Lauerndes zu haben.

„Ja, es ist irgendwie egal", sagte die Schimanski im Ernst versunken und trottete weiter, mit dem freundlichen Dicken an ihrer Seite.

Ja, es war irgendwie egal, sagte sich die Schimanski immer wieder in langen schlaflosen Nächten. Sie hatte diese Vision. Der Dornenwald! Die Mutter! Oder? Hatte sie, wie schon öfter passiert, die Bilder falsch eingeordnet? War der Traum eine Warnung?

War es ihr eigenes Schicksal, das sie gesehen hatte? War sie die Frau im Dornenwald? Aber die Frau war doch nicht dick? Eine hagere, ausgezehrte Frau war das doch! Nein, es war die Mutter. Sie glaubte daran. Fest. Sie hatte nie an ihren Gesichten gezweifelt. Sie nicht! Irgendwer hätte Stefan hinüber geholfen. Das war sicher. Nun war sie es. Vielleicht. Das war ja nicht geklärt. Aber was machte das schon für einen Unterschied? Tot war tot! Einmal hatte sie sich gewehrt gegen alle die unverschämten Zweifler. Gegen alle die Demütigungen. Darauf war sie stolz. So oder so. Wenn bloß dieser Schnaps nicht gewesen wäre. Wenn bloß dieser Weck nicht wäre mit seinem scheinheiligen Getue. Was hatte der vor? Was wollte er von ihr?

Irgendwann in den Stunden, in denen die Nacht am Dunkelsten ist, nahm die alte Frau eine Schlaftablette und fiel in einen tiefen, traumlosen Schlaf. Es war der vierte Tag den sie verpasste. Als sie aufwachte, war es schon wieder dunkel. Ein ekelhafter, saurer Geruch stieg ihr in die Nase.

„Ich stinke wie ein totes Meerschwein", dachte die Schimanski und wollte sich schon aus dem Bett wälzen. Dann gab sie den Gedanken auf. Wie sollte man denn baden können mit so viel schmutzigem Geschirr in der Wanne.

Stefans Mutter war so dünn, dass sie die Fußspitze zweimal um die Wade wickeln konnte, wenn sie die Beine übereinander schlug. So saß sie am Küchentisch und rauchte mit zittrigen Händen eine Zigarette nach der anderen. Das dünne blonde Haar stand ihr zerzaust vom Kopf, das Gesicht war kalkweiß, nur die Augen waren rot geweint. Leer geweint.

Die Schimanski stand an der Tür. Weiter war sie nicht hinein gekommen. Die Luft so dick. Voller Rauch und Kummer. Auch der Schimanski brannten die Augen. Was will ich hier, fragte sie sich immer wieder. Eine durchaus dumme Idee, sinnlos wie alles, was in den letzten fünf Tagen passiert war. Wie alles, was in ihrem Leben passiert war. Was wollte sie hier?

Es tat ihr unendlich weh, dass es ausgerechnet Stefan getroffen hatte, und sie musste immer wieder so sehr an seine Mutter denken. An ihr Weinen im Dornenwald.

Sie dachte, sie fände Erleichterung, wenn sie der Mutter beistehen würde. Ihr helfen, irgendeine Form von Wiedergutmachung, wenigstens das. Ihr wenigstens das Beileid auszusprechen!

Aber angesichts dieses maßlosen Schmerzes, kam sich die Schimanski jetzt lächerlich vor.

Was hatte sie sich denn gedacht: „Entschuldigung, ich habe Ihnen Ihren Sohn umgebracht. Verzeihung, vertötet."

Lächerlich. Es gibt Dinge, die unentschuldbar sind. Die einfach so stehen bleiben müssen. Und nichts, aber auch gar nichts gab es daran zu deuteln. Sie hatte Stefan den Kinderkochherd um die Ohren gehauen. Er war tot. Seine Mutter litt.

Schimanski wusste nicht, was sie fühlen, denken, geschweige denn tun sollte. Aber all das konnte die

Schimanski keinesfalls daran hindern zu denken: Was für eine schreckliche Frau. Wie hat der arme Junge das aushalten können? Sie verstand jetzt, warum er so eine Angst vor Schwäche in den Augen trug.

Nicht die Hilflosigkeit der Frau Naujokat war für die Schimanski das Problem. Die Hälfte der Menschheit war hilflos. Sie selbst war ihr Leben lang hilflos gewesen. Nein, das war es nicht. Es war dieses quengelige Darin-Baden, das ihr so widerlich war. Wie die Elbkraut, dachte Schimanski, wie die Elbkraut, die hatte auch so eine Art. Und der Weck im Grunde auch. Der hatte seine Hilflosigkeit nur intellektuell umhäkelt. Sozusagen die Haare darüber gelegt, wie über seine Glatze.

Eiskalt wurde der Schimanski. All ihr Mitleid verflog. Eiskalt stand sie in der Küchentür, starrte in den düsteren Qualm und hörte das Gequengel der armen, unglücklichen Mutter: Sie habe das Elend ja kommen sehen. Mein Gott Stefan, bitte, lass bloß Deine Haare wachsen, habe sie ihm immer gesagt. Das tut nicht gut, habe sie ihm immer gesagt, die schmeißen dich doch mit „denen" in einen Topf.

Ist dann doch wohl „denen" ihre Sache, habe Stefan geantwortet.

Das kann unter Umständen mal sehr schnell Deine Sache werden, habe sie vermutet. Und wie sich jetzt herausgestellt hat, zu Recht.

„Glauben Sie wirklich, es ist wegen der Glatze passiert?", warf die Schimanski ein.

Aber Frau Naujokat wollte nicht hören, sie wollte

reden. Als könnte sie ihren Sohn damit wieder lebendig machen.

„Mutter, bitte!" Wenn er nicht wollte, dass sie weiter auf ihn einredete, kam immer dieses strenge und endgültige: Mutter, bitte! Nein, nie sei sie gegen den Starrsinn ihres Sohnes angekommen. Der hatte ihr gegenüber immer den längeren Atem, immer das letzte Wort. Schon als Kind war er so. Uneinsichtig. Oh, Gott, absichtlich hat er sich mit … wie viel? … vielleicht vier Jahren von ihrer Hand gerissen und ist auf die Straße gerannt, direkt vor ein Auto. Absichtlich! Ihr, der Mutter, hatten die Haare zu Berge gestanden. So ein Bengel! Aber im Grunde war sie auch immer ein wenig stolz, dass ihr Sohn „Charakter" hatte. So tröstete sie sich: Er hatte eben Charakter!

Das wird wohl so gewesen sein, dachte die Schimanski in sich hinein. Deshalb mochte sie ihn wahrscheinlich auch. Und deshalb liebte Werner diesen Jungen.

Viele hatten ja Angst vor ihm, säuselte die Mutter weiter in ewig gleichem Tonfall, weil er so bullig war und dann eben die Glatze. Glatze halten die Leute für gefährlich. Aber er sei ein guter Sohn gewesen. Er habe ihr die Miete für die Wohnung bezahlt. Er hätte ja gut verdient bei dem Schlosser. Aber sicher wären nicht alle Söhne so hilfreich. Nicht jeder würde seiner Mutter helfen. Wie sollte sie jetzt durchkommen, jetzt wo er nicht mehr da war. Jetzt wo er sie allein gelassen hatte. Sie habe eine gute Stelle gehabt, als noch Osten war. Im VEB

Roter Oktober. Der ging zu nach der Wende. Da saß sie auf der Straße. Treppenreinigung hatte sie gemacht, bei verschiedenen Vermietern. Aber ihr Rücken. Alles kaputt. Wie sollte sie durchkommen ohne ihren Sohn. Jetzt. Der Vater hatte ihm gefehlt. Eine starke männliche Hand hätte er gebraucht ...

Die Schimanski hörte nicht mehr auf das uferlose Genäsel der unglücklichen Frau. Ein großes Mitgefühl mit Stefan füllte sie an bis an den Rand. Wie hatte er das ausgehalten, fragte sie sich. Sicher hatte diese Frau ihren Sohn auch so vollgenäselt. Tag für Tag. Dieses Gejammer, dieses Selbstmitleid, dieses Geklage! Der Mutter hätte ich den Kinderherd um die Ohren hauen sollen, nicht dem Sohn.

Die Schimanski wollte weg. Raus hier. Nur raus hier. Ehe sie für die Frau den Gashahn aufdrehte.

Ein kleines Sträußchen hatte sie mitgebracht. Sie wollte ihr die Blumen geben, konnte aber unmöglich jetzt zu dem Tisch gehen. Keinen Schritt in den Raum hinein konnte sie machen. So legte sie die Blumen einfach auf den Boden und verschwand sachte durch die Tür nach draußen. Nach draußen in die Luft, die frische Luft.

Die Frau merkte das gar nicht. Sie näselte weiter, sich im Kreise ihrer Erinnerungen drehend wie ein Hund im Körbchen. Tagelang, wochenlang würde sie so sitzen und rauchen und näseln, bis sie eines Tages erschöpft vom Stuhl fiel.

Tagelang wälzte sich die Schimanski in ihrem sauren Bett und heulte sich die Seele aus dem Leib.

Nicht im Traum hätte sie es für möglich gehalten, dass sie einen Menschen zu Tode bringen würde. Natürlich hatte sie so etwas Grauenvolles nie gewollt. Und noch dazu Stefan, für den sie fast mütterliche Gefühle gehegt hatte.

Immer vorausgesetzt, dass es wirklich der Kinderkochherd war, der das angerichtet hatte.

Nein, es war nicht so, dass die Schimanski kein Gewissen hatte. Wie riesige Schlangen krochen die Gedanken in ihrem Hirn herum und umkreisten immer wieder den einen Punkt: Wie war das möglich?

Stefan hatte sie gekränkt und beleidigt und darüber war sie wütend geworden. Aber erst, zuallererst, ist doch Stefan wütend geworden. Ja, er ist wütend geworden und hat sie beleidigt. Schwer beleidigt.

Warum ist Stefan wütend geworden? Weil sie ihm nachgeschlichen ist.

Warum konnte er deswegen wütend werden? Das ist ja eigentlich kein Anlass. Stimmt. Sie kannte Stefan nicht gut genug, um die Ursache hierfür wirklich aufzutun. Aber nach ihrem Besuch bei der Mutter, konnte sie sich jetzt durchaus vorstellen, dass er schon wütend war, als er dort wegging. Sein „Is ja gut Mutter" hatte durchaus nicht freundlich geklungen. Möglicherweise waren Teile der Sätze, die er ihr ans Ohr geworfen hatte, gar nicht für sie bestimmt. Möglicherweise war das ein Lachen über seine eigene Verzweiflung. Verzweifelt? Worüber? Darüber, dass er zu weich war? Trotz all seiner vorgetäuschten Selbstbestimmtheit hatte er nicht einmal Kraft genug, sich unabhängig von seiner Nabelschnur zu machen. Das Bedürfnis nach Schutz und Geborgenheit in sich zu löschen. Er hing an seiner näselnden, klagenden Mutter. Und er hasste sich dafür.

Beschützen! Ich will Dich beschützen! Das musste für Stefan ein Reizwort sein. Ein rotes Tuch. Vielleicht hatte er ja, so wie sie selbst, immer Schutz und Geborgenheit gesucht und nie gefunden? Er lief durch den Park und wollte sich innerlich grübelnd von seiner Mutter lösen, sie abschütteln. Lass mich verdammt noch mal zu frieden!

Und dann schleicht die dicke Schimanski ihm nach und tappt in die Wunde, behauptet, ihn beschützen zu wollen. Sie hatte helfen wollen. Ja! Ich wollte Dir doch nur helfen! Und warum war sie nun so wütend geworden? Ja, er hatte sie beleidigt.

Aber, mein Gott, das war sie doch gewöhnt. Ihr Leben lang! Nun gut, Stefans Lachen war schon sehr gemein. Aber der tiefere Sinn lag wohl hier bei beiden Beteiligten im Beschützen. Sie hatte helfen wollen, verdammt. Das war so oft nicht vorgekommen in ihrem Leben, dass sie das Bedürfnis, die Notwendigkeit gespürt hatte, jemandem zu helfen, einen anderen Menschen zu beschützen! Ihm das zu geben, was sie selber nie hatte.

Sie musste ja richtig aus ihrem Weg abbiegen, um Stefan zu helfen.

Zwei Stunden im Hausflur, zugig, die schwere Tasche, das eilige Laufen, der Kochherd schnitt in die Hand, die Tasche zerrte. Und dann kriegte sie derartig eins in die Fresse. Sie war abgewehrt worden, in einem Moment, in dem sie zärtlich war, liebevoll, menschenfreundlich.

Ja, war sie das? Na ja, sie hatte diesen dicken Klops irgendwie gemocht. Es war ihr also ganz und gar nicht egal, ob ihm etwas passiert, oder nicht.

Gut, ihr Plan war vielleicht nicht besonders klug, eher kindisch. Aber dennoch. Gerade wenn man sich öffnet, ist man besonders empfindlich. Und in gewisser Weise hatte sie sich geöffnet, durch das Schützenwollen, mehr geöffnet, als sie es sonst tat.

Jetzt schien es ihr, als sei sie da schon hinter dem Schrank hervorgekommen. Nicht erst durch den Schlag.

Aber die Schimanski war noch nicht am Ende. Die Suche ging weiter: Was war die Ursache dafür, dass sie Stefan schützen wollte, dass dieses Reizwort ausgesprochen wurde? Ja, sie dachte, ihm helfen zu müssen, weil sie sich schuldig fühlte, ihn in Gefahr gebracht zu haben. Wodurch? Durch ihren Aufstand in der Kneipe! Wie war es dazu gekommen? Sie hatte dunkle Wolken gesehen. Warum? Weil sie ihre Tabletten nicht genommen hatte. Wenn sie die Tabletten nicht nahm, passierte ihr so etwas, dass sie wieder die Bilder sah, dass sie glaubte, eine Bedeutung zu haben, dass sie glaubte, eingreifen zu müssen. Also wollte sie letzten Endes schon in der Kneipe hilfreich sein? He? Ach, komm! Aufspielen wollte sie sich. Immer wieder diese schrecklich aufwendigen Beweise, doch da sein zu wollen.

Sie hatte die Tabletten nicht genommen, also war sie doch schuldig.

Aber Moment mal, Moment mal! Warum musste sie denn Tabletten nehmen? Weil sie eine vertrackte Gabe hatte, die seit frühester Kindheit die Menschen befremdete. Ihre Eltern, ihre Lehrer, Ärzte, Kameraden. Aber was konnte sie denn dafür, dass sie Schattenbilder lesen konnte? Hatte sie sich das gewünscht? Lächerlich. Aufgezwungen war es ihr. Was hatte sie damit zu tun? Was hatte sie überhaupt mit sich selbst zu tun? Was hatte überhaupt jeder mit sich zu tun?

Die Schimanski begriff in diesen schmerzlichen Tagen, dass selbst die Elbkraut nichts dafür konnte, dass sie die Elbkraut war. Was also warf sie ihr vor?

Es war als zerrisse etwas in der Schimanski. Nein, kein Faden, die Wolkendecke, die ihr Hirn umnebelt hatte.

Sie sah die Schicksale ziehen, durch das Leben ziehen, durch die Welt da draußen, wie die Wolken am Himmel. Die Welt da draußen war nichts weiter als eine weiche, sich selber unklare Masse von Schicksalen, die sich umeinander bewegten, sich berührten, sich aneinander rieben, sich verstrickten, sich wieder voneinander lösten.

Natürlich waren da Zwischenräume, natürlich waren da Schatten. Natürlich war da nichts Klares, nichts Eindeutiges. Das hatte dem Mädchen Angst gemacht. Sie hatte sich versteckt und wollte herausfinden, wo der Sinn dahinter war. Mein Gott, wie absurd. Ausgerechnet sie wollte den Plan dahinter entdecken, die Absicht? War das überhaupt möglich? Konnte überhaupt ein Mensch herausfinden, in was für ein Spiel sie da alle hineingeworfen waren? Von wem? Wozu? Wer war schuld? Gab es überhaupt so etwas wie Schuld? Warum waren gerade Stefans und ihr eigenes Schicksal aufeinander geprallt? Wer weiß, wenn nicht sie ihn, hätte er vielleicht irgendwann seine Mutter erschlagen, und den Rest seines Lebens im Gefängnis verbracht.

Na, das war jetzt albern.

Wer war schuldig in ihrem Fall? Ihr Auftritt in der Kneipe? Ihr Bedürfnis zu helfen? Stefans Hochmut? Seine verletzenden Worte? Sein höhnisches Lachen? Ihre Wut? Der Kinderkochherd? Der Mensch, der ihn weggeworfen hatte? Wie unendlich weit konnte man diese verwickelte Kette zurückverfolgen!

Wozu sich also die Mühe machen, zwischen verschiedenen Betrachtungsweisen zu entscheiden?

Was wusste man schon wirklich? Was wusste sie von Stefan? Sinnlos, das alles. Wer sagte ihr, welche Betrachtungsweise die richtige zu sein hatte? Wurden Betrachtungsweisen nicht überhaupt grundsätzlich nach Gutdünken herangezogen und unter die Menge geworfen, um eigene Absichten zu verfolgen? Welche der verschiedenen Betrachtungsweisen nützt mir am meisten? War das nicht das Ausschlaggebende? Wäre nicht sonst sogar die Betrachtung selbst sinnlos? Vielleicht sogar der Gipfel der Sinnlosigkeit? War nicht schon der Wunsch, objektiv betrachten zu wollen, bereits der Irrsinn an sich?

Wahrscheinlich, so dachte die Schimanski, sitzen alle Menschen irgendwie hinter einem Schrank. Hinter dem Schrank ihres so Gewordenseins.

Die Schimanski lächelte bei dem Gedanken, was passieren würde, wenn alle plötzlich hinter ihren Schränken auftauchen würden. Was für eine Welt würde das dann sein? Friedlicher? Verständnisvoller?

Die Schimanski dachte an die bunten Bilder, die in den Schatten aufgetaucht waren. Das Grundübel ihres nicht gelebten Lebens. Hatte sie sich die Bilder absichtlich in die Schatten gezaubert, um sie mit ihren Wünschen zu beleben? Wollte sie ihre Mutter stürzen sehen? Sie einmal auf dem Boden liegen sehen? Tritt auf den Stein, tritt auf den Stein, fall hin! Und Stefan? Wollte sie töten? Etwas in sich töten? War sie das da im Dornenwald? War das nicht Stefans, sondern ihre eigene Mutter, die da schrie? Ach, Schimanski, du fette alte Schachtel! Lass es! Lass es einfach so sein, wie es ist.

Langsam aber sicher gelang es der unglücklichen Frau, die Verantwortung für ihre schwere Tat von sich selbst wegzudenken. Sie war nicht schuldig an dem was passiert war. Jedenfalls auf keinen Fall alleinig. Sie war lediglich beteiligt an den verschiedenen Molekülen des Schicksals, die sich hier verstrickt hatten. Der Sinn dahinter blieb verborgen, wie alles andere auch. Sie selbst war nur ein kleines Puzzelstück im Spiel. Unbedeutend. Unwichtig. Sie durfte sich entspannen.

Und sie entspannte sich. Sie brauchte keine Tabletten mehr. Die Alpträume hörten auch so auf und diese schreckliche Angst, unter der sie ein Leben lang gelitten hatte, wurde langsam vom Erdboden verschluckt. Wovor auch sollte sie jetzt noch Angst haben? Was konnte man ihr jetzt noch tun? Sie musste doch nur noch abwarten und dann sterben. Das war alles.

„Einfach mit Deinem Leben weitermachen!" Den Satz hatte sie irgendwo gelesen. Und dieser Satz schien ihr am passendsten für ihre Situation. Nicht daran herumnagen, nichts analysieren! Und vor allen Dingen keine Schlussfolgerungen mehr ziehen. Einfach mit deinem Leben weiter machen. Und gut! Jawoll, Ilse!

Diese Erkenntnis kitzelte ihr Gemüt wie eine Feder. Leicht und heiter wurde ihr jenseits des Schmerzes um Stefan zu Mute, der zu einem zuverlässigen, mit der Zeit fast zärtlichen Begleiter ihres Lebens wurde. Einige Male erwog sie, sich der Polizei zu stellen. Ihre Geschichte zu erzählen und die möglichen Folgen zu tragen. Aber gerade jetzt? Endlich hinter dem Schrank hervorgekommen, wieder in ein Versteck? Hinter Gittern abtauchen? Und das würde sie bestimmt müssen, nachdem sie so lange schon geschwiegen hatte. Nein! Sie war jetzt da und wollte unbedingt da bleiben! Sie war jetzt dabei. Im Leben dabei. Eins, zwei, drei, ich komme! Ein ganz ungewohntes Gefühl. Wie eine neue Strickjacke, kratzte vielleicht ein wenig, wärmte aber. Ich sehe was, was Du nicht siehst, schwieg zwar seit ihrem schrecklichen Besäufnis in Werners Kneipe, aber sie war DA! Sie sah nur mehr das, was war, was um sie herum da war und erfühlte das. Die Schimanski war sehr gerührt von diesem neuen Gefühl. Als würde ihr jemand die Hand auf die Schulter legen und tröstliche Worte murmeln: Ist ja gut, Schimanski, nimm hin, was passiert ist, du kannst es nicht mehr ändern, es ist egal, es ist einerlei.

Immer wieder stellte sich dieses federleichte Gefühl des Einverständnisses ein. Des Einverständnisses mit dem was war. Mit dem was kommen würde. Sie musste nichts mehr erwarten, sie musste lediglich abwarten. Ein Befreiungsschlag im wahrsten Sinne des Wortes. Befreit! Was die Wende nicht wirklich vermocht hatte, dem Kinderkochherd war es gelungen. Die Schimanski war befreit.

Zugegeben, sie fand den Platz an dem sie erweckt wurde nicht sonderlich erquicklich. Ihre vermanschte Gestalt, die schrecklich verkeimte Wohnung, ihr mageres Einkommen. Das hätte sie besser hinkriegen sollen. Dreiundsechzigmal Frühling hinter verstaubten Fensterscheiben. Jetzt sah sie durch.

Nun, was sie sah, war nicht so wundervoll, dass man daran hängen musste, dass man es unendlich ausdehnen musste. Irgendwann würden die Parzen ein Erbarmen haben mit der verkackten Seherin und ihr den Lebensfaden durchtrennen.

Sie selbst konnte sich ganz und gar der Sinnlosigkeit des eigenen Daseins hingeben. Ja, der Sinnlosigkeit allen Daseins. So!

Irgendwann begann sie der saure Geruch um sie herum zu stören. Die Schimanski stand auf. Sie hatte das Bedürfnis, nun, da ihr Inneres gereinigt war, auch ihren Körper zu reinigen. Das war ein anstrengendes Unterfangen, aber sie spürte die Kraft, es auf sich zu nehmen. Das Geschirr in der Badewanne abzuspülen, zu trocknen, in der Küche zu stapeln, das Bettzeug abzuziehen, zum Lüften ans Fenster zu legen, aus den übervollen Schränken neue Bettwäsche herauszusuchen, sie fand auch ein frisches Nachthemd, ließ Wasser in die Wanne und legte sich selbst hinein. So weich. So zart. Das Wasser. Sie selbst.

Die ganze Schimanski wurde mit der Zeit weicher und irgendwie zarter. In gewisser Weise geduldiger.

Kein anderer Mensch in ihrer Umgebung war an so etwas Schrecklichem beteiligt wie sie. So konnte die Schimanski nicht mehr anders, als die Menschen mit Milde zu betrachten.

Milde! Das Wort kannte sie bisher gar nicht. Eine gewisse Demut erfüllte sie von Tag zu Tag mehr, eine Mitgefühl mit sich und den anderen Menschen. Das zeigte sich pö a pö auch in ihren Gesichtszügen. Ihre Augen verloren etwas von der forschenden Strenge und ihre Stimme wurde sanfter. Die ganze Person wurde ruhiger, sie redete nicht mehr so viel und so wild, die Händchen blieben liegen.

Auch weil sie sich nicht mehr dauernd um ihre Haare kümmern musste, die ständig aus der Spange gerutscht waren. Die Oma hatte ihre die Haare geschnitten, halblang trug die Schimanski sie nun. Das sähe viel kleidsamer aus, hatte die Oma gesagt. Nicht das es groß aufgefallen wäre. Die dicke Frau saß da, wie immer mit ihrem Kaffee und dem ewigen Glas Wasser, über ihre Zettel gebeugt. Dasselbe

Bild, dieselbe Frau. Dass sie etwas netter aussah, dass ihre Stimme sanfter geworden war, dass sie nicht mehr alleine saß, nicht mehr immer, fiel nicht weiter auf. Wer interessierte sich schon für die Schimanski. Für die fette alte Schachtel. Man guckt eben immer nur auf das Großgedruckte.

Der Schimanski machte das alles nichts mehr aus. Sie hatte zwar die Kraft des Sehens verloren, aber falls sie sich wieder einstellen sollte, was durchaus im Bereich des Möglichen lag, da sie die Tabletten nicht mehr nahm, gab sie sich das Versprechen, kameradschaftlich damit umzugehen. Sie konnte jetzt den Moment, wenn nicht genießen, so doch erdulden. Die Würfel waren gefallen. Der Knüppel war aus dem Sack. Die Axt im Haus. Es machte nichts mehr aus, was der Moment brachte, man konnte ihn genauso gut ruhig erleben. Und sie war nicht mehr allein. Nicht mehr ganz und gar allein. Wenn sie bei Werner in der Kneipe saß und ihren Kaffe trank, setzten sich die dünne Pixel und die kleine Oma ab und an zu ihr. Ein Abend in gemeinsamem Kummer und Suff verbracht, verbindet eben.

Und da war der Weck, der scheinbar überhaupt nicht mehr aus ihrem Leben verschwinden wollte. Durch keine Grobheit, durch keine Ablehnung zu kränken und zu vertreiben war.

Selbst als sie einmal geschrien hatte: „Dann gehen Sie doch zur Polizei, Weck, melden Sie Ihren Verdacht, ist mir doch egal!", hatte er nur dagestanden wie ein Pudding in der Schüssel und treuherzig gefragt: „Was denn für einen Verdacht, Ilse? Wovon reden Sie, ich wollte Sie lediglich zu einem kleinen Spaziergang abholen!" Und nahm sie an der Hand und zog sie zum Park. Einen merkwürdig eisernen Griff hatte der Pudding. Diese Härte und Beharrlichkeit in dem wabbligen Körper hatte die Schimanski nicht vermuten können. Und das war dann doch schon beeindruckend. Irritierend, aber beeindruckend. Er brachte ihr Blümchen ab und an, zwang sie in den Park, und wenn sie bei Werner ihren Kaffee trank, hockte er sich dazu und schwatzte auf sie ein.

Werner stand am Tresen, den Rücken gegen das Regal gelehnt. Trüben Blickes rauchte er seinen Krummen Hund und starrte in seine fast leere Kneipe, die ihm heute Abend als merkwürdig schäbig erschien. Sonntags ist ja nie viel los, aber das? Am Tisch neben dem Eingang hockten seine beiden unermüdlichen Dicken.

An jedem anderen Tag hätte die Vorstellung, wie die sich küssen wollten, wenn sie es denn wollten, Werner sehr amüsiert, heute jedoch hatte er nur einen müden Stoßseufzer dafür übrig. Nichts machte Werner heute das geringste Vergnügen. Schon gar nicht die Familie Elbkraut. Werner fühlte eine großartige Gereiztheit in sich aufsteigen: Haut doch bloß endlich alle ab!, hätte er schreien mögen: Geht nach Hause, oder sonst wo hin, bloß lasst mich in Ruhe!

Mit einer entschlossenen Bewegung des Rückens schob er sich schließlich vom Regal weg, nahm eine Flasche Korn aus dem Eisfach, ein paar Gläser und hockte sich zu den beiden Dicken an den Tisch. Er würde sich jetzt mit ihnen besaufen.

Er wollte den Abend zurückholen, an dem noch alles in Ordnung war. Alles bis auf Stefan.

„Na, was ist los mit Dir, Werner, ist es soweit?" Die Schimanski lächelte ihm aufmunternd zu, hob ihr Glas: „Na, dann mal prost!"

„Was soll denn so weit sein?", fragte Weck, der natürlich keine Ahnung haben konnte, um was es hier ging.

„Lass gut sein, Weck", nuschelte Werner: „Die Schimanski hat recht. Trinken wir auf die gute Zeit, die wir miteinander hatten!"

„Na, denn, also prost!", Weck hob sein Glas. „Aber das klingt alles so feierlich traurig. Was ist denn passiert?"

„Nichts!" Werner musste lachen. Lachen wider Willen und er kratzte sich wie wild am Kopf: „Die Polizei war da. Mehrfach. Wieder dieser kleine Zappelphilipp, der damals schon den Tod des Kofferfressers untersucht hat, der gibt einfach keine Ruhe, der Gernegroß! Bei Ihnen im Umkreis wird aber schnell gestorben, hat er gesagt, weil schon wieder einer meiner Kunden zu Tode gekommen ist. Ihre Kneipe zieht die Toten an, wie faules Fleisch die Fliegen, hat er gemeint. Poetisch ist er geworden, der fiese Kerl. Stefans Todesfall ist übrigens zu den Akten gekommen. Sie haben nichts weiter Verdächtiges gefunden. Den Nazi haben sie aufgespürt, aber der kann es nicht gewesen sein. Der war wohl gar nicht in der Stadt. Mir konnte er auch nichts nachweisen. Natürlich nicht. Die Polizei nimmt an, dass Stefan – das Drogenscreening war sehr positiv – dass er irgendwie schlapp gemacht hat und umgefallen ist, mit der Schläfe gegen die Kante der Bank. Und aus. Selbst verschuldeter Unfall mit Todesfolge, heißt es. Die Stellung des Körpers macht den Gedanken möglich, sagen sie."

In der Schimanski platzte der Schmerz auf wie eine Eiterbeule. Fast traten ihr wieder die Tränen ins Auge. „Ja", sagte sie müde, „vielleicht war es so." Ja, dachte sie, vielleicht war es ja wirklich so! Vielleicht war es letztendlich gar nicht der Kinderkochherd, sondern die Bank. Wir wären von der Sünde des Totschlags befreit. Ich und der Herd. Aber natürlich nur ganz letztendlich. Man müsste es eben genau wissen. Aber lächeln konnte sie dann schon wieder, die Schimanski: „Die Polizei ist unfähig, die sehen nicht durch, so einfach ist das, Werner."

„Na ja! Unfähig vielleicht, aber gerissen. Sie schicken mir den Wirtschaftsprüfer auf den Hals. Der kommt morgen! Und dann ist wahrscheinlich Schluss hier!"

„Wieso denn? Was ist denn?" Wecks Augen kreisten aufgeregt von der Schimanski zu Werner und wieder zurück.

„Das werden Sie schon noch früh genug erfahren, Weck!" Die Schimanski füllte die Gläser: „Prost, Werner, tut mir leid, um Dich und um uns alle."

„Kannste mir nicht sagen, wie das ausgeht, Schimanski? Du kannst doch nach vorne gucken. Guck doch mal!"

„Ich sehe leider nichts, als das, was ist. Verträgt sich nicht mit Alkohol."

„Na, Gottseidank!" Fies blecherte das Lachen der Elbkraut durch das fast leere Lokal: „Dann haben wir Ruhe vor der Verrückten!"

„Ach, Elbkraut", die Stimme der Schimanski klang milde: „Lassen Sie es doch mal gut sein, bitte! Ihnen habe ich doch nichts getan."

Werner entließ einen tiefen Seufzer: „Schade! Jetzt wo es wichtig wird. Ich hätte gerne gewusst, worauf ich mich einstellen darf!"

„Auf das Schlimmste, Werner, auf das Schlimmste! Das habe ich Dir doch schon vor Monaten gesagt."

„Zahlen, bitte, Werner, wir müssen gehen, dem Hund ist nicht gut, der kotzt gleich!"

Auch das vollendet sich jetzt, dachte die Schimanski. Irgendwie kommt eben alles zu seinem vorbestimmten Ende.

Werner erhob sich schlapp: „Trinkt noch einen auf mein Wohl, Ihr beiden. Ich gebe einen aus."

„Was ist denn bloß los, Schimanski ...", drängelte Weck, kaum dass der Wirt den Tisch verlassen hatte. Die Schimanski schob die Frage weg: „Sie wollten mir doch bei meinem Buch helfen, Weck, oder? Steht Ihr Angebot noch?"

„Würden Sie es denn annehmen?"

Ganz aufgeregt war der Dicke und vergaß seine Neugierde.

„Ich würde mal so sagen, Weck, wenn Sie sich überwinden könnten, sich zu Ihrer Glatze zu bekennen, und dieses alberne Mützchen zu entfernen, könnte

ich mich überwinden und mich zu Ihnen bekennen."
Glücklich strahlend fuhr sich Weck mit geübtem Griff über die blonden Haare, die seinen kahlen Kopf bedeckten: „Morgen kommen sie ab, Schimanski, das schwöre ich! Wenn ich Ihnen mit Platte besser gefalle!", jubelte er los, schrie es fast heraus.
„Und dann geht es los. Sie werden schon sehen! Für den Kinderkochherd habe ich mir schon eine spannende Geschichte ausgedacht!"

Seelen los

Das erste, was Heinz nach dem Unfall sah, waren nicht Bärbels Augen, wie er später des öfteren charmant behauptet hat, sondern die milchigen Plastikflaschen, die ihm mit ihrem gleichgültigen Tropfen die Lebensgeister zu erhalten suchten.

Das Bild stand lange vor seinen Augen, ohne dass er irgendetwas damit anfangen konnte. Da war doch eben noch der abgenutzte Holm des Gerüstes vor seinen Augen. Den hatte er gehofft beim Absturz mit der Hand erreichen zu können. Wie er in diesen rasend schnellen Momenten verzweifelt versucht hatte, die Sekunden zurückzuschrauben! Erst war doch noch alles gut, dann der Regen, dann zu schnell, dann glitscht der Fuß weg, dann alles anders.

Den Bildwechsel von Holz zu Chrom und Plastik konnte Heinz in seinem benommenen Zustand nicht erfassen. Lange nicht. Bis sich Bärbels Gesicht vor seine ruhelosen Augen schob, also zwischen Holz, Plastik und Chrom.

„Schlitzauge" war das erste Wort, das sich in Heinzens Hirn formte, nach dem großen Fall. Nein, „Japan" war nicht das nächste, sondern „Schießscharte." „Schießscharte" war das zweite und „grün" das dritte. „Grün, grün, grün sind alle meine Kleider ..." dachte es in Heinz. Jäger, Schießscharte, Jäger, Wald, Jagd: Ich werde gejagt. Dann schloss ihm sein Gehirn wieder die Augen.

Bärbel, die ja nicht wirklich Schlitzaugen hatte, nur

eine vorsichtige Andeutung derselben, Erbteil ihrer mongolischen Großmutter, Bärbel richtete sich auf. „Patient kurz bei Bewusstsein", schrieb sie in das Krankenblatt. Datum, Uhrzeit, Puls, Temperatur.

Sie blieb noch eine Weile stehen, in den Anblick von Heinzens Gesicht versunken. Die Schürfwunden waren während der langen Zeit des künstlichen Komas fast verschwunden, die Hämatome verblasst. Das Gesicht dieses nicht mehr ganz jungen Mannes hatte etwas Spurloses, Diffuses. Leicht verwehte Jugend. Leicht verwehte Kraft. Die Entspannung des Tiefschlafes setzte eine ergreifende Empfindsamkeit frei, die sprießende Bartstoppeln scheinbar schamhaft zu verdecken suchten.

„Rührend" war nun das Wort, das Bärbel dachte, bevor sie mit geübter Hand den Tropf prüfte, die Akte an ihren Platz hängte und das Krankenzimmer verließ, um endlich ihren Kaffee zu trinken.

In der folgenden Zeit amüsierten sich Bärbels spitzfindige Kolleginnen immer öfter und immer dreister darüber, dass die kleine mongolische Bärbel immer öfter und immer dreister in Heinzens Zimmer ging, um ihn anzuschauen, ihn zu waschen, zu pflegen, zu füttern und später auch mit ihm zu plaudern. Als er dann auf die Normalstation verlegt wurde, waren die Besuche bei Heinz für Bärbel schon so zur Gewohnheit geworden, dass sie fast automatisch beibehalten wurden.

Wie verführerisch männliche Hilflosigkeit auf ein weibliches Wesen wirken kann! Im Gegensatz dazu dieser kraftvolle, wenn auch etwas kurz geratene

Gerüstbauerkörper, den Bärbel pflegend und sorgend Zeit hatte zu betrachten und zu genießen, zwischen dessen stämmigen Schenkeln verloren und schläfrig das Objekt weiblicher Begierde lümmelte: „Rührend!"

„Rührend" war immer wieder das Wort, das sich in Bärbels Hirn breit machte und so sehr sein Unwesen trieb, dass sie gar nicht bemerkte, wie unter ihrer krankenschwesterlich sorgenden Hand die Liebe heranwuchs.

Heinz indessen widmete sich ausschließlich seiner Genesung. Erfolgreich. Der Erfolg war allerdings begrenzt, da die Heilungschancen in sich begrenzt waren: „Der Fuß! Der Fuß, verstehen Sie?", hatte der Arzt gesagt: „Der Fuß war leider so zersplittert, dass unserer Kunst Grenzen gesetzt waren. Wir sind froh, dass wir nicht amputieren mussten. Rechnen sie also nur mit einer Defektheilung!"

Defektheilung! Das Wort klang schon sehr nach Schwierigkeiten. Und Schmerzen. Und Wetterfühligkeit.

„Mann, wissen Sie überhaupt, was Sie für ein Schwein hatten? Sie hätten glatt tot sein können."

Heinz wandte seine Augen zum Fenster.

Tränen? Nein. Heinz weinte nicht. Seit sein Vater ihm in einem Wutanfall den Arm gebrochen hatte und seine Mutter abgewendet dabei stand, schluchzend wohl, doch nicht eingreifend, nicht schützend, hatte Heinz nicht mehr geweint.

Der Armbruch führte schlagartig auch zu einem Bruch mit seiner Seele. Seitdem verstanden sich die beiden nicht mehr. Getrennt von Tisch und Bett, so-zusagen.

Nun allerdings hockte das kleine, lange unbenutzte Seelchen gespannt zwischen Heinzens allmählich heilenden Rippen, neugierig, ob der Schock ausreichen würde, ihr wieder eine Daseinsberechtigung zu gewähren und diesem sinnlosen Nebeneinander, oder besser gesagt Zwischeneinander ein Ende zu bereiten. Aber vorläufig tat sich da nichts. Heinz weinte nicht. Heinz nahm hin. Die Seele weinte.

Scheiße, dachte Heinz und wandte die Augen zum Fenster. Scheiße und Krüppel und Humpeln, dachte er in die kahlen Zweige der Kastanie hinein. Und Weiber? Wie wird das als humpelnder Partynarr mit den Weibern weitergehen?

An die Frage, wie er in Zukunft sein Geld verdienen würde, dachte Heinz nicht. Vorerst nicht. Das würde sich finden. In Deutschland. Noch.

Aber was würde mit den Weibern? Wie würde das gehen? Als Krüppel mit den Weibern ... Da kam ihm Bärbel natürlich gerade recht.

„Sagen Sie mal, könnten Sie wohl mal so freundlich sein, in meine Wohnung vorbeigehen, paar Sachen holen?"

Bärbel nahm die Schlüssel entgegen und spürte ihr Herz pochen. Die Hand leicht feucht. Bärbel lächelte. Dieser Satz legte ein Stück Zukunft nahe: „Sagen Sie mal, könnten Sie mal ..." bedeutete ja im Klartext nichts anderes, als: Da ist keine andere! Bärbel flog.

Und Heinz, dankbar für den kleinen Dienst, ahnte

nicht, dass sein Schicksal in diesem Moment besiegelt war. Auch der Haken an der Decke.

Bärbel eilte bebenden Herzens durch die Alleenstraßen des Viertels, die das Krankenhaus mit Heinzens Wohnung verbanden. Die Lindenbäume, die im Frühjahr die Autos vollpissen, reckten ihre schwarzen Zweige in den verhangenen Winterhimmel. WBS-70-Häuser, fünfstöckig, viele Balkone. Die Sehnsucht nach dem leisen Windhauch des Frühlings beschleunigte Bärbels Schritte. Die Sehnsucht nach liebevoll gepflegten Blumen in den Kästen, geöffneten Balkontüren, nach Augenblicken in denen das pure Sein in den Adern pocht und sonst nichts. Vier Treppen links. Namensschild aus Papier, kein Fußabtreter. Tür auf, Tür zu. Geschafft! Fremder Hauch. Bärbel schnüffelte. Kalter Rauch ... Aftershave ... und? Schluss. Keine Andeutung von Essensduft oder anderen Wohnlichkeiten. Auch keine Ekligkeiten. Neutral. Auch sonst keine Andeutungen. Alles ordentlich, alles ausgerichtet. Sauber.
Ordentlich ist er ja, dass muss ich schon sagen, dachte Bärbel als Erstes. Für das Behagliche wäre dann ja ich da! Ein tiefer Seufzer löste sich und schob den warnenden Gedanken, dass da vielleicht etwas nicht stimmen könnte, beiseite. Bärbel nahm, ehrfürchtig fast, die gewünschten Sachen aus dem Schrank. So viel Zartheit hatte das olivgrüne Männerhemd noch nie erfahren. Wenn es gekonnt hätte, wie es wollte, es hätte den Kragen aufgestellt.

Gute Zusammenstellung, nicht schlecht, dachte Heinz und strich gedankenlos über den Hemdkragen. Er sah Bärbels rote Wängelein, ihre leuchtenden Schrägäugelein und lehnte sich beruhigt aufatmend in das Krankenhauskissen zurück. Alles klar. Der Fuß würde kein Problem sein, jedenfalls nicht bei den Weibern. Eher im Gegenteil. Alles klar!

Heinz fand einen Posten bei der Post. Nein, nicht als Briefträger. Er war ja nicht mehr gut zu Fuß. Heinz stand hinterm Schalter, nahm Briefe und Pakete entgegen. Ein Briefmarkenverkäufer. Anfeuchten, draufkleben, wegschicken. Da fühlte er sich sicher. Da sah man seinen verkrüppelten Fuß nicht. Und die paar Schritte zur Paketwaage konnte er gut bewältigen, ohne so sehr zu humpeln.
Bärbel kochte für ihn. Es schmeckte. Es schmeckte aber auch sehr nach Haushaltung. Und das schmeckte Heinz nicht. Aber gut, auch das würde sich finden. Und so ein Ferkel ist er die ganze Zeit gewesen. Hat ein bisschen an ihr rumgefummelt, eher unbeholfen, eher verlegen, eher scheu, bis er spürte, dass sie flog. Dass sie hinfällig wurde. Dann war er müde. Dann entschuldigte er sich. Dann schickte er sie heim. Bärbel hatte längst aufgehört zu denken. Bärbel war nur noch Bauch.
Und ihr Bauch entfaltete eine explosive Kraft, als Heinz, im Sofa lümmelnd, fragte: „Sag mal, findest Du das eigentlich fair, Kleines? Du weißt alles von mir, Du hast mich nackt gesehen, komm tu nicht so, ich kenne die Weiber! Und ich weiß von Dir nichts.

Vielleicht sind ja die kleinen Dinger da vorne nur Attrappe?"

Bärbel schlug errötend die Augen nieder.

„Das will ich jetzt mal prüfen, Kleines. Ich will auch Krankenhaus spielen!"

Heinz stand auf. Schwindlig war ihm im Kopf. Heiß wurde ihm in der Hose. Und entschieden zu eng.

„Los, mach hin!" Heinz wurde grob. Er hob Bärbel, das Leichtpaket, ohne zu fragen aus dem Sessel, humpelte mit ihr in die Schlafstube und warf sie gekonnt unsanft aufs Bett: „Das will ich jetzt mal nachholen. In aller Ruhe!"

Bedächtig öffnete er die Knöpfe der Bluse, schlug Bärbels Hand zurück, die pflichtschuldig helfen wollte: „Du bist bewusstlos, Schätzchen. Von Dir will ich keinen Mucks hören! Du bist bewusstlos und ich guck mir alles in Ruhe an!"

Langsam entkleidete er das schöne Kind. Betrachtete sie. Befühlte sie. Grub seine Hände in das feste Fleisch, legte die Beine breit, die Arme hoch, verlor sich ausgiebig in den Achselhöhlen, führte seine Zunge in alle Falten und Öffnungen des Körpers. Bärbel fühlte sich auslaufen. Sie wimmerte. Vibrierte. Bäumte sich auf. Die harten Gerüstbauerarme zwangen sie zurück, packten sie fest, die Stimme hart: „Komapatienten zucken nicht, Schätzchen. Lass das. Keinen Mucks habe ich gesagt, keine Bewegung. Oder muss der Onkel Doktor Dich anschnallen?"

Und dann hörte er auf. Unvermittelt. Auf dem Gipfel der Wonne. „Nicht schlecht!" sagte er, zog die

Nase hoch, stand neben dem Bett. Grinste. „Der Patient darf aufstehen und sich anziehen."

„Wie? Was?" Bärbels Augen sahen Sterne.

„Ich bring Dich heim."

„Aber das geht doch nicht!"

„Nicht so ungeduldig, junge Frau! Wie lange habt Ihr denn gebraucht, um den Krüppel aus mir zu machen, der ich heute bin?"

Bärbel bebte. Sie war wie besoffen. Ihr Körper hatte endlich seinen Meister gefunden.

Ein langer Weg von Heinz zu Bärbel. Eben hatte Heinz sein Mädchen mit einem Hauch von Kuss auf die Wange in ihren Hausflur entlassen.

Wenn er Bärbel jedes Mal alleine nach Hause geschickt hätte in der Dunkelheit, wäre das Missverständnis zwischen ihnen ja viel schneller aufgeflogen. Nein, Heinz war durchaus galant. Sah vielleicht etwas seltsam aus bei ihm, aber es gibt kein besseres Wort dafür. Galant. Er kannte sich aus mit Frauen. Er wusste, was nötig ist. Er wusste um das Missverständnis. Und es machte ihm Spaß, es noch eine Weile am Leben zu halten.

Die Abhängigkeit anderer Menschen zu spüren, und bei Bärbel grenzte es ja mittlerweile an Hörigkeit, machte ihm Lust. Dafür ging er gerne mal ein Stündchen durch die Nacht. Vergnüglich. Oder er sagte auch mal bedauernd: „Mein Bein, weißt Du!", und bestellte ihr ein Taxi. Er konnte es sich inzwischen sogar leisten, einfach anzurufen und zu sagen: „Komm nicht. Ich will Dich heute nicht."

Und was auf der einen Seite gekonntes Spiel war, wurde auf der anderen Seite für Schüchternheit, Toleranz, bei geschickt eingebauten Grobheiten allerhöchstens für Unbeholfenheit gehalten, für Gereiztheit vielleicht und ging auf Kosten des Beines.

Schwer für einen Mann, so plötzlich zum Krüppel zu werden. Und der Job bei der Post, ob das nun so erfreulich ist? Dafür benimmt er sich doch wunderbar, ich meine, wie er damit fertig wird, ohne zu klagen! Bärbel hielt das für Charakterstärke. Für männliche Härte gegen sich selbst und gegen die Unbilden des Schicksals. Nein, sie war begeistert. Noch nie hatte sich jemand mit ihr so viel Zeit gelassen. Noch nie hatte ihr Körper das Gefühl gehabt, so bedacht zu werden, so verstanden, so aufgehoben zu sein.

Heinz ließ sich in Werners Kneipe fallen. Ihm war kalt. Einen Kurzen! Das heizt ein. Das wärmt.

Während er das Brennen des Whiskys, Glenfiddish, man gönnt sich ja sonst nichts, in der Kehle spürte, schaute er sich in dem verrauchten, spärlich erleuchteten Raum um. Kneipen müssen immer ein wenig düster sein. Im Dunkeln ist gut Munkeln, so heißt es ja. Da stand Pixel. Die hatte er schon seit Ewigkeiten nicht mehr gesehen.

Pixel war ein dünnes, eher kurzes Geschöpfchen, blonde ausgewaschene Dauerwelle, graue Augen im blassen Gesicht. Ihren Spitznamen verdankte sie den Billiarden feinster Sommersprossen, die sich über Gesicht, Hals, Arme und, wie Eingeweihte wussten, über den ganzen Körper wie Fliegenschiss ausbreiteten. Da Pixel ständig darüber lamentierte, schon in frühen Jahren eine Totaloperation gehabt zu haben, war sie den Männern und Burschen des Kietzes das ideale Samengefäß. Pixel war Allen ihr Mädchen. Ihr gefiel das. Besser mit Allen als mit gar keinem. Pixel, die tapfere, geschlagene Kreatur hatte so gar keine Hoffnung mehr auf das so genannte „private Glück".

„Heinz, Mensch, Dir hab ick ja schon eine Ewigkeit nicht mehr gesehen! Mensch, Du humpelst ja!" Pixels Stimmchen kam hell und klar durch die Rauchschwaden geflogen.

„Nee, ich tu nur so, weißte ..."

„Komm schon, sag schon, warum?"

„Schon zu lange!"

„Hab nicht gefragt, wie lange, hab gefragt, warum!"

„Na, warum wohl. Denkst Du ich hab mir selber ins Knie gebissen?"

„Ick weiß ja, der Unfall ... aber was denn nu genau, wollte ick ... Wart schlimm?"

„Der Flug war Klasse."

„Wenigstens haste Deinen Humor nicht verloren. Kommst mit? Ick hätte Lust."

„Ich nicht." Heinz erschrak über diese Antwort, die seinem Munde entflohen war, ehe er noch darüber nachgedacht hatte. Mit Pixel konnte er doch eigentlich immer. Sie war genau so, wie er sie liebte, die Frauen. Klein, dürr und biegsam. Wie Bärbel. Nur dass Bärbel schwarz war. Schwarz die Augen, schwarz das Haar. Heinz schluckte.

„Ooch! Hat der Kleene ooch was abgekriegt? Dann lass mich ihn trösten."

Pixel griente und griff Heinz mit ihren dünnen Sommersprossenfingern an die Hose.

„Hände weg vom Südpol, Pixel. Ich kann nicht leiden, wenn man mir überreden will. Ich hab ihn gerade getröstet."

„Ach nee! Was Festes?"

„Pixel ..." Heinzens Stimme klang gefährlich knurrig. „Was soll der Scheiß? Ich will nicht, haste verstanden? Ich will nicht und fertig!"

„Mann, spul dir doch nicht so hoch. Ist ja jut."

Heinz lenkte ein: „Vielleicht ein andermal."

Er fasste ihr kurz und schmerzlos an die linke kleine feste Brust und war schon raus aus der Tür.

„Gib mir mal noch ein Bier, Werner!", rief Pixel dem Wirt zu und fragte: „Hat Heinz jetzt was Festes?"

„Wieso?"

„Weil er nicht mit mir mit ist, Mensch. Das ist ja noch nie vorgekommen, dass Heinz ein Angebot ausschlägt, verstehste?"

„Ich weiß das nicht, Kleene. Ich weiß nur, dass Heinz nicht der Typ ist, für was Festes. Hab ich Dir immer gesagt, Pixel."

Werner stellte das beschlagene Glas auf den Tresen.

„Der war in letzter Zeit selten hier. War das erste Mal seit dem Unfall wieder. Der schämt sich wegen seines Beins. Vielleicht."

„Ja, vielleicht!", sagte Pixel und trank in gierigen Schlucken das Bier.

„Die hat aber einen ganz schönen Zug am Leibe, die Dame", dachte Werner: „So eine kleine Waldmaus und ein Benehmen wie ein Bierkutscher. Nicht zu glauben. Vielleicht hat die ja noch mehr Verwandlungen zu bieten. Vielleicht fickt die ja wie eine Diva. Vielleicht sollte ich es auch mal mit ihr versuchen." Werner grinste vorfreudig.

Unterdessen war Heinz schon an seiner Haustür. Schloss auf. Eine gewisse Besorgnis hatte sich eingestellt. Was war passiert? Irgendetwas musste geschehen sein mit ihm. Niemals. Niemals hätte er früher „Danke, ich hab schon" gesagt. Und doch schon gar nicht zu Pixel. Ein leichtes Beben im Brustkorb. Besorgt fasste sich Heinz zur Brust. Aber es war nicht das Herz. Seine Seele applaudierte. Weiter war nichts. Was tat Heinz jetzt? Was dachte er jetzt? Wahrscheinlich gar nichts, wie immer. Noch einen Schluck Glenfiddish, man gönnt sich ja sonst nichts, dann wälzte er sich die ganze Nacht im Bett. Und schwitzte.

Die zarte, gelenkige Bärbel. Das machte den Heinz so verrückt, wie er diesen Körper drehen, biegen, wenden konnte nach Herzenslust. Ein schönes Kind, ein rechtes Weib. Der leicht asiatische Einschlag nach ihrer mongolischen Großmutter umgab sie mit dem nötigen Geheimnis. Bescheiden, sanft war sie, als stellte sie an das Leben keine weiteren Ansprüche, als da zu sein, ihre kleinen Pflichten zu erfüllen und in die Sonne blinzeln zu können. Wie Charlotte von Mahlsdorf nur Frau sein wollte, um einen Haushalt zu führen, Staub zu wischen und all die anderen friedlichen Dinge zu tun, die emanzipierte Frauen so verachten, wollte auch Bärbel nur Frau sein, eine glückliche Ehefrau, die in einer geschmackvoll eingerichteten Wohnung spurlos das Zepter führte, ein oder zwei Kinder großzog und ihrem Mann zu eigen war. Eine Frau, der man die Geheimnisse einer erfüllten Nacht an ihren sanft schwingenden Bewegungen ansah.

„Der Mann ist die Hauptperson" hatte ihre mongolische Großmutter immer gesagt. Vielleicht hatte Bärbel diese hingebungsvolle Bescheidenheit ja von eben dieser Großmutter herübergetragen, einer Frau mit gegerbter Haut, sanften Augen und einem Lächeln im runden Gesicht, das um die Welt reichen könnte. Gott hat Mann und Weib geschaffen - und zwar getrennt voneinander, damit sie zusammen ein Ganzes sind. Nicht jeder für sich allein. Da wird sich der alte Weltenherrscher schon was bei gedacht haben! So dachte Bärbel. Sie sprach nie darüber. Besser man verschwieg so etwas in der heutigen Zeit.

Eine Mutter, die sich ständig an ihrer eigenen Liebe verschluckte, ein Vater mit den Weiten der mongolischen Steppe in den Augen, ein fast geheimnisvoll bedachter Mensch, mit solchen Eltern konnte man leicht Vertrauen zum Leben und zu sich selber haben. Weder für ihre Eltern noch für Bärbel selbst hatte es jemals einen Zweifel daran gegeben, dass das Kind Krankenschwester werden würde. Ein fürsorglicher Beruf, „passt sich gut für eine Frau", pflegte ihr Vater zu sagen, und Bärbel spielte schon als Kind mit Vorliebe Frau Doktor. Ihre Puppen hockten ständig mit verbundenen Köpfen, Armen, Beinen in den Wiegen und Puppenwagen herum. Bärbel lernte eifrig und wurde mit Leib und Seele Krankenschwester. Das sagte man so. Und das war auch so.

Mit ihren vierundzwanzig Jahren war sie knapp fünfzehn Jahre jünger als Heinz und blickte im Gegensatz zu ihm auf ein eher harmloses Liebesleben zurück. Ihre Verhältnisse waren gekommen und gegangen wie Wasser den Berg herunter. Es war eine Frage des Zeitgefühls. Alle diese Männer waren hastig gewesen und deshalb nicht Atem beraubend. Und das wollte Bärbel. Des Atems beraubt sein. Das Geheimnis, das wirkliche Abenteuer des Lebens lag für Bärbel im Körper. Darüber hinaus ging nichts.

Heinz nahm sich Zeit. Seine Berührungen dehnten sich dahin wie ein genüssliches morgendliches Räkeln, lauernd wie ein gespannter Bogen in der Hand des Jägers. Wenn Heinz, im Körper ganz locker an die Küchentür gelehnt, ihr beim Kochen zusah, die Zigarette im Mundwinkel, ein Nichts von Ausdruck im Gesicht, das war so geheimnisvoll, so gefährlich spannend, weil Bärbel nie wusste, wie es weitergehen würde. Manchmal so normal, als wären sie schon dreißig Jahre verheiratet, Kompott zum Nachtisch, Zähneputzen, ins Bett. Dann durfte Bärbel über Nacht bleiben, dann ließ er sie neben sich schlafen, dann rührte er sie nie an. Dreißig Jahre

eben. Oder er sagte locker grinsend in der Küchentür: „Los, zieh Dich aus!"
Manchmal schickte er sie auch ganz plötzlich nach
Hause: „Komm, lass! Hat keinen Sinn heute!"
„Und das Essen?"
„Scheiß was auf das Essen!"
Aber diese groben Momente waren eher selten und
wurden mit der Zeit auch spürbar seltener. Wie Re-
gengüsse kühlten sie die heißen Leidenschaften,
brachten Klarheit und neue Zwischenräume. Heinz
machte keine Geschenke und auch sonst keine An-
gebote, dennoch vermittelte er Bärbel das Gefühl,
wirklich gebraucht und als Belohnung dafür ver-
wöhnt zu werden.
Und da sie nicht ganz grundlos annehmen konnte,
dass die körperliche Abhängigkeit beiderseits bestand, durfte sie hoffen, auch ihrerseits Einfluss auf
Heinz zu haben. Den ziehe ich mir hin, das wäre
doch gelacht, dachte sich Bärbel, reckte die straffen
Brüstchen heraus, ging lächelnd auf ihren Kerl zu
und öffnete leise summend seine Hose. Da prallte er
ihr schon entgegen, der Knüppel aus dem Sack. Sie
musste nur noch niederknien und mit sanften Bewegungen der Hände und der Lippen die gierige Wol-
lust stillen.
Es gab einfach nichts Verlockenderes für das Bärbelchen, als hilfreich sein zu dürfen und gebraucht
zu werden. Im doppelten Sinne des Wortes.

Heinz stand am offenen Fenster seines geruchlosen
Wohnzimmers. Den Kaffeepott in der geballten

Faust starrte er hinaus in die mit blässlichem Schimmer erwachende Welt. Mürrisch. Das stahlblaue Hemd stand gut zu seiner braunen Haut, betonte die blauen, tief gezogenen, unter üppiger Braue fast verdeckten Augen, ließ sie funkeln, obwohl es nichts zu funkeln gab.

In Heinz sah es düster aus. Ein milder Sonnenstrahl streifte flüchtig seine rechte Wange und gab dem trostlosen Ausdruck einen kleinen Hoffnungsschimmer.

Was murrte in Heinz? Gestern mit Pixel, das war doch gut so! Seitdem hüpfte seine Seele hoffnungsvoll zwischen den Rippen auf und nieder, wie ein Vögelchen im Käfig kurz vor der Fütterung.

Aber Heinz war das Gewohnte gewohnt. Das gewohnte Nichts. Und da war jetzt plötzlich etwas. Was es war, wusste Heinz nicht. Es interessierte ihn auch nicht. Er wusste nur, dass da etwas war, was störte, wie ein Kratzen im Hals.

Er fühlte sich klebrig. Nicht so sehr wegen der verschwitzten Nacht, mehr angeklebt, wie ein Kaugummi unter dem Tischrand, allerdings nicht frisch geklebt, sondern wie einer, der schon länger klebt, der nur noch ganz schwer ab geht.

Kein Mensch mag sich gerne als Kaugummi unter dem Tisch kleben fühlen. Und Heinz fühlte sich das erste Mal kleben. So stand er da im milden Morgenlicht, innerlich festgeklebt, ein düsteres Murmeln im Schädel.

Das Klingeln des Telefons beendete das Stilleben. Heinz zerrte sich los. Ruckhaft.

Der Kaffee schwappte aus dem Bechere, der kalt geworde, der nicht getrunkene. Heinz stürzte zum Telefon, riss den Hörer ans Ohr: „Ja, hier ...“

Weiter kam er nicht. Bärbels Stimme flötet ihm entgegen, zart, heiter, schmeichelsanft. Heinzens Hand schwitzte, dennoch hatte er das Gefühl, dass das Stimmchen ihn unter dem Tisch hervorzauberte, ihn wieder an den Tisch setzte, sozusagen.

„Hallo, Heinz, ich wollte Dir nur schnell einen schönen Tag wünschen. Schau, wie herrlich draußen alles ist, wollen wir heute Nachmittag nicht ein wenig rausfahren? Irgendwohin, wo es schön ist, ein Bier trinken? Was meinst Du, Heinz? Hallo? Heinz? Bist Du noch dran?“

„Ja“, hauchte Heinz. Er hörte sich doch tatsächlich hauchen. Eine Hitzewelle stieg aus seinem Magen in den Kopf, sank ebenso plötzlich wieder herab und belebte seine Schweißdrüsen am ganzen Körper. Verdammt, verdammt, dachte er, was ist das bloß? „Ja“, hauchte der Heinz.

„Ja was? Ja, Du bist noch dran, oder ja, wir fahren raus?“

„Beides.“ Heinz hatte seine Stimme wieder. „Ich bin noch dran und ich hol Dich ab.“

Vorsichtig legte Heinz den Hörer auf die Gabel, wischte sich den Schweiß von der Handfläche, fühlte sich lächeln und klebte sofort wieder unter dem Tisch. Er bekam Angst.

Was ist denn los mit mir? Ich werde doch nicht etwa krank?

Heinz fühlte sein Herz schlagen. Er dachte, es sei

sein Herz. Was sollte er auch anderes denken, da er nichts anderes wusste. Seine Seele spielte zwischen den Rippen verrückt. Sprang herum. Juchzte.

Der säuerliche Geruch, der von Heinzens Körper ausging, war an diesem sonnigen Nachmittag das Unangenehmste für Bärbel.

Es gab noch andere Symptome einer nachteiligen Veränderung, wie Schweigsamkeit, duckmäuserisch nach unten geschlagene Augen und das völlig zerknitterte Gesicht.

Aber der säuerliche Dunst, der ihn wie ein Schutzschild umgab, war am hinderlichsten für das Aufkommen einer lustvollen Stimmung.

So etwas hatte Heinz auch gar nicht im Sinn. Offensichtlich. Stur und knurrig mit gesenkten Augen hockte er vor seinem Bier. Von Zeit zu Zeit räusperte er sich, so vorsichtig und verhalten, als fürchtete er, die Augen könnten ihm aus dem Kopf ins Bier fallen.

Eine geraume Weile versuchte das Bärbelchen eine Verbindung zu ihm herzustellen. Mitfühlend gemeinte Sätze: „Du wirst doch nicht etwa krank, Heinz?", oder: „Fühlst Du Dich nicht gut?", oder: „Hast Du Ärger bei der Post?", sollten die Situation anheben in Richtung: „Es ist Frühling, wir lieben uns, wir sind glücklich!"

Heinz räusperte sich vorsichtig und schwieg.

Schwieg weiter.

Bärbel begann sich einsam zu fühlen. Auch sie hörte auf, zu sprechen, auch sie senkte die Augen ins Bier.

Die Finger ihrer zarten Hand begannen am Bierglas zu drehen. Stille. Schwere Stille.

Langsam aber sicher wurde Bärbel zornig. Sie kannte Heinz selbstsicher. Kühlend. Abwartend. Das war reizvoll. Das war spannend. So wollte sie ihn. Doch dieser geduckte Widerstand da vor ihr hatte damit nichts, aber auch überhaupt nichts gemein!

Unwillig schob sie Heinzens Hand, die sich zögerlich über den Tisch auf sie zu bewegte, beiseite, erhob sich abrupt, riss ihre Handtasche von der Stuhllehne, sagte barsch: „Na, dann, bis die Tage! Kannst Dich ja melden, wenn Du wieder der Alte bist!"

Und ging weg.

Man konnte Heinz ansehen, dass sich hinter seiner Stirne wirres Gedankengut zu sammeln begann, äußerlich blieb er reglos. Die Augen immer noch ins gelbe Nass getaucht, sah er nicht, wie Bärbel über die grüne Wiese eilte, fast rannte, stehen blieb, sich noch einmal kurz zu ihm umwandte und dann zwischen den Bäumen des Parks verschwand.

Es dauerte lange, bis sich Heinz zurücklehnen konnte auf seinem Stuhl, sich räkelte und streckte, „Herr Ober, ein frisches Bier bitte!" rief und dachte: Bin ich jetzt wieder der Alte? Der Alte, der Alte! Was für ein Scheiß! Klar bin ich der Alte, nie was anderes gewesen!

Heinz fühlte sich erleichtert. Das merkwürdig kratzende Gefühl in der Herzgegend hatte aufgehört ihn zu quälen. Zutiefst enttäuscht ließ sich das Seelchen von den Rippen herab auf das Zwerchfell plumpsen. Heinz musste lachen. Lachte wider Willen. Das liegt an der Hitze, weiter nichts. Es gibt ja keinen richtigen Frühling mehr, verdammter Mist. Erst noch kalt, dann gleich Sommer. Mir ist heiß! Das wird ja wohl noch erlaubt sein, verdammt noch mal!

Als er Stunden später leicht trunken von seinem Stuhl aufstand, klebte ihm die Hose feucht an Bein und Hintern. Heinz torkelte heimwärts und kicherte pausenlos wie ein Idiot vor sich hin: „Ich hab die Hosen voll! Ich hab die Hosen voll ..."

Bärbel könnte die Erinnerung an den säuerlichen Geruch verdrängen, der aus Heinz an jenem düsteren Nachmittag aufstieg. Sie könnte vielleicht sein mürrisches Schweigen verzeihen, aber dass er nicht aufgesprungen und ihr nachgelaufen war, das konnte sie nicht verwinden. Krüppel hin, Krüppel her! Und dass er sich nicht meldete, ihr keine Erklärung für sein seltsames Verhalten gab, sich nicht dafür entschuldigte, schien ihr ganz und gar unverzeihlich. Was für Gedanken sich in dieser Zeit des Verletzseins in ihr ansammelten - Berge! Wer sollte die je wieder abtragen können?

Alles, alles fiel ihr wieder ein, und erstaunlicherweise gelang es Bärbel jetzt, Heinzens Wesen im rechten Licht zu schauen. Sie war entsetzt, auf was sie sich da eingelassen hatte. Sie war entsetzt darüber, wie sie mit sich hatte umgehen lassen. Liebe war das nicht! Das musste etwas anderes gewesen sein. Vielleicht gab es ja so eine Liebe gar nicht, wie Bärbel sie erträumte, nach der sie sich sehnte. Vielleicht gab es ja so etwas wie Liebe überhaupt nicht.

Vielleicht hatte sich der Mensch die Liebe ja nur erfunden, damit er nicht so viel Angst hatte. Allein. Im Dunkel. Nein, sie wollte auf den leicht pochenden Atem der Sehnsucht in ihrem Inneren nicht mehr hören.

Sie wollte schon gar nicht auf das hin und wieder aufkommende Schuldgefühl achten. Hatte vielleicht nicht er sie, sondern vielmehr sie ihn an jenem Frühlingsnachmittag im Stich gelassen? Ihn sitzen lassen? Hilflos? Armselig?

Sie wollte die Frage, was mit Heinz an jenem Nachmittag geschehen war, nicht zulassen. Mir doch egal! Wahrscheinlich wollte er Schluss machen und hatte den Mund nicht aufbekommen. Warum denn sonst könnte er so verkniffen gewesen sein? Ach, feige war er. Der starke Mann! Dass ich nicht lache.

In dem Moment, als alles sich gewandelt hatte, als die Figuren neu hätten aufgestellt werden können, in dem Moment, da Heinzens Seele hoffnungsvoll lächelnd zwischen seinen Rippen hockte, wo mit ein bisschen Gespür alles möglich gewesen wäre, richtete Bärbel ihr Augenmerk auf den Rückspiegel aus und fuhr auch prompt gegen den Baum. Entschlossen schob sie ihr so oft gepriesenes Mitgefühl mit Weltall, Erde, Mensch weit von sich und zog ihr eigenes gekränktes Selbst ganz dicht an sich heran. Damit ging sie abends traurig ins Bett und damit stand sie morgens einsam und missmutig wieder auf.

Seit drei Tagen kotzte sie nun auch noch.

Heinz hingegen war im Wesentlichen wieder der Alte. Er hatte sich nie darüber getäuscht, was da war, er schaute auch deshalb nicht in den Rückspiegel. Weil er eben keine Mitfahrzentrale ist. *Er* hat gefälligst die Kontrolle über sein Leben und niemand sonst. Bisher war es ihm immer gelungen, unliebsame Mitfahrerinnen rechtzeitig abzusetzen.

Wieso er bei Bärbel den richtigen Moment verpasst hatte, war ihm egal. Weg mit Schaden.

Er würde doch nicht so wahnsinnig sein und auf dem Floss über den Atlantik schippern. Er wusste sowieso, was ihn dort erwarten würde: Amerika! Küche, Windeln und: „Was machen wir denn am Sonntag, Schatz?"

Das sah er ja bei seinen Kollegen. Heinz hatte Null Bock auf: „Ich muss jetzt nach Hause, sonst kriege ich Ärger mit meinem Wischlappen ..."

Allerdings musste er diese Gesinnungstreue teuer bezahlen. Er bekam allmählich hormonelle Probleme. Die Tatsache, dass Pixel nicht mehr zur Verfügung stand, weil sie inzwischen Werners Geliebte war, der eifersüchtig darüber wachte, dass niemand seinem Kleinod zu nahe kam, erschwerte Heinzens Kurstreue erheblich. Der Samenkoller hatte ihn fest im Griff. Die Gefahr des Umschwenkens war groß.

Aber zu einer richtigen Nutte? So weit würde er es nicht kommen lassen! Ins Bordell gehen war unter Heinzens Würde. Frauen werden erobert, nicht bezahlt!

Also versuchte er sich was Neues zu angeln, mit dem bisher immer wirkenden Charme seiner siebenunddreißigjährigen Erfahrung. Aber es wollte nicht so recht klappen mit den Eroberungen. Verkrampft das Lächeln, verkrampft der ganze Kerl. Heinz war doch nicht mehr der Alte.

Missmut war sein neues Markenzeichen.

Und dann saß Bärbel mit weinrot geschwollenen Augen vor der kleinen rundlichen Frauenärztin mit dem rundlichen Kirschmundgesicht, die ihren verständnisvollen Blick auf die heulende junge Frau vor ihr gerichtet hielt, Geduld ausstrahlend, wenn man das unter der Tischplatte verborgene nervös wippende Knie nicht bedachte, das gerne den Satz hören wollte: „Meine anderen Patienten warten, liebe Frau!"

Aber der kleine Kirschmund sagte diesen Satz nicht. Er sagte stattdessen: „Jetzt beruhigen Sie sich doch bitte! Ein Kind zu bekommen ist doch nun wirklich keine Katastrophe."

Bärbel indes schluchzte weiter.

„Und Sie haben ja noch Zeit, in Ruhe eine Entscheidung zu treffen, die ... also ... eh ... ich meine, sie können sich ja in Ruhe überlegen, wie sie mit der Situation umgehen möchten."

Die kleine Frauenärztin war froh, den Satz zu Ende gebracht zu haben, ohne das böse Wort „Abtreibung" zu gebrauchen.

Bärbel stöhnte auf. Das war ja eben genau das, was sie nicht wollte: Mit der Situation umgehen. Sie wollte diese ganze Situation nicht. Außerdem war das keine „Situation". Das war eine Katastrophe.

Ein Kind von Heinz! Von Heinz, der sie kaltschnäuzig benutzt hatte. Von Heinz, der einen säuerlichen Geruch absonderte, weil er zu feige war, ihr reinen Wein einzuschenken. Von Heinz, der die größte Enttäuschung ihres Lebens war. Von dem wollte sie kein Kind. Der hatte kein Kind verdient. So einer darf keine Nachkommen haben. Dieses Ei wird kein Kind!

Aber da war etwas in ihr, das wollte so gerne fröhlich rufen: „Heinz, wir werden ein Kind haben, stell Dir vor, ein kleiner Mensch, ein Sonnenschein, Heinz!"

So wollte sie auf ihn zu flattern im himmelblauen Kleid. Ihm um den Hals fallen, sein leicht spöttisches Lächeln sehen. Hören wie er sagt: „Nach der Geburt erworbene Krüppelfüße vererben sich ja sicher nicht!"

Sie wollte seine Hände auf ihrem Rücken spüren und daran glauben dürfen, dass diese kräftigen warmen Hände das, was sie versprachen, auch halten würden. Sie wollte das schmerzliche Bedauern empfinden dürfen, dass diese Hände all das, was sie sonst noch Zärtliches zu tun in der Lage waren, für lange Zeit nicht würden einlösen können.

Dieser Riss in ihr tat so weh. Also heulte Bärbel immer heftiger und lauter. Der kleinen Frauenärztin wurde unheimlich. Sie rief die Schwester zur Hilfe.

„Geben Sie der Patientin ein leichtes Sedativum. - Das wird Sie beruhigen, junge Frau. Denken Sie daran, ich bin immer gerne für Sie da, nur jetzt ... tja, ich muss leider ..."

Vor den Fenstern der Intensivstation rauschte der Regen nieder in endloser Flut, Segen bringend der Natur.

Drinnen saß Bärbel, dem strengen Tornado ihrer Kollegin, und man darf sagen Freundin, Irmgard ausgeliefert und heulte. Nur, Bärbels Tränen brachten keinen Nutzen. Ihr selber nicht und schon gar nicht dem beginnenden Leben in ihrem Leib.

„Mach's Dir weg. Noch ist Zeit. Machs Dir weg!"
So immer Irmgard, die große, massige Frau mit der wilden blonden Mähne und den großen hellgrünen Augen: „ Machs Dir weg."

Bärbel schluchzte. In ihrem Kopf hatte sich die unvergängliche Melodie eingespielt: „Ich will kein Kind von ihm! Und doch, ich will! Ich will!"

„Wenn Du das Arschloch so lieb hast, dass Du das Kind partout willst, dann ruf ihn an!"

„Nein! Nein! Und nochmals nein!"

„Dann mach's Dir weg!"

Bärbel schluchzte weiter.

Unaufhörlich sah sie sich in dem himmelblauen Kleid auf Heinz zulaufen. Freude unendlich. Sein Lächeln. Seine Hände. Das Gefühl der Geborgenheit. Der Sicherheit. Alles Lug und Trug. Oder war es vielleicht doch ihre Schuld, dass das Kleid nicht mehr passen wollte? Nicht zu Heinz?

Aber der Traum war so schön. Zu Ende geträumt! Aber immer noch zu schön, um wirklich aufzuwachen.

„Also Mensch, Bärbel, jetzt sei doch bloß mal vernünftig. Vielleicht hat er Dich ja doch lieb, vielleicht ist er ... vielleicht freut er sich ja. Vielleicht."

Bärbel zog saurer Geruch durch die Nase.

Tagelang ging das so. Tagelang zielte Irmgard mit ihren wässerigen Augen direkt unter Bärbels Hirnschale und forderte eine Entscheidung. Eine Entscheidung, die nicht getroffen werden konnte.

Wie Quallen, dachte Bärbel. Die hat Augen wie Quallen. Riesig und meergrün. Diesen Augen war Bärbel nicht gewachsen. Sie senkte den Blick und schluchzte vor sich hin.

Die Situation klemmte fest. In ihrer Not nahm sich Irmgard das Bärbelchen schließlich unter den Arm und fuhr mit ihr raus zu ihrer Mutter nach Malgow. Im Notfall immer zu Muttern.

„Ach mein Gottchen, Irmgardchen, als ob der Mensch immer wüsste, was er tut. Meist ist es doch genau die Angst vor der Entscheidung, die handelt, oder eben nicht handelt. Wir wären wahrscheinlich alle nicht auf der Welt, wenn unsere Eltern sich über die Folgen im Klaren gewesen wären!"

Und Mutter Huhn lachte ihr dunkles, rollendes Lachen: „Sei nicht so streng, mein Kind. Die Bärbel liebt den ‚Tüppen' und hat sich doch etwas anderes erhofft. Nun gut! Das Leben ist kein Wunschkonzert, heißt es. Wir werden das kleine Luder schon auf die Welt kriegen, was Bärbel, und seine Wiege schaukeln. Ist ja nicht das erste Vaterlose. Es wird wachsen und gedeihen, auch ohne dass sich ein bärtiges Gesicht darüber beugt."

Und Hünchen dachte an ihren Mann Gustav, den Schmied.

298

Irmgard war gerade fünf Jahre alt geworden, da hatte er eines Tages das Weite oder die Weite gesucht ohne ein weiters Wort. Hatte seiner Schmiede, seinem Weib und seiner Tochter den Rücken gekehrt und war auf Nimmerwiedersehen in den Turbulenzen der Zeit untergetaucht.

In Bärbels hübschem Köpfchen tönte immer noch die Melodie: „Ja, ich will das Kind! Ich will es nicht!"

Aber an diesem Sommermorgen bei einem heiteren Frühstück auf Hünchens Hof wurde die Stimme der Zerrissenheit leiser und verstummte schließlich ganz: „Was kann mir passieren? Was kann mir schon groß passieren?"

Irmgard rechts und Hünchen links, zwischen diesen beiden Leuchttürmen fühlte die kleine Mutti sich geborgen: „Sie erinnern mich an meine mongolische Großmutter!"

Bärbel lächelte, sehr zu Irmgards Überraschung, und blinzelte in die Sonne. Wenn sie eine Katze gewesen wäre, sie hätte geschnurrt.

Heinzens Sohn würde geboren werden und es wurde erwogen, ob er nicht hier draußen, in der Schmiede unter Hünchens kräftigen Flügeln das Licht der Welt erblicken sollte: „Ich habe noch jedes Kind aus der Mutter gekriegt."

Die Sehnsucht nach Bärbels biegsamem Körper, nach ihrem Lächeln, nach ihrem schmiegsamen Wesen hockte wie ein Stein auf Heinzens Seele, die zusammengedrückt zwischen seinen Rippen dahinvegetierte und nicht einmal mehr weinen mochte. Heinzens Gesicht nahm über die Wochen einen tristen Ausdruck an. Seine alten Scherze wirkten verkrampft, seine Haut wurde fahl, seine Bewegungen fest, sein Körper irgendwie schlaffer und dünner.

Als Oma Hübner eines Tages in der Post zu ihm sagte: „Sie gefallen mir aber gar nicht mehr, Heinz. Was ist denn bloß los mit Ihnen in der letzten Zeit? Sie sind ja gar nicht mehr der Alte, haben Sie Kummer? Ja, ja, das Leben hat uns alle ganz schön am Wickel, was?", wurde ihm speiübel und er ging zum ersten Mal seit langem wieder zu Werner in die Kneipe, um diesen lästigen Druck gründlich aus sich heraus zu spülen. Trotz seiner Angst vor Pixel und ihrem scheinbar beständigem Glücksgefühl.

Und da war sie natürlich. Fröhlich natürlich. Schenkte Bier aus hinter dem Tresen. Natürlich. Nicht so natürlich war das kugelrunde Bäuchlein, das sich unter dem Serviertuch in geradezu absurder Wölbung vor dem spindeldürren Leib dreist in die Zukunft reckte.

„Hm-hm", knurrte Heinz: „Totaloperation, was Pixel? Hast uns alle an der Nase rumgeführt, was? Da hättest Du mir ja auch ein Kind unterjubeln können, was? Pixel?"

„Hätte ick, aber hab ich nicht! Bist noch mal davon gekommen!"

„Na, Dein Glück auch!"

„Genau, Herr Postler. Mein Glück auch. - Dasselbe wie immer oder haben wir unsere Gewohnheiten inzwischen geändert?"

„Nee", knurrte Heinz, „ich jedenfalls nicht."

Pixel wirtschaftete hinter der Theke herum, spülte, füllte ein, stellte hin. Und grinste. Wischte sich die Hände trocken, stützte sich auf die Theke und betrachtete Heinz lange.

„Gut siehst Du jedenfalls nicht aus, Alter", sagte sie schließlich. „Biste krank oder was ist los?"

„Wir kriegen anderes Wetter, der scheiß Fuß tut weh, sonst ist nichts", knurrte Heinz, trank einen schrecklich großen gelben Schluck, stürzte den Kurzen nach und nahm erleichtert wahr, dass sich in der Magengegend wohlige Wärme entfaltete. „Was ist los, was ist los! Kann den Scheiß nicht mehr hören. Noch nen Kurzen, Mutter Pixel!", forderte er höhnisch.

Pixel schenkte ein, stellte hin. Grinste. So war das eben immer schon mit ihr. Sie konnte nichts so richtig ernst nehmen. So dünn wie ihr Körper war auch ihre Anbindung an das Tragische. Ohne es zu wissen, ahnte sie doch, was mit Heinz passiert sein dürfte. Deshalb schenkte sie unaufgefordert noch ein Gelbes ein, wartete, entblumte, wartete, ließ nach, strich ab, kam mit dem beschlagenen Glas hinter der Theke vor, nahm den mühseligen Heinz wie selbstverständlich bei der Hand und führte ihn sachte ins Eck, an einen an diesem Spätnachmittag noch unberührten Tisch.

Aussprechen, dachte sie. Der muss sich mal richtig aussprechen, der sture Bock.

Aussprechen war Pixels Allheilmittel.

„Übernimmst Du mal, Werner?", rief sie und Werner

erschien prompt, trat aus der schmalen braunen Tür
mit der Aufschrift PRIVAT und fragte besorgt:
„Zu anstrengend, Kleines?"
Dann sah er Heinz und verfinsterte.
„Nun mach Dir mal nicht ins Hemde, Werner!", flö-
tete Pixel fröhlich. „Heinz braucht eine kleine See-
lenmassage!"
„Aber nicht zu weit unten", brummelte Werner und
war schon im Dienst.
„Na, Heinz, wat macht die Liebe?"
„Keine Ahnung, Pixel, ick kenne die Dame nicht."
„Komm, Alter, erzähl mir nichts. Du hattest was
Festes. Hab ich Dir angemerkt, erzähl mir nichts!"
„Ick bin doch nicht so blöd wie Du", er schielte auf
Pixels Bauch, „und lass mir einen dicken Bauch an-
hängen."
„Kannste ooch nicht! Da biste wohl neidisch, was?"
Pixel wusste nicht, wie an den Sturkopf rankom-
men, außer über Spott.
„Ick versteh Euch Weiber nicht, da wollt Ihr immer
frei sein, unabhängig, und bei der ersten besten Ge-
legenheit, wenn's einigermaßen passt, lasst Ihr euch
versklaven."
„Ick bin schwanger, Du Arschloch, ick bin nicht versklavt. Ick krieg ein Baby, ick werde Mutter, Du
Depp, das ist was Heilijet!"
„Heilig! Ach, du meine Scheiße, jetzt werd mal bloß
nicht albern, Pixel! Heilig!!! Windeln, Breichen,
Kacke! Dududu! Heilig!!! Mein Arsch! Bis jetzt
warst Du ein freier Mensch, Pixel. Konntest aufstehen, Dich wieder setzen, ganz wie Dir zumute war.

Det kleene Ding da drin, wird dir am Stuhl festbinden, wirst schon sehen. Ein Leben lang wirst Du nach dem seiner Pfeife tanzen."

„Es wird ein Mädchen", warf Pixel mit aufgeworfenem Kinn stolz und spitz dazwischen, als hätte sie damit Heinzens Argumente entkräftet.

„Wat macht denn das für'n Unterschied?" Heinz warf sich über den Tisch.

„Na, den Unterschied kennen doch nun grade wir beede janz genau!"

Pixel lächelte süffig: „Komm, jetzt werd mal 'n bisschen locker, Heinz, denk an die schönen alten Zeiten ..."

Aber Heinz wurde nicht locker. Er dachte nicht dran: Nicht mit mir! Nicht mit mir!

„Dann wirste eben ein Leben lang nach *ihrer* Pfeife tanzen. Und zum Dank tritt se Dir in den Arsch, wenn se groß ist. Und Werner sucht sich ne Junge, weil Du dann zu müde und zu alt und zu traurig bist zum Vögeln. So sieht's doch aus, Mensch, Pixel, ick bin enttäuscht von Dir!"

So! Abgeschmettert!

„Hast Du denn Deine Mutter in den Arsch getreten als Du groß warst?"

„Meine Mutter geht Dir nichts an. Pixel!"

Heinz spürte etwas Warmes, Weiches, das mal eindeutig nicht vom Alkohol kam, sondern von weit her aus der Kindheit aufstieg. Er sagte nichts mehr. Mit einem Schluck kalten Bieres trieb er das diffuse Gefühl aus der Kehle in den Magen zurück.

Und Schluss!

Er stellte das Glas ab und ließ sich gegen die Stuhllehne fallen, die Daumen schräg in die Taschen der Jeanshose geklemmt.

„Aber komisch ist es schon", sagte Pixel schließlich in das Schweigen und Mustern und Belauern hinein.

„Kann schon sein, dass Du recht hast, Heinz, und ick hab mir versklavt. Nur, Dein Rechthaben macht Dir offensichtlich gar keen Vergnügen ... ick hingegen ...", Pixel, jetzt ganz stolz und elegant, richtete sich so hoch auf, dass ihr Bäuchlein neugierig über die Tischplatte lugte, „ick hingegen bin fröhlich!"

Triumphierend riss sie die Augen auf: Na, was sagte er nun dazu?

„Sklaven sind immer fröhlich. Dumm und fröhlich. Hängen an der Peitschenschnur und freuen sich, det se so fein springen können!"

„Du verstehst eben nichts von der Liebe, Heinz, weeßte!" Pixel war einigermaßen entsetzt.

„Genau, Du hast es erfasst, Pixel. Und ick sage Dir noch wat: Ick hab auch keinen Bock drauf. Liebe macht aus Deinem Leben ein Gefängnis. Kieck se Dir doch alle an. Keiner hat mehr'n freien Willen. Alle hängen irgendwie an der Nadel. Sonst würde die Welt doch mal ganz anders aussehen. Sonst würde man sich doch den ganzen Scheiß gar nicht bieten lassen. Liebe ... mein Arsch!"

Einsam schlurfte Heinz durch die leeren Straßen. Den Kopf gesenkt, die Fäuste wütend in die Manteltaschen gebohrt, so schraubte er sich schwankend voran. Stampfte durch Regenpfützen, kickte wütend die Hundehaufen beiseite. Es war Werner gewesen, der dem Gespräch schließlich ein Ende gemacht hatte, wenn man diese Anhäufung gegenseitiger Behauptungen überhaupt ein Gespräch nennen konnte. Werner war an den Tisch getreten, hatte sich schmunzelnd die vom kalten Wasser roten Hände am Schürzentuch abgetrocknet und gesagt: „Jetzt lass mal gut sein, Kleines. Den kriegst Du nicht mehr gebogen. Der war schon immer so. Der hat nur einen Gedanken in seinem Kopf und der hat sich da so breit gemacht, dass kein zweiter mehr reinpasst. Was, Heinz, ist doch so?"

Heinz hatte Werner angestarrt, die Augen schon ein wenig glasig.

„Na", sagte Werner, „nun hau schon ab. Zeit fürs Bettchen."

Heinz war langsam aufgestanden, hat einen Moment auf Pixels Bäuchlein geglotzt, irgendetwas gesagt von viel Glück noch und war von dannen gewankt.

Ohne zu wissen, wie er dort hingelangt war, stand Heinz dann mitten in der Nacht vor Bärbels Haustür. Stand und schwankte. Starrte eine halbe Ewigkeit dumpf auf den Klingelknopf. Er fühlte sich mies. Wie am Ersticken. Seine Seele hatte ihn an der Gurgel. Irgendwann und irgendwie gelangte er schließlich nach Hause. In sein Bett.

An den Nachtschweiß hatte er sich inzwischen gewöhnt.

Massenweise Dominosteine, Weihnachtsmänner und

bunte Glöckchen versperrten die Durchgänge der Kaufhallen. Ein weiteres Fest der Liebe wollte überstanden sein. Heinz hatte sich Zeit seines Lebens nie etwas aus diesem „Scheißfest" gemacht. Sein Hass gegen Lametta und Lebkuchen gründete sich auf seinen Vater, der gemeint hatte, um Weihnachten herum eine besondere Strenge entwickeln zu müssen. Es war in Heinzens Kindheit wie ein mühsames Sich-durch-den-Reisberg-fressen, ehe er endlich zu einer friedlichen Umarmung und einem freundlichen Wort kommen konnte. Wenn überhaupt. Von den Geschenken ganz zu schweigen. Die fielen oft überhaupt flach.

Seit Heinzens Gedenken, hatte er den Heiligen Abend mit dem harten Kern seiner Gerüstbauerbrigade verbracht. Mit den „Alleinstehenden".

Und das sollte auch so bleiben: „Einmal Gerüstbauer, immer Gerüstbauer! Det ist keene Frage der Anstellung! Det ist eine Frage der *Ein*stellung, Heinz! Unfall hin, Unfall her!", hatten seine Kumpels kategorisch erklärt. Na, gut, dachte sich Heinz, irgendwo mit irgendwem musste man schließlich hocken, um diesen schrecklichen Abend zu überstehen.

Aber zu Werner würden ihn keine zehn Pferde bringen.

Also gingen die fünf Kerle und Monika, die Firmenbuchhalterin, dieses Mal zum Italiener an der Hauptstraße. Bei den „Spagettis" gab es auch Gänsebraten und auch Kerzenschimmer. Es wurde mächtig auf die Tassen gehauen und Monika rückte im Laufe des Abends immer verdächtiger gegen Heinz vor, bis sie endlich mit dem Kopf an seinem Oberarm landete. Wattendatten?, dachte Heinz. Er wandte den Kopf, schaute auf das dunkle Haar, sah die Schuppen, auch auf der Schulter. Monika hob das Gesicht und schaute ihm direkt in die Pupille, klare Aufforderung! Sie hatte so ungefähr das pausbäckigste Gesicht, das Heinz je gesehen hatte, auch schon ziemlich die Falten an Augen und unterm Kinn. Bestimmt hat sie einen schlaffen Bauch und Hängetitten, dachte Heinz.

Monika hatte ihre Bedürfnisse von jeher auf ihn ausgerichtet. Jedes Jahr ist sie nach dem zweiten Glas Sekt anhänglich geworden. Sehr zu Heinzens Verdruss. Aber diesmal lagen die Dinge anders. Diesmal war Monikas Werbung endlich von Erfolg gekrönt.

Was soll's, dachte sich Heinz: einem geschenkten Gaul, guckt man nicht ins Maul. Also legte er ihr den Arm um den Rücken und kniff ihr kräftig in die Brust, was Monika zu einem lüsternen Aufkreischen veranlasste und für den Rest des Heiligen Abends für rüffeligen Spott unter den Kollegen sorgte.

Heinz kriegte die selige Monika am ersten Weihnachtsfeiertag nur mit dem Versprechen auf ein gemeinsames Silvester aus der Wohnung.

Sie gingen wieder zum Italiener.

„Prosit Neujahr, Bärbel!", rief Heinz übermütig, als um Mitternacht die Korken knallten, und wurde sofort blass.

„Ich bin nicht Bärbel", kicherte die Frau, sie war

307

schon arg hinüber: „Ich bin doch die liebe Monika!"
Sehe ick, dachte Heinz ernüchtert und starrte sie an.
„Was ist los, Heinz, ist Dir nicht gut?"
„Nee, nee, der Sekt. Ick vertrage einfach keinen
Sekt. Besorg mir mal einen Whisky, Schätzchen,
Glenfiddish on the rocks!"
Heinz schüttete den Whisky mit einem Ruck hinter
die Binde, griff gierig nach Monikas prallen Armen
und zwang sie auf die Tanzfläche.
„Eh, Heinz, was soll das, ich fall noch hin!", schrie
die torkelnde Frau. Aber Heinz war außer Rand und
Band, wirbelte, trampelte, grölte und schwitzte. Sei-
ne Seele stürzte sich von der Rippe in den Magen
hinab. Der Typ kotzte sie an. Vielleicht kotzte er sie
aus.

Heinz wurde magenkrank. Gastritis, sagte der Dok-
tor. Er verordnete Heinz viel Bewegung an frischer
Luft.
„Und, wo finde ick die?"
„Wie meinen?"
„Ick meine die frische Luft, wo finde ick die?"
Der Arzt lächelte intelligent verstehend.
„Tja!" und zuckte die Achseln.

Warum Heinz dann wieder einmal vor Bärbels
Haustür stand, war ihm wieder einmal völlig unklar.
Wieder glotzte er ewig lange auf den Klingelknopf.
Handheben und draufdrücken. Handheben und
Draufdrücken. Handheben und Draufdrücken, häm-
merte es in seinem Kopf. Und er hätte es tatsächlich

beinahe geschafft. Leider war die Hand zu schwer. Es hätte auch wenig Sinn gehabt. Er hätte Sturm klingeln können. Bärbel hätte es nicht gehört. Sie war nicht da.

Sie war draußen in der Schmiede bei Hünchen, die gerade dabei war, dem dicken Kopf von Heinzens Sohn mit ihren geschickten Hebammenfingern den Weg ins Licht der Welt zu weisen. Da hätte ein Klingeln nur gestört.

Heinz stand noch eine Weile stumm und dumm vor der Haustüre. Auch der einzige Gedanke in seinem Kopf, den Werner so lobend erwähnt hatte, war inzwischen in kleine Stückchen zerfallen.

Es fing an zu schneien, ein leichter Wind kam auf. Heinz schnüffelte ein wenig. Nein, er weinte nicht. Wozu auch. Er schnüffelte nur ein wenig. Den Winter riechen. Dann machte er sich auf den Weg nach Hause. Langsam und bedächtig zuerst. Zum Schluss rannte er fast. Sprang schon leicht. Noch einmal Glück gehabt! Noch einmal davon gekommen!

Er stürmte in seine Wohnung, trank einen Schluck Glenfiddish, man gönnt sich ja sonst nichts. Fiel ins Bett und schwitzte. Er hatte einen ekelhaften Traum: Er ging durch eine lange Strasse, mittelalterlich zu beiden Seiten von hohen Mauern begrenzt. Heinz musste da durch. Er musste sich beeilen, die Strasse wurde immer enger, schon drückten sich die Mauern gefährlich dicht an seine Schultern. Heinz rannte. Die Strasse wurde immer länger. Heinz versuchte mit ausgestreckten Armen die Mauern von sich fern zu halten. Er fing laut an zu singen, um sich Mut zu machen. Er stöhnte. Er grölte. Er wachte auf. Schweißgebadet.

Auch Bärbel erwachte schweißgebadet. Auch Bärbel hatte geträumt. Sie war in einem weiß getünchten Raum mit einem jungen Mann. Sie machten sauber. Sie putzten und wischten. Dann standen sie nebeneinander. Dann lehnte sich Bärbel erschöpft an den jungen Mann, legte ihm die Arme um den Hals. Ihr Gesicht an seiner haarlosen Brust geborgen, flüsterte sie: „Keine Sorge. Ich will mich nur ausruhen. Nur ein wenig ausruhen." Eine sehnsuchtsvolle Ahnung tiefer Ruhe wurde spürbar. Dann merkte Bärbel, dass der junge Mann, der kein Gesicht hatte, von ihr abrückte, den Rücken gegen die Wand lehnte, die Hände mit den Wischlappen leicht erhoben, als wollte er sich vor einer Bedrohung schützen, eine Berührung vermeiden. Das nächste Bild dieses Traumes, an das sich Bärbel später erinnerte, war die leicht geöffnete Tür des Zimmers. Eben dieser gesichtslose Adonis krabbelte auf allen Vieren herein. Heftig atmete er. Dicke Wolken schwarzer Spinnweben stieß dieser Mensch bei jedem Ausatmen in das Zimmer hinein.
Bärbel erwachte. Hinter weißen Vorhängen verborgen graute der Wintertag heran, von hellblau getünchten Wänden umrahmt. Weiß und himmelblau, das war für Hünchen der einfache Frieden, die rechten Farben für junge Mütter. Weiß und himmelblau war auch die Wäsche auf dem breiten Metallbett.
Und da lag das Menschlein. Das winzige Gesicht-

310

chen verschwand fast unter dem Baumwollmütz-
chen: Das ist mein Kind! Bärbel sagte sich den Satz
immer und immer wieder, um das Unfassbare begreifen zu können.

Das ist mein Kind. Dieses Kleine, Zarte, Schutzlose.
Das habe ich geboren. Das kommt aus mir! Das ist
mein Kind!

Bärbel wischte sich die Tränen wie lästige Spinnweben aus dem Gesicht.

Bist auch erschöpft, was Kleiner? Auf die Welt
kommen ist nicht leicht, stimmt's?

Bärbel streichelte die Wängelein, stupste das Näs-
lein, betrachtete das Gesichtchen.

Die Großmutter. Ganz und gar die Großmutter,
dachte Bärbel.

Ich werde Dich Jonas nennen. Wer im Bauch des
Wals überleben konnte, muss unverwüstlich sein.

Die Tür ging auf. Da stand Hünchen und lachte:
„Na, wie schaut's? Mutter und Kind wohlauf?"

Wovor habe ich Angst, fragte sich Bärbel, solche
Angst, dass ich mir rußige Spinnweben ins Zimmer
blasen lasse? Da lag der kleine Mongole. Da stand
Hünchen und lachte.

„Ja", sagte Bärbel leise und lächelte. „Mutter und
Kind wohlauf."

Heinz ging nicht mehr zu Werner in die Kneipe. Der
war inzwischen auch Vater geworden. Nur im Gegensatz zu Heinz wusste er es und war glücklich. So
sagte er. Und so sah er auch aus. Wenn er an das
kleine Körbchen trat und dieses winzige Menschen-

gesicht ansah, hob sich Werners Zwerchfell in bedenkliche Höhe, und er kriegte es nur durch ein zufriedenes Grunzen in die gewohnte Lage zurück. Es war ein Mädchen, mit Kaiserschnitt auf die Welt gekommen, weil es partout nicht anders aus der engen Pixel herauswollen konnte.

„Diese Narbe, meine Königin", pflegte Werner zu lallen, wenn er nach langen Kneipenstunden in den Armen der glücklichen Mutter landete, „diese Narbe, meine Königin, ist ein Geschenk des Himmels."

Nein! Unmöglich! Heinz konnte da nicht mehr hingehen. Er wollte sich Pixels Grinsen, Werners Schmunzeln und den Anblick der Kleinen, „ach, wie süß", unbedingt ersparen.

Trank er eben seinen Glenfiddish, man gönnt sich ja sonst nichts, zuhause. Trotz des ärztlichen Verbots trank er entschieden mehr als üblich. Meist erwachte er schweißgebadet mit dumpfem Kopf.

Aber er scherzte schon mal wieder. Unterhielt seine Kolleginnen von der Post mit gewagten Witzen, schwatzte mit den Leuten in der Straßenbahn und mit dem türkischen Gemüsehändler an der Haltestelle. Und da gab es ja auch schon mal wieder eine Inge, eine Helga, eine Karin. Es sah so aus, als wäre bei Heinz alles wieder beim Alten.

Aber Oma Hübner konnte man nicht so leicht täuschen. Sie war voller Gram über ihren Heinz: „Nee, Heinz, was ist nur mit Ihnen passiert. Sie gefallen mir gar nicht mehr. Sie sehen so dünn aus! so schmucklos!"

312

Heinz und Bärbel wären sich wohl nie wieder begegnet, wenn Heinz nicht vor seinem Magen davon gelaufen wäre. Seit er wegen des Grummelns und Drückens und Brennens im Magen nicht mehr zu trinken wagte, lief er in jeder freien Minute. Er marschierte durch den Frühling, den Frühsommer, den Altweibersommer, sofern es nicht „ander Wetter" gab und sein Fuß ihn nervte. Etwas langweilig. Etwas fad. Aber Gedanken an bessere Zeiten kamen in Heinzens Rechnung nicht vor. Und so lief Heinz auch an jenem schicksalhaften Tag durch die Stadt. Die Daumen in die Jeanstaschen gesenkt, die weinrote Windjacke leicht geöffnet. Es war ein sonniger Herbsttag und ein noch recht mildes Lüftchen wehte. Dann sah er sie. Dann sah sie ihn. Von der breiten Fahrbahn getrennt, die Autos zischten zwischen ihnen durch, standen sie wie angewurzelt. Vier Augen. Ein langer Blick. Eine halbe Ewigkeit. Dann wurde Jonas unruhig. Für seine Bedürfnisse stand die Kutsche zu lange still. Das Kind fing an zu zappeln, zu ningeln und schließlich an zu weinen.
Bärbel musste sich von Heinz abwenden und tröstend über ihr Kind beugen.
Die Spannung war aufgehoben. Heinz war entlassen. Er hätte den Fall mit einem freundlichen Winken über die Straße hinweg erledigen können. Aber das Bedürfnis, sich wie eine Schmeißfliege auf sein Elend zu hocken, zwang ihn dann doch hinüber auf die andere Straßenseite.
Er versuchte eine lässige Haltung. Gelang ihm auch. Die weichen Knie halfen. Bärbel hatte dem Kind die

Tränen getrocknet und das Näschen geputzt. Langsam richtete sie sich auf und ihr Blick traf auf Heinz. Dieser offene, klare Blick! Es war wie ein Schuss.

„Du hast Dir die Haare abgeschnitten?", räusperte Heinz heraus.

„Ja, ist praktischer so!"

„Hm."

Heinz versank in den Anblick der Frau. Lange. Die Wänglein gerötet, der volle weiche Mund leicht geöffnet, als wollte er etwas sagen, wüsste aber nicht genau wie, geschweige denn was.

„Steht Dir", sagte Heinz endlich. Sein Mund war trocken. Alles an Heinz war trocken. Ein: „Du siehst gut aus", quetschte er sich noch ab.

„Du nicht. Du siehst krank aus!" - hätte Bärbel beinahe gesagt. Sie war entsetzt und hatte Mühe, sich dieses Entsetzen nicht anmerken zu lassen. „Danke", sagte sie also und senkte den Blick.

Heinz hatte verstanden. „Na ja, ich hab's ein wenig mit dem Magen", murmelte er.

„Du bist dünn geworden", stotterte die junge Mutter und setzte doch tatsächlich noch hinzu: „Steht Dir aber!"

Heinz schluckte. Bärbel schnüffelte. Säuerlich roch Heinz nicht mehr. Eher staubig, so merkwürdig trocken. Wie lange abgelagertes Papier. Abgelagert und aufgehoben. Heinz roch überlagert. Als würde er immer noch in jenem fernen Gartenlokal sitzen, den Blick auf das Bierglas gesenkt, das er mit der rechten Hand vorsichtig im Kreise drehte.

Heinz räusperte sich. „Dir steht das Kind auch gut. Ist Dir wie aus dem Gesicht geschnitten. Als hättstes ganz alleine gemacht. Ein Junge?"

„Hm."

„Und, eh ... wie alt?"

„Halbes Jahr."

Bärbel blieb absichtlich ein bisschen drunter. Sie wollte nicht, dass Heinz ins Rechnen kam. Sie wollte das alles überhaupt nicht. Ihr wurde heiß. Kleine Schweißperlen schmückten ihr Näschen. Sie konnte doch jetzt nicht sagen: Das ist Dein Sohn, Heinz. Undenkbar. Sie *wollte* es aber auch nicht sagen. Sie sagte stattdessen: „Ich muss. Ähm. War schön, Dich zu sehen. Na dann, gute Besserung."

Sie blieb aber stehen und sah ihn weiter an, den Mann, der ihr Leben einst in so große Aufregung versetzt hatte, und verstand sich nicht mehr. Auch Heinz blieb noch stehen und starrte die junge Mutter an, den mageren Hals leicht nach vorne gereckt, als wollte er der Frau sein Gesicht in die Hände geben. Aber die Seele, fest angeklebt an der gastritischen Schleimhaut, rührte sich nicht. Sie machte sich keine Hoffnung mehr auf den Typen.

Heinz und Bärbel standen noch eine Weile, die Augen wie mit Widerhaken an die verlorene Vergangenheit gekettet.

Dann ein staubiges Räuspern: „Tja, ick muss denn auch. Schönen Tag noch. Man sieht sich!"

Ohne ihr die Hand zu geben, wandte sich Heinz mit einem Ruck ab und trabte über die Strasse zurück.

Er zieht seinen Fuß nach, dachte Bärbel, das hat er

früher nicht gemacht. Er lässt sich gehen. Und zu ihrem Sohn sagte sie, noch mit zaghaftem Lächeln ihrer Träumereien im blauen Kleid gedenkend: „Keine Sorge, Jonas, nach der Geburt erworbene Klumpfüße vererben sich nicht." Dann riss sie sich los. Hinter der nächsten Straßenecke blieb sie stehen, lehnte sich an eine Hauswand und atmete tief durch. Ein. Aus. Ein. Aus. Mein Gott, er muss todkrank sein, so wie er aussieht. So eingefallen, so grau. Na, er sagt ja: magenkrank ... aber was ...

Jonas fing ungeduldig an, mit seinen dicken Beinchen zu strampeln und zwang seine Mutter, weiterzugehen. Der Wind fächelte ihr erhitztes Gesicht. Dein Vater, Jonas, Dein Vater, Dein Vater ..., so hämmerte es in ihrem Kopf. Pausenlos.

Was natürlich prompt passieren musste: Bärbel fühlte sich schlecht. Sie fühlte sich schuldig an Heinzens Zustand. Sie fühlte sich schuldig, dass Jonas so einen Vater hatte und daran, dass er keinen hatte. Sie beklagte ihren Übermut und ihre Kraft. Sie hatte kein Recht, Jonas den Vater zu verweigern und Heinz den Sohn. Sie hätte es ihm jetzt gleich sagen müssen. Aber wie sollte das gehen: Ach! Gut, dass ich Dich treffe, darf ich vorstellen, Dein Sohn?

Nach der Begegnung mit Bärbel und seinem Sohn Jonas, hat Heinz sich eine Flasche Glenfiddish, man gönnt sich ja sonst nichts, gekauft und das scharfe Zeug wie Wasser getrunken. Magen hin - Magen her! Nun lag er auf dem Sofa und zählte die bunten Kreise, die langsam vor seinen Augen aufstiegen und wieder herabsanken, als wäre er in eine Tüte Smarties gefallen. Alles um ihn herum fing an, sich zu drehen und Heinz kicherte leise. Er dachte nicht nach. Wozu auch. Die Sache war gelaufen. Dumm gelaufen vielleicht, aber immerhin gelaufen. Er musste auch nicht groß nachrechnen. Wenn das Kind ein halbes Jahr alt war, konnte es nicht von ihm sein.

Außerdem hatte er ja verhütet. Na ja, außer dem einen Mal in der Küche. Das ging zu schnell ... das war so heiß ... aber das war ja mindestens ... nee ... die wird schon einen Grund gehabt haben. Lehr mich die Weiber kennen! Dass sie damals so schnell weg ist, im Park! Aber gut so. Was hätte das werden sollen, mit einer Frau, die sich so schnell trösten kann. Mit dem ersten Besten wahrscheinlich. Nach so einer Liebe. Alles Lug und Trug!

Heinz dachte doch tatsächlich: Nach so einer Liebe!

Aber jetzt war er schon zu weit weg von sich und von allem, als dass es ihm noch aufgefallen wäre. Heinz hatte Kino. Zwischen den bunten Kreisen tauchten Bilder auf. Bilder seines Lebens: die Mama ganz oft, und das tat merkwürdigerweise immer noch weh. Die Kollegen, er sah sich selbst aus vollem Halse lachen. Idiot!, dachte Heinz: Hast ihnen den Narren gemacht. Hast nicht aufgehört zu witzeln, Affe, immer noch mal nachgetreten, bis endlich alle gelacht haben. Und? Hast Dir totgelacht, Du Idiot. Und er sah seinen Sturz vom Gerüst. Merkwürdig, er sah alles von innen und von außen.

Er sah, wie die Hand greifen wollte, und er sah, wie er sah, dass die Hand den Holm verfehlte. Er sah sich fliegen und er sah, wie das Gerüst an ihm vorbei flog. Und er sah ganz von außen sein Entsetzen. In diesem Moment schmerzte sein Fuß wieder. Zum ersten Mal seit langem. Höllisch. Als wäre er gerade erst zersplittert. Heinz betrachtete den Schmerz und genoss ihn. Er genoss diese kräftige Ablenkung von dem anderen Schmerz in der Brust. Er trank weiter. Zurückdrängen! Er weidete sich an seinem Schmerz und betrachtete die Bilder vor seinen Augen, die sich immer weiter von ihm entfernten, bis Heinz so im letzten Drittel der Flasche gar keine Bilder mehr sah und nur noch einen Gedanken dachte, spürte, wusste: Ich habe die Schnauze voll!

Es ging ihm nicht schlecht dabei. Im Gegenteil. Er fühlte sich erleichtert. Weich und selig war ihm zu Mute. Er nahm noch einen Schluck aus der Flasche. Mit Genuss dieses Mal. Sein ganzer Körper, sein ganzer Geist durfte sich nun in aller Ruhe mit diesem Satz anfüllen: Ich habe die Schnauze voll!

Heinz betrachtete den Gedanken lange mit steigender Zärtlichkeit. Er nahm ihn zur Brust und ließ ihn immer tiefer in sein Herz sinken. Dann kreuzte er die Arme über dem Leib, schloss die Augen und war auch schon eingeschlafen.

Er träumte nicht. Er schwitzte auch nicht und erwachte heiter. Erlöst. Kein Kater, kein Durst. Heinz öffnete das Fenster weit, reckte die Arme, hielt sich am oberen Fensterrahmen fest und ließ den Oberkörper, so gehalten, leicht in Richtung Strasse kippen. Er schaute auf die Autos, die Menschen, das Hasten und Eilen unter seinem Fenster. Alles war seltsam weit entfernt, die Geräusche gedämpft.

Die Menschen lassen sich nie genug Zeit, dachte Heinz, die Mütter nicht ... die Väter nicht ... sie müssen immer irgendwo hin, sind ständig am Entlangeilen ... Das Radio dröhnte Werbung. „Wenn die Zwetschgen reden könnten ..." Heinz lachte hell auf: „Alles klar, Jungs, alles klar! Wenn die Zwetschgen reden könnten, würden sie natürlich sagen: ‚Bei Kaisers sind wir billiger. Was denn sonst?'" Heinz lachte. Irgendwie schien ihm die Idiotie der Zeit in diesen zwei Sätzen gebündelt zu sein.

Heinz lachte. Wenn es am schönsten ist, soll man aufhören. Er war nicht mehr festgeklemmt. Er klebte nicht mehr unter dem Tisch. Heinz hatte seinen freien Willen wieder. Er begann, sich vorzubereiten. Holte sein Geld von der Bank, legte die wichtigsten Papiere heraus, sichtbar auf den Küchentisch, noch mal überwischen, die Flaschen wegtragen. Alles eben, was getan werden musste vor einer langen Reise. Es schien Heinz, als hätte er sich ein Leben lang nach dieser Reise gesehnt. Als wäre sie immer das Ziel seiner Wünsche gewesen. Jetzt endlich war es so weit. Er brachte sogar seine Sachen zum Rot-Kreuz-Container. Er behielt nur das Zeug, das er bei der Überfahrt tragen wollte: die Hose und das schöne olivene Hemd, das Bärbel damals für ihn ausgesucht hatte. Ein wenig sentimental vielleicht, dachte Heinz: Aber das darf ja wohl sein vor einem langen Abschied!

Er tat alles in Ruhe und mit Bedacht, hatte er doch keine Eile.

Als das Telefon klingelte, war der Haken schon in der Decke. Er überlegt kurz, nahm dann aber doch ab. Noch einmal mit einem Menschen reden, konnte ja nicht schaden!

Es war Bärbel.

Wie schön, dachte Heinz und nahm ihr den ersten Satz ab: „Na, Kleene, wie geht's uns denn heute so?"

Bärbel war verblüfft. Die Stimme! So weich, so warm, so Anteil nehmend war sie selten gewesen und passte in keiner Weise zu dem magenkranken trocknen Typen, den sie gestern auf der Strasse getroffen hatte. „Was ist los mit Dir, Heinz, geht es Dir nicht gut?"

Etwas Blöderes hätte sie jetzt aber wirklich nicht sagen können. Heinz lachte. „Im Gegenteil, mir ist es lange nicht mehr so gut gegangen. War's das, was Du wissen wolltest? Ob's mir gut geht? Oder wolltest Du Dich noch ein bisschen weiden an meinem Elend, weil Du Dich so schnell getröstet hast?"

„Heinz, ich bitte Dich ..."

„Worum, was kann ich für Dich tun? Kleine Wünsche erfüllt der Herr sofort, meine Süße! Für größere hätte ich dann leider keine Zeit mehr."

Bärbel fuhr der Schreck in die Glieder und ein Kloß in den Hals.

„Nein, Heinz, jetzt hör doch mal auf ..."

„Kann ick nicht. Du hast angefangen. Du musst aufhören. Das wär sonst unhöflich von mir."

„Heinz, bitte ...“

„Na, sag schon, watte willst.“

„Es ist alles ganz anders, als Du denkst!“

„Ach! Denn war det gar nicht Dein Kind, jestern?“

„Nein ... also, doch ... also, nein ... es ist *Dein* Kind, Heinz!“

Jetzt war es heraus!

„Ach, hat der Typ Dich sitzen lassen? Brauchste jetzt einen Sündenbock? Zu spät, Schätzchen.“

„Heinz bitte, sei jetzt nicht so!“

„Wie bin ich denn?“

Kurzes Schweigen.

„Lass uns reden, bitte!“

„Machen wir doch gerade. Und es macht mir Freude. Nur dass Du mir jetzt auch noch verarschen willst, det finde ick irgendwie unpassend ... jetzt grade ... eh ...“

„Ich verarsch Dich nicht, Heinz. Können wir uns nicht irgendwo sehen ... also ... treffen, also ...“

„Irgendwo nett zusammen Kaffee trinken, möchtest du sagen?“

„Ja, ich würde mich freuen.“

„Und nett plaudern?“

„Ja, ich muss Dir doch erklären ...“

„Dette einen Dummen suchst, der Dir die Alimente zahlt?“

„Nein, Heinz, sei doch mal vernünftig!“

„Ick bin gerade jetzt, in dem Moment, so vernünftig, wie noch nie, Kleines. Nur, dass ich keine Zeit mehr habe. Mein Zug geht gleich.“

„Ein paar Minuten Heinz! Bitte! Heinz? Ich möchte

321

Dir so gerne alles erklären."

Schon saß Heinz eine zynische Erwiderung auf der Zunge, aber er hielt sich zurück. Was soll's. Geh nicht im Zorn.

Nach einer kurzen Pause sagte er, sehr sanft: „Nee, Du. Da hänge ich mich schon lieber auf! Mach's gut, Perle. Grüß Deinen Sohn. Und Tschüs!"

Als Bärbel Stunden später in Heinzens Wohnung kam, hing er an der Decke. Zunge blau, ganz weit heraus: „Jetzt mach mal schön den Mund auf und sag Aaahhh!", hatte der Doktor immer gesagt.

Das milde Herbstlüftchen, das durchs Fenster wehte, drehte den toten Körper sachte hin und her. Vor und zurück. Vor und zurück.

Wie angenagelt blieb Bärbel auf der Schwelle zum Wohnzimmer stehen.

Mund leicht auf.

Unfähig, auch nur den kleinsten Finger zu rühren.

Außen Stille, innen lärmte es: Was habe ich getan? Was habe ich getan? Was habe ich da angerichtet? Ich habe gar nichts getan. Er hat es getan. Was kann ich dafür? Ich bin schuld. Wieso? Wieso soll ich schuld sein, dass er steckengeblieben ist? Der Sturkopp, der dämliche. Was hätte ich denn machen sollen? Er hätte ja schließlich auch anrufen können. Er wollte es nicht. Er wollte es doch nicht anders. Gegen den war doch kein Kraut gewachsen!

Heinz auf der Intensivstation. Das verletzte Gesicht, das verletzliche. Das Bild machte sich in Bärbel breit bis ihr die Tränen kamen. Eine nach der anderen rollten sie zum Kinn hin runter.

Und er hatte es wirklich ernst gemeint, der Heinz. Der Haken in der Decke! Der Strick, erste Wahl. Da konnte man nicht meckern. Er war auf Nummer sicher gegangen, der Heinz. Auch dass er die Sachen anhatte, die sie ihm damals ins Krankenhaus gebracht hat, entging Bärbel nicht, auch nicht der traurige nasse Fleck auf der Hose.
Als sie sich endlich wieder rühren konnte, als sie verzweifelt durch das Zimmer lief um irgendwo einen Schluck Whisky für sich zu erbeuten, wäre Bärbel um Haaresbreite auf Heinzens Seele getreten, die sich auf dem Boden krümmte und spannte.
In dem Moment, als das Genick brach und die Zunge ruckartig nach außen drängte, war sie Heinz aus dem Magen, dann aus dem Hals geschossen und auf dem Teppich gelandet. Sie sah ein bisschen aus wie ein Shitake-Pilz. Bräunlich. Anfangs noch trocken. Dann wurde sie langsam feucht und entfaltete sich, wurde üppig und groß wie eine seltene Blume. Schließlich erhob sie sich in die Luft. Sanft wie ein Schmetterling. Nach einem zärtlichen Streifzug über Heinzens Stirne: „Dumm gelaufen, Alter! Aber nüscht für unjut!", konnte sie, endlich befreit, in den Herbsthimmel hinaus flattern.

Gott ist zu langsam

Frau Alma Huhn stürmte das Amt. Weit schritten ihre Füße aus. Der lange Mantel wehte hinter ihr her. Das Haupt hoch aufgerichtet eilte sie über das uralte Kopfsteinpflaster. Eine schöne Straße. Rechts der Park. Links geschmackvoll renovierte Altbauten. Und dort am Ende der Straße lauerte es nun: das Landratsamt. Der Altbau aus rotem Klinker, der Neubau aus freundlichem Beton, dazwischen eingebaut das Parkhaus. Wie die Fürschten, die wussten auch, wo es schön ist, dachte Hühnchen. Sie war ärgerlich. Ärgerlich über sich selbst. Sie spürte, dass die Kraft, die ihre Schritte lenkte nur aufgesetzt war. Nein, Hünchen hatte es nicht geschafft, die gelassene Überlegenheit in sich aufzubauen, die ein Gespräch mit dem Gesetzesdurchsetzer brauchte, wollte man erfolgreich sein. Sie hatte Angst. Sie spürte das. Angst vor dem Gesetz. Das machte sie unsicher. Und Unsicherheit machte sie ärgerlich.

Fräulein Brombach brachte ihrem Chef den allmorgendlichen Kaffee. Sie sah heute noch viel hübscher aus als sonst. Das kam von der Aufregung. Sie hatte eine Überraschung für ihren Chef. Eine Überraschung, die er schwerlich würde ablehnen können. Fräulein Brombach war stolz auf ihre Idee. Sie wusste, dass ihr Chef in ein paar Tagen Geburtstag haben würde, und sie hatte es geschafft, zwei Logenplätze für den chinesischen Zirkus zu ergattern, der in der Stadt gastierte. So was lässt man sich doch gerne schenken, hatte sie zu ihrer Freundin Chalotte gesagt: „Alle meine Versuche, etwas Privates in unsere Beziehung einzufädeln sind ja bis jetzt gescheitert. Er ist so unglaublich korrekt. Aber so was lässt man sich doch nicht entgehen. Oder? Und für so ein Geschenk würde man natürlich hinterher zu einem Glas Wein eingeladen. Und auf meinen Charme kann mich doch verlassen, Charlotte. Ich krieg ihn rum, den alten Hagestolz, wirste sehen, Charlotte. Ich habe noch jeden Mann bekommen, den ich wollte. Und den Huldt will ich. Er sieht gut aus, ist angenehm im Umgang und vor allem ist das *die* Partie, sage ich dir! Ein ernsthafter Mann und sehr intelligent, der kennt sich aus. Der steigt noch ein Stück die Leiter nach oben. Wirste erleben, Charlotte! Ein Häuschen mit Garten, finanziell gesichert, da kann ich es mir doch nur gut gehen lassen, oder? Na, ich bin gespannt, richtig kribbelig. Ich kann es kaum erwarten, sein Gesicht zu sehen, wenn er die Karten sieht!"

Und jetzt war es soweit. Herr Huldt ließ die Tageszeitung sinken, erblickte das Tablett, die Tasse Kaffee, das Glas Wasser und den roten Umschlag daneben. „Was ist das hier?"

„Eine Überraschung, Chef! Ein etwas vorgezogenes Geburtstagsgeschenk. Schauen Sie doch mal rein!"

Herr Hans Joachim Huldt schaute zu seiner Sekretärin auf. Sie war wirklich ganz besonders hübsch heute Morgen. Das zarte Gesicht mit dem dunklen Ponyschnitt leicht lächelnd zu ihm herabgebeugt, die rot geschminkten Lippen feucht und ein klein wenig geöffnet, die Wangen rosig.

Herrn Huldt schwante nichts Gutes: „Ist gut, danke Monika", sagte er so gut wie unbeteiligt. Er nahm den Kaffee vom Tablett und legte den Umschlag achtlos beiseite.

„Schauen Sie doch mal nach, was in dem Umschlag ist."

„Ja, Monika, später. Ich werde den Umschlag später öffnen!"

„Ach, nein, bitte jetzt gleich! Ich will doch Ihr Gesicht dabei sehen."

Ein leichtes Knurren, ein leichtes Zucken der Mundwinkel: „Monika, Sie wissen doch, dass ich keinen Privatkram im Dienst haben möchte. Bitte!"

Monika hatte Erfahrung mit ihrem Hagstolz. Sie ließ sich nicht so leicht abwimmeln: „Sie sind noch nicht im Dienst, Herr Huldt, es ist erst zehn vor neun! Bitte, tun Sie mir doch den kleinen Gefallen."

Herr Huldt wollte es vermeiden, unhöflich zu werden. Also öffnete er den Umschlag, sah die Karten. Zwei Karten.

Wieder ein leichtes Knurren. Zwei Karten? Das konnte doch nur eines bedeuten: „Sie wollen mich einladen? Ist das Ihr Ernst, Monika?"

Mein Gott, ist das süß, es ist ihm peinlich, dachte Monika mit einer gewissen Rührung.

„Ja, warum nicht?" Sie war noch immer unerschrocken: „Zum Geburtstag sozusagen. Ein Geburtstagsgeschenk. Wir arbeiten jetzt fünf Jahre zusammen, verstehen uns gut, warum sollten wir nicht einmal zusammen ausgehen? Was spricht dagegen? Einmal ist keinmal!" Monika lachte leicht auf. Sie fand sich gut. Ein Lachen wie ein helles Glöckchen.

„Na, gut, Monika, dann muss ich Ihnen sagen, was dagegen spricht. Wir arbeiten gut zusammen, das ist wahr. Aber, und hier liegt die Betonung, wir *arbeiten* zusammen. Und ich möchte doch darum bitten, dass die Dinge getrennt bleiben. Hier die Arbeit, dort das Vergnügen. Ich mag da keine Vermischungen, wie Sie wissen, auch wenn einmal nur keinmal sein sollte. Und jetzt dürfen wir uns wohl wieder den ernsthaften Aufgaben des Lebens widmen?"

Monika war in Gefahr, sich zu vergessen. Sie liebte es, wenn er so sprach. Das ebenmäßig geschnittene, vielleicht etwas zu längliche, vielleicht etwas zu blasse Gesicht nahezu unbeweglich. In den Augen ein kaum merklicher milder Glanz. Diese geschliffene Wortführung, dieser weite, ernsthafte Bogen, kaum dass er Luft holen musste. Nur ab und an das leichte Vorschieben der kleinen Unterlippe. Und diese vorwitzige Unterlippe ließ Monika an süße Erwartungen denken. Ihr Chef ahnte offensichtlich nicht, wie sinnlich diese kleine Unterlippe auf Fräulein Brombach wirkte. Vollkommen schlicht sprach er, wie eingeübt, wie hundertmal gesprochen. Ohne erkennbares Gefühl. Vollends vorurteilslos.

Gerade noch rechtzeitig erwachte Monika aus ihrer kleinen Träumerei: In diesem Ton sprach ihr Chef mit seinen Bittstellern. Aber doch nicht mit ihr, bitte. Sie war doch seine Vertraute. Zwar vorerst nur dienstlich, gewiss, aber das konnte sie ja gar nicht glauben. Sie lächelte ihn an. Ein wenig verunsichert: „Aber, ich bitte Sie, Chef, es ist doch nur eine kleine Einladung, ein Geschenk, nichts weiter, keine große Sache." Monika verwirrte sich und blieb stecken.

„Geben Sie sich keine Mühe, Monika! Ich werde nicht mit einer Angestellten in den Zirkus gehen! Niemals!"

Monika stand wie vom Donner gerührt. Angestellte! Ihr stockte der Atem, sie lief feuerrot an: „Dann kündige ich jetzt, dann bin ich nicht mehr Ihre Angestellte, dann geht es?" Sie presste es geradezu heraus, Tränen der Kränkung in der Stimme.

„Auch wenn es Sie kränken sollte, Monika, Sie sind eine sehr charmante Frau, natürlich, aber wenn ich die Wahl habe, möchte ich mich doch eher für die Sekretärin entscheiden. Ich hatte noch nie eine so patente Mitarbeiterin. Die möchte ich gerne behalten."

Monika stierte ihren Chef an. Das war stark. Das war erniedrigend!

Sie sah jetzt gar nicht mehr hübsch aus. Das Gesicht verzerrt: „Und ich, Herr Huldt, werde kündigen! Ob Ihnen das passt oder nicht. Sie werden schon eine andere patente Angestellte finden!"

Sie stakste auf ihren hohen Hackenschuhen wütend zur Tür. Huldt wandte den Kopf, betrachtete den wippenden Po in ihrem engen grauen Röckchen, die wütend hackenden langen Beine. Nein, sie war ihm durchaus begehrlich. Aber die Prinzipien, für die man sich im Leben entschieden hatte, musste man leben, in jedem Punkt. Auch wenn das nicht immer leicht war, aber man musste doch vor sich selber glaubwürdig bleiben. Wie alt war er, als sie in der Oberschule dieses russische Buch gelesen hatten? Vierzehn, höchstens fünfzehn Jahre alt. Ein Buch über den Kampf um ein freies Russland. Der Held dieses Buches hatte ihn begeistert. Sein ganzes Leben, seine ganze Kraft hatte er dem Kampf um die Befreiung gewidmet. Ja, hatte Hans Joachim damals beschlossen: So ein Mensch wollte er werden. Nun, das Kämpfen mit der Waffe, das war nichts für ihn, das spürte er damals schon, aber da gab es ja durchaus noch andere Möglichkeiten, sich mit Leib und Seele einzusetzen für eine gerechte Welt. Und das begeisterte ihn! So würde er sein. So würde er handeln. Unter welchen Bedingungen auch immer.

Dass er Monika abweisen musste, tat ihm schon leid. Aber es gab schließlich noch andere begehrliche Frauen in der Stadt und irgendwann würde er die finden, die zu ihm passte, die seine Überzeugungen teilte. Das schien ihm bei dieser hier eher nicht der Fall zu sein. Und Punkt.

Ehe Monika durch die Tür verschwand, sagte er noch, durchaus freundlich einlenkend: „Die Kündigungsfrist beträgt drei Monate. Aber überlegen Sie es sich bitte noch mal. Ich würde Ihren Abgang sehr bedauern. Und nehmen Sie die Karten wieder an sich. So hübsch wie Sie aussehen, werden Sie doch einen anderen netten Begleiter finden!"

Monika riss ihm die Karten aus der Hand und verließ ohne ein weiteres Wort das Büro ihres Chefs.

Die Tür schlug unsanft zu. Keine Sanftheit mehr in

Monika, keine Überlegenheit, kein glockenhelles Lachen. Zorn über die Demütigung, das empfand sie. Angestellte! Was bildete der sich denn ein? Sie zerrte ein Tempo aus ihrer Handtasche und schnäuzte sich ausführlich die Nase. Dieser Mann war nicht einfach nur ein Hagestolz. Der war ein Roboter. Was versuchte er denn darzustellen? Den perfekten Diener des Gemeinwesens? Das war ja sein Lieblingswort: das Gemeinwesen. Die totale Perfektion? Keinen Anhaltspunkt bieten? War das sein Ziel? War es das, was ihn begeisterte? Was ihn glücklich machte? Hatte er Angst, erwischt zu werden bei einer Schwäche? Hatte er Angst, nicht mehr zurückzufinden aus einer Empfindung? Hatte er deshalb alles in sich abgetötet? Aus Angst? Er ist ein Feigling, nichts weiter. Ein erbärmlicher Feigling. So ist das nämlich.

Bevor sie sich noch schämen konnte für die Mühe, die sie sich um ihn gemacht hatte, noch bevor die Enttäuschung sich noch so richtig in ihr ausbreiten konnte, griff Monika nach ihrem Schminktäschchen und entfernte mit geübter Hand die Spuren der heftigen Aufwallung aus ihrem Gesicht.

Hans Joachim Huldt stand auf und horchte ein wenig an der Tür, ob etwa ein Schluchzen zu hören wäre. Aber er hörte nichts. Wenigstens nicht das noch.

Der Leiter der Baubehörde reckte ein wenig die verklemmten Glieder und schaute eine Weile in das beruhigende Grün des Parks. Er seufzte tief auf. Dass manche Menschen aber auch nicht locker lassen konnten, dass sie einen so weit trieben, bis man unhöflich werden musste. Herr Huldt hasste jede Art von Unhöflichkeit.

Hünchen brauchte ihre ganze Kraft, um die große Glastür zu öffnen, die den Bürger von des Beamten Heiligtum trennte. In der üppigen Eingangshalle war rechts die Pförtnerloge. So hieß das wohl in früheren, leichter überschaubaren Zeiten. Diese hier sah allerdings mehr aus wie ein Raumschiff. Ein großer Glaskasten mit vielen technischen Apparaten, Knöpfen und bunt leuchtenden Lämpchen. Drinnen stand ein kleiner Mensch. Tja, so isses nun, dachte Hünchen, die Technik riesig, der Mensch klitzeklein.
Die junge Frau kam aus dem Glaskasten heraus, reckte den Kopf zu Hünchen hoch und erklärte ihr umständlich den Weg, den sie nehmen musste, um sich zum Bauamt durchzuschlagen.
Durchschlagen kam der Sache ziemlich nahe. Durch das Parkhaus, das den Altbau vom Neubau trennte, konnte man das Haus nicht auf einfache Art durchschreiten. Man musste treppauf, treppab diese Lücke zwischen den Gebäudeteilen umklimmen. Da konnte es schon mal passieren, dass man die Orientierung verlor. Hünchen musste mehrfach nach dem Weg fragen und kam so langsam aus der Puste. Lange Gänge aus Neubaukälte und Altbauromantik. Hier hölzerne Wendeltreppen, dort stählerne Geländer. Ständiger Wechsel zwischen moderner Großspurigkeit und altertümlichen Winkelzügen. Sogar das große Huhn hatte Schwierigkeiten, sich nicht klein und hilflos zu fühlen in der verwirrenden Weit-

läufigkeit des Amtes. Das hätte ihr jetzt gerade noch gefehlt. Aber vielleicht war das ja Absicht. Vielleicht sollte sich der Bürger ja unsicher fühlen vor dem Amt? An den vielen Türen, an denen sie vorüber schritt, entdeckte sie seitlich eingesetzte Glaswände, die Einblick in die Büros gewährten. Man konnte sie sitzen sehen, die Hüter der Ordnung, die Verwalter der Bürger, die Köpfe über Papierberge geneigt. Auf die Frage an einen durcheilenden Akten tragenden jungen Mann, wozu diese Glasfenster denn gut sein sollten, wurde ihr erklärt, das sei die öffentliche Demonstration des „Offenen Verwaltungssystems," das hier in diesem Amt praktiziert würde.

Da fehlt nur noch das Schild „Füttern verboten", dachte Hünchen und ließ ihr rollendes Lachen ertönen.

Das Büro des Amtsleiters der Baubehörde war allerdings etwas größer als die kleinen Buchten, in denen andere Beamte ihren Arbeitstag verbringen mussten. Hier war noch Platz für eine kleine Sitzecke mit Sofa und Sesselchen. Nur, das wurde in Hünchens Falle nicht angeboten.

„Schönen guten Tag!", sagte sie artig, reichte dem Herrn Amtsleiter die Hand und veranlasste ihn so, sich zu erheben und ihr ebenfalls die Hand zu reichen.

„Danke, dass Sie Zeit für mich gefunden haben."

„Dafür sind wir ja nun mal da", antwortete der schmale hohe Mensch freundlich: „Bitte nehmen sie Platz!"

Galant deutete er auf die Tischrundung, die dem Schreibtisch direkt angefügt war. Ein Beispiel modernen Bürodesigns. Das soll wohl nun die Nähe des Beamten zum Bürger demonstrieren, dachte Hünchen. Sie hatte die Wahl zwischen zwei Stühlen, die aber beide nur eine etwas seitliche Position zum Amtsleiter erlaubten. Hünchen entschied sich für die nähere Variante und saß so direkt hinter einer großen Glasschale mit goldig verpackten Bonbons. Wie beim Friseur. Hünchen wollte es ja nicht glauben. Welcher Bittsteller würde wohl den Nerv haben, mitten im Gespräch mit einem Herrn Amtsleiter „Darf ich?" zu sagen, einen Bonbon zu entgolden, um die Verhandlung mit vollem Mund weiter zu führen? Oder ist der Herr Amtsleiter selber so ein ganzer Süßer?

Herr Huldt lehnte sich behaglich in seinem Schreibtischsessel zurück, streifte mit der Hand leicht über das kurz geschnittene, dunkle Haar und ließ den Glanz seiner gerechten Augen auf der gewaltigen Bürgerin ruhen, die da hinter den goldigen Bonbons aufragte. Eine Weile herrschte die Stille der Betrachtung.

Sieht doch eigentlich sympathisch aus, der Mensch, dachte Hünchen, ganz normal. Relativ jung noch für sein hohes Amt. Sportlich. Freundlich. Auch nicht dumm.

Hünchen schöpfte Hoffnung: „Warum dürfen die jungen Leute das Forsthaus nicht ausbauen und dort wohnen?"

„Weil es nicht mehr existiert", antwortete der Amtsleiter kurz und bündig und schob seine kleine Unterlippe leicht nach vorne. Etwas spitzfindig sah er jetzt aus. Aber gutmütig.

„Da darf ich Sie dann eines Besseren belehren. Es ist da! Ich war gestern dort, wo es Ihrer Meinung nach *stand*. Es *steht* noch da. Ich habe es angefasst!"

Mit dieser Tatsche dachte Hünchen den Hauptteil des Gespräches hinter sich zu haben. Was gab es jetzt noch zu sagen?

„Ja, real mag es da stehen, aber nicht baugesetzlich." Herr Huldt schob wieder die Unterlippe ganz leicht vor. Wieder sah er spitzfindig aus. Wieder gutmütig.

Hünchen verschlug es einen Moment lang die Sprache. „Das Baugesetz ist nicht real?", fragte sie dann und fand sich sofort dumm.

„Frau Huhn, bitte lassen Sie uns nicht spitzfindig werden, das ist für beide Parteien nicht besonders günstig."

„Besonders für Ihre Partei, nicht wahr? Die jungen Leute sitzen am kürzeren Hebel. Da ist nichts mehr besonders günstig, Herr Huldt!"

Mein Gott, dachte Hünchen, was red ich denn da für einen Unsinn. Ich muss mich konzentrieren, sonst wird hier nichts mit Schreibtisch auseinander reißen:

„Entschuldigen Sie schon, Herr Huldt, das was Sie da sagen, widerspricht doch jedem normalen Menschenverstand."

„Es geht hier auch nicht um den normalen Menschenverstand, es geht um Vernunft, Frau Huhn."

„Ach Gott, da gibt es für Sie einen Unterschied?"

Hünchen war entsetzt. Das war schwachsinnig. Wie geht man denn mit Schwachsinn um?

„Ja, natürlich, Frau Huhn! Es sind zwei Seiten. Zwei Seiten einer Medaille, zugegeben. Aber während der Verstand frei sein darf, fliegen darf, muss die Vernunft mit beiden Beinen auf der Erde bleiben!"

Herr Huldt lächelte. Das Bild gefiel ihm. Überhaupt machte ihm das Gespräch Freude. Er war in seinem Element. Eine Erquickung nach dem getrübten Dienstbeginn. Die Frau da vor ihm rührte ihn. Wie konnte man denn in diesem hohen Alter noch so entzückend naiv sein.

Er beugte sich der Frau entgegen und lächelte wohlwollend: „Sie sind doch eine vernünftige Frau. Sie werden doch einsehen, dass wir unsere Gesetze achten müssen. Sonst entsteht Chaos. Und das würde Ihnen ja bestimmt auch nicht gefallen. Wir sind ein ausgedehntes Gemeinwesen, wo einer vom anderen abhängig ist. Da müssen die einzelnen Steinchen der Regeln schon zueinander passen, passend gemacht werden, gefügt werden. Auch wenn es dem Einzelnen im Moment nicht schmeckt. Nicht passt, nicht passend erscheint!"

Hünchen hatte gedacht, Vernunft und Verstand gehörten auf dieselbe Seite, zusammen. Dass man zum Beispiel seinen Verstand gebraucht, um herauszufinden, was vernünftig ist. Sie musste einsehen, dass ihre Vorstellungen nicht mehr der Zeit entsprachen. *Ihre* Vernunft, *ihr* Verstand sagte ihr einstimmig, dass es besser wäre, ein Haus zu erhalten, als es verfallen zu lassen.

Der Baumensch sagt ihr aber: „Was geht der Welt denn verloren, ohne dieses Haus? Nichts. Die Natur nimmt sich lediglich zurück, was ihr gehört. Ich glaube gerne, Frau Huhn, dass Ihnen das befremdlich erscheint, aber wir sehen die Verläufe in ganz anderen Dimensionen. Die Gesetze sind ja nicht aus dem Nichts heraus entstanden. Sie hatten eine Ursache, eine Ursache, die dem gesunden Menschenverstand, wie Sie das nennen, durchaus entsprach. Es ist dem Gemeinwesen nicht zumutbar, dass jeder macht, was er will, verstehen Sie? Die beiden jungen Menschen haben mein tiefstes Verständnis, meine allergrößte Sympathie, aber sie hätten sich schon mal kundig machen dürfen, bevor sie ein Haus kaufen. Jetzt ist es ein schmerzlicher Eingriff für alle Beteiligten."

„Ach, ja? Für alle Beteiligten?", schnaubte das Huhn verächtlich: „Wo liegt denn der Schmerz bei Ihnen, Herr Huldt?"

„Ja, was glauben Sie denn, Frau Huhn, warum ich Beamter geworden bin? Weil es bequem ist? Weil man eine gute Pension bekommt, wenn man nur lange genug durchhält? Das mag bei einigen meiner Kollegen durchaus so sein, das will ich gar nicht abstreiten, aber bei mir nicht! Ich betrachte meinen Beruf als Dienst an der Gemeinschaft der Bürger. Der bin ich verpflichtet. Der Gemeinschaft. Nicht dem Einzelnen. Das ist das Problem. Das verkennen die meisten. Und sie verkennen genauso leichtfertig die Schwierigkeiten, die es bereitet, den Nutzen oder den Schaden herauszufiltern, den eine Entscheidung birgt. Für das Gemeinwesen birgt. Und sie verkennen auch, dass der Beamte ja, fast möchte ich sagen leider, auch Gefühle hat und dass es ihm auch emotional nicht leicht fällt, im Leben einzelner Mitbürger Schnitte zu machen, die schmerzlich sind. Stattdessen regnet es Spott und Hohn. Glauben Sie denn, es ist angenehm, hier Tag für Tag über den leblosen Akten zu sitzen? Kaum ein freundlicher Mensch schaut vorbei. Die meisten haben ja den Grimm im Gesicht, wie Sie!" Und das Ausgebranntsein, setzte Huldt in Gedanken hinzu, die Leere der Abende, die Trübseligkeit, die Schwierigkeiten, all den Undank zu ertragen. Da musste man sich den Stolz ganz alleine aus dem Universum herunter laden. Den Stolz auf sein Tun.

„Tut mir leid, Frau Huhn", fügte er knapp und wie abschließend an: „Die persönlichen und wirtschaftlichen Interessen der einzelnen Bürger spielen bei unseren Entscheidungen keine Rolle. Dürfen sie gar nicht spielen. Wir halten uns an das Gesetz der Allgemeinheit."

Für einen Moment sah Hünchen das Gesetz wie eine Wolke am Himmel schweben, Schatten werfend auf nach oben gerichtete, flehende Gesichter.

Jetzt reicht es, dachte Hühnchen, jetzt ist mal Schluss mit der Bedachtsamkeit. Und sie ging heftig zum Angriff über: „Sie behaupten, der Dienst an der Gemeinschaft sei Ihr Antrieb? Aber ist es nicht vielmehr die Artigkeit, die damit verbundene Vorzüglichkeit, die Sie treibt? Der damit verbundene Aufstieg zu Höherem, Bedeutenderem?"

Aber Herr Huldt fühlte sich nicht angegriffen. Ganz im Gegenteil. Er fühlte sich verstanden: „Ja, wohl wahr. Das bestreite ich nicht. Im Gegenteil. So wie ich mich dem Gemeinwesen verpflichtet fühle, so sehr fühle ich mich dem Gedanken verpflichtet, ihm möglichst umfassend zu dienen. Und je höher die Position, desto mehr Möglichkeiten hat man dazu."

„Und was bitte hat das jetzt alles mit dem Forsthaus zu tun?"

Fast hätte Hünchen den Faden verloren, in ihrem Bemühen, zu verstehen, wo hier in all dem der Sinn verborgen lag. Die Vernunft. Der Verstand, oder was auch immer.

„Wo liegt hier der Schaden für die Gemeinschaft? Das würde ich gerne wissen. Kann es der Gemeinschaft denn nicht vollkommen egal sein, ob dieses Haus bewohnt ist oder nicht?"

„Genau, Frau Huhn, es ist ihr egal. So egal, dass das Haus – ein kurzer Blick in die Akten – seit fast fünf Jahren nicht bewohnt war und langsam vor sich hin verfiel."

„Ja und? Jetzt wird es wieder aufgebaut? Wem schadet es?"

„Der Gemeinschaft, Frau Huhn. Der Gemeinschaft." Herr Huldt hätte das Gespräch jetzt gerne beendet. Es begann ihn zu langweilen. Es war doch immer wieder dasselbe. Sie denken alle nur an sich, an ihren besonderen Vorteil. Sie kommen doch alle nicht weiter als bis zu ihrem Gartenzaun. Das Allgemeine ist ihnen egal. Nach mir die Sintflut. Immer mehr Menschen auf der Welt, immer mehr Probleme. Wie soll das denn enden, wenn keiner bereit ist, ein wenig, nur ein wenig, zurückzustecken? Obwohl diese Frau ja immerhin gleich auf die wesentliche Ursache der Diskrepanz zwischen Amt und Bürger zugesteuert war. Das musste er schon anerkennen. Er schob wieder seine kleine Unterlippe leicht vor und versuchte ein mildes Lächeln.

Aber die Frau da vor ihm erlöste ihn nicht. Sie machte weiter: „Inwiefern denn? Bitte, ich will doch nur verstehen. Wem nützt es, wenn Sie bei ihrer Entscheidung bleiben? Wem entsteht denn Schaden, wenn die jungen Leute in diesem Forsthaus wohnen. Es muss doch einen Grund geben für das alles. Sagen sie mir bitte den Grund!"

„Insofern, als dann dort eine kleine Familie leben wird, die von der Gemeinschaft erwarten kann, nicht allein gelassen zu werden. Sie werden ein Kind haben, nicht wahr. Und wahrscheinlich noch ein zweites. Der Schulbus muss fahren, eine Strasse muss bereitet werden. Wir sind als Amt verpflichtet, die Sicherheit der Bürger zu gewährleisten, verstehen Sie? Der Hausarzt, der kommen muss, die schnelle medizinische Hilfe und und und. Das wären alles Kosten, die dem Gemeinwesen anfallen, sehen Sie? Durch Sie *alle* da draußen übrigens. Und die Kassen der Gemeinde sind jetzt schon leer. Insofern also Schutz der Gemeinschaft. Schutz der Gemeinschaft vor den wohl verständlichen, aber dann doch willkürlichen Bedürfnissen des Einzelnen!"

Wie oft hatte er diese Sätze schon sagen müssen!

Sie waren ihm wie Staub im Mund.

Vor Hünchens Augen tanzten kleine schwarze Paragraphen. Sie sah die treuherzigen Augen des Beamten, sah seine Mühe, auf ihr Verständnis zu stoßen, und verstand nichts mehr.

„Und wenn der Einzelne nicht von der Gemeinschaft beschützt werden will? Wenn er freiwillig auf die von Ihnen gewährte Sicherheit verzichten will? Wenn er draußen bleiben will?"

„Aber Frau Huhn, was soll das jetzt. Das geht doch nicht", kam es postwendend, knapp und hart zurück.

„Warum nicht?" Hünchen hatte das Gefühl, endlich die richtige Fährte erwischt zuhaben, wurde aber sofort eines Besseren belehrt.

„Da Sie nicht alleine auf der Welt sind, gehören Sie nun mal dazu. Ob Sie wollen oder nicht. Der Mensch lebt in der Gemeinschaft. Er kann gar nicht alleine. Sie essen ja auch das Brot, das ein Bäcker für Sie gebacken hat, nicht wahr. Die Gemeinschaft ist für den Einzelnen da und sie darf erwarten, dass der Einzelne auch für die Gemeinschaft einsteht. Und überhaupt. Stellen Sie sich doch nur mal vor, Sie haben plötzlich einen Herzinfarkt und das Rettungsauto kommt wegen der schlechten Straßenlage nicht rechtzeitig. Hm? Was würden Sie dann sagen?"

„Wahrscheinlich gar nichts mehr, Herr Huldt!"

„Na, sehen Sie!"

Das Gespräch dauerte lange, es drehte sich im Kreis. Die persönlichen Interessen der Bürger und so weiter und so fort. Die riesige Frau in dem begrenzten Büro wurde durch das Gespräch immer mehr eingezwängt und meinte ersticken zu müssen, wenn sie jetzt nicht sofort die Arme ausbreiten und aus dem Fenster fliegen könnte.

„Tun Ihnen die armen jungen Leute denn gar nicht leid?" Hünchens Stimme hörte sich hilflos an. Sie fühlte sich auf dem Rückzug.

„Als Mensch sicher! Aber als Amtsleiter dürfen sie mir nicht leid tun. Wie sollte ich dann meine Entscheidungen treffen?"

„Und wie können Sie das trennen? Den Menschen vom Amtsleiter?"

Herr Huldt stülpte amüsiert seine kleine Unterlippe nach vorne und sagt begütigend tadelnd: „Frau Huhn, ich bitte Sie!"

„Und wieso dürfen Sie alleine bestimmen, was nutzt und was schadet?"

Hünchen wusste sofort, dass das hier der ganz falsche Ansatz war. Der Amtsleiter lehnte sich gemächlich in seinem Sessel zurecht, schlug die langen muskulösen Beine übereinander und faltete die Hände im Schoß: „Auf Grund meines Berufes, Frau Huhn. Auf Grund einer jahrelangen Erfahrung im Umgang mit diesen Dingen und deshalb meiner größeren Übersicht, auch über den bitteren Eigennutz der Menschen, das können Sie mir glauben. Bitter!"

Hünchen lächelte bitter, den Blick auf das Bonbonglas gesenkt: „Ich hätte vielleicht etwas mehr Verständnis für Ihre Lage, Herr Huldt, wenn ich nicht das Gefühl hätte, es mache Ihnen Freude."

„Ach, wissen Sie, Frau Huhn, Freude! Freude ist ein weites Feld!"

„Genau", sagte Hünchen noch, und: „Auf Wiedersehen!", und: „Viel Freude noch!"

Sie stand auf und ging. Ohne Handschlag diesmal.

Ihr Kleid klebte am Hintern und sie fühlte sich beschmutzt. Was sie noch mehr quälte als das Schicksal des Forsthauses, war die Frage: Was mache ich, wenn der ernst macht? Ihr wurde vollkommen übel bei der Vorstellung, aus der Schmiede herauszumüssen, sich eine Wohnung nehmen zu müssen, in der Stadt, oder im Dorf oder egal in welchem „Innenbereich".

Mit ihrer kleinen Rente konnte sie sich gar nichts leisten. Und ihre Ersparnisse waren so gut wie aufgebraucht: „Aber warum haben Sie uns denn nicht mitgeteilt, dass wir im Außenbereich sind?", hatte sie gefragt: „Unsere Ersparnisse stecken da drin. Unsere Zukunft!"

Es klang wie ein kleiner Schrei. Herr Huldt war auch hier ungerührt geblieben: „Das Amt hat keine Mitteilungspflicht, Frau Huhn. Der Bürger darf sich gerne kundig machen. Dafür sind wir für ihn da. Jederzeit. Sie hätten sich gerne erkundigen können, bevor Sie einen Anbau machen. Dafür bedarf es einer behördlichen Genehmigung. Das hätten Sie in Ihrem Alter allerdings schon wissen dürfen, Frau Huhn! Machen Sie jetzt nicht mich für die Folgen verantwortlich."

Hünchen musste sich erst einmal setzen. Vor dem Büro des Amtsleiters stand eine Bank für Besucher. Durch die Glasscheibe des offenen Verwaltungssystems konnte sie den Gewaltigen betrachten. Er saß schon wieder über seinen Paragrafen auf deren Einhaltung er zu achten hatte. Als sei nichts geschehen. Als wäre hier nicht eben noch eine erhitzte Debatte geführt worden. Nichts, aber auch gar nichts, konnte Hünchen diesem Bild entnehmen. Eine Gestalt, weiter nichts. Da hat ja ein Schluck Wasser mehr Feuer, dachte sie. Hat sich der Gemeinschaft verpflichtet, der Herr, und ist noch wahnsinnig stolz darauf. Der kommt wahrscheinlich ohne den Gedanken an die Gemeinschaft gar nicht mehr alleine aufs Klo. Und von so was hängt man nun ab.

Der Rückweg aus dem Amt gestaltete sich nicht weniger kompliziert als der Weg hinein. Erst nach mehrfachem Nachfragen erreichte Hünchen endlich die riesige Glastür und war frei. Noch, dachte sie, noch.

Als erste Reaktion auf ihre grandiose Niederlage kaufte sich Hünchen eine „Thüringer Riesenbratwurst" am Imbissstand neben dem Parkplatz. Die Banane, die sie sich für den Notfall eingepackt hatte, blieb in der Tasche. Hünchen brauchte jetzt etwas Handfestes. Sie kaute und schluckte versessen und wurde immer griesgrämiger. Nichts war mit Schreibtisch auseinander reißen! Ich habe mich einwickeln lassen. Ich habe mich verwirren lassen. Ich habe versagt. Der will Karriere machen, der junge aufstrebende Kader. Ich bin verloren. Wir sind verloren. Alles deutete darauf hin. Diese Korrektheit. Dieser gekonnt freundliche Abstand zu den Problemen der Bürger, der seine eigentlichen Ziele verbergen sollte. Ich bin verloren.

Hünchen musste noch eine zweite Bratwurst essen, um das dumpfe Gefühl der Verzagtheit abzutöten, das sich in ihrem Magen eingenistet hatte. Auf dem Weg zurück in ihren Außenbereich, im sich langsam lichtenden Nebel, dachte Hünchen immer nur den einen Satz: Ich muss jetzt ganz vorsichtig fahren. Ich muss jetzt ganz vorsichtig fahren. Ich muss jetzt ganz vorsichtig fahren!

Zu Irmgard, die am Abend anrief, um zu erfahren, wie das Gespräch verlaufen sei, sagte sie nur: „Das Hornberger Schießen war ein Scheißdreck dagegen!"

„Das überrascht Dich doch aber nicht, Mutter?"

„Nein! Aber es hilft mir auch nicht."

Das große Huhn hatte einen beklemmenden Traum. Man versuchte, ihr Schmuckringe um den Hals zu legen. Wer es war, konnte Hünchen nicht erkennen. Sie sah nur den kostbaren Schmuck, der Ring auf Ring um ihren Hals gelegt wurde. Sie sah ihren Hals immer länger und dünner werden, bis ihr Kopf schließlich, weit entfernt vom Körper, wie eine voluminöse Murmel über dem kostbaren Hals schwebte.

Hünchen erwachte wie zerschlagen. Sie fühlte sich krank. Finstere Gedanken kreisten in ihrem Hirn. Gedanken über die Sinnlosigkeit des Lebens. Was hatte sie denn noch zu erwarten? Mit so gut wie siebzig? Siebzig Jahre, mein Gott! Was konnte da noch kommen? Eiter, Übelkeit und Pickel? Und was wusste sie denn, wann ihr Körper keine Lust mehr haben würde, ihrem ehrgeizigen Wunsch, zu leben, Folge zu leisten? In jeder Minute konnte das Glöckchen klingeln. Und was war? Außer Spesen nichts gewesen. Mühsal, Sorgen, abrackern, zu jeder Tages- und Nachtzeit raus, fremde Kinder in die Welt zerren, das eigene Kind alleine lassen. Das eigene Kind wollte dann auch nichts mehr von einem wissen. Wozu auch. Es war längst erwachsen und traf seine eigenen Entscheidungen. Da hockte man nun hier in einer Splittersiedlung, im „Außenbereich", wie der Baumensch das genannt hatte, und ist tatsächlich draußen. Abgeschirrt, das alte Ross. Normalerweise hätte Hünchen über solche Gedanken lachen können. Aber in dieser Nacht vergaß sie ihren sonst so gepriesenen Genuss am Leben, ihre Kräuter, das Atmen, den Geruch der Erde, alles, was schön war auf der Welt. Schön am Leben. Weit weg war sie davon. Was ist Vernünftig? Ist Leben vernünftig? Was ist Verstand? Und so weiter. Hünchen stürzte ab. Wie krächzende Raben kreisten Kummer und Sorge, letztlich auch schreckliche Angst über ihrem Kopf und versuchten Nester in ihren Haaren zu bauen.

Aber irgendwann geht jede Nacht zu Ende und der Morgen dämmerte. Alma Huhn kämmte sich die Reste der übel verbrachten Nacht aus ihren Haaren und ging zur Tagesordnung über, wie sie es ein Leben lang vermocht hatte.

Die restliche Woche über stürzte sich Hünchen in wilde Betriebsamkeit. Sie arbeitete von morgens bis zum Umfallen. Nicht die geringste Mühe scheute sie und keine leistbaren Kosten, um für das junge Paar ein Heim zu richten. Sie versuchte, nicht daran zu denken, was später sein würde. Erstmal, dachte sie. Erstmal. Damit das Kind kommen kann. Irgendwo müssen sie ja erstmal hin. Erstmal. Noch ist ja nicht aller Tage Abend. Noch nicht. Schauen wir mal, dann sehen wir schon. Kommt Zeit, kommt Rat!

Sie strich die Wände der drei kleinen Räume im Anbau. Das Schlafzimmer hellblau, das Wohnzimmer in einem Hauch von Gelb. Das winzige Bad weiß. Die Wut über die Unverschämtheit des Amtsleiters stärkte ihr den Rücken. Sogar die kleine Küchenecke wurde gefliest und Teppichboden im Schlafzimmer verlegt. Die Gardinen gewaschen. Weiß beflügelte die Fenster. Und dann stand am Sonnabend ein klappriger Lastwagen vor der Tür und eifrige junge Männer trugen Möbel und Kisten und Kasten hin und her. Was nicht Platz fand in den zwei Zimmerchen, kam in der alten Scheune unter.

Und dann, am Nachmittag, in der dritten Stunde, der Schrei!

Die junge Frau war eben in die Küche gekommen, um zu fragen, ob sie das Geschirr, das in der Küchenecke nicht mehr Platz fand, auch in den Schuppen bringen sollte, oder ob Hünchen vielleicht etwas davon gebrauchen könnte, als sie aufschrie, den Karton mit den Tellern fallen ließ, es krachte und klirrte, Scherben sprangen durch die Küche, die

346

Frau sank zu Boden, krümmte sich und schrie: „Mein Baby! Mein Baby kommt! So helft mir doch!"

Die jungen Männer stürzten herein. Was ist los? Was ist los? Sie halfen, die junge Frau aus den Scherben zu heben und auf den großen Tisch zu legen, Kissen im Nacken. Hünchens klare Kommandos flogen durch die Küche, der werdende Vater eilte, das Wasser kochte. Der junge Mann hielt sein Weib fest im Arm und Hünchen tat ihre Arbeit. Da war keine Zeit zum Nachdenken mehr, keine Zeit für Angst, nicht einmal richtig Zeit für den Schmerz.

In einer knappen halben Stunde war das Baby da. Ein Mädchen. Alma Huhn nahm es als Zeichen. Ein Menschlein, ein langes Leben war in ihrer Küche geboren. Wenn das kein gutes Zeichen war, was denn dann?

Heiter zogen die vorweihnachtlichen Wochen vorüber. Hünchen genoss ihr Entzücken über diese intelligenten, leichtfüßigen jungen Menschen, die sie sich da ins Haus geholt hatte. Mit heiterer Sorgfalt hüteten sie ihr Kind. Und, mein Gott, dieses Kind, einfach zauberhaft. Hünchen musste an die Zeit ihrer Jugend denken, an ihren Mann, den Schmied, den grobknochigen. Äußerlich, und wie sich herausstellte, leider auch innerlich grobknochig. Die junge Alma hatte sich in seine Kraft verliebt. Und wie feige war er doch letztlich, der starke Mann. Hünchen musste wieder an ihre vielen einsamen Jahre denken, an die anstrengenden Tage mit Beruf und Kind, die oft verweinten Nächte. Vielleicht, dachte Hünchen, war Irmgard ja deshalb so im Zwiespalt, weil sie mit einer unglücklichen, überforderten Mutter aufgewachsen war. Wie gut ging es da diesem Mädchen, das in der reinen ungeteilten Liebe aufwachsen durfte, von Mutter und Vater gleichermaßen umsorgt. Mit leichtem Seufzer schloss Hünchen das Fenster und die Tür zu ihren Erinnerungen.

Weihnachten mit seinem Kling Glöckchen, klingelingeling ging vorbei, hier auf dem Lande in ruhiger Herzlichkeit. Das Neue Jahr hielt Einzug mit Schnee und sonniger Kälte. Es war so viel Leben in der alten Schmiede, dass es der alten Frau manchmal schon etwas zu bunt wurde. wurde. Merkwürdig, dachte Hünchen, man glaubt, jung zu bleiben im Alter, rüstig und frisch, und das war ja auch so. Das Kind in einem, jahrelang durch erwachsen sein müssen und erwachsene Vernunft geknebelt, wird immer freier. Aber das weise Kind des Alters schien dann doch die Abgeschiedenheit zu lieben, die Stille und Geborgenheit der untätigen Momente. Aber, wie das so ist, da entwischt ein Satz, vorschnell und aberwitzig aus der Speicherung jüngerer Jahre, schon hat man sich versprochen und muss laufen. Na gut, dachte sich Hünchen, nichts spricht dagegen, tätig zu sein. Wie hatte ihre Mutter immer gesagt: „Tun ist alleweil besser als ruh'n!"
Hünchen nahm einen Schluck Apfelschalentee mit Zimt und Vanille, wischte sich kurz über den Mund,

schob die Brille zurecht und beugte sich über den verwirrenden Paragraphen 35 des Baugesetzes.

„Rumpeldipumpel wie Wackerstein" nagte die drohende Zukunft. Und Anfang Februar nagte dann auch das Bauamt wieder.

Hühnchen tobte. Einen weiteren Brief vom Amt festgekrallt in der Hand, tobte sie in ihrer lauschigen Küche von der Fensterfront zur Tür. Von der Tür zur Fensterfront. Das Bauamt teilte ihr verbindlich mit, dass das Wohnen in einem Außenbereich unstatthaft sei und forderte sie auf, binnen drei Monaten ihren Wohnsitz von der umgebauten Schmiede in einen „rechtmäßigen Wohnsitz" zu verlegen. Diese sei ein Gewerberaum und als solcher zu nutzen. Nichts habe sie dazu berechtigt, dort Umbauten vorzunehmen und laut Paragraph …, Paragraph so und so, würde ihr dafür eine Strafe von … und so weiter und so weiter auferlegt. Und sie wurde aufgefordert, das Gebäude wieder in seinen ursprünglichen Zustand zu versetzen. Und Punkt. Natürlich dürfe sie eine gegenteilige Meinung zu diesem Vorgang bis zum … und so weiter zu Papier bringen … und so fort.

Natürlich erregte dieses für ihr Leben gefährliche Ansinnen die alte Frau bis aufs Blut. Und dennoch war da noch ein anderes Gefühl, das sie durch ihre vehementen Gänge niederringen wollte. War es das Wissen, ausgeliefert zu sein? Den Krallen einer fremden, unerbittlichen Macht? War es ein diffuses Gefühl der Verlorenheit, das in ihr brodelte, wie das

Magma im Erdinneren? Eine Weichheit, die Alma Huhn nicht zulassen durfte und mit Heftigkeit zu bekämpfen suchte? Waren Hünchens kräftig ausgreifende Schritte, ihr zum Teil harsches Wesen, all ihre Kraft nur deshalb gewachsen, um dieses Gefühl der Verlorenheit nicht zuzulassen? Ihr Leben lang musste sie dagegen angehen. Ihr Leben hatte Weichheit nie erlaubt. Immer musste sie stark sein und kämpfen. Und jetzt erst recht durfte sie dieses Gefühl nicht zulassen. Sie konnte doch bitte nicht mit ihren fast siebzig Jahren in der Küche stehen und heulen wie ein kleines Mädchen. Weil sie so alleine war, schon so lange alleine war, und weil die Kraft, gegen den Kummer darüber anzugehen, langsam zu schwinden schien. Oh, sie hatte es so satt, mit allen Dingen alleine dazustehen, hilfreich zu sein, alles alleine entscheiden zu müssen. Sie hatte es so satt, stark sein zu müssen. Sie wollte so gerne ganz klein und weich sein. Sie wollte nicht mehr widerstehen. Sie wollte sich anlehnen. Sie wollte behütet werden. Sie wollte geschützt werden vor diesen Angriffen des Bauamts und, wenn sie schon einmal dabei war, vor den Angriffen des Lebens überhaupt.

Ja, gut, das reizende junge Paar war da, aber die kleine Familie war eben auch auf ihre Hilfe angewiesen.

Der Schreck fuhr ihr durch alle Glieder. Hünchen blieb wie angewurzelt stehen. Das ganze Geld weg, Schulden über Schulden, das Haus futsch. Nein, das war doch alles Wahnsinn. Fast wollte Hünchen den zu Ostzeiten so strapazierten Satz denken: „So kann

man mit Menschen nicht umgehen!" Mit diesem
Satz konnte man in ihrem alten Vaterland etliche
Klippen umschiffen. Aber heutzutage? Wie wehrte
man sich heutzutage? Welche Mittel hatte man?
Welche Worte?

Darüber würde sie nachdenken müssen. Es musste
einen Weg geben und sie musste ihn finden. Entschlossen schlüpfte das große Huhn in den weiten
weinroten Mantel, der sich wie eine warme Hand
auf ihre Schultern legte, und machte sich zunächst
auf den Weg zu ihren Nachbarn, den anderen Split-
tersiedlern. Vielleicht ginge es ja vereint? Wenn wir
alle gemeinsam ...?

Vergiss es, Alma Huhn! Vergiss es einfach Geh nach
Hause zu Deinem Hagebuttengebräu. Die Nachbarn
waren ganz arg drauf. Drei weitere Parteien hatten
den folgenschweren Brief des Bauamts erhalten.
Aber verblüffender Weise richtete sich der Zorn dieser Menschen nicht so sehr gegen das Amt, als vielmehr gegen das junge Paar, das sich gegen das Ver-
bot, das Forsthaus auszubauen, nach Meinung der
Nachbarn zu lautstark gewehrt hatte. Der Zorn richtete sich gegen Hünchen, die nach Meinung der
Nachbarn das Amt durch ihre Einmischung erbost
hatte. Dadurch nämlich hätte sich der Blick der Be-
hörde so unerbittlich an diesem kleinen Fleckchen
Erde festgekrallt: „Und jetzt werden wir alle da hin-
eingezogen, die wir doch vorher so friedlich unentdeckt geblieben waren."

Hünchen wollte nicht glauben, was sie hörte. Ver-
kehrte Welt.

Zwar blieb der Zorn gegen sie noch halbwegs unter der Decke. Zu oft hatte man auf Hünchens Hilfe zurückgreifen müssen. Zwar wurde ihr Kaffee angeboten, den sie auch trank. Auch ein Keks, den sie auch aß.

Aber es wurde deutlich, dass hier an Gemeinsamkeit nicht zu denken war: Jeder für sich und Gott gegen alle! Danach sah es wohl eher aus. Aber irgendwie wirkte diese Enttäuschung wie eine Läuterung auf Hünchen. Sie wurde ruhig. Das kleine Fensterchen in die Not ihrer Seele war wieder geschlossen.

Zurück in ihrem Noch-Heim, im Duft und in der Wärme, entschloss sie sich, das junge Paar einzuweihen.

Es passierte etwas Unerwartetes. Der junge Mann lachte. Erst leise, dann schallend: „Nein, das ist ja herrlich! Die sind ja verrückt! Die sind ja total verrückt! Das macht ja schon wieder Spaß!" Dann wurde er ernst und fügte sehr praktisch hinzu: „Anwalt! Das muss jetzt mit Anwalt gehen. Wenn sie erlauben, Frau Huhn, ich habe einen Freund, der kennt sich mit so was aus."

Und ob Hünchen erlaubte. Sie durfte sich anlehnen. Für einmal stand sie nicht alleine da.

Anders als zwischen den grauen Schwaden des Novembernebels oder über den Schneedecken der postweihnachtlichen Zeiten, gehen die Menschen im Zeichen der schnellen Frühlingswinde mit ihrem Wohl und Wehe um. Die Stürme treiben den Staub aus den Lungen und abgelagerte Gedanken aus den

Gehirnen, die schneller und gewitzter jetzt, einfache Lösungen suchen und finden.

Nach langen, gebeugt unter dem aprikosenfarbenen Licht der Hängelampe, in tiefen Gesprächen verbrachten Abenden, zeigte sich für Hünchen und ihre kleine Familie ein schwacher Lichtstreif am Horizont: Auf Bestand klagen. Zwar sei der Paragraph 35 ein Lieblingskind des Amtsleiters, und es sei fast unmöglich, ihm einen Fehler nachzuweisen, aber er hätte nach dem Buchstaben des Gesetzes durchaus die Möglichkeit, die nun einmal entstandene Situation, den Bestand also, zu billigen. Das könne man nach Meinung des gewitzten Freundes des jungen Mannes durchaus versuchen, mit einiger Aussicht auf Erfolg.

Hünchen erreichte einen Grad von Fatalismus, der sie ganz heiter machte. Sie hatte jetzt einen Anwalt. Jeder, der in der neuen Welt etwas auf sich hielt, musste ja einen Anwalt haben, wenigstens einen. Und sie hatte ein neues Lieblingswort: Ermessen. Ein Leben lang war sie ohne dieses Wort ausgekommen. Jetzt tauchte es immer wieder auf: Ermessen. Ermessensfrage, es liegt im Ermessen von ... Das ganze Gesetzbuch schien Hünchen dem Ermessen anheim gegeben. Nicht dem Vermessen, dem Vermessenen, dem Vergessenen, nein, dem *Er*messen.

Und wieder hockte Hünchen auf der Besucherbank vor dem Büro des Amtsleiters. Aber heute würde sie dort nicht hineingehen. In einem Gespräch mit dem Anwalt hatte man sich darüber geeinigt, es erst noch einmal im Guten zu versuchen. Es wurde befunden, dass die hübsche junge Frau sich am besten eignen würde, die Huld des Herrn Huldt zu erringen. Durch die verwaltungsoffene Glasscheibe konnten die beiden Frauen den Mann betrachten, dem das Gemeinwohl so sehr am Herzen lag. Er hielt eine Tasse Kaffee in der Hand und blätterte seelenruhig im Tagesblatt.

Der Zeiger der großen Uhr im Wartebereich klickte auf neun. Die Sekretärin erschien: „Herr Huldt erwartet Sie!"

„Viel Erfolg!", flüsterte Hünchen der jungen Frau zu.

Was sollte werden, wenn sie es nicht schaffte, den Amtsleiter zu erweichen? Prozess mit vielen Kosten und ungewissem Ausgang? Aber die Mühlen des Gesetzes mahlen langsam. Je länger das Verfahren schwebte, desto länger durften Hünchen und ihre kleine Familie in der Schmiede bleiben. Hünchen seufzte schwer. Ich seufze jetzt immer so viel! Habe ich denn früher auch so oft geseufzt?

Hünchen sah die junge Frau das Büro betreten. Sah, wie der Harr Amtsleiter die Zeitung beiseite legte und der jungen Frau Platz anbot. Nicht am Schreibtisch. Sehr bürgernah in der kleinen Polsterecke. Klar, dass er so eine entzückende Person näher an sich heran ließ, als die riesige knochige Alte. Und die junge Frau hatte sich ja wirklich allerliebst zurecht gemacht. Die blonden Haare fielen locker auf den tief blicken lassenden Ausschnitt des engen Pullovers, Miniröckchen, hohe Stiefel.

Hünchen sah den Amtsleiter anerkennend lächeln, sah, wie er sich neben ihr auf das Sofa setzte, die Beine übereinander schlug und der jungen Dame seine volle Aufmerksamkeit schenkte.

Hünchen erhob sich und begann im Flur auf und ab zu laufen. Nicht nur aus Erregung. Sie hatte so auch einen besseren Blick auf das Geschehen in der Sitzgruppe.

Das Gespräch dauerte lange. Der Herr Amtsleiter nahm sich Zeit. Zuerst lächelnd, freundlich. Hünchen wollte schon Hoffnung schöpfen. Dann allerdings mit zunehmendem Ernst, bis er sich schließlich mit einem Ausdruck tiefen Bedauerns erhob, und der jungen Frau die Hand zum Abschied reichte. Hünchen schwächelte. Das Ergebnis dieses Gespräches schien ihr von der Art zu sein, dass es mehr als zwei Thüringer Riesenbratwürste brauchen würde, um ihren Magen zu beruhigen.

Völlig entmutigt ließ sich Alma auf die Bank fallen, sprang aber sofort wieder auf. Wie von einer Tarantel gestochen. Was war denn jetzt los? Hünchen glaubte nicht, was sie sah, was sich da in dem Büro abspielte. Die junge Frau war dem Amtsleiter um den Hals gefallen und küsste ihm das ganze behördliche Gesicht ab. Was machte die denn da, fragte sich Hünchen in heller Erregung. Ist sie denn von Gott und allen guten Geistern verlassen? Unfähig, auch nur einen einzigen kleinen Muskel zu bewegen, starrte sie auf das Geschehen. Der Amtsleiter versuchte offenbar, der jungen Frau Einhalt zu gebieten. Doch der Versuch misslang, da sich die junge Bittstellerin wie besessen an den Amtsleiter klammerte. Aber so genau konnte Hünchen nicht erkennen, wer da wen festhielt. Jetzt schrie die junge Frau auch noch! Hünchen hörte das Schreien, konnte aber die Wörter nicht verstehen. Ihr brach der Schweiß aus. Jetzt kam die Sekretärin herein. Fassungslosigkeit, ja Entsetzen machte sich auf deren Gesicht breit. Schrie sie jetzt auch? Es sah so aus, aber Hünchen konnte nichts verstehen.

Neugierde und tiefe Unruhe gaben der erstarrten Frau die Bewegungsfreiheit zurück.

Mit riesigen Schritten stürzte sie durch das Vorzimmer. Hörte die junge Frau schluchzen: „Sie Schwein, Sie perverses Schwein!", und sah beim Betreten des Büros, wie sie sich heulend auf das Sofa warf.

„Was fällt Ihnen denn ein, Sie unverschämte Person!", schrie der Amtsleiter.

Die überlegene Gelassenheit, die ihn sonst auszeichnete, hatte ihn vollkommen verlassen: „Monika, befreien sie mich um Gotteswillen von dieser Person!"

Hünchen sah den derangierten Chef des Bauamtes sein Jackett zurechtrücken, sah den Lippenstift auf seinem Gesicht und genoss zutiefst seine Verstörung. Oh, wie wunderbar, dachte sie, wie grauenvoll wunderbar! Sie sah Häme im Gesicht der Sekretärin aufsteigen, sah wie Monika das Tagesblatt vom Schreibtisch schnappte, die zwei Schritte tat, die sie von ihrem Chef trennten, und ihm die neusten Nachrichten rechts und links um die Ohren schlug.

„Das hätte ich nie von Ihnen gedacht, Herr Huldt!

Das verstehen Sie also unter Privates nicht mit Dienstlichem vermischen! Das ist ja interessant! Sie würdeloser Mistkerl! Sie Verkehrschaos, Sie! Sie gemeiner Kerl!"

Zufrieden ließ sie von ihm ab und wollte mit entschlossenen Schritten das Büro verlassen.

„Aber Monika, ich bitte Sie, was soll das jetzt? Sie sollten mich doch besser kennen!"

„Das dachte ich allerdings auch!"

Herr Huldt sprang zur Tür, versuchte seine Sekretärin am Arm zu fassen, kam ins Straucheln und wäre beinahe der Länge nach hingeschlagen. Hünchen musste ihn festhalten. Hünchen hatte den Amtsleiter am Arm, der Amtsleiter umklammerte das Handgelenk seiner Sekretärin.

„Ich habe alles gesehen!", schrie Hünchen jetzt. „Ich werde das bezeugen. Wie Sie sich auf die kleine Frau gestürzt haben, Sie geschmackloser Mensch. Ist das Ihre Vorstellung von Bürgernähe, Herr Huldt?"

So schrie sie lautstark gerechte Empörung über das unsittliche Begehren der Amtsperson in das hellhörige Treppenhaus hinaus. Diverse Beamte mit Akten in den Händen, mit vor Verblüffung leicht dümmlichen Gesichtern, und etliche Besucher des Amtes versammelten sich auf dem Flur, drängten sich im Vorzimmer, versuchten möglichst dicht an das Geschehen heranzukommen oder wenigstens durch die bürgernahe Glasscheibe einen Blick in das Büro zu erhaschen. Dort stand der Amtsleiter bleich und fassungslos vor der wütenden Alma Huhn. Der längste

Zeit gewesene Amtsleiter, durfte man schon jetzt vermuten, nach diesem Skandal!

„Vergessen Sie es! Vergessen Sie es einfach!" Herr Huldt bemühte sich um ein zynisches Lächeln und versuchte die dreiste Zeugin beiseite zu schieben, um dem Zimmer und dieser ganzen Situation zu entfliehen. Hünchen hielt ihn fest. Am langen Arm der Gerechtigkeit.

„Das könnte Ihnen so passen. Sich aus dem Staub machen. Daraus wird nichts, Freundchen, Sie werden schön die Suppe auslöffeln, die Sie sich hier eingebrockt haben!"

Herr Huldt war ja nicht dumm. Er sah ganz klar, dass er gelinkt werden sollte. Auf höchst verblüffende Weise. Dass sie ihn hereinreißen wollten. Vom Stuhl reißen wollten: „Sie glauben doch wohl nicht im Ernst, dass Sie damit durchkommen!"

Der Hüter des Gemeinwesens rang um seine bewährte Überlegenheit. „Sie glauben doch wohl nicht, dass ich mir das gefallen lasse? Sie stecken doch mit dieser Schlampe unter einer Decke, das ist doch sonnenklar!"

„Schlampe verbitte ich mir!", tönte es vom Sofa.

„Tja, das wird schwierig für Sie werden!" Monika schaute ihrem Chef triumphierend in die Augen: „Drei gegen einen. Immerhin. Schwierig."

Jetzt wurde der Amtsleiter von Panik erfasst: „Sie sehen doch durch, Monika", bettelte er: „Sie wissen doch, was hier eigentlich gespielt wird."

Zufriedener als Fräulein Brombach in diesem Moment war, konnte kein Mensch sein: „Eine Angestellte", lächelte sie mokant, „eine Angestellte ist nicht verpflichtet, mehr zu sehen, als sie sieht! Eine Angestellte ist nur den Tatsachen verpflichtet. Und die schreien allerdings zum Himmel, Herr Gemeinwohlvertreter!"

Schweiß auf der Stirne, am ganzen Körper zitternd, sank Hans Joachim Huldt an seinem Schreibtisch nieder. „Sie undankbare Person. Was fällt Ihnen ein? So ein Verrat. Sie unverschämte Person!"

Fast lief ihm Speichel aus dem trockenen Paragraphenmund. Einer Ohnmacht nahe, mit weit aufgerissenen Augen hockte er da, ein Bild des Jammers: Sie werden mir nicht glauben. Drei Frauen gegen einen Mann. Amtsleiter oder nicht. Selbst Monika lässt mich im Stich. Und die sollte mich doch wirklich besser kennen!

Mühsam versuchte der arme Kerl, die Balance zu halten, sein Gehirn nach einem Rettungsanker zu durchforsten. Aber alles, was er sah, waren seine Felle, die langsam davonschwammen. Drei übergeschnappten, selbstsüchtigen Weibern sollte es gelingen, sein Lebenswerk zunichte zu machen? Unter dem Druck seiner gewaltigen Empörung setzte sein Gehirn aus. Und es würde ihm lange nicht mehr gelingen, es einzuschalten. Er blieb fürs erste noch auf seinem Stuhl sitzen und schwieg.

Die Nachricht, der Herr Amtsleiter hätte eine Bittstellerin unsittlich angegriffen, flog wie ein Lauffeuer von Treppenabsatz zu Treppenabsatz, von Büro zu Büro. Eine beachtliche Menschenmenge hatte sich im Wartebereich versammelt. Hünchen gab den Fragenden, Verwunderten bereitwillig Auskunft. Immer wieder und wieder musste sie die Geschichte erzählen. Die junge Frau indes hangelte sich von Schulter zu Schulter. Hauptsache niemand sah ihr Gesicht. Das wäre zwar hochrot, aber längst nicht so von Tränen überströmt, wie es ihr zuckender Rücken vermuten ließ.

„Was hast Du Dir denn dabei gedacht?" Der junge Mann war verstimmt.

„Das habe ich Dir doch schon gesagt. Nichts habe ich mir dabei gedacht. Wäre vielleicht besser gewesen, keine Ahnung. Aber so ist es doch auch gut. Ich begreife nicht, warum Du Dich so aufregst!"

Hünchen kochte. Ihre Überzeugung, dass Essen ein sicheres Mittel ist, beunruhigte Gemüter zu befrieden, war unerschütterlich. „Sehen Sie mal, junger Mann, es wäre vielleicht auch anders gegangen. Aber so wird es auch gehen. Und vor allem schneller gehen. Ich glaube nicht, dass das Amt diese Sache an die große Glocke hängen wird. Es wird im Gegenteil einlenken, das werden Sie sehen. Es wird in Bälde einen neuen Amtsleiter geben und der wird eine schnelle Entscheidung treffen, um die Sache aus der Welt zu schaffen. Und es wird eine für uns alle günstige Entscheidung sein. Das werden Sie sehen!"

„Aber doch nicht so. Das ist unlauter. Der arme Mann!"

„Der arme Mann, der arme Mann! Wenn ich das schon höre!" Jetzt wurde auch die junge Frau böse: „Du hättest den mal sehen sollen. Kalt wie Hundeschnauze ist der. Ekelhaft. Einfach ekelhaft! Ja ... so eine Möglichkeit gäbe es wohl ... aber in diesem Falle sei es nicht angebracht ... wenn man in einem Falle eine Ausnahme macht – Ausnahme nennt er eine Gesetzesmöglichkeit – das würde Schule machen ... Also der hat ein Bild aufgemacht, als würden sich alle Bürger im Außenbereich ansiedeln wollen. Überall wild siedelnde Bürger, die das Amt nicht mehr unter Kontrolle kriegen kann und die die Kassen der Gemeinden geradezu leer schaufeln. Der ist vollkommen besessen. Du kannst Dir nicht vorstellen, wie hilflos ich war. Ich wusste nicht mehr, was ich noch tun sollte. Ursprünglich wollte ich ihn wohl eher erweichen mit der Umarmung, aber dann ist er grob geworden, und da habe ich geschrien: Sie Schwein. Keine Ahnung. Und dann konnte ich auch nicht mehr zurück. Und dann kam Frau Huhn herein ... und ..."

„Dass Sie da mitgemischt haben, Frau Huhn. Da hätte ich von Ihnen mehr Übersicht erwartet."

„Hätte ich Ihre tapfere kleine Frau im Stich lassen sollen? Hätte ich sie ausliefern sollen? Hätten Sie das von mir erwartet?" Der junge Mann schwieg.

Nur einen Fehler habe ich gemacht, dachte Hünchen. Ich hätte nicht mit dem Mann von der Zeitung reden dürfen. Das war falsch. Das war Mist. Aber was soll's. Fehler sind die Würze des Lebens und er hätte es schließlich auch ohne mich erfahren.

Eine große Schüssel Gulasch landete auf dem Tisch, Rotkohl, mit Äpfeln natürlich, Kartoffelbrei und schwere, dunkle Soße. Das starke Schwarzbier, das dazu getrunken wurde, löste die Spannung. Das Gespräch wurde ruhiger. Die junge Frau bettelte ihren Mann, ihr doch zu verzeihen. Ob ihm denn nun das Schicksal des Herrn Amtsleiter wichtiger sei, als ihr eigenes Lebensglück. Er würde ja erleben, dass jetzt alles zu einem guten Ende käme.

„Dem Herrn Huldt wird schon nichts Schlimmes passieren", beruhigte Hünchen den jungen Mann und damit nicht zuletzt sich selbst, „man wird ihm anrechnen, dass er sonst ein korrekter, geschickter Beamter war. Er wird ein paar Unannehmlichkeiten bekommen, sicher, aber die hat er sich auch redlich verdient, schließlich. Man wird ihn an einen anderen Platz setzen, von dem aus er sich locker wieder hocharbeiten kann. Menschen wie der gehen nicht unter, glauben Sie mir. Schließlich hackt eine Krähe der anderen kein Auge aus. Das wäre ja mal was ganz Neues. Seien Sie lieber stolz auf Ihre couragierte Frau. So! Will noch jemand Nachtisch?"
Eine Flasche Sekt wurde geöffnet und langsam aber sicher kam Heiterkeit auf.
Die Vorkommnisse im Amt wurden immer wieder von allen Seiten beleuchtet, die Sekretärin als Retterin der Situation mit mehrmaligem „Prosit, Monika!" gefeiert, die letztendliche Komik der Situation gebührend nachempfunden. Das Schicksal des Hans Joachim Huldt versank in nicht enden wollendem Gelächter.

Tja, dumm gelaufen, Herr Huldt, dachte Hünchen.
Es genügt eben nicht ein Fuchs zu sein. Man muss
auch einen puscheligen Schwanz haben.

Irmgard war auf dem Weg zur Spätschicht, als sie
das Bild ihrer Mutter auf den Titelseiten der Abend-
zeitungen sah: Empörte Bürgerin klagt an!
Irmgard las die fett gedruckte Präambel und erstarrte zur Salzsäule. Alles an ihr stand still. Minuten-
lang. Ist so Entsetzen? So entsetzlich still? Sie ging
nicht in die Tankstelle hinein. Sie ging irgendwann
einfach weiter, Schritt für Schritt zur Klinik, stieg
die Treppen hinauf. Irmgard nahm nie den Fahrstuhl, auch in ihrem Hochhaus nicht, ging auf ihre
Station in den Umkleideraum. Da stand schon die
blöde Franzi in Unterwäsche.
„Kannst Du nicht warten mit dem Umziehen, bis die
Ablösung da ist, du blöde Pute?" Irmgard schrie
richtig, ohne dass es ihr bewusst wurde.
„Bloß weil Du groß bist, musst Du nicht auch noch
laut sein, Irmgard!" Franzi war viel zu lethargisch,
um sich über Irmgards Verhalten aufzuregen: „Bärbel ist doch längst da."

„Hast Du gesehen, Irmgard, Deine Mutter ist ganz
groß in der Zeitung. Das ist ja ein Ding!" Bärbel
stand im Stationszimmer und hatte sogar mehrere
Zeitungen dabei.
„Ich glaube die Geschichte nicht." Irmgards Mund
war trocken, die Schleimhäute klebten aneinander,
so dass es ihr beim Sprechen richtig weh tat.

„Kannst Du Dir einen Amtsleiter vorstellen, der mitten in seinem Büro die Nerven verliert und eine Bürgerin überfällt?"

„Ja, stimmt. Irgendwie merkwürdig ist das schon. Aber was soll denn Deiner Meinung nach sonst passiert sein?"

„Da steckt meine Mutter dahinter, das sage ich Dir. Das ist ein abgekartetes Spiel. Das haben die sich ausgedacht, um sich an dem Amtsleiter zu rächen. Das schwöre ich dir!"

Aber Bärbel reagierte völlig anders, als Irmgard erwartet hatte. Sie schrie auf. Sie war entzückt. „Was, Deine Mutter? Und warum bist Du da so bedrückt? Das ist doch großartig. Das ist ja richtig wunderbar!" Bärbel lachte, Irmgard tobte.

„Wunderbar findest Du das? Bist Du übergeschnappt? Würdest Du es auch wunderbar finden, wenn Du feststellen würdest, dass Deine Mutter zum anderen Ufer gewechselt wäre?"

„Was meinst Du denn mit anderem Ufer, Irmgard?"

„Das ist kriminell, Bärbel, denk doch mal nach, Mensch!" Irmgards Quallenaugen füllten sich mit Tränen.

„Was heißt hier anderes Ufer, Irmgard, denk Du doch mal nach! Was haben wir kleinen Leute denn für eine Chance? Die machen mit uns, was sie wollen, und am Ende zahlen wir die Zeche. Nein, ich finde es großartig, dass Deine Mutter sich einfach wehrt."

„Einfach und geschmacklos! Tut Dir denn der arme Mann gar nicht leid?"

„Ach, komm, Irmgard, jetzt mach Dich hier nicht zum Richter, ja? Immer daneben stehen, urteilen und selber den Arsch nicht hochkriegen. Solche Leute liebe ich!"

Es sah nach richtig bösem Streit aus.

„Ich finde, Deine Mutter hat recht! Du solltest stolz auf so eine Mutter sein, statt an ihr rumzumäkeln. Was soll man denn machen, wenn es sonst keine Gerechtigkeit gibt?"

„Für uns kleine Leute." Irmgards Stimme klang höhnisch.

„Was?"

„Für uns kleine Leute, musst Du jetzt noch sagen, damit es richtig kitschig wird. Meine Mutter hatte kein Recht zu richten."

„Klar, hatte sie nicht. Aber Gott ist ihr wohl zu langsam."

Bis jetzt war der Mai heiß und trocken. Aber heute erfrischte ein warmer Nieselregen Wald und Flur. Der dichte Regenschleier draußen verdüsterte die schöne Küche. Aber in Hünchens Seele leuchteten helle Lichter. Die beherzte Alte saß im Schein der aprikosenfarbenen Hängelampe bei einem Glas Apfelwein, aufgekocht mit Ingwer und Honig, und las den Brief des neuen Amtsleiters jetzt schon zum dritten Mal. Und sie würde ihn noch öfter lesen. Immer wieder und immer wieder. So lange bis ihre Kleine Familie aus der Stadt zurückkam, und auch der zweite Brief geöffnet und die zweite gute Nachricht gefeiert werden konnte.

Hünchen hatte keinerlei Zweifel daran, dass das Forsthaus jetzt ausgebaut werden durfte. Warum auch nicht? Das Glück würde vollkommen sein. Gerettet! Gerettet! Hünchen hätte tanzen mögen vor Vergnügen. Gerettet! Gerettet!

Oh, was für ein Glück! Das musste gefeiert werden! Hünchen lehnte sich zurück, streckte die Beine unter dem Tisch aus, kreuzte die Arme über der Brust. Räkelte sich behaglich und zufrieden, wie eine große Katze. Sie sah aus dem Fenster und überlegte, was sie heute kochen könnte, was getrunken werden sollte, wie überhaupt dieses Fest begangen werden musste, um es für alle Tage und für alle Beteiligten unvergesslich zu machen.

Im Dunst des dichten Nieselns sah sie eine Fahrzeugkolonne auf ihr Gehöft zufahren.

Hünchen stutzte. Was war das denn jetzt wieder? In der leichten Kurve vor der Einfahrt konnte sie die Autos deutlicher erkennen. Es waren vier: Ein Polizeiauto, ein Jeep, ein dicker fetter Bagger und was am Erstaunlichsten war, ein Leichenwagen. Oh, Gott, ein Leichenwagen!

Hünchen sprang auf. Aber nein. Sie setzte sich wieder. Das musste ein Irrtum sein. War sie denn schon betrunken, trunken vor Freude und Apfelwein?

Von unbezähmbarer Unruhe und Neugierde getrieben, eilte Hünchen zur Tür. Da stand auch schon die Amtsperson. Hünchen rutschte das Herz in die Füße. „Geben Sie denn niemals Ruhe?", fuhr sie den stattlichen Polizisten an, der ihr ein Schreiben unter die Nase hielt. „Ja, tut uns leid, Frau Huhn!" Mit ei-

366

nem kurzen Blick auf das Papier versicherte sich der Polizist, dass er den Namen richtig hatte.

Die Frau da vor ihm mit dem erzürnten Gesicht sah nach allem Möglichen aus, nur nicht nach einem Huhn.

„Wir haben den Auftrag, hier bei Ihnen ein bisschen zu buddeln. Da zwischen den beiden Birken soll eine Leiche vergraben sein!"

Hünchen wurde leichenblass.

„Was …", hauchte sie „was denn um Gotteswillen für eine Leiche? Wieso denn? Warum denn?"

Hörte das denn niemals auf?

„Genauere Auskünfte dürfen wir Ihnen leider nicht erteilen", sagte der markige Mann mit einem entschuldigenden Lächeln.

„Aber das können Sie doch nicht mit mir machen! Ich darf doch bitte wissen, wie hier eine Leiche in meinen Keller … eh … auf mein Grundstück kommt. Das ist doch gruselig. Das müssen Sie mir doch sagen!"

„Ich darf nicht. Leider nicht, Frau Huhn, leider. Es handelt sich um einen Kriminalfall. Verstehen Sie. Aber wir werden schnell sein und Ihre Ruhe nicht lange stören."

„Na, hoffentlich! Tun Sie, was Sie nicht lassen können", sagte sie grimmig und schloss die Tür vor dem Polizistengesicht.

Hünchen schüttelte sich. Eine Leiche zwischen ihren Birken. Das war ja wirklich der Gipfel. Das Leben ist eine Achterbahn. Knurrte sie düster. Kaum ist man oben, geht es schon wieder bergab.

Mit zittrigen Knien, taumelnd fast, ging sie zu ihrem Apfelwein am Tisch, trank, goss nach, trank. Hockte sich hin. Deshalb wohl hatten immer wieder rote Rosen zwischen den Birken gelegen. Sie hatte sich gewundert, aber jetzt schien das Sinn zu machen. Ob der sympathische Mann, der hier manchmal erschien ...? Ob der? Aber der sah doch nicht aus wie ein Mörder. Im Gegenteil. Na ja, man steckt nicht drin.

Verwirrt saß Hünchen eine Weile da und starrte aus dem Fenster ins düstere Nieseln. Ratlos.

Dann sprang sie auf, öffnete die Tür und beobachtete das Getümmel zwischen den Birken. Mit lauten Kommandos wiesen die Männer dem Bagger eine günstige Position.

Ach was, beruhigte sie sich schließlich, was gehen mich fremder Leute Leichen an. Sie nahm ein Kochbuch aus dem Regal und setzte sich wieder an den Tisch, um ein Rezept zu suchen. Ein besonderes Rezept. Das wird jetzt ein später Leichenschmaus, für einen Unbekannten, oder was? Sie trank einen zügigen Schluck Apfelwein. Draußen fing der Bagger an zu röhren. Hünchen hielt sich die Ohren zu und versuchte, sich ganz auf den kommenden Genuss zu konzentrieren.

Während ihr schon das Wasser im Mund zusammenlief, murmelte sie vor sich hin. Mein Grundstück ist ein Leichenacker. Was gibt es noch alles mit Leiche? Leichnam. Leichenfledderer. Leichenschau. Leichenschmaus. Ja genau! Sie würde heute auf jeden Fall etwas Vegetarisches kochen.

Pixels Lalula

Werners Kneipe war zu. Wegen Krankheit, stand auf
dem Schild an der Tür. Keine erleuchteten Fenster
lächelten in die Dunkelheit. Keine Tür öffnete sich,
um trunkenes Stimmgewirr, Zigarettenqualm und
Bierdunst in die Nacht zu entlassen. Keinen Kaffee,
kein Glas Wasser aufs Haus für Ilse Schimanski. Sie
zog fröstelnd die Schultern hoch und das große Umschlagtuch fester um die Schultern. Das war's dann
wohl mit: „Also denn um sechse bei Werner!"
Die Schimanski klingelte bei PRIVAT.
„Schreib dran wegen Verhaftung geschlossen! Was
soll der Umweg, wissen doch eh alle Bescheid. Tag,
Pixel!", war das erste, was sie sagte in das vom
Heulen aufgedunsene Gesicht hinein.
„Sie lassen mich nicht zu ihm, Schimanski, die lassen mich nicht zu ihm. Ick hab gar keine Rechte.
Wir sind doch nicht verheiratet. Und Vaterschafts-
anerkennung und so was, war doch egal für Werner,
kennst ihn ja. Und jetzt haben sie ihn am Arsch,
Schimanski, verstehste? Jetzt kann ich nicht hin zu
ihm. Die lassen mich nicht. Jetzt ist er ganz al-
leine!", heulte es der Schimanski entgegen, die das
dünne Geschöpf sofort fest in ihre Arme schloss.
Wobei sie darauf achten musste, Werners kleine
Tochter, die Pixel auf dem Arm trug, nicht an ihrem
Busen zu ersticken.
Schließlich gelang es ihr, das Knäuel soweit zu ent-
wirren, dass jeder der drei wieder seinen eigenen

Raum hatte, Tränen getrocknet, Nasen geputzt und Blusen wieder an ihren Platz gerückt werden konnten.

„Komm runter, was trinken!", nuschelte Pixel. „Bier habe ich noch reichlich. Da war Werner ja panisch, dass ihm nur nicht das Bier ausgeht. Was ist trauriger, als eine Kneipe ohne Bier, hat er immer gesagt, kennst ihn ja. Setzt Dich, Schimanski."

So plapperte Pixel vor sich hin, während sie fürs Kind eine Decke ausbreitete, das Spielzeug auswarf, die Rollos hochschraubte, das Bier zapfte.

Und Ilse Schimanski war ganz Ohr. Zwei Stunden lang war sie ganz Ohr. Das war sie Werner schließlich schuldig. Einem Mann wie Werner, der so vielen Menschen geholfen hatte. Weil dieser Mann jetzt schrecklich einsam sein musste. Hinter Gittern! Hinter Mauern! Lampe im Auge! Ständige Fragen im Ohr! Wer weiß, was noch. Sie durfte gar nicht daran denken, wie Werner wohl aussehen mochte, wenn es so richtig schwer schmerzlich, so richtig entwürdigend zuging, wenn ihm sein Siegerlächeln verging. Irgendwie fühlte sich die Schimanski verantwortlich dafür. Es war unsinnig, das wusste sie. Aber dennoch …

„Da hat man einmal Glück in seinem Leben. Einmal! Und dann ist es auch gleich wieder vorbei. Ich hab scheinbar kein Glück verdient. Niemals hätte ich geglaubt, dass es mir mal so gut gehen würde. Es ging mir so gut mit Werner. Der ist die reine Liebe. Ich hab's ja gar nicht glauben können, den Abend. Ich denke, der guckt so komisch. Keiner hat ja jemals gehört oder gesehen, dass Werner irgendwas mit einer Frau angefangen hat nach seiner Scheidung. Und jetzt guckte der so komisch. Hat mir alles mögliche Zeug spendiert, bis mir schon ganz dusselig im Kopf war, und hat mich einfach nicht gehen lassen, bis alle Leute raus waren. Da hat dann Werner die Flasche Sekt aufgemacht und fing wirklich und wahrhaftig an, mit mir zu schmusen. Also, küssen kann er, das darf man schon sagen. Beinahe noch besser als Heinz. Und warme Hände hat er auch. Warme Hände sind wichtig für mich. Aber sonst war es eher kläglich. Jetzt muss ich doch lachen, obwohl alles so traurig ist. Na am ersten Abend lief ja nichts. Wir waren ja beide viel zu besoffen. Sind gerade noch so die Treppen hoch und ins Bett gefallen. Erst so gegen Mittag dann. Ich hab Werner singen hören unter der Dusche. Und dann ist er ins Bett gekommen und hat sich bei mir eingekuschelt. Küssen und schmusen, weiter war erst mal nichts. Dann habe ich mir gedacht: Na, alter Mann, da werde ich wohl meine ganze Kunst aufbieten müssen, dass das noch mal was wird. Und ich habe es geschafft. Bin ja lange genug im Geschäft gewesen, da weiß man wie's geht. Ich hab erstmal nichts davon gehabt. Wenn man sich so sehr auf den anderen einstellen muss, dass da überhaupt was passiert, da kommt man selber zu gar nichts. Aber der Werner, nee, der Werner aber auch. Der war ja so selig. So selig hab ich überhaupt noch keinen gesehen. Danke, mein Kleines, danke! Hat er immer wieder gesagt und mich ganz lange, ganz fest im Arm gehalten. Das war schön. Das blieb auch schön. Und damit habe ich ja nun gar nicht mehr gerechnet, dass ich noch mal Mutter werde. Und wenn ich ehrlich bin, dann war das ja immer mein allergrößter Wunsch im Leben: Mutter sein. Meine Mutter war nicht gut zu mir. Die war nicht zärtlich. Ich hatte immer das Gefühl, ich störe. Nein, keine Sorge, Schimanski, ich fang jetzt nicht an mit schlechte Kindheit und so. Kommt immer drauf an, was man draus macht, oder? Hab eh kein Hang zum Drama. Nur, ich wollte es besser machen. Ich hab auch immer gewusst, dass ich es besser kann. Und das kann ich auch. Mein Kind, meine kleine Tochter, wird glücklich sein, dafür bürge ich. Egal, was passiert ist. Werner wollte, dass sie Lotte heißt. Wie seine Mutter. Na ja, bisschen altmodisch vielleicht, aber ich wollte es Werner nicht abschlagen. Erstens war Lotte eine tolle Frau und zweitens hat mich Werner schließlich zur Mutter gemacht. Immerhin. Das hat keiner geschafft. Trotz der Geschichte mit der Totaloperation. Habe ich mir ausgedacht, damit die Kerle sich nicht so vorsehen. Nur geholfen hat es nicht. Da musste erst ein Werner ran. Und wie der sich gefreut hat. So was Schönes, wenn sich ein Mann mit dir freut. Der hat mich in Watte gepackt, sage ich dir! Und eifersüchtig war der, sage ich dir, da war ein Ende von weg. Kaum dass ich mal mit einem geplaudert habe, zugegeben, auch mal ein bisschen geflirtet, das ist eben so drin, das kriegt man ja so schnell gar nicht aus sich raus, da kam er schon an. Wie ein Geier. Alles in Ordnung, Kleines?

Da wusste ich schon Bescheid. Als dann klar war, dass ich Mutter werde, war's ja endgültig um Werner geschehen. Nichts heben durfte ich mehr, nicht zu lange laufen, kaum dass er mich mal an den Tresen gelassen hat, wo mir das doch so einen Spaß gemacht hat. Wirtin spielen. Jahrelang habe ich gesoffen hier bei Werner in der Destille und auf einmal war ich Chefin. Das hat mir gefallen, kannst Du Dir ja denken. Und ich konnte das gut. Aber nur kurz, dass Du Dich ja nicht übernimmst, Kleines! Denk an unsere Tochter. Der hat sich Sorgen gemacht, weil ich so ein dünnes Gerippe bin. Der hat gedacht, wir kriegen das Kind nie in die Welt. Wie soll denn das da raus kommen, aus dem dünnen Schlund, hat er immer wieder gesagt. Ist es ja dann auch nicht. Die haben mir einen Kaiserschnitt verpasst. Aber Mutter und Kind wohlauf, haben sie Werner am Telefon gesagt. Und dann muss ja hier die Luzie abgegangen sein. Bis früh um fünfe ging's. So ein süßer Fratz aber auch. So ein hübsches Kind. Und keine einzige Sommersprosse. Da war ich froh. Diese blöden Sommersprossen. Die hasse ich vielleicht. Kannst Du Dir ja denken, Schimanski. Und sie ist auch nicht so dürr wie ich. Kommt wohl mehr nach Werners Mutter. Bisschen rundlich. Die wird bestimmt mal glücklich. Wenn man gut aussieht, kann man leichter glücklich sein. Davon bin ich jedenfalls überzeugt. Und ich durfte dann ja auch alles machen, was ich wollte. Die Wohnung umräumen, neue Möbel kaufen, das Kinderzimmer einrichten. Da hat Werner ganz schön Geld springen lassen. Der war wie Wachs in meinen Händen. Nur heiraten wollte er mich nicht, der Dussel: Alle Menschen werden frei geboren. Einige heiraten. Lass es wie es ist, Pixel. Ist besser so. Bind uns nicht an! Das hat er jetzt davon. Jetzt lassen die mich nicht zu ihm. Ich habe gar keine Rechte. Hat ja keiner gewusst, dass das dicke Ende so schnell kommt. Und jetzt lassen die mich nicht zu ihm. Jetzt ist er ganz alleine. Man soll eben nichts aufschieben im Leben. Man weiß doch nie, was noch kommt. Und dann hat man den Salat, und alles Hätte ich doch, hätte ich doch bloß ... kann man sich dann schenken. Wenn ich daran denke, wie die mit ihm umgehen, jetzt vielleicht, dass die ihn vielleicht noch schlagen oder so was, da kann ich nur noch heulen. Dann sitz ich hier unten mit meinem Lottchen und heule. Und trinke Bier direkt aus dem Hahn. Der darf ja auch nicht still stehen. Sonst schmeckt nachher das Bier nicht mehr. Vielleicht wird ja doch noch alles gut. Dann muss die Kneipe aufgehen und das Bier muss fließen, und das muss schmecken. Was anderes kann ich mir auch nicht vorstellen, bei Werner. Wie soll der leben ohne seine Kneipe? Das mit der Mutter, das wusste ich ja. Das hat mir Werner ja gestanden. Da hat er gar kein Hehl daraus gemacht. Und warum auch. Er ist mit Leib und Seele Gastwirt. Da hätte er ja die Kneipe gleich zu machen können, stimmt doch, Schimanski, oder? Das war doch Werners ganzer Stolz, seine Kneipe. Sein Leben war das. Das konnte er nicht aufgeben. Manch einer hätte es vielleicht gekonnt, aber Werner eben nicht. Die Leute sollen einfach mal den Atem anhalten mit ihrem Das darf man nicht, das kann man doch nicht ... Also, wenn man mich fragt, aber mich fragt ja keiner. Außer Werner hat nie einer so richtig nach mir gefragt. Und jetzt ist er nicht mehr da. Und ich weiß nicht weiter. Wenn die Werners Konto nicht gesperrt hätten, brauchte ich mir jetzt nicht solche großen Sorgen zu machen. Da könnte ich Werner einen Rechtsanwalt mieten. Ich könnte mir vielleicht eine Konzession kaufen. Da würde der Hahn aber nicht stille stehen, hier, das kannste aber glauben, Schimanski. Aber nix ist. Keinen Pfennig. Nicht mal für das Kind. Mit den kleinen Leuten sind die ja ganz streng. Ach, Mensch, das konnte ja auf die Dauer nicht gut gehen. Aber Werner war ja schlau. So ohne Weiters hätten die ihn nicht drangekriegt. Alles nur wegen Stefan. Den Stefan hat er ja geliebt. Immer wieder hat der nachts im Bett angefangen zu heulen. Glaubt man gar nicht, so eine erwachsener Mann und so weich. Dass er wegen Stefan heult, hat er mir ja noch gesagt, aber trösten lassen hat er sich von mir nicht. Ich dachte schon der liebt mich nicht. Wenn der mich lieben würde, wird er sich doch trösten lassen von mir, hab ich gedacht. Da lagen wir dann beide im Bett und haben geheult. So was! Dadurch sind die ihm drauf gekommen. Da kam hier immer so ein kleiner Zappliger. Hat hier immer rumgesessen: Sie haben ja hier so niedrige Preise, wie können Sie sich das denn leisten? Da sind die sich doch alle gleich, egal, was sie für eine Fahne tragen. Wenn die Macht haben, gibt's doch kein Vaterland mehr. Aber egal, jedenfalls sind sie Werner drauf gekommen. Über eine Steuerprüfung und so. Werner müsste längst pleite sein, wenn das mit rechten Dingen zuginge. Und da haben sie eben nachgebohrt und geprüft und rumgeschnüffelt und da ist dann alles aufgeflogen. Mann, hatte ich eine Angst, kannste Dir ja denken, Schimanski. So eine Angst hatte ich im Leben nicht. Aber Werner war ganz ruhig. Lass mal, Kleines, das geht schon alles gut. Die Mühlen des Gesetzes mahlen langsam! So hat er gesagt. Und dann war ja wirklich ganz lange Ruhe. Kam keiner mehr, fragte keiner mehr und: Siehste, Kleines, hat Werner gesagt. Und dann sind die ganz überraschend gekommen. Mitten in der Nacht. Stehen da vor der Tür und fragen: Sind Sie der Soundso, wir haben einen Haftbefehl für Sie. Wir fordern Sie auf, sich anzuziehen und uns Folge zu leisten! Die Worte werde ich nie vergessen. Die sind so eine Art Nachtgebet für mich geworden. Ich habe am ganzen Leib gezittert. Und Werner hat immer wieder gesagt: Bleib jetzt ganz ruhig, Pixel. Das klärt sich auf. Du musst jetzt an unsere Tochter denken! Das war das Letzte, was ich von ihm gesehen und gehört habe. Ich hab das Schild an die Tür gemacht und gewartet. Wenn die Kleine nicht wäre ... Was war hier immer für ein Leben ... Was hatten wir eine schöne Zeit, was Schimanski? Und jetzt - alles kalt. Alles ruhig. Nicht mal das Telefon hat geklingelt. Ich dachte schon, ich bin taubstumm, so alleine war ich. Als Erstes kam die Oma. Aber so eine richtige Hilfe ist die ja auch nicht. Heult und heult. Das kann ich jetzt nicht brauchen. Dass mir einer die Ohren voll heult. Heulen kann ich alleine. Und Irmgard war hier, heute morgen. Die hat sich ja fast überschlagen. Hat mir Geld aufgedrängt. Ich soll rausziehen zu ihrer Mutter aufs Land. Mach ich aber nicht. Kann ich nicht. Plötzlich kommt Werner doch nach Hause und ich bin nicht da. Das geht nicht. Aber, wie das jetzt mit mir weitergehen soll, keine Ahnung. Lotte muss ja essen und die Miete, keine Ahnung. Ich kann ja nur das eine so richtig. Und das kann ich Werner doch nicht antun. Niemals. Oder doch? Ist ja Not am Mann. Was meinst Du, Schimanski? Irgendwas muss mir jedenfalls einfallen. Mal sehen. Mit Geduld und Spucke!"

Diese Nacht blieb die Schimanski bei Pixel. Weniger aus Mitgefühl. Sie war schlichtweg zu besoffen. Vom Bier. Vom Kummer. Von Pixel.
Schimanski schlief im Ehebett. Auf Pixels Seite.
In Werners Bett schlief Pixel: „Das riecht so schön nach ihm. Das wasch ich auch nicht. Und wenn er zwanzig Jahre kriegt, der Werner!"

Die schwarze Katze

Zeit ihres Lebens hatte Oma Hübner Angst vor dem Tod. Schon als Kind fürchtete sie sich vor dem Einschlafen. Falls der Tod über Nacht käme, wollte sie zur Gegenwehr bereit sein. Niemals hätte sie vermutet, dass sie einmal mit relativ geringem Schrecken auf ihren Abschied von der Welt schauen würde.

Heinzens Tod brach ihrem Widerstand den Hals. Als hätte nicht „ihr" Heinz, sondern sie selber in der Schlinge gesteckt. Sie war so entsetzt darüber, dass sie ihm nicht hatte helfen können. Sie war so voller Kummer darüber, dass ihr geliebter Heinz nicht mehr da war, und dass die heiteren Abende in Werners Destille nie mehr sein würden. Durch das Entsetzen und den Kummer hindurch spürte sie den kalten Hauch der Langeweile und der Einsamkeit. Ohne diese vertraute Seele, was sollte sie noch hier? Wenn nun der Tod käme, in den alten Knochen fände sich die Kraft nicht mehr zum Widerstand.

Oma hatte noch einen Sommerhimmel. Sie hatte noch einen schönen Altweibersommer.

Man konnte sie nächtens an dem „All night all day"-Kiosk vor dem Pennymarkt stehen sehen. Mit den Kumpels und den leichten Mädchen, die jetzt, da Werners Kneipe geschlossen war, keine Bleibe mehr fanden. Sie hatten das Geld, Oma hatte die Unterhaltung. Es wird nicht nur für Brot bezahlt, auch für Spiele.

Oma saß auf den Stufen zum Supermarkt, konnte etwas Knie zeigen, und nicht nur das Knie, das ganze Bein war noch schön an Oma, und leicht zurückgelehnt, mit den Händen heftig gestikulierend ihre Jugenderlebnisse in Alkohol umsetzen. Sie liebte das Lachen, das die Antwort war und verpasste in ihrem Rausch immer öfter den Moment, wenn Schluss sein sollte, wenn sie noch heil nach Hause kommen wollte.

„Also dann, Jungs, Jutenacht!"

„Allet jut, Oma?"

„Allet klar, allet jut!"

Und dann war eines Tages nicht mehr alles gut. Oma lag in den frühen Morgenstunden vor ihrer schweren Haustür.

Gefunden hat sie Frau Schimanski. Nicht ganz aus freien Stücken. Ein Traum hatte sie aufgeschreckt. Der Traum von einer eleganten schwarzen Katze, die leichten Schrittes die Ansgarder von Werners Kneipe herkommend auf die Hauptverkehrsader zu tänzelte. Von Schritt zu Schritt wurde sie größer und stattlicher, hatte auf der Höhe von Omas Haus fast die Größe eines Pferdes erreicht. Sie neigte ihren Kopf sanft der Oma zu, die vor der Tür lag wie ein Kind, zusammengerollt, die Knie angezogen, als hätte sie sich noch vor der klammen Nässe des Novembernebels schützen wollen. Tränenspuren sah die Katze auf den Wangen der alten Frau und neigte den Kopf immer dichter und dichter, bis die Oma den Ruf spüren konnte, sich aufrichtete, den Hals der Katze umfing und sich schließlich mit einem geseufzten „Endlich" auf deren Rücken schwang. Die

Katze erhob sich in die Luft und schwebte dem Mond entgegen.

Ilse Schimanski erwachte mit einem leisen Schrei. Schwindlig war ihr, wie nach einer Karussellfahrt leicht benommen. Aber getreu ihrem sich selbst gegebenen Versprechen, hatte sie sich unverzüglich aus der Schwüle des Bettes erhoben. - Seit einigen Wochen teilte Ilse ihr großes Bett mit Herrn Weck. Weniger der Lust, als der Bequemlichkeit wegen, hatten sie ihre Fettberge auf den überforderten Füßen in einer Wohnung zusammengeführt und arbeiteten beharrlich an ihrem „Sachbuch".

Herr Weck wurde nicht geweckt. Allein ging Frau Schimanski durch den noch blinden Morgen zu der Ecke, an der sie die Oma vermutete.

Und da war sie auch schon, also besser gesagt, ihr Körper lag noch da. Zusammengekrümmt, leicht verzerrt, da sie wohl kurz vor dem Abschied noch versucht hatte, das rosa Jäckchen auszuziehen. Aber wie mit so vielen Dingen in ihrem Leben war die Oma auch hiermit nicht fertig geworden.

* * *

Epilog

Liebe Leser!

Ich weiß, dass einige von Ihnen enttäuscht sein werden, aber das hier ist keine Biografie. Die Idee zu diesem Buch ist mir aus Übermut (wirklich!) buchstäblich aus dem Kopf gefallen und hat mich über Jahre so beschäftigt, dass mir keine Zeit blieb, darüber zu schreiben, wann ich wo war, wen ich getroffen habe, was ich mag und was ich nicht mag. Aber dieses Buch über meine Stadt und die Leute, die hier leben, lieben, hassen, kämpfen, verzagen, wird Ihnen viel mehr über mich erzählen! In allen diesen Figuren, auch in Heinz, auch in Werner, ist ein Stück meines Lebens verborgen, meiner Erfahrungen und Überzeugungen, meines Schmerzes, meines Lachens. Das ist mein Berlin! Das ist ein Lebensbericht der eigenen Art!

Ich möchte mich bei allen Menschen bedanken, die mich bestärkt und mir geholfen haben:

bei meiner kleinen Familie, die mich während der Zeit dieser „asozialen" Tätigkeit ausgehalten hat,

besonders bei meinen Freundinnen Vera, Regine, Bastienne, Gesine, Gisela, Tanja, Waltraud, Brigitte, die mich durch ihr Urteil angespornt haben,

bei meiner Freundin Gisela Tatsch, meiner Agentin, die trotz ihres Interesses an meinem Buch und ihrer großen Unterstützung nie aufgehört hat, dafür zu sorgen, dass ich auch Schauspielerin sein kann, bei meinem Verleger Dr. Kleinhempel, der das Buch herausbringt, weil er es mag, und mich nicht überreden wollte, ein anderes Buch daraus zu machen.

Und noch einmal: Danke Christian! Ohne ihn wäre dieses Buch nicht! Es war eine gute Zeit.

Also denn um sechse bei Werner?

Wally Schmitt

Bei *Thurneysser* (kleine Auswahl)

Kurt Tackmann:
KURZ GESAGT. 5 x tausend Aphorismen
Fünfbändige Werkausgabe vom „Meister des Denkanstößigen",
Erstausgabe (pro Band ca. 1000 Aphorismen auf ca. 120 Seiten)

ISBN 3-939176-30-3 (Werkausgabe)
ISBN 3-939176-31-1 (Band 1)
ISBN 3-939176-32-X (Band 2)
ISBN 3-939176-33-8 (Band 3)
ISBN 3-939176-34-6 (Band 4)
ISBN 3-939176-35-4 (Band 5)

Preis pro Band € 9,80 / SFr 15,20 (zuzüglich Versandkosten)

Abonnement der fünfbändigen Werkausgabe:
Abo-Vorzugs-Gesamtpreis € 40,- / SFr 63,-
(Zusendung ohne Berechnung der Versandkosten)

Aus Berlin-Brandenburgs Geschichte
Begründet und herausgegeben von *Dr. theol. Hans-Joachim Beeskow*

Band 1 Friedrich Kleinhempel
DISPLAY FRIEDRICHSHAIN. Neue Stories aus alter und junger
Gechichte Berlins und Brandenburgs, mit Fotografien von *Jaen André
Meyer* † und Zeichnungen von *Claus Lindner*, ca. 230 S. (2010)
ISBN 978-3-939176-26-8   **€ 10,- / SFr 16,-**

*Band 2 Almut Andreae, Knut Kiesant, Mathias Palm, Bernhard
Schmidt (Hrsg.)*
"ADEL VERPFLICHTET". Johann Georg III. von Ribbeck
(1639-1703) in Groß Glienicke zum 300. Todestag. Das Kolloquium von
Universität und Dorfkirche, mit Fotos von *Hans-Joachim Beeskow*,
158 S. (2. Aufl. 2011),
ISBN 978-3-939176-27-5   **€ 16,- / SFr 26,-**

Band 3 Günter Wirth, Friedrich Kleinhempel (Hrsg.)
ERFAHRUNG - STREBEN - WANDEL. Das Ehrenkolloquium für
den Berliner Publizisten H.-J. Beeskow an der Humboldt-Universität zu
Berlin, ca. 100 S. (2010)
ISBN 978-3-939176-40-4   **€ 10,- / SFr 16,-**

Band 4   Maria Curter (Hrsg.)
DAS TÄGLICHE KALENDERBLATT. 365-mal Interessantes und
Vergnügliches aus Berlins bunter Vergangenheit, 370 S. (2011)
ISBN 978-3-939176-28-2   **€ 16,- / SFr 26,-**

Band 5   Gerh. Schmidt, Günter Freyer, Friedr. Kleinhempel (Hrsg.)
GESPRÄCHE AM DEUTSCHEN KAMIN. Der Kritische Salon und
seine Gäste. Kollidiert Humanismus in Literatur und Kunst mit dem wahren Leben? Texte, Grafiken, Collagen, 306 S.
ISBN 978-3-939176-09-1   **€ 16,- / SFr 26,-**

Band 6   Hans-Joachim Beeskow (Hrsg.)
"AUF RECHTEN, GUTEN WEGEN". Zu Leben, Werk und Wirkun-
gen von Paul Gerhardt (1607-1676), Berlins Dichter von Weltrang,
mit Fotografien von *Heike Streitner*, 154 S., 2. Auflage
ISBN 978-3-939176-50-0   **€ 9,90 / SFr 16,-**

Band 7   Bernhard Schmidt (Hrsg.)
EIN UNBEUGSAMER PROTESTANT. Der Paul-Gerhardt-Tag
in Groß-Glienicke mit der Universität Potsdam, 88 S.
ISBN 978-3-939176-55-8   **€ 8,- / SFr 13,-**

Band 8   Hans-Joachim Beeskow
**PAUL GERHARDT UND DIE BERLINER RELIGIONS-
GESPRÄCHE 1662/63.** Kurfürstliches Berufsverbot für einen ehren-
festen Pfarrer. Mit bisher unveröffentlichten Quellen, ca. 120 S. (2010)
ISBN 978-3-939176-62-6   **€ 10,- / SFr 16,-**

Band 9   Jutta Aschenbrenner (Hg.)
IN MEMORIAM HANS ASCHENBRENNER. „Verewigt im
goldenen Buch" - ein Berlin-historisches Lebenswerk, ca. 250 S. (2011)
ISBN 978-3-939176-63-3   **€ 10,- / SFr 16,-**

Band 10   Hans-Joachim Beeskow & Friedrich Kleinhempel
ALLEN VORAN - BERLINS ERSTE. Berliner Pioniere seit Symeons
und Marsilius' Zeit im 13. Jahrhundert, reich illustriert.
Die ND-Serie 2006/2007. 222 S.
ISBN 978-3-939176-65-7   **€ 12,- / SFr 19,-**

Band 11   Friedrich Kleinhempel
MIT DER WEISSEN HOCHZEITS-KUTSCHE. Eine Biesdorf-
Müggelheimer Historie, reich llustriert, ca. 90 S. (2010)
ISBN 978-3-939176-13-8   **€ 8,- / SFr 13,-**

Band 12 Fritz Teppich (Hrsg.)
FRIEDENSBEWEGUNG IN WESTBERLIN. Flugblätter und
Dokumente 1980-1985. Mit einem Originalposter von *Klaus Staeck*,
limitierte, von *Fritz Teppich* und *Klaus Staeck* handsignierte
Exemplare. 300 S. (2010)
ISBN 978-3-939176-11-4   **€ 20,- / SFr 32,-**

Band 13 Friedrich Kleinhempel
RIEDESEL IN GROSSGRIECHENLAND. Friedrichs II. Kammer-
herr auf Spuren des Alkmaion von Kroton und im Kritischen Salon
Berlin. Über Geschichte, Kultur und Humanismus, ca. 100 S. (2011)
ISBN 978-3-939176-18-3   **€ 8,- / SFr 13,-**

Band 14 Fritz Teppich (Hrsg.)
DIE HEILIGE FEME DER DEUTSCHEN ARMEE. Militärpoli-
tisch-kritische Aufsätze von *Friedrich Engels*, *Fritz Kunert* und *Victor
Buhr* von 1893 - heute leider so aktuell wie damals! Ca. 150 S. (2010)
ISBN 978-3-939176-19-0   **€ 8,- / SFr 13,-**

Band 15 Claudia Bach (Hrsg.)
MITMENSCHEN. Gespräche am deutschen Kamin (II). Der Kritische Salon und seine Gäste. Texte, Gemälde, Collagen, Karikaturen,
260 S.
ISBN 978-3-939176-39-8   **€ 10,- / SFr 13,-**

Weitere Bände werden zügig vorbereitet und gedruckt.

Bestellungen bitte über den Buchhandel oder direkt an:
Thurneysser-Verlag, Postfach 35 05 32, D-10214 Berlin

www.thurneysser-verlag.ch